김유정과의 동행

그의 생애와 문학, 그리고 문화콘텐츠 이야기

저자

유인순(柳仁順, Yoo, Insoon)_ 강원대학교 사범대학 국어교육과 및 이화여자대학교 대학원 국어국문학과에서 문학박사 학위를 받았다. 일본 텐리대학교 교환교수로 근무했고, 현재 강원대학교 명예교수, 김유정학회장, 현대소설학회 및 한중인문학회 고문이다. 저서로『김유정문학연구』,『김유정을 찾아가는 길』, 여행일기『세상의 문을 열다』1, 2가 있고, 편저로 김유정단편선『동백꽃』, 이태준단편선『석양』,『춘천에서 만나다』, 공저로『현대소설론』,『한국현대작가연구』,『김유정문학의 전통성과 근대성』,『김유정 문학의 재조명』,『김유정과의 만남』,『김유정과 동시대 문학연구』,『한국현대문학의 이해』,『한국의 웃음문화』,『한국의 이야기판 문화』,『궁예의 나라 태봉』,『국어교육의 탐구』,『국어국문학의 탐구』,『구조와 분석』II,『문장작법』,『문장의 이론과 실제』등이 있다. 논문으로「한국소설에 나타난 한일합병 전후의 시대 인식」,「한국소설 속의 서울 그리고 중국」외 60여 편이 있다.

김유정과의 동행 - 그의 생애와 문학, 그리고 문화콘텐츠 이야기

초판 인쇄 2014년 3월 10일 **초판 발행** 2014년 3월 20일
지은이 유인순 **펴낸이** 박성모 **펴낸곳** 소명출판 **출판등록** 제13-522호
주소 서울시 서초구 서초동 1621-18 란빌딩 1층
전화 02-585-7840 **팩스** 02-585-7848 **전자우편** somyong@korea.com

값 28,000원
ISBN 978-89-5626-921-4 93810

ⓒ 유인순, 2014

이 도서의 국립중앙도서관 출판시도서목록(CIP)은 서지정보유통지원시스템 홈페이지(http://seoji.nl.go.kr)와 국가자료공동목록시스템(http://www.nl.go.kr/kolisnet)에서 이용하실 수 있습니다.(CIP제어번호: CIP2014007237)

김유정과의 동행

그의 생애와 문학, 그리고 문화콘텐츠 이야기
A Journey with Kim, Youjeong

유인순

소명출판

일러두기

• 인용문에서 굵은 글씨체는 필자가 강조한 부분이다.

• 각주에 표기된 '『원본 김유정 전집』'은 전신재 편, 『원본 김유정 전집』, 도서출판강, 2007(1997)을 나타낸다.

• 각주에 표기된 '『김유정전집』 상(또는 하)'은 김유정기념사업회 편, 『김유정전집』 상(또는 하), 강원일보 출판국, 1994를 나타낸다.

• 각주에 표기된 '『동백꽃』'은 유인순 편, 『동백꽃』, 문학과지성사, 2005를 나타낸다.

: 책머리에 :

　고교시절 피천득 선생의 수필로 쓴 수필론, 「수필」을 배운 이래 '수필은 청춘의 글은 아니요, 서른여섯 살 중년 고개를 넘어선 사람의 글이며'라는 구절에, 이후 오래도록 서른여섯 살에 꽂혀 있었다. '삼십이립(三十而立)'이라는 말도 좋았는데 여기에 더하기 여섯이 되면 굳건하게 그 어떤 세파라도 헤치어 나가는 이의 혜안과 의지가 보이는 듯하여 가슴이 먹먹하도록 감동을 받고는 했다.

　을축년(1925)의 대홍수 이래 큰물이 난 적이 별로 없었다는 춘천, 그런데 올여름 춘천에 기록적인 집중 호우가 쏟아지더니 도심 한가운데 가옥들이 침수되고 승용차들이 둥둥 떠내려가는 수해를 입었다. 김유정문학촌도 뒷산이 무너져 내리면서 김유정생가와 기념전시관 사이, 우물이 있는 마당으로 토사가 쏟아져 덮쳤다. 물폭탄이 쏟아지고 있는 현장에서 멍하니 하늘을 올려다보며 빗줄기가 약해지기를, 비가 그치기를 기다리고 있어야 했다. 하느님 하시는 일에 대해 우리가 무슨 말을 할 수 있을 것인

가. 쏟아지는 빗줄기를 보며 김유정의 「소낙비」의 한 장면, 춘호 처가 물에 빠진 생쥐 모습이 된 장면을 떠올리다가 피식, 웃고 말았다. 언제부터 나의 일상이 김유정 작품과 연결되기 시작한 것일까.

왜, 어떻게 하여 김유정문학을 전공하게 되었느냐는 질문을 받은 적이 있었다. 할 말이 없었다. 질의자는 진지하게 대답을 기다리고 있었다. 그때 튀어나간 대답이

"운명이었습니다."

"아! 운명……."

상대방의 자못 감동한 듯한 표정 앞에서 터져 나오려는 웃음을 삼켜야 했다.

글쎄, 운명이라고 할 수 있을까. 1979년 10월 25일 저녁까지만 해도 나는 월북한 한 모더니스트의 텍스트에 몰두하고 있었다. 그러나 그 하루 뒤, 세상이 바뀌었다. 학교 앞에는 무장한 군인들이 교문 출입을 금하고 있었다. 지도교수께서는 논문 테마를 바꾸라고 하셨다. 그리고 김유정을 추천해 주셨다. 이후 석사·박사논문으로 김유정의 문학을 다루었다. 그리고 두 권의 김유정 관련 전공서적을 출간했다.

김유정은 내게 언제나 스물아홉 청년이고 요절한 천재다. 그는 내게 나이들기를 거절한, 영원한 젊은이인 것이다.

우연히 셰익스피어의 「소네트 18번」을 읽었다. 시인은 사랑하는 이를 여름에 비유한다. 그리고 보니 연인은 더욱 사랑스럽고 온화하게 보인다. 그러나 여름은 짧고, 태양은 때로 너무 뜨거워 모든 아름다움은 시들게 될 것이다. 그렇지만 시인은 자신이 선택한 사랑은 시들지 않는 여름이

고, 그 사랑이 지닌 아름다움도 잃지 않을 것이라고 한다. 왜냐하면 그는 사랑하는 사람을 그의 불멸의 시 속에 살게 했기 때문이다. 그래서 시인은 '사람들이 숨쉴 수 있고 볼 수 있는 눈을 가진 한 / 이 시는 영원히 살아서 그대에게 생명을 줄 것입니다'라고 말한다. 한 때 생명이 있었던 존재, 필연적으로 죽고 망각될 존재이지만, 시인은 신에 버금가는 능력으로 유한한 생명에게 무한한 생명을 불어넣어준 것이다.

김유정의 작품을 읽으면서 이제는 사람들 기억에서 완벽하게 사라져간 그 시절 그 사람들을 다시 만난다. 그 사람들이 쓰던 그 당시의 언어, 그들의 가슴 속을 흐르던 슬픔과 기쁨과 희망과 절망을 그의 작품 속에서 만난다. 세월이 흐르고 세상이 변했다고 하지만 인간의 본성 속에 감추어진 원형의 모습은 그대로 남아 시공을 초월한 전생인연을 만난다고나 할까. 사람을 사랑하고 생명을 사랑하고 자연을 사랑하고 스스로 자연의 일부가 된 사람들, 고통까지도 사랑하여 고통을 통해 꿈과 삶과 의지를 키워가는 사람들을 작품 속에 심어놓은 김유정. 그렇게 보면 김유정 작품 속 사람들은 내 속에 있는 또 다른 나의 모습이 된다.

이 책에서 다루고 있는 짧거나 긴 글은 모두 신문 잡지나 학술선문시에 발표했었던 것들이다. 그래서 다소 겹치는 부분이 있음을 고백하지 않을 수 없다. 제1부 '김유정과의 작은 만남'은 수필형태의 글들로 김유정의 생애와 김유정문학, 김유정문학촌, 실레이야기길에 관한 것들이다. 일반독자들이 김유정과 쉽게 접근하기 위한 준비단계로 설정한 부분이다. 제2부 '김유정과의 무릎 맞댄 만남'에서는 김유정 관련 전공논문을 수록하였다. 김유정문학의 특징을 알아보기 위해 그의 생애와 관련시켜 문학작품들을 분석해 본 것들이다. 제3부 김유정문학과 문화콘텐츠에서는 김유정 작품을 원자료로 다양하게 가지치기 하고 있는 문화콘텐츠를 살펴본 것이다. 제4부 부록편에서는 김유정의 연대기별 생애, 김유정 연구 참고문헌 목록을, 마지막으로 김유정의 소설작품 목록은 가능한 퇴고순을 우선하여 정리해 놓았다.

이 글의 앞에서 나는 서른여섯 중년의 나이에 매혹된 적이 있었다고 고백한 바 있다. 그런데 지금 나는 이순(耳順)의 중반으로 들어섰고 서른여섯 중년의 나이가 아니라 스물아홉 요절한 천재의 업적에 매혹되어 있다. 지난 해 2월 공직에서 퇴직한 뒤, 김유정문학촌 기념전시관의 한 구석에 자리를 잡았다. 문학촌의 문지기 되기를 자원한 것이다.

김유정과의 만남은 내게 운명이었던가. 김유정과의 만남은 운명이었다. 그러니 살아 있는 한 그와 동행할 수밖에 없다.

내게 김유정을 추천하신 분은 이어령 교수님이셨다. 이 책이 나오기까지 지켜보아주신 이어령, 김상태, 한계전 교수님, 김유정학회 운영을 열심히 도와주시는 전신재, 전상국, 한상무, 박정규, 송하춘, 조남현, 우한용, 송현호, 이정숙, 최병우, 이덕화, 장현숙 교수님, 그리고 나의 가족들에게도 깊은 감사를 드린다.

2014.1.31. 솔바람마루에서 유 인 순

서문―책머리에

제1부 |김유정과의 작은 만남|

|김유정과의 작은 만남|

'겸허' 이야기

   '김유정과 겸허'에 서린 이야기는 안회남의 「겸허―김유정전」(1933)과 김영수의 「김유정의 생애」(1968)에서 나온다. 김영수에 의하면 김유정은 경기도 광주 누님댁에서 살던 시절, 책상 앞에 '겸허', 그리고 그 밑에 작은 글씨로 '나에게 계시가 있을 지어다'라고 쓴 큼직한 종이를, 또 그 옆에는 장편소설 『숲밭』의 구상을 기록한 원고지도 붙여놓고 있었다고 한다. 김유정은 마지막 순간까지도 겸허하게 신의 계시를 기다리며 창작의 불꽃이 지펴어지기를 기다리고 있었던 것이다.

   안회남의 글에서는 '겸허'의 성격이 조금 다르다. 김유정은 죽음을 피할 수 없다는 사실을 인정하자 모든 것을 단념, 극도로 자신을 낮추고 무릎 꿇는, '겸허'라는 좌우명을 써놓고 말 그대로 가장 겸손하게 죽음을 수용하였으니 이야말로 '한 숭고한 종교의 세계'였다고 증언한다.

김유정의 '겸허'는 자신을 한없이 낮추면서 가진 것 모두를 나누어 줌으로써 자신을 완벽하게 비우는, 아름다운 생을 위한 선택이었을까. 아니면 신의 부름에 절대 순종하는 아름다운 죽음으로의 선택이었을까. 사망하기 열하루 전, 닭 30마리, 구렁이 10여 뭇을 고아 먹고 그래서 살아나고 싶다는 편지를 친구에게 썼었던 김유정이었다.

지금 다시 보아도 김유정은 생의 의욕에 사로잡힌 영혼이었다. 그는 갔지만 그가 창조한 점순이, 산골 나그네, 총각, 욕필이 영감, 덕돌이, 덕만이, 뭉태들은 여전히 실레마을 이곳저곳을 활개치며 돌아다니고 있지 아니한가.

실레이야기길이 조성되었다. 문학촌에서 왼쪽으로 고샅을 따라 올라가 금병산 중턱을 가로질러 수하리골로 넘어가는 산길이다. 「만무방」의 응칠이가 잠복해서 벼도둑을 잡던 산속에 파묻힌 논, 좀더 아래로 내려오면 금병의숙자리, 유정의 느티나무와도 만나게 된다.

실레이야기길이 펼쳐진 금병산의 흙모래 땅을 밟고 산바람, 숲 냄새를 맡다보면, 춘천은 아니 실레마을은 얼마나 아름다운 곳인지, 푸른 하늘과 초록색 금병산 자락에 안겨있는 나는 또 얼마나 미소한 존재인가를 인식하는 순간, 내가 가진 모든 것을 나누어 줌으로써 나를 비우고, 신 앞에 끝없이 나를 낮추지 아니할 수 없음을 깨닫게 된다.

무릇 겸허의 의미를 속 깊이 느끼고 싶은 이들에게 실레이야기길로의 산책을 권한다.

(『김유정문학촌』 창간호, 김유정문학촌, 2010.3.)

〈그림 1〉 실레이야기길

김유정과 '겸허'

김유정 생전에 김유정과 김유정의 방안 정경을 묘사한 사람은 작가 이상(李箱)이다. 그는 도일하기 전날 유정의 집을 방문했고, 유정의 책상 앞에 '유정아! 너무 슬퍼마라 너에게는 따로 할 일이 있느니라'라는 지비(紙碑)가 책상 앞에 붙어 있었다고 증언한다.[1] 당시 와병 중이었던 김유정은 스스로에게 해야 할 일이 있음을 상기시킴으로써 생사의 기로에서 희망적인 삶의 자리를 지향한다.

김유정 생전의 모습에 대해 문학평론가 김문집은 '병적으로 겸손해 보이는 특이한 어떤 인물'로, 채만식은 '공순하되 허식이 아니요 다정하되 그냥 정이요 유정에게 어디 교만이 있으리오'라고 했고, 이석훈은 '고결하

---

1   이상, 「실화(失花)」, 문학사상자료연구실 편, 『이상소설전작집』 1, 1977, 80쪽.

고 순진하고 겸허한 인간 유정'이었다고 기록한다. 이들의 증언은 모두 김유정의 겸허한 인간상에 공통점을 보여준다.

한편 안회남은 소설 「겸허─김유정전」(1939)에서 '그의 머리맡 벽 위에는 어느 사이에 겸허(謙虛)라는 두 글자의 좌우명'이 붙어 있었고 이것은 김유정이 자기의 주검을 알고, 그것을 각오한 것이라고 했다.

그러나 김유정의 조카 김영수의 증언은 사뭇 다르다. 김유정은 폐결핵이 위중해지면서 홀로 남매를 키우는 형수와 합가(合家)하는데, 그때부터 그는 벽에 '겸허'를 써 붙였고, 경기도 광주 누님댁으로 옮겨간 뒤에는 더욱 큰 종이에 '겸허'를 써 붙이고 그 밑에 작은 글씨로 '나에게 계시가 있을 지어다'라고 써서 윗목 벽에 붙여놓았다. 그 옆에는 원고지에 쓴 장편소설 『숱밭』의 구상을 붙여 놓았다고 한다.[2]

대저 겸허란 스스로를 낮추고 비우는 태도를 말한다. 『노자』에서 '덕'을 실천하는 마음의 자세는 '겸허'와 '무욕'에 있다고 한다. 스스로를 낮추고 마음을 비우는 자만이 하늘의 뜻을 채울 수 있다는 것이다. 다시 말하면 '겸허'란 '천도(天道)를 따르는 것[3]이다. 특히 '겸허'는 지(地)와 수(水)의 덕으로 해명된다. 땅은 낮은 곳에서 하늘의 뜻을 받들고, 물은 이롭게 하면서도 다투지 않고 조화로움을 이루기 때문에 '겸허'야 말로 소화로우면서도 하늘의 뜻에 가장 잘 부합되는 것이다.

김유정이 선택한 '겸허'는 삶의 길속에서 하늘의 뜻에 따라 살아가는 사람들의 모습을 조화롭게 그려나가고자 한 염원에서 나온 것이었다. 그는 자신의 마음을 비움으로써 시대의 풍상과 민족의 정조를 그의 작품 속

2 김영수, 「김유정의 생애」, 김유정기념사업회 편, 『김유정전집』, 현대문학사, 1968.
3 금장태, 『한국유학의 노자 이해』, 서울대 출판부, 2006, 183쪽.

에 조화롭게 그려나가고자 했다. 다시 말하면 김유정의 '겸허'는 그의 작품 속에 조화로운 세상을 채워보려던 김유정 자신의 비원이 서린 좌우명이었다.

2013. 5. 23.
(『김유정문학촌』, 2013. 6. 여름호)

●●●

안회남, 「겸허－김유정전」

안회남의 「겸허－김유정전」(이하 「겸허」)은 『문장』(1939.10)지에 발표된 소설이다. 안회남의 김유정에 대한 기억과, 김유정의 가족으로부터 받은 김유정 관련 자료들을 토대로 작성된 것이기에 김유정의 전기적 사실에 비교적 충실한 편이다.

「겸허」에는 김유정이 남긴 가장 오래전의 기록물, 중학교 2학년 시절의 일기문이 인용되어 있다. 체력단련 시간 중 가슴에 투포환을 맞았지만 다행히 곧 정신을 차릴 수 있었다는 것, 그것은 부모님으로부터 물려받은 건강한 체력에 있었기에 소년 김유정은 '나는 영광이다. 영광이다'라며 감격해 한다.

소년시절 김유정이 안회남과 친교를 맺게 된 것은 휘문중학 3학년 무렵, 두 사람은 학교 공부를 빼놓고 취운정이나 남산공원으로 달아나곤 했고 수학여행도 가지 않고 함께 어울려 다니곤 했다. 유정의 이런 일탈 행위는 형님이 보여준 방탕하고 난폭한 생활에 대한 반항심에서 비롯되었다고 안회남은 증언한다. 중학시절 유정은 어머니의 사진을 보며 '우리 어머니가 예쁘다'고 자랑을 했고 안회남이 보기에도 '웬만치 장성한 남자이면 제 마음대로 외람한 생각을 품을 수 있는' 이로 평가한 것으로 보아 보통 이상의 미모를 가진 분이었던 듯하다. 김유정의 경우도 당시의 문학가이며 삽화가였던 안석영 씨로부터 '문인 중 제일의 미남자'로 일컬어졌다고 한다.

학창시절, 또 문인으로 등단하기 전 김유정은 문제적인 가정에서 문제아로서 암담한 생활을 해야 했다. 중학교 하급 학년 김유정이 하교해서 돌아오면 술에 취한 형님은 동생을 향해 '네 이놈 칼을 받을 테냐?' '네 이놈 주먹을 받을 테냐?'고 으름장을 놓았고 집에는 아내 외에 제2부인, 제3부인 같은 이들을 불러들였으며, 술에 취한 형님은 세 살 난 아들이 운다고 우물 속에 그 아들을 집어 던진 폭군이기도 했다.

청년시절, 김유정은 봉제공장에 다니던 누님과 함께 사는데 이번에는 누님의 병적인 히스테리에 시달린다. 안회남은 유정의 집안에 광기의 피가 전하는 것이 아닌가 의심한다. 형님은 알코올 중독자·정신병자에 가깝고, 큰 누님은 히스테리, 또 다른 어느 누님은 미쳐서 우물에 빠져죽고 유정의 바로 밑에 있던 동생은 신경쇠약환자였던 것이다.

「겸허」에서 눈길을 끄는 것은 유정 집안의 재산과 당시 토호로서 춘천에서 살아온 김유정 가문에 대한 마을 사람들의 반응이다.

안회남은 춘천 출신 언론인 차상찬 씨의 증언을 들어 유정 집안의 재산이 50~60만 원, 당시의 법제대로 하면 6천 석의 자산가였다고 한다(유정의 조카 김영수 씨에 의하면 서울살이를 하면서도 1천 석을 유지하는 집안이라고 했다).
안회남의 이야기가 소설가적 과장이라 치고, 김영수 씨가 말한 1천 석에
주목, 쌀을 기준으로 보면 당시 김유정 집안의 자산은 현재의 가치로 보
아 28억 9천 9백만 원에 달한다. 1930년대 쌀 1석(160kg)은 22원 30전이었
다. 당시 1백만 원은 현재 130억에 해당된다고 한다. 안회남의 증언대로
라면 65~78억 정도가 될 것이다.

역시 차상찬 씨가 안회남에게 들려준 바에 의하면 김유정 집안이 거부
가 된 것은 '옛날 양반의 세력으로 재산을 모은 것'으로 그 할아버지보다
할머니가 더 유명했다고 전한다. 결국 가렴주구를 통해 재산을 모았고,
그로 인해 누적된 주민들의 원망이 김유정 당대에까지 전해진 것으로 보
인다. 김유정 자신이 안회남에게 '춘천 우리 고향에서는 우리 집안이 망
하는 것을 좋아한다'라고 고백했다는 것이다. 안회남은 더 이상 그 가문
에 대해 언급하지 않았지만, 김유정 조부 대에 있었던 일들은 신소설작가
이인직이 춘천 송암리를 배경으로 하여 쓴 『귀의 성』(1906)에 삽입되기도
한다. 춘천 출신 차상학은 당시 『대한신보』, 『만세보』 기자였다. 그리고
이인직은 이들 신문의 주필이고 사장이었다. 차상학은 차상찬의 형님이
다. 차상학은 춘천에서 실제로 있었던 일을 이인직에게 소설의 재료로 제
공해주었던 것이다.

「겸허」에서 주목할 일은 김유정이 작가가 되기로 결심한 시기이다. 안
회남은 자신이 결혼한(1930) 바로 그 날짜의, 김유정의 일기에서 "나는 영
원히 결혼하지 않으리라, 나는 문학과 함께 살련다. 그것이 나의 애인이
요 안해다"라는 내용을 읽어낸다. 김유정은 이 무렵 박녹주를 단념하고
혼자 마음을 추스르던 중이었다. 김유정은 이성에 대한 사랑을 포기하고

한평생 매달릴 대상으로 문학을 선택했던 것이다.

　그 외에도 「겸허」에서는 김유정의 처녀작은 1933년에 나온 「산골나그네」와 「총각과 맹꽁이」이고, 그때 발표되지 못했던 「흙을 등지고」를 수정해서 「따라지 목숨」으로 조선일보 신춘문예에 안회남이 직접 투고, 이것이 1935년 「소낙비」란 제목으로 개제되어 신춘문예 당선작이 되었다는 것을 밝힌다. 또 김유정이 결혼을 했지만 곧 바로 여자와 헤어졌다는 내용 등을 담고 있다. 이 같은 사실은 안회남의 「겸허」를 통해서만 알 수 있는 것들이다.

　안회남의 「겸허」는 여러 측면에서 김유정의 「생의 반려」와 비교된다. 안회남은 「겸허」 집필 시에 「생의 반려」를 많이 참고한 듯하다.

(『김유정문학촌 』, 2013. 5. 여름호(통권 제14호))

금병산의 가을

가을이 왔다. 금병산의 숲은 아직 초록이 무성하지만 그래도 가을은 왔다.

김유정의 작품 가운데 금병산의 가을을 집중적으로 다룬 작품은 3편, 그중 가을을 묘사한 부분들만 모아서 시간 순으로 배치하면 '금병산의 가을'이란 그림이 펼쳐진다.

산골에 가을은 무르녹았다.

아람드리 노송은 뻑뻑이 늘어박혔다. 무거운 송낙을 머리에 쓰고 건들건들. 새새이 끼인 도토리, 벗, 돌배, 갈잎들은 울긋불긋. 잔디를 적시며 맑은 샘이 쫄쫄거린다. 산토끼 두 놈이 한가로이 마주 앉아 그 물을 할짝거리고. 이따금 정신이 나는 듯 가랑잎은 부수수하고 떨린다. 산산한 산들바람, 귀여운 들국화는 그 품에 새뜩새뜩 넘논다. 흙내와 함께 향긋한 땅김이 코를 찌른다. 요놈은 싸리버섯, 요놈은 잎 썩은 내 요놈은 송이– 아니, 아니 가시넝쿨 속에 숨은 박하풀 냄새로군 (「만무방」)

깊은 산길이라 사람은 없고 앞뒤 산들은 울긋불긋 물들어 가끔 쏴 하고 낙엽이 날린다. 뉘엿뉘엿 넘어가는 석양에 먼 봉우리는 자줏빛이 되어가고 그 반영에 하늘까지 불콰하다. 험함 바위에서 이따금 돌은 굴러내려 웅덩이의 맑은 물을 휘저어놓고 풍 하는 그 소리는 실로 쓸쓸하다. 이 산서 수꿩이 푸드득 저 산서 암꿩이 푸드득 (「가을」)

산골의 가을은 왜 이리 고적할까! 앞뒤 울타리에서 부수수하고 떨잎은 진다. 바로 그것이 귀밑에서 들리는 듯 나직나직 속삭인다. 더욱 몹쓸 건 물소리 골을 휘돌아 맑은 샘은 흘러내리고 야릇하게도 음률을 읊는다.
퐁! 퐁! 퐁! 쪼록 퐁! (「산골 나그네」)

「만무방」에서의 시간은 늦은 아침 무렵, 산 아래 마을에서는 농부들이 타작중인데 주인공 응칠은 송이파적중이다. 실은 지난 밤 아우의 논에서 벼를 훔쳐간 도둑이 누구인지 곰곰 추리중이다. 「가을」에서는 석양 무렵이다. 소장수에게 팔려간 친구의 아내가 도망을 갔다고, 친구가 소장수에게 아내를 팔 때 그 계약서를 써주었을 뿐인데, 소장수에게 사기꾼으로 몰려 읍내 주재소로 끌려가고 있다. 「산골 나그네」에서는 늦가을의 한 밤중, 마실 나간 노총각 아들을 기다리며 늙은 어머니는 바느질을 하고 있다.
80년 전 금병산의 가을 그림을 그려본다. 아침 무렵 울긋불긋 단풍든 금병산의 숲, 쫄쫄거리는 맑은 샘과 향기로운 박하풀, 싸리버섯, 송이버섯, 들국화의 내음새. 저물 무렵 노을진 하늘과 석양에 비친 산봉우리. 그리고 밤의 가을은 떨잎 지는 소리와 물소리로 채워진다. 밤에 듣는 물소리는 사람을 고적하게 만드는 몹쓸, 그리고 야릇한 음률이다.

이들 그림 속에는 사람 외에도 산을 의지해 살아가는 존재들이 있다. 아침 무렵의 산속에서는 토끼 두 마리가 샘물을 마시고, 저물 무렵 산길에서는 암꿩과 수꿩이 푸드덕댄다. 인용문에서는 나오지 않았지만 깊은 밤 산에서는 암수 늑대들도 설렁댄다.

김유정은 금병산의 가을을 그리는데 있어서 원경(遠景)에서 근경(近景)으로 그린다. 영화로 치면 높고 먼데서부터 전체적인 장면을 보여주다가 클로즈업 시키는 방법이다. 「산골나그네」에서는 청각적 이미지로 가을을 포착하지만 나머지에서는 시각, 청각, 촉각, 후각 이미지를 두루 사용하고 있다.

가을이 왔다. 외롭고 슬프고 무력감에 빠지는 이유는 어디에 있을까?

김유정의 소설책을 펼쳐본다. 실레마을로 간다. 실레이야기길을 걷는다. 금병산에 오른다. 금병산의 가을 속으로 들어간다. 금병산의 가을이 가슴 속으로 들어온다. 살아 있음은 축복이다. 살아 있음은 아름다움이다. 요절한 젊은 작가를 생각하면 더욱 그렇다.

살아 있는 동안은 즐겁게, 신나게, 성실하게 살아갈 것이다. 그것이 어느 가을 날, 내가 다시 듣는 금병산의 전설이다.

(『김유정문학촌』, 2010. 가을호)

가을날의 금병산행

구월의 마지막 날 금병산 산행길에 나섰다. 하늘은 높고 바람은 시원했다. 오늘 이 지역의 최고 기온은 17℃, 양지녘에 있으면 햇살이 따가왔고 그늘로 들어서면 선득한 날씨였다.

김유정문학촌 주차장에 차를 두고 「봄·봄」의 점순네 집 앞으로 해서 금병의숙 쪽으로 나아갔다. 마을 밭에서는 부추가 한창 자라고 있었다.

금병의숙 앞의 느티나무는 아직은 푸른 잎을 펄럭이고 있었다. 참으로 우람했다. 적어도 두어 사람이 양팔을 벌려야만 간신히 안을 수 있는 굵은 기둥. 김유정선생이 금병의숙을 세우고 마을 아이들과 청년들에게 야학운동을 벌일 때 그것을 지켜 보아온 나무였다. 젊은 작가와 마을 사람들을 그의 품속에 품어주었던 느티나무, 나는 그것을 '유정의 느티나무'라고 부른다.

산기슭까지 치뻗은 주택지를 벗어나자 곧이어 '토마 저수지(춘천교구 토

마 주교님이 나서서 완공시킨 저수지'가 나
타났다. 토마 저수지 둑을 걸어서 가
기로 했다. 한때는 길이었지만 지금
둑길은 갈대와 망초와 쑥부쟁이로 덮
여 있었다. 가을 가뭄에 저수량이 줄
어든 토마 저수지 수면에 비친 건너편
산언덕의 숲은 검푸르렀다.

출발지로부터 30분 만에 '이쁜이가
도련님과 수작하던 길'로 들어섰다. 지
난번 산행을 하던 때에는 산사태로 길
이 무너져 있었는데 이번에 보니 잘 정
비되어 있었다. '춘호 처가 맨발로 더

〈그림 2〉 유정의 느티나무

덕 캐던 길'에 이르러 잠시 휴식, 사과 하나를 꺼내 와작와작 깨물어 먹었
다. 그리고 곧바로 출발, '소장수에게 아내가 팔려가던 길'에서 금병산 정
상으로 오르는 길로 접어들었다.

쑥부쟁이 꽃과 억새가 바람에 흔들리고 있었다. 아직 단풍은 들지 않
았다. 한 일주일 쯤 지나야 산은 색동옷으로 갈아입을 것인가. 척천히 쉬
엄쉬엄 걸었다. 남자들 몇이 산을 내려오며 인사를 했다. 여자들도 몇몇
씩 팀을 이루어 산을 오르고 있었다.

완만한 능선을 따라 오르다보니 정상에 도착했다. 출발지로부터 1시간
50분 만이었다. 전망대로 올라갔다. 금요일의 금병산 전망대는 조용했
다. 갈맷빛 산맥에 둘러싸인 호수, 하늘빛 호수에 둘러싸인 춘천시를 바
라보았다. 춘천시 안쪽에는 아파트군들이 불끈불끈 솟아 있었다. 아파트

〈그림 3〉 김유정학회원이 유정의 느티나무에 '접속'을 시도하고 있다.

의 외벽들은 멀리서 보면 흰색으로 보였다. 갈맷빛과 하늘빛과 하얀빛, 그것이 금병산 정상 조망대에서 한번에 짚어본 춘천의 색채였다.

하산 하는 길에 나무 등걸을 타고 앉아 김밥을 먹었다. 아침에 번개시장에 나가서 사온 두 줄의 뽕잎김밥이었다. 산에서 먹는 김밥은 더 맛이 있었다. 다시 천천히 걷기 시작했다. 문학촌 가는 길로 접어들면서 물봉선이며 갯모밀이 피어있는 경사가 완만한 오솔길을 걸었다. 오솔길이 끝나면서 통나무로 엮어 만든 작은 다리, 곧이어 잣나무 단지가 나타났다. 하늘이 보이지 않을 정도로 높다랗게 자란 잣나무 숲을 지나는데 툭, 하는 둔탁한 소리. 큼직한 잣송이가 떨어지면서 낸 소리였다. 잣송이를 집어 들었다. 묵직했다. 잣송이의 억센 주름을 들추고 보니 제법 큼직한 잣

〈그림 4〉 실레이야기길에서 열린 제3회 김유정학술세미나 장소로 이동 중인 김유정학회원들(어린이는 회원의 자녀)

들이 빼곡히 들어차 있었다. 잣을 꺼내서 입에 넣고 딱, 깨무는 순간 잣살의 향긋한 냄새가 입안에 가득했다. 잣알을 깨물어 잣살을 꺼내 먹으면서 잣나무 숲을 걸었다.

작년 이맘 때 생각이 났다. 그때도 혼자 산행을 하는데 산길에 잣송이 하나가 떨어져 있었다. 발로 비벼서 잣 열매를 한 움큼이나 모았는데 어디선가 강아지 한 마리가 나타나 꼬리를 흔들었다. 강아지에게 껍질째의 잣을 몇 알 던져주었다. 강아지는 잣 열매를 입에 물더니 딱, 하는 소리를 내며 잣을 먹었다. 잣맛을 들인 강아지는 계속 잣을 깨물어 먹으며 꼬리를 흔들었다. 강아지도 잣이 몸에 좋은 것인 줄 알고 있는 듯 했다.

주택가의 골목길을 걸어 나오다가 밤나무 아래에서 알밤 하나를 얻었다. 산행을 하면서 풀벌레 소리를 배경삼아 억새와 쑥부쟁이 꽃, 망초의 하얀 꽃, 물봉선이며 또 이름 모를 풀꽃들과 사귀는 것은 운치 있는 일이다. 그러나 밤나무 아래에서 밤알 줍기, 손에 송진을 묻혀가며 잣송이 속의 잣알을 꺼내 입에 넣고는 딱, 하고 깨뜨려서 잣살을 발라 먹는 재미(치아가 약한 이들은 조심할지어다)는 결코 포기할 수 없는 금병산의 가을 산행이 주는 최고의 선물이다.

2011.9.30.

●●●

김유정문학촌과 실레이야기길

이른 봄날, 바람이 매끈한 잔가지를 흔들면 알싸한 향기 터치며 긴 잠에서 깨어나는 꽃망울들이 있다. 이름 하여 동백꽃, 동박꽃, 또는 생강나무 꽃이라고도 불린다. 김유정의 소설 「동백꽃」에 나오는 바로 그 노란 동백꽃이다. 김유정문학촌의 담장 가에는 노란 동백꽃을 피우는 크고 작은 동백나무들이 문학촌을 에워싸듯 자라고 있다.

문학촌 안에는 엄격한 고증에 따라 복원한 목조에 초가지붕을 얹은 김유정 생가가 들어서 있다. 생가 옆에 있는 기와지붕의 기념관 안에는 김유정 관련 자료들을 수합해 전시하고 있다.

동백꽃이 피어날 무렵부터 금병도원의 복숭아꽃이 이울 무렵까지, 김유정문학촌은 한창 바쁘게 돌아간다. 3월 29일 김유정 추모행사를 선두로 4월 네 번째 금요일부터 사흘간에 걸쳐 '김유정문학제'가 열린다. 학술제,

<그림 5> 3월의 김유정문학촌과 동백꽃

백일장, 소설작품 입체낭독 대회, 김유정문학탐방 기행 열차, 실레이야기길을 걸으며 함께 참석하는 움직이는 문학교실 등 다양한 프로그램이 진행 된다.

김유정문학촌에서는 봄날의 문학축제 외에도, 여름에는 국내 유명작가들을 초대해 특강을 듣고 창작 지도를 받는 2박 3일 코스의 문학캠프, 가을에는 김유정 작품과 만나는 삶의 체험, 향토 작가와 함께 하는 순회문학강연 등이 정기적으로 개최되고 있다. 그 외에도 비정기적으로 향토 문인들의 모임과 시화전, 중고등 학생들을 위한 백일장들, 전국 각지에서 찾아오는 탐방객들로 문학촌은 언제나 활기찬 모습이다.

누군가 작가란 신(神)과 동격이라는 말을 했다. 작가는 그의 작중 인물들에게 영원한 생명을 불어 넣어준다는 것이다. 단테의 베아트리체, 괴테의 베르테르와 롯데, 톨스토이의 카추샤, 로망롤랑의 장 크리스토프 같은 등장인물들을 보더라도 그들은 우리 이전부터 살아왔고 우리가 떠난 뒤에도 더 오랜 동안 이 지구별 사람들과 더불어 살아갈 것임을 우리는 알고 있다.

돌아보면, 김유정이 스물아홉 살에 이 세상을 떠나간 지 73년이 흘렀다. 그가 실레마을에 머물던 1930년대 농촌은 피폐했고, 농민들은 빚에 몰려 허덕이다가 야반도주, 유랑인이 되거나 도둑으로 전락하기도 했다.

김유정 작품 속의 등장인물들은 살아남기 위해서라면 거추장스러운 도덕이며 윤리 따위는 거부했다. 그들에게 생명만큼 소중하고도 아름다운 것은 없었다. 아내는 가족을 위해 자신의 몸을 상품화하고, 일단 급한 불을 끄고 나면 다시 가족에게로 돌아갔다. 농사는 열심히 지어도 빚은 늘어나는데, 콩밭에 금줄이 뻗쳤다고 꾀송대니 누군들 그 꾐에서 자유로울 수 있을까. 병든 남편의 겨울옷을 얻으려고 사기결혼을 하고 새신랑의 의복 일체를 훔쳐서 달아나는 나그네에게 누가 돌을 던질 수 있을까······.

김유정이 당대의 명창 박녹주에 대한 짝사랑의 상심 끝에 춘천 실레마을에 와있었던 동안 그가 만났던, 그리하여 그의 작품 속에 등장시킨 덕돌이, 덕만이, 점순이, 춘호 처, 이쁜이, 욕필이 영감, 뭉태, 수재, 영식이들은 세월과 관계없이 여전히 건재하고 있다. 그들은 죽어도 죽지 않는 사람들이다.

우리가 김유정을 사랑하고 기억해야할 이유가 바로 여기에 있다.

만일 김유정이 당시 실레마을 사람들의 삶과 사랑, 시대적 고통에 대한 것들을 작품 속에 그려넣지 않았다면 한때 실재했었던 그들은 모두 잊혀졌을 것이다. 그러나 김유정이 1930년대 실레마을 사람들의 이야기를 실레사람들의 언어(춘천 토속어)로 기록하는 순간, 그들은 영원한 실레마을의 거주민이 되었고 그 시대의 빈궁과 고통의 원인이 어디에 기인한 것인가를 생생하게 고발하는 증언자가 되어 주었다는 것이다.

'김유정문학촌'이 일반적인 '문학관'이 아니고 '문학촌'으로 불리게 된 데에는 이유가 있다. 그가 남긴 31편 소설 중, 실레마을 배경의 12편 작품이 모두 실레마을에 연고지를 갖고 있는 까닭이다. 따라서 진정으로 김유정의 작품을 이해하고자 하는 이들은 작품의 배경지를 찾아가 그 당시의 시선으로 마을을 바라보고 등장인물들을 생각해 보면 작중인물과의 동일시를 경험하게 될 것이다. 나아가 궁핍하던 시절의 사람들과 현재의 나를 객관적으로 바라봄으로써 나 자신에 대한 반성과 모색의 시간을 갖게 될 것이다.

근래 조성된 '실레이야기길'은 김유정문학촌 앞에서 출발해서 금병산 중턱을 가로질러 수아리골로 넘어가 금병의숙 터 쪽으로 나오게 된다. 실레이야기길을 따라 걸으면서 실레마을을 조망하고, 가난과 병고 속에서 요절한 김유정의 생애를 돌아봄은 물론, 작품의 배경지와 작품을 연결시키다 보면, 김유정에 대한 치명적인 사랑에 빠지지 않을 수 없게 된다.

세파에 시달리고 고독에 지쳐 비틀거리는 이들, 인간에 대한 애정과 신뢰의 힘으로 절망과 싸워 이기기를 원하는 이들, 문학을 통해 미래를 꿈꾸는 이들을 김유정문학촌으로, 그리고 실레이야기길로 초대한다.

당신들은 이곳에서 마침내 위로받고 힘을 얻게 될 것이다.

(『동트는 강원』 61호, 2010.5.1)

〈그림 6〉 「봄·봄」의 배경지에서 나와 금병의숙 쪽으로 갈 때 만나게 되는 실레마을이야기길

김유정선생 탄생 104주년을 축하하며

김유정 선생,

입춘대길(立春大吉) · 건양다경(建陽多慶) ――

입춘방의 묵향은 상기도 풋풋한데, 입춘 지나고 여드레 되는 날인 2월 12일, 춘천의 실레마을로 찾아오신 그대를 생각합니다.

그대가 이 땅을 찾아온 이래 해가 뜨고 달이 지고, 바람이 불고 구름이 지나고 눈비가 내리고 햇살이 비치고 그런 날들이 모이고 모여서 100년이 지나고 또 4년이 지났습니다. 그리고 또 생각해 보니 그대 새봄이 시작되는 입춘 무렵 이 땅을 찾아오셨다가 스물아홉 해 생일 지나고 달포 뒤, 실레마을에 동백꽃 노랗게 피어나기 시작하던 그 봄날에 떠나가셨으니 그대는 진정 봄날에 왔다가 봄날에 떠난 봄날의 문선(文仙)이었나 봅니다.

그렇기에 그대 이름 김유정, 그리고 춘천과 실레마을 ― 이들 세 덩이의 고유명사를 연결시키면 어디선가 봄내 흐르는 소리, 땅 속에서 풀뿌리 나무뿌리 기지개 켜는 소리 들리고, 바람에 실려 오는 꽃향기 같은 것들이 서서히 퍼지고 있음을 느낍니다. 김유정 선생 그대는 봄을 좋아하고 절실하게 봄을 기다리셨습니다.

봄이 오면 날이 화창할 게고, 보드라운 바람에 움이 트고 꽃도 피리라. 만물은 씩씩한 소생의 낙원으로 변할 것이다. 따라 나에게도 보드라운 그 무엇이 찾아와 무거운 이 우울을 씻어 줄 것만 같다. (수필「행복을 등진 정열」)

그렇습니다. 가난과 병고 속에서 그대는 인생의 봄날이 활짝 피어나기를 그리하여 이 세상 모든 근심 걱정이 씻기어지기를 소망하고 있었습니다. 그런가 하면 그대는 설날 아침 울긋불긋 차려 입은 어린애들의 설빔을 보고, 또 간밤에 내린 백설이 녹아 자취도 없는 데 건넛집 처마 끝에 흐르는 물기를 보며 겨울 속에서도 '향기를, 봄의 회포(懷抱)'를 느끼고(수필「네가 봄이런가」) 가슴 철렁해 했지요. 자연의 봄날은 돌아오는데 인생의 봄날이 아득히 멀리 있음에 서러웠던 것인가요.

그러나 그대 김유정 선생,
이제 서러워하지 않으셔도 됩니다. 한 알의 밀알이 땅에 떨어져 죽어 수많은 열매로 돌아오듯이, 그대 절망 속에서 헤매다가 그대 위해 '따로 한 길이 준비 되어 있음'을 깨닫고, 생명이 다하는 날까지 '다만 한 가지로 그 길을 완전히 걸을 것'임을 맹세한 순간, 그대는 유한성의 세계에서 무한성의 세계로 입문하였습니다.

〈그림 7〉 김유정탄생100주년기념식. 우측 두 번째 전신재 교수, 세 번째 전상국 김유정문학
촌장, 네 번째 이어령 김유정100주년기념행사 준비위원장. 좌측 첫 번째 필자, 두 번째 소설가
오정희 선생.

김유정 선생,

오늘 우리가 이 자리에 모여 그대의 생신을 축하하는 데는 이유가 없지
않습니다. 그대는 가셨지만 그대의 말씀은 여전히 우리 옆에 남아 세월
속에 잊혀져간 1930년대, 역사가 기록하지 못한 그 시대 그 이야기를, 밑
바닥 인생들의 이야기를 우리에게 들려주고 있습니다.

그대의 이야기 속에서 우리는 흙으로 돌아간 그 사람들의 웃음과 눈물
과 절망과 희망을 접하고, 그들을 통해서 우리는 어디에서 와서 어디로
가야할 것인가를 암시받고는 합니다.

무엇보다도 당신은 밑바닥 인생들에게 끝없는 관심과 애정을 갖고, 그
들이 갖고 있는 하나하나의 생명의 촛불에 불을 붙여주었으며 그 불빛은
모여 한 다발의 햇불이 되어 어두운 세상을 비추어 주는 길잡이가 되게
하여주었습니다.

김유정 선생,

그대의 이야기가 갖고 있는 미덕은 사람을 재미있게 하고 그러나 곱씹어 생각하고 비판하게 하는 데 있는 듯합니다. 그리고 사람은 때로 절망할 수 있지만 그러나 절망을 통해서만 희망으로 나아갈 수 있음을 역설하십니다. 그대의 작품 속에서 절망은 희망으로 오르기 위한 든든한 디딤돌이 됩니다.

김유정 선생,

이제 그대를 기리기 위한 김유정기념사업회 사업도 본궤도에 접어들었고, 김유정역이 생기면서 전국에서 김유정을 만나고자 하는 사람들의 발길이 이어지고 있습니다.

춘천시에서는 문학촌 주변 토지를 구입하고 1930년대식 저자거리를 만들어 삭막한 문명에 목말라하던 사람들에게 낭만시대의 정열을 수혈시켜준다고 합니다.

김유정 기념사업회가 김유정의 문학전반을 일반에게 두루 알리는 사업에 주목한다면 김유정학회는 김유정문학의 학술연구와 김유정문화 생산에 주목할 것입니다.

김유정 선생,

살아서 외롭고 고통스러웠지만, 죽어서 사랑받고 또 사랑을 베푸는 축복받은 작가가 그대 말고 또 누가 있겠습니까.

선생께서는 하늘 높은 곳에서 그대를 향한 후인들의 움직임 지켜보시고 때로 예인에게 접하는 뮤즈와 같이 우리들에게도 접하시어 꿈을 통해서 또는 그대 작품 중 어느 한 부분의 새로운 해석을 통해서 어떻게 하면 세상 사람들 모두 서로 사랑하고 서로의 마음을 잇게 할 수 있을 것인지도 알려주소서. 그리고 문학작품을 통해서 사람들이 총체적인 인식을 갖고 자기의 길을 제대로 찾아갈 수 있게 해 주소서.

김유정 선생,

탄생 104주년 생신을 축하합니다.

셰익스피어가 탄생 450년 가까이 축복을 받듯, 그대께서도 탄생 200주년, 300주년, 그보다 더 더 많이 세세연년 축복받으시기 바랍니다.

2012.02.12. 김유정학회장   유 인 순 올림

(『김유정문학촌』 통권 제9호, 2012. 봄)

실레이야기길에서

봄이 한창 무르익은 '실레이야기길'을 걸었다. 봄꽃들이 피고 지면서 바람이 불면 후루룩하고 떨어지는 꽃잎은 말 그대로 향기로운 꽃비였다. 꽃잎이 진자리에 신록이 들어서고 있었다. 실레이야기길은 김유정문학촌이 있는 춘천, 실레마을의 '금병산' 중턱을 가로지르는 이야기가 있는 산책길이다. 금병산은 마치 비단병풍을 펼쳐놓은 듯 아름다운 산이라는 데서 나온 이름이다. 실레이야기길은 김유정작품과 연관된 정보와 이야기를 열여섯 마당으로 엮어놓아서 산책과 삼림욕을 하면서 푯말에 제시된 내용을 읽다보면 김유정작품 세계에 풍덩 빠져들게 되는 지극히 환상적인 공간이다.

김유정의 작품을 읽다보면 1930년대적 삶의 현장이 그대로 압축되어 있음을 보게 된다. 사회 저변부 사람들의 고된 삶과, 궁핍하고 불행한 삶 속에서도 결코 삶의 끈을 놓아본 적이 없는 풀뿌리 인생들의 모습이 그대

<그림 8> 우리나라 최초의 사람 이름을 딴 역명 '김유정역'

로 보이는 것이다. 그런데 이때 김유정이 그린 인물들은 식민지 체제에 순응하기 보다는 그들 나름의 동물적인 감각으로 생존의 방식을 선택한 다. 그것은 식민지 체제가 만든 또 하나의 시대고와 맞불어 싸우고 살아 남기 위한 특이한 전략과 저항의 방식이 아니었을까.

김유정 하면 적어도 그에 관련된 '최초'에 해당되는 몇 가지 목록들이 보인다. 1968년 한국 최초의 문학인의 비석인 '김유정문인비'가 의암호변에 건립 되고, 2002년에는 한국 최초의 문학관인 '김유정문학촌'이 실레마을 김유정 생가 터에 세워졌다. 2003년 4월에는 한국 최초의 문학기행열차인 '김유정문학기행열차'가 서울 청량리역을 출발, 춘천 김유정역까지 운행되고 열차 안에서 버들피리를 불면서 「동백꽃」의 호드기가 바로 버들피리라는 것, 생강나무 가지를 꺾어다가 냄새 맡게 하면서 「동백꽃」의 노란 동백꽃이 바로 생강나무 꽃이라는 것을 이야기했다. 한편 2004년 12월에는 한국철도 사상 최초로 기존의 역명을 사람이름으로 교체한 '김유정역'이 출현했다.

김유정문학촌 건립 이후 김유정에 대한 관심이 높아지면서 김유정문학에 대한 집중적이고 체계적인 연구를 위해 김유정학회 설립의 필요성이 부각되기 시작했다.

김유정학회에서는 한 작가의 작품에 대한 학술적인 접근과, 그 작가의 작품을 토대로 다양한 문화콘텐츠를 생산해내는 것에 관심을 갖기로 했다. 이와 같은 작업은 작가에게는 오랜 생명을 주고 독자에게는 문학 및 문화에 대한 관심과 예술적 감식안을 세련시킬 수 있다고 생각한 것이다. 김유정의 경우는 이미 오래 전부터 그의 생애와 문학작품이 실명소설, 패러디, 장르교체(시, 희곡, 수필), 매체교체(연극, 영화, TV 드라마, 발레, 오페라, 판소리, 만화) 등으로 제작되어 문학영역에서 문화의 영역으로 그 지평을 넓혀오고 있었던 것이다.

김유정학회는 2011년 4월 창립총회 겸 학술연구발표회가 열린 이래 지금까지 3번의 학술연구발표회와 3번의 학술세미나를 진행했다. 학술연구발표회에서는 학술논문발표 이외에 김유정의 문화콘텐츠로 나온 발레감상, 오페라 감상을 했고 김유정의 생애와 문학을 자료로 한 스토리텔링 창작 소설작품이 발표되었다. 학술세미나는 금병산 정상에서 또는 실레이야기길에서 김밥을 나누어 먹으면서 진행했다. 그동안 김유정 관련 전공서적으로 『김유정의 귀환』, 『김유정과의 만남』이 나왔고 이와 별도로 필자와 필자가 재직하고 있던 국어교육과 교수와 현대소설전공자들이 함께 만든 『김유정과 동시대 문학연구』가 발간되

〈그림 9〉 우리나라에서 최초로 시행된 김유정문학기행 열차, 달리는 경춘선(청량리역-김유정역) 열차 안에서 필자가 김유정의 생애와 문학에 대한 강의를 하고 있다.

〈그림 10〉 김유정학회 제3회 김유정학술세미나에 참석한 회원들이 김유정생
가 앞에서 기념사진을 찍었다.

었다. 이들 세 책자의 특징은 모두 김유정 관련 학술논문과 스토리텔링 작
품이 수록되어 있다는 것이다. 전공서적에 소설작품을 싣는다는 것도 아
마 최초의 일이 될지 모른다.

궁핍한 시대에 울음 대신 웃음의 언어를 선택했던 김유정, 김유정의 고
향 춘천의 실레마을, 실레이야기길로 선생을 초청한다. 서울 상봉역에서
전철을 타면 김유정역까지 교통카드 기준 2,450원, 소요시간은 70~80분
정도 걸린다. 혹시 살다가 앞앞이 막막하고 울고 싶은 때가 있다면 실레
이야기길로 오시라. 실레이야기길에서 그동안 잊고 있었던 청춘의 꿈도
떠올려 보시고, 본래의 자기 자신을 만나보는 것, 어쩌다 금병산과 소통
하여 김유정을 만나게 되면 악수라도 나누시기 바란다.

(『교수신문』684호 '學而思' 칼럼, 2013.5.3)

실레마을이여 점순이여

김유정의 고향은 춘천의 실레마을이다. 실레마을은 비단병풍을 펼쳐 놓은 듯한 금병산(해발 652m)을 배경으로 자리 잡았다. 마을은 사방이 나지막한 산으로 둘러싸여 마치 옴팍한 떡시루를 닮은 듯하다고 하여 실레마을로 불린다. 행정구역상 이름은 증리(甑里). 실레마을에 있는 김유정문학촌은 김유정역에서 도보로 5분 거리에 있다.

김유정문학촌은 2002년 8월 6일 개관했다. 편의상 김유정문학촌은 초가지붕의 미음(ㅁ)자 형태인 김유정생가와 기와지붕인 김유정기념전시관으로 구성되어 있다. 본래의 생가는 한국전쟁 중 파괴되었고 옛 생가에서 살았던 김유정의 조카 김영수 씨와, 생가의 모습을 기억하는 마을 어르신들의 고증에 따라 복원된 것이다.

'김유정문학촌'을 찾는 탐방객들은 "왜 '김유정문학관'이 아니고 '김유정

〈그림 11〉 김유정문학촌의 항공사진. 미음(ㅁ)자형 초가집이 생가, 기와집은 김유정 기념전시관.

문학촌'이냐"고 묻는다. 이유는 간단하다. 일반적인 문학관의 기능은 한 작가의 모든 기념품을 한정된 공간에 전시하고 보여주는 데서 끝난다. 그러나 '김유정문학촌'에서는 김유정 생전에 관련된 1차 자료를 보여주지 못하는 대신 김유정 사후에 나온 자료들을 제시한다. 그리고 '김유정문학촌' 담장 바깥으로 탐방객을 불러내서 실레마을 곳곳에 산재해 있는 김유정소설의 현장을 돌아보게 한다. 그 현장에서 한때는 실재했지만 지금은 잊혀진 사람들, 김유정작품의 실제 모델이 되었던 사람들을 소설 속에서 불러내 대화를 하도록 유도한다. 어디 그뿐인가.

근래에는 금병산 중턱을 가로지르는 '실레이야기길'을 조성, 여기에 김유정 작품 관련 이야기 16마당을 펼쳐놓아 숲속 터널에서 삼림욕을 하면서 김유정의 생애와 문학, 1930년대 당시 우리 조상들의 삶에 관한 이야기보따리를 풀어놓게 한다. 금병산과 실레마을 전체가 김유정문학 속으로 흠뻑 빠져들게 하고 있는 것이다.

김유정, 그는 대체 누구이기에 그의 작품은 10여 개 외국어로 번역되고, 한국의 중·고등 국어교과서와 문학 교과서에 가장 빈도수 높게 그의 작품이 수록되고, 자주 수능시험에 출제되고 있는 것일까.

1937년 3월, 김유정은 29세의 생일을 보낸 한 달 뒤, 폐결핵과 결핵성 치루로 타계했다. 그의 작품 창작의 기간은 고작 5~6년, 발표된 작품은 소설 31편(동화 2편 포함), 수필 17~18편, 번역 2편을 남겼다. 김유정은 6천 석 재산을 가진 춘천지방 토호의 2남 6녀 중 7번째로 태어나 조실부모하고, 형님의 방탕으로 인해 부모 사후 10년 안에 집안이 기울어 불우한 청소년기를 보내야 했다.

김유정의 생애는 불행했지만 작가 김유정에게 주어진 불행의 요인들은 오히려 문학적 축복이 되고 있음을 주목하게 된다. 다섯 명의 누님과 한 명의 누이동생 틈에서 자랐다는 것, 콧대 센 동편제의 명창 박녹주 선생에 대한 연모가 일방적인 짝사랑으로 끝나고 말았다는 것 등등은 여성에 대한 그의 시각이 전통적인 가부장제의 사람들과는 다른, 여성을 어머니로, 누이로, 동지로 인식하게 되는 계기가 된다. 그의 소년시절 말더듬 증세는 음성언어가 아닌 문자언어로 가슴 속의 희노애락을 퍼담아 펼치게 한다.

작가로서 김유정의 생애에 크게 영향을 끼친 이로는 안회남과 박녹주를 들 수 있다. 신소설작가 안국선의 아들인 안회남은 김유정과 휘문고보 시절의 친구이다. 김유정은 휘문고보 졸업반 시절에 우연히 박녹주를 만났다. 그는 밤을 새워가며 연애편지를 고치고 고쳐서 써 보내고 답장 없는 편지쓰기에 몸부림 쳤다. 김유정이 맛본 고독과 그리움, 수없이 고쳐 쓰며 다듬던 편지글에서 비롯된 문장 수업은 그로 하여금 문학에 눈뜨게 한다.

김유정은 박녹주가 동편제의 국창임을 알게 되면서 박녹주의 판소리에, 우리 소리에 귀를 기우리고 이것을 무의식중에 자신의 것으로 육화(肉化)시킨다. 이것은 후일 김유정문학의 특징 가운데 하나인 해학과 풍자, 판소리체 문장이라는 소설적 특징을 갖게 된다. 박녹주는 「두꺼비」와 「생의 반려」에 주요인물로 등장한다. 「만무방」과 「안해」에서는 강원도 아리랑과 춘천 아리랑의 노랫말이 삽입되면서 작품의 내면적인 주제가 아리랑에 응축되어 저항문학으로 나타나게 된다.

먼저 신춘문예로 등단한(1931) 안회남은 박녹주와의 짝사랑에 절망하고 춘천으로 와서 농촌계몽운동을 벌이고 있던 김유정에게 글을 쓰게 한다. 안회남은 김유정이 쓴 세 편의 소설 중 「산골나그네」와 「총각과 맹꽁이」를 잡지에 발표시켜준다(1933). 그리고 이때 미처 발표되지 못했던 작품을 개작하게 해서 직접 조선일보사 신춘문예응모에 접수시켜준다. 1935년 김유정은 바로 이 작품 「소낙비」로 신춘문예 1등 당선 작가가 된다. 김유정은 같은 해, 조선중앙일보 신춘문예에도 「노다지」로 가작 입선한다.

김유정의 작품에서 가장 매력적인 여성은 단연 두 명의 '점순이'이다. 「동백꽃」의 점순이는 열일곱 살, 동갑내기 총각에게 남친 되어주기를 청했지만 눈치 없는 총각이 이를 묵살하자 사나흘 연속 닭싸움을 매체로 덤벼들어 총각의 항복(?)을 받아낸다. 「봄·봄」의 점순이는 열여섯 살, 자기보다 10년 위인 얼뜨기 남편감을 조절해서 아버지께 빨리 성례 시켜달라고 조르게 한다. 그 결과 데릴사위와 장인 사이에 육탄전이 벌어져 장인이 위기에 몰렸을 때 점순은 즉각 아버지 편이 된다. 사랑 앞에 대담하고, 아버지의 위기 앞에서는 즉각 효녀로 변신하는 점순은 복스럽고 당돌한 처녀이다. 이런 처녀를 그 누가 사랑하지 않을 수 있을까. 「소낙비」의 춘호

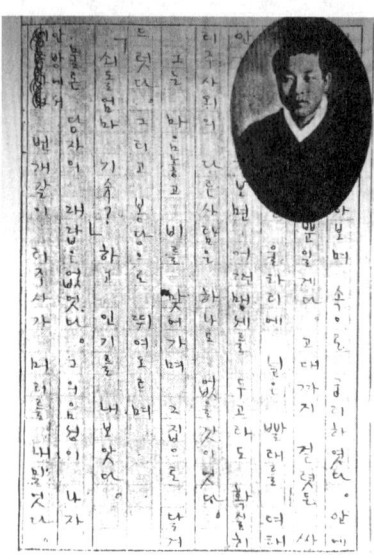

처, 「산골나그네」의 나그네는 모두 열아홉 살, 「가을」의 복만이 처, 「솟」의 들병이인 계숙이, 이 젊은 아내들은 남편을 대신하여 생활전선에 뛰어들어 자신의 성을 상품화한다. 그들이 할 수 있는 성의 상품화는 '정당한 노동'이다. 우선 살아야 하고, 산다는 것은 그 무엇보다도 아름답고 또 숭고한 일이기 때문이다. 이렇게 보면 김유정 작품 속(농촌소설 및 도시소설 모두) 여성들은 어머니로서 연인으로서 언제나 적극적이고 동시에 희생적으로 가족을 돌보는 '거룩한 존재'들이다. 김유정과 당대의 타작가와의 차이가 바로 이런 여성관과 세계관에서 드러난다.

〈그림 12〉 1938년 삼문사 발행. 『동백꽃』 속표지에 나온 김유정과 「소낙비」의 원고사진. 그러나 사진 속 원고의 내용과 조선일보 1935년 신춘문예에 나온 「소낙비」의 같은 부분 원고를 대조했을 때 9부분에서 철자법, 어휘 등에서 차이를 보여주고 있었다.

김유정은 31편의 소설 중 12편을 춘천실레마을을 배경으로, 나머지는 서울을 배경으로 썼다. 그의 작품은 농촌소설이면서 동시에 도회지 소설이고, 작품 표면에 나타난 특징은 풍자와 해학, 비속어와 토속어의 사용 등이지만 그의 작품 내면을 통해서 보여주고자 한 것은 일제에 대한 비순응, 저항정신이다. 나아가 그는 인간의 내면의식을 파헤치고 이야기의 내용보다는 이야기의 방법에 더 주목한 모더니스트의 모습까지도 보여준다.

2013.7.1. 14 : 30.

(『여성신문』 1245호, 2013.7.5)

김유정의 혼백달래기 – 진오귀새남굿[*]

　김유정탄생100주년기념사업회에서 주최하는, 요절한 천재 작가 김유정의 한을 달래는 새남굿이 김유정문학촌에서 진행되었다. 김유정문학촌으로 인간문화재들을 초청해서 하는 굿이었다. 안내서에 나온 대로의 것을 정리해보기로 하자.

　새남굿의 진행자들은 중요 무형문화재 제104호 이상순(여, 62세, 기능보유자)과 이성재(남, 55세, 전수교육조교 서울새남굿보존회 회장), 윤복희(여, 67세 이수자), 유효숙(여, 52세, 이수자), 원옥희(여, 67세, 이수자), 강옥임(여, 48세, 이수자), 이길수(남, 65세, 회원), 그 외에 수련자들이 함께 참여했다. 새남굿에 대한 소개는 관동대학의 황루시 선생이 언급한 것이 있어서 그 내용을 그

---

[*]　김유정탄생 100주년을 기념하기 위해 김유정의 혼백을 달래는 진오귀새남굿이 있었다. 이 글은 그날의 일기장에서 발췌한 것이다.

대로 옮겨 놓는다.

    새남굿은 죽은 이의 넋을 위로하고 천도하는 굿으로 이같은 넋굿은 진오기굿, 오구굿, 왕굿, 또는 씻김굿이라고 부른다. 새남굿은 이중 가장 규모가 큰 의례, 상류층에서 격식을 갖추어 하던 굿으로 '새남'의 뜻은 분명하지 않지만 '새로 태어난다'는 의미라고 해석하는 사람들이 있다. 우리는 죽음을 돌아간다고 말한다. 근본으로 돌아가는 것 곧 새로운 탄생이라고 할 수 있겠다.

    서울 새남굿은 삼현육각 편성의 장중한 음악과 구성진 노래, 품위 있거나 신명나는 춤, 아름다운 신화, 재미있는 놀이로 다채롭게 진행된다. 무녀가 말미드리는 장면은 더 없이 아름답다. 고개가 절로 갸웃해지는 큰 머리 얹고 금비녀와 온갖 칠보 뒤꽂이로 장식을 한 뒤 무녀는 열 두겹 속치마 위에 비단치마를 덧입어 공주 복색을 갖춘다.

    장고 앞에 앉아서 부채와 방울을 들고 바리공주 무가를 부르는 것이다. 사재삼성을 놀 때는 심술 맞고 능청스러운 연기를 하고, 도령을 돌 때는 품위 있는 춤으로 망자를 저승으로 인도하는 바리공주 역할을 해낸다. 이런 새남굿은 종합적인 공연예술의 성격을 갖고 있는 동시에 한국인의 심성이 가장 잘 표현된 죽음의 의례라고 하겠다. 서울 새남굿은 그 높은 예술성과 문화적 특징을 인정받아 1996년 중요무형문화재로 등록되었다.

— 황루시, 민속학자, 관동대 교수

    오후 2시 30분경부터 굿은 김유정문학촌 생가 대청마루에서 시작되었다. 굿구경을 나온 수 많은 사람들이 문학촌 생가 안채안으로 몰려들고, 일부는 바깥에서 구경을 하고 있었다. 나는 문학촌 직원들의 도움을 받아

<그림 13> 김유정탄생 100주년을 기념하는 진오귀새남굿을 알리는 휘장

생가 안방으로 들어가 대청마루에서 진행되는 굿을 보았다.

　먼저 민속학자인 황루시 선생이 나와서 오늘 굿의 진행과정 전반에 대한 소개가 있었다. 실내에서 이루어지는 굿은 일종의 재수굿으로 부정 물리기와 조상굿 모시기 잡귀 달래기 잔 올리기 등으로 이루어질 것이라고 했다. 오늘의 큰 무녀인 이상순 씨가 12세에 신 내림 받은 내력, 그녀가 한때 춘천에서 살다가 남편의 사업 실패로 서울로 갔고 이후 무녀로 살아오기까지의 설명이 있었다. 무녀 이상순 씨는 장고를 두드리며 오늘 김유정선생의 혼백을 달래고, 또 춘천시민의 안녕을 비는 무가를 부르기 시작했다. 김유정의 조카 손주 김진웅 씨 부부와 전상국 문학촌장들이 나가서 잔을 올리고 절을 올리면서 본격적인 굿판이 벌어지기 시작했다. 흰 고깔에 금박물린 붉은 가슴띠와 어깨띠를 두른 박수무당(남자무당)이 나와서 주당물림, 부정, 가망청배, 진적이 차례대로 진행되었다. 무당은 옷 속에

〈그림 14〉 만신 이상순 씨가 참관객에게 복을 빌어주고 있다.

옷을 입고 장면이 바뀔 때마다 그 옷을 벗고 또 다른 옷을 걸치고, 축복과 기원을 하고 있었다. 잽이들이 장면에 따라 바뀌는 옷을 들고 와서 무복을 입고 벗는 것을 도와주었다. 다시 여자 무당들이 나와서 불사, 도당, 초가망을 행했다. 도당굿을 행하는 무녀 윤복희 씨는 큰머리를 하고 붉은 장삼 같은 옷에는 금박이 화려했다. 공주나 황후의 옷차림처럼 그렇게 아름답고 화려했다. 옷 속에 옷을 입은 화려한 의상, 적, 황, 청, 록, 흑색으로 지어진 무복들이었다. 장면에 따라 큰머리는 벗기도 하고 다시 올려놓기도 하고 무복도 입고 벗는 것이 모두 화려하고 재미있는 눈요기감이었다. 무녀 윤복희 씨는 입담이 좋았고 계속 사람들에게 복과 명을 받으라고 축복하면서 웃음을 이끌어 냈다.

큰 무당 이상순 씨는 초가망 이후부터 나왔던가. 남치마에 옥색 저고리 차림으로로 나와서 무가를 부르다가 흰옷으로 갈아입고 또 춤추고 노래했다. 이상순 씨는 노래하다가 갑자기 강신현상으로 잠시 정신을 놓은 듯, 얼굴이 창백해지고 구슬 같은 땀을 흘리며 쓰러졌다.

이상순 씨와 나와의 거리는 1~1.5m 정도, 그녀의 잿빛에 가깝도록 창백해진 얼굴과 송글송글 맺힌 땀방울들을 모두 볼 수 있는 지점이었다. 잽이들이 나와서 그녀를 부축했다. 이상순 무녀는 몸을 떨면서 아주 힘들게 그녀 속으로 들어온 김유정의 이야기를 전했다. 그녀가 전하는 저승의 김유정이 하는 이야기 ─ '아이 추워', '배고파', '아파', '아파 추워' 하는 신음소리, 그리고 그녀는 춥고 병든 상태에서 배를 주리다가 죽었다는 이야기를 천연덕스럽게 한다. 그리고 그동안 몽달귀신으로 헤매다가 굿을 해주어 고맙다는 이야기를 김유정의 조카 손주인 김진웅 씨 부부에게 울면서 웃으면서 전했다.

그러나 새로운 이야기는 없었다. 창백한 얼굴에 땀방울을 떨어뜨리며 김유정의 신이 들어 그렇게도 아프고 힘들어 하던 만신이, 갑자기 교태를 띤 표정과 행동으로 간들거렸다. 그냥 가려고 하다가 사람들이 많이 모여 들었기에 들렸노라고, 김유정이 그렇게 유명한 사람이 될 줄 알았으면 그 사랑을 받아주었을 걸 하는 이야기, 자신은 돈 때문에 기생이 되었다는 이야기, 또 자신은 돈을 좋아한

〈그림 15〉 만신 이상순 씨에게 들어온 김유정의 넋. 이때 이상순 씨는 창백한 얼굴에 땀을 흘리고 있었다.

다는 이야기, 김유정 때문에 자신도 덩달아 유명해졌다는 이야기를 이상순 무녀가 내뱉을 때는 웃음이 나왔다. 박녹주의 신이 무녀에게 내렸다는 것이다. 박녹주는 기생이긴 하지만 자신의 예술세계를 가진 예술인이었다. 돈이 좋아서 기생이 되었다는 것은 무녀 이상순 씨의 각색이지 않았을까.

그렇다. 새로운 이야기는 나오지 않았다. 아, 자기가 써놓은 작품들을 친구가 빼돌렸다는 이야기가 나왔다. 안회남의 이야기였다. 그러나 나는 믿지 않는다. 안회남의 글을 읽으면서, 안회남이 그럴 사람이 아니라는 것을 나는 알고 있었다. 안회남도 좋은 작가인데 김유정에게 정말로 좋은 친구였는데 안회남은 누명을 쓰고 있는 것이다. 김유정은 결코 배를 굶주리다 죽은 작가는 아니었다……. 죽기 얼마 전에도 당시 10원이나 하는 아코디언을 사서 그것을 켜고는 했었다는 김영수 씨의 증언도 있었다.

신 내림을 받은 만신의 입을 통해서 혹시 나에게 김유정이 전하는 말이 있을까 하고 기대했는데 없었다. 어차피 굿이란 한판 축제이고 즐거운 연극인데 사람들이 굿에 너무 많은 것을 기대하거나 너무 미신으로 몰아 부치고 있는 것이 아닌가.

큰 굿을 하기 위해서 준비 작업이 없지 않았을 터이다. 김유정에 관련된 상식적인 큼직한 요점은 무녀에게 전달되었을 것이다. 그와 같은 나의 생각을 황루시 교수에게 했더니 그녀는 이번에 굿을 주관하는 인간문화재 이상순 무녀는 글을 전혀 모르는 문맹자라고 했다. 그렇지만 주변의 조수들이 알려줄 수도 있는 것이 아닌가. 김유정은 너무도 많이 알려진 작가이니.

신대(신 내림대)를 내릴 때 노영일 선생이 내게도 돈봉투를 내밀었다. 10만원이 들어 있었다. 신대를 잡을 때 무녀에게 복채로 주라는 것이었다.

내가 어리둥절해하자 노영일 선생 이야기로는 굿을 할 때에는 복채를 주어야 하고, 그것이 굿 행사를 돕는 것이라고 했다. 그는 굿에 참여한 문학촌 운영위원들에게 같은 수준의 복채를 나누어 주었다고 했다. 나는 내게 할당된 돈 10만 원을 가능한 규모 있게 쓰려고 했다. 그런데 내가 처음 신대를 잡았을 때 붉은 기가 나왔다. 1만 원을 무녀가 펼쳐든 부채 위에 올려놓았더니 그것은 너무 적다고, 붉은 기에는 5만 원을 올려야 한다고 했다. 그렇게 했다. 그러나 굿이 진행되는 동안 여러 번 신대를 잡아야 했고 그때마다 1만 원권 지폐를 올렸지만 실내 굿에서 이미 10만 원을 모두 사용하고 말았다. 굿판의 분위기 속에서 자연스럽게 이루어진 복채문화라고 불러야 하나.

2시간 반 동안 실내에서 굿을 했고 오후 4시 반이 훨씬 지나서 뜨락에서 굿이 시작되었다.

사람들이 많이 기다리고 있다가 굿에 참여했다. 무녀가 펼쳐 쥔 부채 위에 지폐를 올려놓으며 두 손을 합장하고 깊숙이 절을 하는 행렬이 줄을 이었다. 어떤 젊은 엄마는 유아원생 정도 아기에게 1만 원권을 주어서 아기가 아장거리고 나와 무녀의 펼쳐진 부채위에 복채를 올려놓았다. 모두 웃으며 즐기고 있었다.

춘천지역에서는 처음으로 거행되는 대규모 굿판. 나는 뜨락 가운데쯤에 앉아서 햇살을 피하기 위해 모자를 썼다. 새남부정, 가망청배, 중디밧사, 사재삼성까지 무녀 강옥임 씨가 진행했다. 사람들은 반팔 소매인데, 나는 추워서 일단 나의 승용차로 돌아가 모피 코트를 꺼내가지고 왔다. 굿 구경을 하며 사진을 찍고 있는데 이번에는 문들음 굿이 진행되고 있었다. 황루시 선생이 내게 참여하라고 권했다. 나는 사실 구경꾼으로 만족해하고 있었다.

그러나 굿은 검은 신을 불러대는 종교 행사라기보다는 하나의 연극이고 주민들을 위한 축제라는 생각에, 나도 굿에 참여했다. 전상국 교수, 전신재 교수, 그리고 내가 삼총사가 되어서 큰 만신 이상순 씨의 뒤를 따라다니며 이승과 저승 사이를 오고 갔다. 마음은 편했다.

무녀 이상순 씨는 김유정을 극락으로 인도하는 굿을 했다. 김유정선생은 극락으로 갔을 것이다. 그렇게 생각하니 가슴 속이 환해졌다.

영신굿은 무녀 윤복희 씨가 진행했다. 그러나 저녁 8시까지 굿판을 끝내야 하는 관계로 김유정은 윤복희 무녀에게 들어오지 못했다. 좀더 시간을 끌었다면 재미있는 이야기를 들을 수 있었을 터인데 ― 상식을 올릴 때에도 전상국, 전신재, 유인순이 함께 절하고 술잔을 바치었다. 뒷영실과 베가르기, 사왕군웅, 뒷전은 무녀 강옥임 씨가 진행했다.

무녀들은 모두 배우였다. 그들은 무가를 부르고 춤을 추고 웃고 우는 표정연기를 했다. 그들은 혼자 연기하지 않았다. 그들은 굿판에 모여든 사람들이 그들과 어울려 춤추고 웃고 즐길 수 있도록 유도했다. 굿판은 축제의 장이었다. 김유정을 오래 오래 기억하도록 사람들 가슴에 선명한 추억 한 덩어리를 새겨넣어주고 있었다.

오후 8시 경에 새남굿은 끝났다. 사람들 앞에서 노영일 선생은 김유정이 결혼 하지 않고 죽었기로 자손이 없지만 실은 3남매를 두었으니 전상국, 전신재, 유인순이 바로 그들이라고 했다. 그런가. 나는 자칭 타칭 김유정의 연인이라고 해왔는데, 노영일 선생 말로는 내가 김유정 씨의 딸이라고 한다.

김유정, 축복받은 사내다. 축복받은 작가이다. 비록 병고와 가난 속에 죽었지만, 그의 작품은 계속 읽혀지고, 그를 위한 행사는 그치지 않고 진행되고 있지 아니한가.

굿을 마친 무속인들, 양장하고 머리 손질하고 나서니 우리와 똑 같은 사람들, 그러나 분장하고 울긋불긋한 무속인들의 옷을 입고 있을 때와 신이 내려서 껑충껑충 뛰어 오를 때에는 인간계와 신계를 동시에 발 딛고 서있는 사람들, 경계인이었다.

2008. 5.17.

제 2 부

김유정과의
무릎 맞댄 만남

생명의 길, 문학의 길*

김유정의 생애와 문학

I. 김유정의 생애

김유정은 사망하기 11일 전에 안회남에게 다음과 같은 편지를 썼다.

　필승아

　나는 참말로 일어나고 싶다. 지금 나는 병마(病魔)와 최후 담판이다. 홍패

(興敗)가 이 고비에 달려 있음을 내가 잘 안다. 나에게는 돈이 시급히 필요하다. 그 돈이 없는 것이다.[1]

이어서 유정은 돈 100원을 만들어 볼 작정이니 대중화되고 홍미 있는 탐정소설 한두 권을 보내주면 '내 50일 이내로 번역해서 너의 손으로 가게 하여 주마'고 부탁한다. 그는 자신에게 허용된 생명의 날이 다만 열하루뿐이라는 사실을 몰랐다. 그는 살고 싶어 했다.

유정의 공개된 글 가운데 가장 먼저 씌어진 것은 중학교 2학년(1924년) 때에 쓴 일기문이다. 체육시간에 친구의 실수로 투포환을 가슴에 맞았지만 다행히 무사했다. 유정은 투포환을 맞고도 멀쩡했던 자신의 행운에 대해 그 영광을 부모님과 조상에게로 돌린다. 짤막한 일기문의 앞과 뒤에서 그는 '영광이다'[2]를 4번이나 반복했다. 그만큼 자신의 무사함과 건강함에 감격한 것이다. 그러나 13년 뒤인 1937년 2월 22일, 음력설을 맞은 유정은 장막을 들추고 이불 속으로 들어가며 '이를 악물고 한평생의 햇빛과 굳게 작별한다'.[3]

영광에서 절망의 나락으로 떨어진 유정의 불행은 어디에서 비롯된 것일까. 이들을 살펴보기 위해서 유정의 생애를 살펴보기로 하자.

유정은 1908년 1월 11일 부친 김춘식(1873~1917)과 모친 청송 심씨(1870~1915) 사이에서 2남 6녀 중 일곱째로 태어났다. 첫아들을 낳고 내리 딸 다섯을 둔 뒤에 얻은 아들이었다. 귀한 아들이기에 오래 살라고 '멱서리'[4]

---

1 이 편지는 1937년 3월 18일에 작성된 것이다. (『원본 김유정 전집』, 474쪽)
2 위의 책, 475쪽.
3 수필 「네가 봄이련가」는 『여성』 4호(1937)에 발표된 것이지만 내용으로 보아 1937년 2월 11일에 작성된 것이다. (위의 책, 457쪽)

라는 아명으로 불리었다. 유정은 어려서 횟배를 앓았다. 핏기없는 떡서리
는 말을 더듬었다.[5]

유정은 7살 때 어머니를, 9살 때 아버지를 여의고 이후 누님들과 유모
인 수캐엄마의 돌봄을 받게 된다. 유정이 12세에 서울 재동 공립보통학교
에 입학하기 전까지는 글방에 다니며 천자문, 계몽편, 통감을 배웠고 붓
글씨를 잘 썼다고 한다.

유정은 1923년 15세에 휘문고등보통학교에 입학하고 이 무렵 안회남
(본명 안필승)을 만나게 된다. 조실부모하고 방탕한 형님 밑에서 자라야 했
던 유정에게 안회남은 커다란 의지처였다. 유정의 휘문고보 5학년(1928)
시절의 큰 사건은 동편제의 명창 박녹주와의 만남과 치질수술이다. 1930
년 유정은 연희전문에 입학하였으나 출석미달로 제적당하자, 박녹주에게
거절당한 사랑의 상처를 안고 춘천으로 간다. 그리고 이해 가을 늑막염의
진단을 받게 된다. 늑막염은 바로 폐결핵으로 이어지는 전초가 된다(이후
유정은 1933년 서울시청 위생진단에서 폐결핵 진단을 받게 된다[6]).

춘천에서 유정은 차츰 마음을 잡아 그의 집 사랑방에서 시작한 문맹퇴
치 운동은 1932년에는 금병의숙이란 이름의 간이학교 인가를 받아낼 정
도로 발전시킨다. 그는 문맹퇴치 운동에서 나아가 농촌의 생활개선을 위
한 기초 활동으로 노름퇴치, 마을의 길 넓히기, 부녀자들을 위한 야학운
동과 협동조합운동 같은 것도 전개하면서 마을 사람들과 폭넓은 교류를
갖기도 한다. 그리고 틈틈이 그가 지켜본 마을 사람들의 생활을 메모하

---

4   짚으로 엮은 곡식을 담아두는 그릇
5   김영수, 「김유정의 생애」, 『김유정전집』 하, 310쪽.
6   위의 책, 333쪽.

고, 머리 속에 담아두기도 한다. 유정의 농촌배경 소설은 대개 그런 노력의 결과였다. 그것은 그 전해에 안회남이 신춘문예로 문단에 등단하자 여기에 고무된 바가 컸었던 것이다. 유정 또한 1932년 「심청」을 탈고한다. 1933년, 서울로 간 유정은 안회남의 도움으로 「산골 나그네」와 「총각과 맹꽁이」를 잡지에 발표하고 1934년에도 「솥(정분)」을 비롯한 몇 편의 작품을 탈고한다. 그리고 이 무렵 창작했을 「따라지 목숨」[7]과 「노다지」를 신춘문예에 투고한다.

마침내 1935년 「소낙비」가 조선일보에 당선되고 「노다지」가 조선중앙일보에 가작으로 입선된다. 이해에 유정이 발표한 작품은 「봄·봄」을 위시해서 9편이고, 소설가 이상(李箱)과의 만남은 5월 이후로 보이는데 그는 이상의 추천으로 후기 구인회원으로 가입하게 된다. 밤을 새워가며 소설 창작에 매달린 그의 체력은 1936년에 들어서면서 흔들리기 시작한다. 1936년 발표작은 「동백꽃」을 비롯해서 무려 12편이나 된다. 무리를 해서는 안 되지만 약값을 벌기 위해 그는 무리한 창작에 매달려 건강을 소진시킨 것이다. 7월에 정릉 산골로 요양을 들어갔던 그는 폐결핵과 결핵성 치루로 조카 김영수의 등에 업혀 형수가 세들어 살고 있던 충신정의 단칸 방으로 들어오게 되고 8월 이후부터는 아예 거동을 못하게 된다.

1937년 3월 초, 폐결핵에 치루까지 겹쳐진 유정은 다섯째 누이 유홍이 살고 있는 경기도 광주로 거처를 옮긴다. 이미 이때부터 유정은 혼자 세수도, 식사도 할 수 없을 정도로 쇠약해진 모습을 보여준다. 그리고 1937

---

7 본래 이 작품은 「흙을 등지고」라는 제목이었으나 잡지사의 사정으로 게재되지 않자 안회남이 이를 신춘문예 응모하도록 권유했다. 이에 유정은 내용을 수정하고 제목도 「따라지 목숨」으로 하여 현상문예에 투고했다. 조선일보사에서는 이 작품을 1등 당선작으로 뽑고 그 제목을 「소낙비」로 고쳐서 발표했다. (안회남, 「겸허-김유정전」, 위의 책, 294쪽)

년 3월 29일, 29세의 나이로, 그는 경기도 광주의 누님 집에서 사망한다. 그의 유해는 화장되어 한강에 뿌려지고, 사후에 미발표 작품으로 「형」을 비롯한 4편의 소설과 2편의 번역소설이 발표된다.

자연인 김유정은 축복 가운데 태어나서 불행하게 죽었다. 그러나 그는 그에게 주어진 불행의 요인들을 문학의 열정으로 돌려놓았다. 살아서 고독하고 불행했던 그는 죽어서 사랑받고 축복받는 작가가 되었다. 이제 이들을 살펴보기 위해서 유정의 문학세계로 들어가 보기로 하자.

2.유정의 문학세계

1) 유정문학의 출발

유정문학의 출발은 크게 내·외적요인으로의 접근이 가능하다. 먼저 내적요인은 말더듬과 결핵이고 외적요인으로는 안회남과 박녹주와의 만남을 통해 운명적으로 작가의 길을 선택하게 된다.

(1) 말더듬과 결핵

유정이 말더듬이었다는 사실은 그의 자전소설 「생의 반려」[8]와 이석훈의 증언 '입이 무겁고 말더듬인 유정'[9]에서 확인된다. 유정은 어린시절부

8 　김유정, 「생의 반려」, 『원본 김유정 전집』, 256쪽.
9 　이석훈, 「유정의 면모편편」, 『김유정전집』 하, 404쪽.

터 말더듬의 증세를 보이고 있었다. 유정의 말더듬은 휘문고보 2학년 때 눌언교정소에서 고쳤다고 한다. 그러나 「생의 반려」와 이석훈의 증언을 통해 보았을 때, 그의 말더듬은 성인단계에[10]까지 지속되었다. 특히 '흥분하는 외에는 말을 더듬지 않았다'[11]는 것은 유정이 내면화된 말더듬이[12]었음을 짐작케 한다. 유정의 언어장애는 기질적이거나 기능적 원인[13]이 아니라 심리적 원인 및 요인들에 의한 것으로 보인다. 아버지의 과격한 성격[14]과 어머니의 팔팔한 성깔은 아들 하나를 낳고 딸 다섯을 낳은 후에 얻은 아들이었기에 그 아들에 대한 과도한 애정과 기대가 언어습득기의 유정을 위축시킨 것은 아니었을까.[15]

말더듬은 유정으로 하여금 염인증에 빠지게 했다. 여기에 조실부모와 방탕한 형님과 가문의 몰락은 유정을 자폐상태로 몰고간다. 그는 결핵진단이 내려지기 이전, 둘째누님과 사직동에 방을 얻어 살 때부터 이미 조그만 방, 조그만 창문에 검정 보자기를 들씌워 햇빛을 차단했다. 그의 염인증은 말 그대로 사람을 싫어한 것이 아니라 오히려 두려워한 것이었다. 그는 낯선 사람 앞에서 자신이 말더듬이라는 사실이 알려지는 것이 두려

---

10 이규식·권요한·김갑림, 『聽覺·言語障碍兒療育』, 형설출판사, 1979, 349쪽.

11 김영수, 앞의 글, 310쪽.

12 내면화된 말더듬이란 말더듬의 대부분이 감추어진 것으로 이들은 장애를 노출시키지 않으려고 항상 조심하는 상태—긴장의 연속선상에서 살아야 하는 무거운 짐을 지고 있다. (Charles Van Riper, 이규식·권도하 역, 『언어치료학—이론과 실제』, 학문사, 1983, 213쪽)

13 원인은 구개파열 아동의 경우이고 기능적 원인은 정상적 언어 기제를 갖고 있으나 조음 및 음성장애가 있는 경우를 의미한다.

14 김유정의 자전소설 「형」과 「생의 반려」 그리고 안회남의 「겸허—김유정전」, 김영수의 「유정의 생애」에서 가족들의 성격을 살펴보았을 때, 조부, 부친, 형님과 자매들은 모두 정상에서 일탈한 과격성을 보여준다. 유정의 모친도 전통적인 다소곳한 여성상이라고 보다는 날카로운 눈초리와 팔팔한 성깔과 의지의 굳건함을 느끼게 해주는 인상의 소유자라고 했다. (이상은 졸저, 『김유정을 찾아가는 길』, 솔과학, 2003, 94~97쪽 참조)

15 위의 책, 96쪽.

웠던 것이다. 그가 평소 말이 없었다는 것은 사람들에게 장애의 흔적을 노출시키지 않으려는 무의식적 방어본능에서 나온 것이었다.

그는 돌아가신 어머니를 그리워했다. 그리고 중증의 우울증에 빠졌다. 그는 자신의 우울증의 원인이 '애정에 주리었다'고 했다. 그는 사랑을 원했다. 그때 운명적으로 만난 사람이 명창 박녹주였다. 박녹주와의 소통을 위해서 그가 선택한 것이 문자언어였다. 그는 밤을 새워가며 박녹주에게 보내는 편지를 썼다. 말더듬이었던 그는 음성언어가 아니라 문자언어에 매달렸다. 문자언어를 통해서 대상에게 자신을 알리고, 사랑을 쟁취하고, 동시에 자신의 존재를 확인하려고 했다. 그가 쓴 편지는 문학창작을 위한 필수적인 수련과정이었던 것이다.

이 무렵 유정은 치질 수술을 받았고 다음해 가을에는 늑막염 진단을 받는다(1929). 늑막염의 가장 흔한 세 가지 원인은 폐렴과 결핵과 암이라고 한다. 유정의 경우는 결핵성 늑막염으로 추정된다. 결핵성 늑막염일 경우 대개는 폐결핵으로 전이된다. 유정이 서울시청 위생진단에서 폐결핵 진단을 받은 것은 1933년, 그리고 결핵성 치루가 발병한 것은 1936년 여름이었다. 결핵치료제 스트렙트 마이신이 1943년에, 파스가 1946년에 발견되기 전까지 결핵은 치명적 질병이었다.[16] 1930년대 당시에 결핵진단은 사망선고에 다름 아니었다.

말더듬과 가정적 불행에서 초래된 우울증, 처음 선택한 이성으로부터 사랑을 거절당한 그는 염인증에 빠진다. 그리고 폐결핵 진단, 죽음 본능 앞에서 그는 자신을 돌아보게 되고 마침내 비극적 위엄을 수용하게 된다. 그는 비극적 용기로 행복과 등진 열정에 매달린다. 그것이 곧 문학창작이

---

16 졸저, 「김유정문학속의 결핵」, 위의 책, 119~166쪽 참조.

었다. 유정이 문학창작에 몰두하는 모습은 그가 누님과 사직동에서 셋방 살던 시절을 소재로 한 「따라지」에서 톨스토이의 모습에 투영된다.

1935년, 양대 일간지 신춘문예를 통해 화려하게 문단에 진출했던 그해 봄에, 유정에게 막연했던 죽음의식은 구체적인 시한부 인생으로 찾아왔다. 유정이 '한 달포를 두고 몹시 않았을 때 의사를 찾아가니 그 말이 돌아오는 가을을 넘기기가 어렵다고 하였다'.[17] 그럼에도 유정은 연일 철야로 원고와 다투었다. 유정은 자신의 존재 이유를 찾기 위해 문학창작에 매달렸다.

유정의 문학창작의 내적 요인은 말더듬과 가정적 불행과, 그리고 결핵이 함께 작용해서 만든 고독이라는 괴물이었다. 그것에 대항하기 위해 유정은 문학창작에 매진했다.

(2) 안회남과 박녹주

유정이 작가가 되도록 자극이 되어준 외적 요인으로 안회남과 박녹주가 있다.

김유정과 안회남은 휘문고보에 입학은 같이 했어도 친해지기는 3학년[18]부터였다. 두 사람 모두 지각과 결석을 자주 했고, 그런 서로를 바라보다가 친해졌다고 했다. 이 무렵을 조카 김영수는 다음과 같이 기억한다.

2, 3학년 때부터 안회남이 매일같이 찾아왔습니다. 그들은 같은 반이었습니다. 안씨는 피부색깔이 검어서 집안 식구들은 그의 이름대신 '깜둥이'라고 불

---

17 김유정, 「길」, 『원본 김유정 전집』, 435쪽.
18 안회남, 「겸허-김유정전」, 앞의 책, 271쪽.

렀습니다.

　매일 밤 찾아오는 '깜둥이'에게 묻어나간 그는 밤 새로 한 시가 넘어야 집으로 돌아왔습니다.[19]

　그들은 함께 공부하고 운동을 하고, 하모니카 연습을 하며 함께 뒹굴었다. 그러다가 두 사람 모두 1926년 과정 낙제를 했다. 그래도 유정은 학업을 계속하였지만 안회남은 1927년 12월 15일자로 자퇴[20]하고 이후 학교 대신 도서관에 드나들며 문학서적을 탐독한다. 안회남은 자신의 아버지가 많은 저서를 냈을 뿐 아니라 그 가운데 『동물회의록(動物會議錄)』이 발행 당시에 4만 부를 돌파한 조선 출판계의 최고 기록을 세웠었다는 것[21]에 감격하고 있었다. 아버지에 대한 존경과 사랑의 기억을 갖고 있는 안회남, 아홉 살 어린 나이에 아버지를 여읜 김유정, 얼마나 부러웠을 것인가. 명사인 아버지의 아들, 글짓기를 잘해서 작문시간마다 선생님께 칭찬을 받던[22] 안회남이었다. 문학에 대한 김유정의 관심은 안회남과 우정을 쌓으면서 자연스럽게 싹트기 시작했다. 김유정이 문학을 평생의 과업으로 선택한 것은 1930년 안회남이 결혼하던 날짜의 일기에서 확인된다.

　내가 결혼한 날의 유정 일기를 보면 그는 나를 퍽 행복스러운 사람이라고 말한 후, 자기는 도저히 그런 행복을 꿈꿀 수도 없다고 하고,

---

19　김영수, 앞의 글, 315쪽.
20　백승렬, 「안회남 소설연구」, 서울대 석사논문, 1989, 162쪽.
21　안회남, 「명상」, 앞의 책, 97~98쪽. 여기서 안회남은 안국선의 「금수회의록」을 착각하여 「동물회의록」으로 표기하고 있다.
22　위의 책, 98쪽.

"나는 영원히 결혼하지 않으리라. 나는 문학과 함께 살련다. 그것이 나의 애인이요, 아내이다." 이러한 의미의 것을 적어 놓았는데[23]

안회남은 1931년 『조선일보』 신춘문예에 「발(髮)」이 3등 당선되면서 소설가로 등단한다. 이 무렵 김유정은 춘천의 실레마을에서 야학운동을 하고 있었다. 안회남의 문단 등단은 김유정에게 커다란 자극이 되었다. 유정은 실레마을 사람들과 함께 어울리면서 그들의 일거수일투족에 관심을 갖고 이를 메모하기 시작한다. 작품을 위한 자료들을 적극적으로 수집하기 시작한 것이다. 그리고 1932년 유정 또한 그의 최초의 소설 「심청」을 탈고하고, 다음해 서울로 간 유정은 「산골 나그네」와 「총각과 맹꽁이」를 안회남의 소개로 잡지 『제1선』과 『신여성』에 발표한다. 또한 안회남의 격려로 신춘문예에 응모, 마침내 「소낙비」와 「노다지」가 조선일보와 조선중앙일보에 당선되어 문단에 공식 등단하게 된다. 안회남은 김유정이 작가가 되는데 지렛대 역할을 해준 것이다. 뿐만 아니라 유정의 소설 가운데 실화의 소설화와 자전적 요소가 투입된 소설이 비교적 많다는 것에는 사소설작가로서의 안회남의 영향력을 인정하지 않을 수 없다.

김유정이 박녹주를 처음 만난 것은 휘문고보 졸업 전인 1928년 가을쯤으로 추정된다. 김유정이 박녹주를 처음 만나던 순간의 감동은 「생의 반려」에 그대로 재현된다.

그가 명주를 처음 본 것은 작년 가을이었다. 수은동 근처에서 오후 한 시경이라고 시간까지 외고 있는 것이다.

---

23 안회남, 「겸허―김유정전」, 앞의 책, 299쪽.

그가 일로 하여 봉익동엘 다녀 나올 때 조고만 손대야를 들고 목욕탕에서 나오는 한 여인이 있었다. 화장 안한 얼굴은 창백하게 바랬고 무슨 병이 있는지 몹시 수척한 몸이었다. 눈에는 수심이 가득히 차서, 그러나 무표정한 낯으로 먼 하늘을 바라본다. 흰 저고리에 흰 치마를 훌쳐 안고는 땅이라도 꺼질까봐 이렇게 찬찬히 걸어 나려오는 것이었다.

그 모양이 세상 고락에 몇번 씻겨 나온, 따라 인제는 삶의 흥미를 잃은 사람이었다.[24]

이 작품에서 김유정 자신이 투사된 주인공 유명렬, 그 유명렬이 나명주(박녹주가 모델인)에 집착하는 모습은 '헐없이 광인' 이었고 '햇빛 보기를 싫여하는 그건 말고라도 거츠러진 그 얼골이며 안개 낀 그 눈매 — 누가 보든지 정신병 환자이었다'.[25]

그렇다면 유명렬의 실제 모델인 김유정으로 하여금 애정에의 신경증[26]적 환자가 되도록 했었던 박녹주는 어떤 사람이었을까. 박녹주의 본명은 명이(命伊), 12세부터 명창 박기홍의 문하에서 5년간 판소리를 배웠고, 이후 '적벽가'는 송만갑에게, '춘향가'는 정정렬에게, '심청가'와 '흥보가'는 김창환, 김정문에게, '수궁가'는 유성준에게 배웠다고 한다.

박녹주의 이름은 명창명기가 총망라된 조선음악대회가 1928년 3월 1

24 김유정, 「생의 반려」, 앞의 책, 252쪽.
25 위의 책, 253쪽.
26 Karen Horney, 이근후·이동원 역, 『여성심리학』, 이화여대 출판부, 1982, 281쪽. 심리학자 카렌 호니에 의하면 애정에의 신경증적 욕구는 다른 말로 어머니 고착(mother fixation)이란 말로 표현할 수 있으며 이는 어머니에게 충분한 사랑을 받지 못한 사람들에게 나타나는 증상이라고 한다. 그렇다면 여기서 유정이 어머니를 그리워하는 마음과, 5살 연상의 박녹주에게 막무가내로 덤벼드는 것이 병적 상태였다고 보는 것은 성급한 것 단정일까. (같은 책, 292쪽 참조)

9~20일 밤에 우미관에서 열린다는 매일신보 기사에서 보인다.[27] 박녹주는 1928년에 콜럼비아 레코드사에서 첫 음반을 내었고 이후 빅터 레코드사·오케이 레코드사·태평 레코드사 등에서 많은 음반을 취입했다.[28]

김유정은 처음 박녹주를 만났을 때, 그녀가 동편제의 명창이라는 사실을 모르고 있었다. 자신도 모르게 그 여자를 따라갔고, '그리고 집에 돌아와 그날 밤부터 편지를 쓰기 시작하였다. 매일 한 장씩 보내었다'.[29]

유정이 박녹주를 만나기 전에 우리 소리에 관심을 갖고 있었던 흔적은 어디에서도 찾아볼 수 없다. 그는 영화 보기를 좋아했고, 음악에 취미가 있었으며 아코디언과 바이올린을 즐겨 켰고[30] 하모니카 밴드를 이끌었고, 단성사 개관 기념행사 때는 단성사 무대 위에 올라 하모니카 독주를[31] 하기도 했다. 이들로 보면 유정의 취향은 다분히 서구 지향적이었다. 그러던 유정이 박녹주를 만나면서 우리 소리에 귀를 기울이기 시작했다.

①그리하여 그는 그때 전문학교 시절의 발랄한 몸이면서도, 새로운 세대의 새 이지의 감동력도 없이 그저 우울하고 초조하고 비관적이어서 무슨 남도 소리를 한답시고 '문경의 새재는 으 응 으응' 어쩌고 저쩌고 하다가 '오대야 구부 구부 눈물이다' 뭐 한숨이 절로 나온다고 하면서 이따금 당치도 않는 목청을 뽑고 했다.[32]

27 『매일신보』, 1928.3.18.
28 김기형, 「여류 명창의 활동양상과 판소리사에 끼친 영향」, 『구비문학연구』 7호, 한국구비문학회, 1998 참조.
29 김유정, 「생의 반려」, 앞의 책, 252~253쪽.
30 김영수, 앞의 글, 314쪽.
31 위의 책, 315~316쪽.
32 안회남, 「겸허―김유정전」, 앞의 책, 278쪽.

②“김형! 우리 소리합시다”

하고 그 척 척 붙어 올라올 것 같은 끈적끈적한 목소리로 강원도 아리랑 팔만 구암자를 내뽑는다. 이 유정의 강원도 아리랑은 바야흐로 천하일품이다.[33]

①은 안회남이, ②는 이상이 증언하는 유정이 부르던 ‘진도 아리랑’과 ‘강원도 아리랑’의 한 대목이다. 유정은 박녹주를 만나면서 그의 가슴에 우리 소리의 곡조와 정조를 담기 시작한다.

김유정은 그의 첫사랑이 조선의 명창이었기로, 그자신도 이를 능가할 수 있는 작가가 되기로 결심한다. 말더듬이었기로 언어 및 언어구사에 민감했었던 유정이었다. 그는 ‘우리 소리’에 개안(開眼)하게 되면서 본능적으로 그 속에 들어 있는 우리 고유의 정조와 가락과 노랫말에 나타난 서민의 살아있는 언어와 우리 정조에 주목하게 된 것이다. 그렇다면 박녹주야말로 청년 김유정의 사랑을 거절함으로써 김유정으로 하여금 문학을 통해 자신의 정체성을 찾도록 도와 준 여성이었다. 왜냐하면 김유정은 박녹주 이상으로 그의 예술혼을 넓고 깊게 펼치게 되었기 때문이다.

2) 유정문학의 특징

후기 구인회 회원이었던 유정에게 글은 공들여 만들어져야 하는 것이었다. 그러나 유정은 과도한 공들임의 파행을 경계했다. 그는 또 독자를

---

33 이상, 「김유정―소설체로 쓴 김유정론」, 문학사상자료연구실 편, 『이상소설전작집』 1, 갑인출판사, 1980(1977), 305쪽.

외면하고 예술지상주의자를 자처하는 일부 작가들도[34] 경계했다. 유정에게 '읽혀지지 않는 문학 작품은 사장되어 존재하지 않는 것과 같았다'[35] 유정은 예술가의 사명은 '인류사회에 적극적으로 역할을 가져오는데' 있다고 보았다. 그래서 그는 새로운 문학의 목표를 묻는 설문에 대해 다음과 같이 답한다.

> 우리의 정조(情調)
> 이 시대의 풍상(風霜)을 족히 그리되 혈맥(血脈)이 통하야 제물로는 능히 기동(起動)할 수 있는 그런 성격을 천착(穿鑿)하는 곳.[36]

이와 같은 문학관의 작가였기에 김문집에게 유정은 '애기 젖빠는 본능으로'[37] 글을 쓴 작가였고, '농후한 개성과 전통미가 홍수를 이루고 있을뿐더러 일종 수줍은 고전미'를 갖고 있는 작품의 작가였다. 이태준 또한 유정은 '최초의 작품부터 자약(自若)한 일가풍(一家風)을 가졌던[38] 작가였고, '자기 체질에 맞는' '기질에 맞는 것을 쓴 작가'였다.

그렇다면 김유정의 작가로서의 본능과 기질은 그의 작품 속에서 어떤 문학적 특성을 이루게 하였을까.

---

34 김유정, 「병상의 생각」, 『김유정전집』 하, 469쪽.
35 차봉희, 『수용미학』, 문학과지성사, 1985, 29쪽.
36 설문, 『원본 김유정 전집』, 479쪽.
37 김문집, 「김유정의 예술과 그의 인간비밀」, 『김유정전집』 하, 371쪽.
38 이태준, 『무서록』, 깊은샘, 2003, 49쪽.

(1) 삶의 현장성과 삶의 역동성

김유정 작품이 주는 감동은 무엇보다도 삶의 현장성이 그대로 살아 있다는 것이다. 혹자는 유정의 서술태도에서 '희극적 효과를 위한 과도한 과장의 태도'[39]가 있다고 지적한다. 그러나 그것은, 인생의 안내자, 스승의 역할을 자임하던 종래의 작가에 익숙해 있었던 평자의 느낌이 아닐까. 춘원 이광수가 그랬고 유정과 동시대의 작가들도 역시 그랬다. 그러나 유정의 경우는 철저하게 작중인물과 동일시가 이루어진다. 서울배경의 작품에서는 서울사람이 되고 농촌배경의 작품에서는 농촌사람이 된다.

① "쥔 어른 게서유?"

몸을 돌리어 바누질거리를 다시 집어 들랴 할 제 이번에는 짜정 인끼가 난다. 황겁하게

"누기유?" 하고 일어서며 문을 열어보았다.

"왜 그리유?"

처음 보는 아낙네가 마루끝에 와 섰다. 달빛에 빗기어 검붉은 얼굴이 핼쓱하다. 치운 모양이다. 그는 한 손으로 머리에 둘렀던 왜수건을 벗어들고는 다른 손으로 흩어진 머리칼을 씨다듬어 올리며 수집은 듯이 쭈볏쭈볏한다.

"저 …… 하룻밤맘 드새고 가게해주세유―"[40]

② "일어 쪼각 하나 못 하는 것이 무슨 학교를 다녔다구? 이년아!" 하고 넘겨

---

39 이재선, 「회화적 감각과 바보열전」, 전신재 편, 『김유정문학의 전통성과 근대성』, 한림대 아시아문화연구소, 1997, 108쪽.
40 김유정, 「산골나그네」, 『원본 김유정 전집』, 18쪽.

짚으며 얼러딱딱입니다. 그러니까 아내는 잠자코 낯이 빨개집니다.

"네까짓게 학교를 다니면 값이 얼마라구!"

두둑한 뺨에다 다짜고짜로 양떡을 먹입니다. 아내가 밉다기보다 미주리 쪽인 장인놈의 소위가 썩 괘씸하고 원통합니다.

"저는 웬 의사라구 빈가방을 들고 왔다갔다해. 아이 우스워라. 별꼴두 다 많어!" 하고 그제서야 아내는 고개를 들며 입을 삐죽입니다.[41]

①은 실화를 소설화한 「산골 나그네」이다. 늦가을 달밤의 주막집, 홀어머니의 눈에 비친 나그네의 모습이다. 핼쑥한 얼굴, 추위에 떠는 모습. 화자의 시선과 감수성은 홀어머니를 초점화자로, 등장인물들의 대화에는 춘천지방의 언어와 시골 사람의 푸근한 인심이 스며든다. 어느 날 홀연히 찾아든 나그네가 홀어머니의 노총각 아들과 혼례식을 올린 며칠 뒤 새신랑의 새 의복 일습을 훔쳐갖고 병든 걸인 남편에게로 돌아간다는 것이 이 작품의 이야기다.

②는 서울이 무대인 「애기」에서 신랑과 새댁의 부부싸움 장면이다. 서로가 속이고 치른 결혼식, 서로의 정체를 폭로하는 말싸움은 서울 토박이 언어로 이루어지고, 이들 속에는 서로에 대한 불신과 그로 인한 영악한 인간의 이기심이 팽배해 있다. 임신한 딸을 떠넘기기 위해 지참금을 미끼로 사위를 공개모집한 장인, 지참금에 눈먼 필수네 가족이 접근하여 혼인은 성사된다. 시집와 두어달 만에 태어난 씨 다른 애기. 그 애기를 가운데 두고 가족들이 벌이는 희비(喜悲)의 소동이 이 작품의 줄거리다.

김유정의 작품에서는 당시의 고단한 삶을 수용하는 순박한 사람들로

---

41 김유정, 「애기」, 위의 책, 402~403쪽.

부터 사기꾼에 이르기까지 다양한 삶의 모습과 다양한 삶의 현장이 그대로 재현된다. 삶의 현장은 명암과 선악이 존재하기 마련이다. 그렇기에 김유정은 당위의 세계가 아닌, 있는 그대로의 세계, 곧 '존재의 문학'[42]으로 그의 문학공간을 채워간다.

한편 김유정 작품의 도처에서 만나게 되는 등장인물들은 어떤 상황에서도 삶의 의지와 역동성을 보여준다. 그들은 짝짓기를 통한 종족보존과 생존 본능 앞에 솔직하고 용감하다. 그렇기에 그의 작품에서는 충만한 생명감을 느끼게 된다.

① 뭉태가 이쁘달때엔 어지간히 출중난 계집일게다. 이런 걸 데리고 술장사를 한다면 그밖에 더 큰 수는 업다. 뒤해만 잘 하면 소 한바리 쯤은 낙자없이 떨어진다. 그리고 아들도 곧 나야 할텐데 이게 무엇보다 큰 걱정이다.[43]

② 자네 말두 하기야 옳지. 암 나이 찼으니까 아들이 급하다는 게 잘못된 말은 아니야. 허지만 농사가 한창 바쁠 때 일을 안 한다든가 집으로 달아나든가 하면 손해죄루 그것도 징역을 가거든! (…중략…) 자넨 물론 아들이 늦을 걸 염려하지만 점순이루 말하면 인제 겨우 열여섯이 아닌가[44]

①은 「총각과 맹꽁이」이다. 서른네 살 난 노총각 김덕만이가 장가를 들어야 하는 데에는 여러 이유가 있겠지만 무엇보다도 아들을 낳아야 한

---

42 김상태, 「김유정과 해학의 미학」, 전신재 편, 앞의 책, 115쪽.
43 김유정, 「총각과 맹꽁이」, 『원본 김유정 전집』, 33쪽.
44 김유정, 「봄·봄」, 위의 책, 162~163쪽.

다는 막중한 임무가 있다. ②는 「봄·봄」에서 구장님이 데릴사위를 달래는 장면이다. 사위가 자신이 혼례를 서둘러야 하는 이유가 아들이 급함에 있다고 주장했음이 구장님의 훈계 가운데 나온다. '아들이 급하다'는 것은 바로 종족보존 본능의 또 다른 표현일 뿐이다. 종족보존 본능은 바로 유한한 개체의 생명을 짝짓기를 통해 지속 시키고자 하는, 생명체들의 가장 절실하고도 심각한 생명충동이다.

한편 미혼 남녀들의 짝짓기 과정의 접근법은 솔직하고도 용감하다. 「산골」의 이쁜이는 도련님이 그리워 애태우는데 석숭이는 아무쪼록 이쁜이 눈에 잘 보이려고 이쁜이의 온갖 시중을 다 들어준다. 「봄·봄」의 데릴사위는 점순이와의 혼례를 지연시키는 장인님의 바짓가랑이를 잡아당긴다. 「동백꽃」의 점순이는 닭싸움을 매체로 총각의 관심을 끌고, 「따라지」에서 아키코는 연모하는 톨스토이에게 연애편지를 써달라는 핑계로 접근한다. 그들은 서로에게 가까이 가기 위해 어리숙하거나 되바라진 행위로 도전을 하는데 이때 이들에게서 건강한 생명력을 느끼게 된다.

한편 기혼자들의 경우 그들의 생존본능은 가족을 지키기 위해 어떤 고난도 감수한다. 「산골 나그네」의 나그네는 병든 남편의 겨울옷을 마련하기 위해 덕돌과 사기결혼을 하고 「소낙비」의 춘호 처는 남편의 노름빚을 얻어주기 위해 이주사에게 몸을 맡긴다. 「솥」의 계숙이는 뭇 남자들로부터 생활비와 생활용품을 거두어들여 남편과 함께 떠나고 「만무방」의 응칠이 처는 아이를 살리기 위해 후살이를 작정한다. 「안해」의 아내는 이밥에 고기국을 먹기 위해 들병이로 나가려 하고, 「가을」의 복만이 처도 빚을 가리기 위해 소장수 황거풍에게 팔려가지만 사흘 만에 남편과 함께 줄행랑을 친다. 「정조」의 행랑어멈은 서방님을 유혹해서 고뿌술집을 차릴 밑천을 얻어나간다. 앞에서 언급한 「만무방」을 제외한 작품의 부부들은 대단한 결집력의 부부애를 보여준다.[45] 살기 위해서라면 어떤 것도 마다하지 않는 이들 앞에서, 김유정이 얼마나 삶에 깊이 매료되어 있었던가를 보게 된다. 시한부 인생의 폐결핵 환자 김유정이었다. 죽은 정승이 산 개만 못하다고 했다. 그래서 살고 싶었던, 살아서 사랑받고 싶었던 유정의 열망은 「따라지」에서 아키코의 절대적인 사랑을 받고 있는 톨스토이로, 「야앵」에서 딸을 데리고 사직골 몇 번지[46]에서 살고 있다는 결핵환자임이 분명한 정숙이의 전 남편으로, 「옥토끼」에서 가난하지만 서로를 신뢰하는 젊은 연인으로 구체화된다.

김유정 작품속에 나타나는 삶의 현장성과 충만한 생명력은, 문학을 생활의 한 과정[47]으로 보았던 작가로서의 몰입, 그리고 결핵진단을 받은 이후 건강한 생명에 대한 욕망과 집착이 그의 창작생활에 깊은 영향을 준 것이었다.

(2) 해학성과 토속성(향토성)

김유정문학의 또 다른 특징 중 해학성을 들어보자. 혹자는 김유정문학의 해학성을 판소리에 연결시키고,[48] 혹자는 유정이 자신에게 주어진 고통을 승화하고 대상을 객관화시켜 현실 초극의 길을 열어보려고[49] 해학에 집착했다고 본다. 김유정문학속의 해학은 비극이 될 소재를 희극으로

45 전신재, 「농민의 몰락과 천진성의 발견」, 전신재 편, 앞의 책, 329쪽.
46 김유정, 「야앵」, 『원본 김유정 전집』, 239쪽.
47 김유정, 「병상의 생각」, 앞의 책, 472쪽.
48 이선영, 「민중문학과 자기 인식」, 전신재 편, 앞의 책, 1997, 94쪽.
49 전신재, 「농민의 몰락과 천진성의 발견」, 위의 책, 335쪽.

연출한 서글픈 해학[50]이다. 이선영이나 이재선이 보고 있는 전통적인 해학과는 일면 거리를 두고 있는 것이 김유정의 해학이다.[51]

김유정의 처녀작인 「심청」을 보자. 종각 앞에 나앉은 병든 거지를 보고 청년 실업자(失業者)는 눈살을 찌푸리고, 그의 고교시절 친구였던 나리(순사)는 병든 거지를 골목 안으로 몰아넣는다. 그들이 서로 인사하고 헤어질 때다.

> 때는 화창한 봄날이었다. 전신줄에서 물찍통을 나려깔기며
> "비리구 배리구"
> 지저귀는 제비의 노래는 그 무슨 곡조인지 하나도 알랴는 사람이 없었다.[52]

「심청」이 연상시키는 것은 효녀 '심청'이다. 그러나 유정의 「심청」은 심사가 사납게 꼬인 상태를 말한다. 독자의 기대를 배신하는 아이러니다. 그러나 곧 거지를 벌레로, 자신을 거지의 수준에 놓고 있는 과거의 톨스토이, 병든 거지를 쫓아내고 의기양양해하는 과거의 예수제자, 이들이 과거에 가졌던 기대와 현실적 상황이 다시 등장인물과 독자의 기대를 배신한다. 여기에 그들을 향해서 전선줄 위에서 물찍똥을 내깔기는 제비의 행태 앞에 독자는 쓴웃음을 짓지 않을 수 없다. 그것은 조롱이나 공격 따위와는 거리가 먼, 아픔을 삼키기 위한 강인한 웃음(억지 웃음, 쓴 웃음)을 불러온다. 「총각과 맹꽁이」, 「솥」, 「만무방」, 「봄·봄」, 「따라지」, 「안해」, 「가을」

---

50 김상태, 앞의 글, 127쪽.
51 이와 같은 논조는 정한숙에게서도 보인다. (정한숙, 『현대한국문학사』, 고려대 출판부, 1982, 167~168쪽)
52 김유정, 「심청」, 『원본 김유정 전집』, 183~184쪽.

들을 읽었을 때, 번져 나오는 강인한 웃음, 그것이 김유정 투의 해학이다.

유정문학의 해학은 어디에서 유래된 것일까. 첫째, 전통적 해학과는 다소 거리가 있지만 판소리와의 관계는 동편제 명창이었던 박녹주에 대한 그의 관심에서 충분히 가능한 이야기다. 둘째, 어린 시절의 영화취미, 특히 찰리 채플린과 버스터 키튼의 코미디를 좋아했었던 유정이었다. 이들 코미디에서 보여주는 주인공들의 표면적인 삶은 명랑했지만, 그러나 그 이면에는 사회적 부조리와 인간적 결함을 웃음 속에서 꼬집고 있었다.[53] 이런 영화체험이 후일 유정에게 암담한 현실을 희극적으로 처리하도록 했다. 뿐만 아니라 화자의 어투도 당시 보았던 무성영화에서 변사의 역할과, 판소리에서 소리광대의 창과 아니리로 서사를 이어가던 기법이 작품 속에 차용되었음을 보게 된다. 셋째, 이들 희극적 설정에 덧보태진 결핵환자로서의 유정의 아픔이다. 자신에게 주어진 고통을 코미디 속의 슬픈 채플린처럼 시침 떼고 명랑한 모습을 연기한다. 주어진 비극적 상황을 그는 희극적 작품으로 완성시켜 위로 받으려는 것이다. 이와 같은 요인들, 판소리, 코미디 영화, 작가 자신의 결핵이 함께 작용하여 유정 작품은 표면적으로는 웃음을 터뜨리게 하지만 다시 생각해보면 그것은 눈물겨운 웃음으로, 곧 전통적인 해학과는 거리가 있는 김유정투의 해학으로 생산된 것이다.

다음은 김유정문학속의 토속성(향토성)에 대해서 살펴보기로 하자.

그전날 왜 내가 새고개 맞은 봉우리 화전밭을 혼자 갈고 있지 않었느냐 (…중략…) 나는 몸이 나른하고 몸살(을 아즉 모르지만 병)이 날랴고 그러는지 가

---

53 졸저, 「유정의 그물」, 앞의 책, 112쪽 참조.

슴이 울렁울렁하고 이랬다.

"이러이! 말이! 맘 마 마—"

이렇게 노래를 하며 소를 부리면 여느 때 같으면 어깨가 으쓱으쓱한다. 웬
일인지 밭 반도 갈지 않아서 온몸의 맥이 풀리고 대구 짜증만 난다. 공연히 소
만 들입다 두들기며—

"안야! 안야! 이 망할 자식의 소(장인님의 소니까) 대리를 꺽어들라"

그러나 내 속은 정말 안야 때문이 아니라 점심을 이고 온 점순이의 키를 보
고 울화가 났든 것이다.[54]

「봄·봄」의 데릴사위가 화전 밭을 갈다가 청춘의 욕구에 어질병을 앓
고 있는 장면이다.

이 작품에서 우리가 토속성을 느끼는 것은 농민의 생각과 행동(언어 포
함)과 생활양식과, 농촌의 자연공간이 생생하게 재현되어 있는 까닭이다.
유정의 농촌배경 소설에서 화자는 농민의 삶에 완전하게 동화되어 있다.

김유정 작품에 나타난 토속성에 대해서 혹자는 1930년대의 '근대주의'
에 대한 거부로[55] 또 다른 이는 당시 김유정이 공유했던 식민지 무의식이,
토속성을 지향했다고 보았다.[56] 그렇다면 김유정문학에서 더 많이 다루

---

54 김유정, 「봄·봄」, 앞의 책, 160쪽.
55 김윤정, 「김유정 소설연구」, 서울대 석사논문, 1996, 1쪽. 당시의 '일본화'가 '근대화'로 인식되
    었기에 이에 대한 거부가 김유정으로 하여금 토속적 세계에 매달리게 했다는 것이다.
56 식민지 무의식이란 피식민자가 식민화될지도 모른다는 위기상황과 그것을 은폐하기 위해 식민
    제국을 모방하는 과정에서 또 다른 타자와 야만을 발견해내면서 형성된다. 식민지 무의식이란
    피식민자가 식민화될지도 모른다는 위기상황과 그것을 은폐하기 위해 식민제국을 모방하는 과
    정에서 또 다른 타자와 야만을 발견해내면서 형성된다. (김양선, 「김유정 소설과 식민지 무의
    식의 한 양상」, 제2회 김유정문학제 학술발표회(일시 : 2004.4.30, 장소 : 실레마을 금병의숙)
    발표논문, 2004, 11쪽)

고 있는 도회지 소설에 대해서는 어떻게 설명을 해야할까.

김유정은 반근대주의자도, 탈식민주의자도 자본주의체제의 부적응자로서 금기의 위반자[57]는 더욱 아니었다. 그는 문학을 통해서 '인류사회에 적극적으로 역할을 가져오는' 한 사람의 작가이기를 원했다.

유정문학에 나타난 토속성의 유래는 그의 전기적 생애에 연결시켜야 할 것이다. 춘천의 실레마을은 오래전에 그의 조상이 터전을 잡은 고향마을이었다. 그는 학생시절 방학이면 실레에 와서 보냈다. 그런데 그의 집안은 마을 사람들에게 별로 존경을 받지 못했다. 유정은 "춘천 우리 고향에서는 우리 집안이 망하는 것을 좋아한다"[58]고 고백한 적이 있다. 그것은 유정의 할아버지 시대에 있었던 가렴주구에 원인이 있었던 것이다. 유정은 가난한 사람들, 특히 실레마을 사람들 앞에서 과거 조상의 잘못을 대속 받고자 했다. 그 하나가 실레마을에서 벌였던 야학운동과 농촌생활 개선운동이었다.

사망선고와 같았던 결핵진단을 받은 뒤에, 본능적으로 이끌리게 된 고향과 고향사람들에 대한 사랑, 조상대에 있었던 잘못을 대속 받고자 하는 소망, 박녹주로부터 비롯된 우리 소리에 대한 관심이 무의식에 각인시킨 한국적 정조. 유정은 그의 작품 속에 강원도 아리랑, 춘천 아리랑, 정선 아리랑들을 삽입한다.[59] 말더듬이었기로 언어인식에 치열했던 유정이었다. 유정의 날카로운 언어 감각은 고향사람들이 쓰던 언어를 그대로 작품 속에

---

57 강심호, 「김유정문학의 위반의식」, 서울대 석사논문, 2001, 6~7쪽.

58 안회남, 「겸허 ― 김유정전」, 앞의 책, 291쪽.

59 '진도 아리랑'과 '강원도 아리랑'은 술에 취한 김유정이 즐겨 부르던 우리 소리였다. '아리랑' '춘천 아리랑' '단가' '소모는 노래'를 비롯하여 '육자배기' '양산도' '방아타령' '신고산 타령' '배따라기' '홍타령' 노랫가락 '이팔청춘', '회망가' 들은 김유정의 작품 속에 들어 있는 소리 목록들이다. (졸고, 「김유정문학의 부싯깃」, 『강원문화연구』제22집, 강원문화연구소, 2003.9, 18~19쪽 참조)

생생하게 재생시켰다. 고향의 가공되지 않는 생생한 언어와 그속에 스며든 삶의 모습이 작품을 읽는 독자에게 짙은 토속성으로 다가오게 된 것이다. 고향과 고향사람들에 대한 관심과 사랑이 지극하면 할수록 그의 작품 속에 그려진 실레마을 사람들의 삶과, 언어는 더욱 생동감 있게 그려지고, 독자들은 그로부터 잃어버린 고향을, 토속성을 깊게 공명하게 된 것이다.

(3) 삶의 양가성

인생은 근본적으로 부조리하기 때문에 반드시 도리에 맞는 것만은 아니라고 하지만, 김유정 작품에서는 유난히 많은 모순된 삶이 공존하고 있음을 보게 된다.

> "성님, 장가들라우?"
> "어디 웬 계집이 있나?"
> "글세?" 하고 꽁보는 그 말을 지치다가 얼뜻 이런 생각을 하였다. 제 누이를 주면 어떨가. 지금 그 누이가 충주 근방 어느 농군에게 출가하야 자식을 둘씩이나 낳았다. 마는 매우 반반한 얼굴을 가졌다. 이걸 준다면 형은 무척 반기겠고 또한 목숨을 구해준 그 은혜에 대하야 손씨세도 되리라.[60]

「노다지」에서 꽁보는 생명의 은인인 더펄이를 위해 무엇이든지 해줄 수 있음을 보여준다. 그러나 잠채굴에서 꽁보가 발견한 금줄을 보고, 죽통에 덤벼든 도야지 모양으로 덤벼들고, 또 힘자랑을 하며 꽁보에게 무람없이 굴게 될 때, 꽁보의 마음에는 불안이 깃든다. 그가 자신을 해치고 금

---

60 김유정, 「노다지」, 『원본 김유정 전집』, 56쪽.

을 독차지하려는 것으로 보이는 것이다. 이에 동발이 무너지면서 더펄이가 위기에 빠졌을 때, 꽁보는 더펄이를 구조하는 대신, 더펄이가 따놓은 금쪽을 들고 잠채굴을 탈출한다. 더펄이에 대한 은혜 갚음의 마음은 사라지고 오히려 배신행위를 선택하게 된 것이다.

「따라지」에서 누님은 동생을 미워하면서 동시에 사랑하는 서로 상반된 상황을 보여준다. 이 작품에서 아키코 역시 모순의 존재다. 톨스토이를 연모하면서도 그녀는 남자 내방객을 사직동 셋방으로 불러들여 몸을 파는 사업(?)을 한다. 마음으로는 톨스토이를, 그러나 거리낌없이 몸으로는 뭇 사내를 맞아들이는 것이 아키코의 생활이다.

이와 같은 모순된 삶의 모습은 다른 작품들에서도 보인다. 「산골 나그네」의 나그네, 「소낙비」의 춘호 처, 「가을」의 복만이 처, 「정조」의 행랑어멈, 「솥」의 들병이인 계숙이들은 모두 남편과 가족을 위해 자신을 희생하는 열녀이다. 그러나 그들은 불열녀의 과정을 거쳐야 한다. 바로 자신의 정조를 다른 남자에게 개방시켜야 하는 까닭이다. 유정의 자전작품 「따라지」, 「연기」, 「생의 반려」에서 나오는 누님의 아우에 대한 애증의 변덕스런 감정, 「만무방」에서 제 논의 벼를 제가 훔쳐 먹지 않으면 안 되는 응오, 살기 위해 제 다리를 제가 자해하는 「금」의 덕순, 자신과 어울리지 않는 연상의 기생에게 마음을 빼앗기는 「두꺼비」의 학생, 지참금 때문에 남의 씨를 임신한 처녀에게 장가를 가야하는 「애기」의 필수. 모두 모순된 삶을 태연히 수용하고 있지만 그렇다고 이런 상황이 전혀 있을 수 없는 이야기만도 아니다.

일반적으로 선악, 희비, 애증, 명암, 빈부, 열불여, 효불효, 호불호, 신불신, 가불가, 꿈과 현실, 지성과 감성 등은 이항대립적인 존재양상을 보여준다. 이들 이항대립을 해체하려는 것이 양가성[61]이다. 김유정의 작품 속에서는 이들 전래의 이항대립은 해체, 무효화 되고 있음을 보게 된다. 양가성의 수용인 것이다. 김유정의 세상에 대한 양가적 수용은 어디에서 기인된 것일까.

김유정의 자전소설「형」에서, 어린 김유정에게 정신적인 상처가 된 한 장면에 주목하게 된다. 형은 효자였다. 그러던 형이 여학생 첩을 들이면서 그 생활비 문제로 아버지와 불목하게 되고 행패를 부리게 되자 아버지가 형을 향해 식칼을 던진다. 아비가 자식을 향해 던진 응징의 칼날 앞에서 열 살 안팎이었던 김유정은 '효와 불효를 동일시하는 나의 관념의 모순도 이때 생긴 것'임을 고백한다. 아들을 사랑하면서도 아버지가 형을 향해 내던진 '칼'의 기억은 바로 이 세상에 산재하는 모순된 존재의 인정이었고, 그날 이후 유정은 세상에 존재하는 가치의 이항대립을 해체, 세계인식에 양가성을 수용하게 된 것이다.[62]

3. 맺는 글

김유정의 행복과 등진 열정이 어디로 향해 가고 있었는지를 살펴보려고 했다. 먼저 김유정의 생애를 개략적으로 살펴 그의 행복과 불행이 어

61 김정자,「문학의 양가성, 그 한눈팔기의 탈근대적 함의」, 김정자 외,『현대문학과 양가성』, 태학사, 1999, 12쪽.
62 졸저,「유정의 그물―김유정문학의 심리비평적 연구」, 앞의 책, 105쪽.

떤 것이었는가를 보았다.

다음은 이들을 토대로 김유정문학의 출발을 내·외적 요인으로 나누어 살펴보았다. 내적 측면에서 볼 수 있었던 것은 말더듬과 결핵이었다. 말더듬은 음성언어를 문자언어로 대치시켰다. 결핵은 그로 하여금 비극적 위엄을 수용, 문학에 매진하게 하였다. 한편 외적 측면에서 볼 수 있었던 것은 휘문고보 시절의 친구 안회남, 그리고 명창 박녹주와의 만남이었다. 안회남은 저명한 신소설작가 안국선의 아들이었다. 그런 안회남이 먼저 문단에 등단하고 유정에게 글을 쓰도록 격려했다. 안회남은 유정 내면에 잠재되어 있었던 문학적 재능과 열망에 불을 지피게 했다. 한편 박녹주는 당시 고보 졸업반생이었던 유정이 매달렸던 사랑의 대상이었다. 이미 남편이 있었던 박녹주이기에 유정의 사랑은 처음부터 가망성이 없는 것이었다. 마침내 자신의 행태가 모순임을 깨닫는 순간, 유정은 명창 박녹주를 능가하는 인물이 되기 위해 문학인의 길을 선택하게 된 것이다.

마지막으로 김유정문학의 특징 몇 가지를 선택하여 왜 그런 특징을 갖게 되었는지 살펴보았다. 첫째는 삶의 현장성과 삶의 역동성이었다. 유정은 작품 창작시에 철저하게 작품 세계에 몰입하여 작가와 작품세계와의 사이에 있을 수 있는 틈을 제거한다. 따라서 그는 있는 그대로의 삶의 현장을 생생하게 재현할 수 있었다. 한편 삶의 역동성은 당시 사망선고와 다름없는 결핵진단을 받았던 김유정이기에 삶에 대한 그의 경외심과 욕망이 작중인물을 통해서 구체화된 것이다. 둘째는 해학과 토속성이다. 박녹주에 대한 사랑에서 비롯된 우리 전통적인 가락과 정조, 어린 시절 즐겨본 희극영화 체험, 동시에 자신에게 주어진 비참한 현실을 객관화시켜 삶의 길을 찾아보려는 노력이 해학성으로 나타난 것이다. 토속성의 경우에도 그의 고향과 고향사람에 대한 애정, 말더듬이로서 갖고 있던 언어적 감각, 우리 소리에 대한 깊은 관심 등이 작품 속에 고향사람들의 말과 생각과 행위를 생생하게 재현시킨 것이다. 셋째는 양가적 삶의 수용이다. 그는 어린 시절, 아버지가 형을 향해 칼을 던지던 순간, 삶의 모순을 깨닫는다. 그때부터 그는 세상에 산재한 모순된 존재를 인식한다. 이런 인식이 그의 작품 세계를 이항대립이 해체된 양가성의 세계로 그려나가게 된 것이다.

김유정의 행복과 등진 열정은 문학의 길을 선택하게 했다. 살아서 불행했던 김유정은 문학에 대한 열정으로 말미암아, 죽어서 축복받는 작가가 되었다. 그것은 김유정이 자신에게 주어진 불행의 요소들을 오히려 문학을 위해 유효한 방향으로 전환·극복했기에 얻은 영광이었다.

2004.9.18. 12 : 00.

● ● 참고문헌

강심호, 「김유정문학의 위반의식」, 서울대 석사논문, 2001.

김기형, 「여류 명창의 활동양상과 판소리사에 끼친 영향」, 『구비문학연구』 7호, 한
　　　국구비문학회, 1998.

김양선, 「김유정 소설과 식민지 무의식의 한 양상」, 제2회 김유정문학제 학술발표회
　　　(일시 : 2004.4.30, 장소 : 실레마을 금병의숙) 발표논문, 2004.

김윤정, 「김유정 소설연구」, 서울대 석사논문, 1996.

박녹주, 「여보 도련님, 날 데려가오」, 『뿌리 깊은 나무』, 뿌리깊은나무, 1976.6.

백승렬, 「안회남 소설연구」, 서울대 석사논문, 1989.

유인순, 「김유정문학의 부싯깃」, 『강원문화연구』 제22집, 강원문화연구소, 2003.

김유정, 김유정기념사업회 편, 『김유정전집』 상·하, 강원일보 출판국, 1994.

＿＿＿, 전신재 편, 『원본 김유정 전집』, 도서출판강, 2007(1997).

김정자 외, 『현대문학과 양가성』, 태학사, 1999.

안회남, 『한국해금문학전집』, 삼성출판사, 1989.

유인순, 『김유정을 찾아가는 길』, 솔과학, 2003.

이규식·권요한·김갑림, 『聽覺·言語障碍兒療育』, 형설출판사, 1979.

이　상, 문학사상자료연구실 편, 『이상소설전작집』 1, 갑인출판사, 1980(1977).

이태준, 『무서록』, 깊은샘, 2003.

전신재 편, 『김유정문학의 전통성과 근대성』, 한림대 아시아문화연구소, 1997.

정한숙, 『현대한국문학사』, 고려대 출판부, 1982.

차봉희, 『수용미학』, 문학과지성사, 1985.

Karen Horney, 이근후·이동원 역, 『여성심리학』, 이화여대 출판부, 1982.

Charles Van Riper, 이규식·권도하 역, 『언어치료학―이론과 실제』, 학문사, 1983.

● ● ●

김유정과 우울증*

1.들어가는 글

나는 숙명적으로 사람을 싫어합니다. 다시 말하면 사람을 두려워한다는 것
이 더 적절할는지 모릅니다. 늘 주위의 인물을 경계하는 버릇이 있습니다. 그
버릇이 결국에는 말없는 우울을 낳습니다.[1]

김유정이 어느 잡지사의 설문지에서 자신이 우울증에 걸려 있음을 피
력한 부분이다. 예술가들을 괴롭히는 우울증, 혹은 이상심리라는 어휘가

---

*   본 논문은 제5회 김유정문학제 김유정재조명 학술세미나에서 발표한 것을 정리한 것임.
1   김유정, 「어떠한 부인을 맞이할까」, 전신재 편,『원본김유정전집』, 한림대 출판부, 1987, 406쪽.

마냥 생소한 것만은 아니다.

프로이드는 인간의 정신을 에너지 체계로 본다. 그런데 이 체계는 '한 정된 양의 에너지를 가진 닫힌 체계'[2] 이므로 어느 한 대상이나 활동에 에너지가 과도하게 투입되면 에너지 체계 자체에 부분적 또는 전체적 붕괴를 초래하게 된다. 그 대표적인 예로 버지니아 울프, 헤밍웨이, 가와바타 야스나리의 자살을, 정신병원에서 임종을 맞아야 했던 휠덜린과 모파상[3]을 보게된다. 한국의 경우 시인 김소월, 이장희, 희곡작가 김우진 들의 자살, 화가 이중섭의 정신분열이 이에 속한다. 물론 그들이 보여주는 우울증은 시대와의 불화, 개인의 기질적인 문제도 없지 않다. 그러나 대개는 창작과정 중에 그들이 쏟아야하는 지속적인 집중력과 내면의식의 확대, 그로 인한 정신적 긴장감을 감당하지 못해 침몰되고 말았다는 사실 또한 인정하지 않을 수 없다.

흔히 우울증은 누구나 쉽게 감염될 수 있는 것이어서 '심리적 감기'[4]에 비유되고는 한다. 대개의 경우 우울증은 실패와 상실에 대한 심리적 반응[5]에서 시작된다. 김유정이 고백하는 우울증의 양상과 정도, 원인, 그로부터 벗어나기 위한 김유정의 노력을 살펴보려고 한다.[6] 이를 위해 먼저 김유정의 자전소설 및 자전적 요소가 짙은 소설작품, 그리고 비소설 작품

---

2 홍숙기, 『성격심리학』 상, 박영사, 2000, 87쪽.

3 모파상, 제임스 조이스, 고흐, 니체들이 겪은 우울증과 정신착란의 원인은 매독 감염에 따른 한 증상으로 지적되기도 한다. (Deborah Hayden, 이종길 역, 『매독』, 길산, 2004 참조)

4 권석만, 『우울증』, 학지사, 2000, 14쪽.

5 위의 책, 21쪽.

6 김유정에 대한 심리적 연구는 의외로 빈약하다. 여기에 관련된 논문은 다음과 같은 것이 있다. 서정록, 「작품에 투영된 작가의 심층의식─김유정의 Female Complex를 중심으로」, 『동대논총』 제6집, 동덕여대 출판부, 1976; 이선영, 「김유정연구」, 『예술논문집』 제24집, 예술원, 1985; 졸저, 「유정의 그물─김유정문학의 심리비평적 연구」, 『김유정을 찾아가는 길』, 솔과학, 2003.

(수필·서간문·설문지·일기)에 나타난 우울의 양상을 살펴볼 것이다. 이는 일반소설에 비해 작가가 그의 생애와 생활체험을 비교적 솔직하게 작품에 반영하고 있는 까닭이다.[7] 나아가 지인들이 증언하는 김유정의 전기적 사실과도 연관시켜 앞에서 제시한 문제들의 답을 찾도록 할 것이다.

그러나 우울증이 김유정문학에 어떤 영향을 끼쳤는가에 대한 상세한 연구는 다음의 과제로 남겨두기로 한다.

2. 김유정 작품에 나타난 우울증[8]

인간의 삶이란 환경과 상호작용하며 적응해 가는 과정이다.[9] 그런데 때로는 이 적응과정에 장애가 나타나 이상행동을 보이는 경우가 있다. 이때 이상행동이란 일반적으로 정상에서 벗어난 행동을 의미하며, 이들은 심각한 심리적 기능에 장애가 왔을 때 나타난다. 이들 이상행동의 집합체는 이상심리, 또는 정신장애라고 불린다.

김유정 작품의 경우, 농담(濃淡)의 차이가 있을 뿐 지속적으로 우울증(이상심리)의 그림자가 드리워진다. 그 중에도 자전소설이나 자전적 요소가 강한 작품군에서는 보통 이상으로 심각하다.

---

7   김유정 자전소설 및 자전적 요소가 짙은 작품, 그리고 비소설작품에서 언급된 내용은 김유정 지인들의 증언(이상, 안회남, 이석훈, 김문집, 박녹주, 김영수)과 거의 일치한다.
8   우울증은 본래 이상심리(異常心理)의 하위 항목, 성격장애에 속한다. 그러나 본고에서는 김유정이 자신의 부정적인 정서를 혐인증과 우울증이라 불렀기에 그대로 따르기로 한다.
9   권석만,『현대이상심리학』, 학지사, 2003, 22쪽.

1) 김유정 자전 및 자전적 요소가 강한 소설 군에 나타난 우울증

(1) 무직자의 우울증

무직자를 등장인물로 다루고 있는 작품은 「심청」, 「따라지」, 「연기」, 「슬픈 이야기」이다.

「심청」의 무직자는 '자기의 불평을 남의 얼굴에다 침 뱉듯 뱉아 붙이기 일수'이고, '남의 비위를 긁어 놓기로 한 일'을 하나의 향락처럼 즐긴다. 그의 세상에 대한 분노와 적대감, 불신은 상대 및 자신에 대한 공격과 비하(卑下)로 나타난다. 종로통에서 만난 깍쟁이는 '강아지의 문벌'보다도 못한 '거지 한 마리'로, 열댓 살 안팎의 중병자인 깍쟁이의 얼굴은 '노란게 말라빠진 노루 가죽'으로, 아기 거지는 '시르죽은 고양이' 또는 '벌레'로 인식된다. 이에 비해 몰인정한 순사 — 고보 시절 예수 믿기를 권하던 친구는 순사란 확실한 직장이 있기에 '베드로'로 추켜지고 철학자를 꿈꾸던 자신은 벌레의 일원으로 전락한다.

「연기」에서 무직자는 우연히 황금 덩어리를 얻어 꽃바람 부는 길을 살찐 도야지를 타고 돌아와 누님에게 큰소리를 치며 누님을 곯린다. 누님과 싱갱이를 하는 중에 참새 한 마리가 달려와 목줄띠를 물어 채는 바람에 참새와 육탄전을 벌이는데, 콧속으로 들어오는 매캐한 연기. 놀라서 깨어보니 꿈이다. 「심청」에서는 제비가 물찌똥을 깔기며 무직자를 비웃고 「연기」에서는 참새가 무직자의 목줄띠를 물어 채면서 호흡을 방해한다.

「따라지」의 톨스토이는 누님에게 얹혀산다. 집세를 받아내지 못한 주인마누라 눈에 톨스토이는 '새파랗게 젊은 녀석이 웨 이리 헐 일이 없는지 밤낮 방구석에 팔짱을 지르고 멍하니 앉어서는' 얼이 빠져 있는 것이

마뜩찮다. 아키코의 눈에는 톨스토이가 '등신'같아 안타깝다.

「슬픈 이야기」의 무직자는 '요즘 같은 쓸쓸한 가을철에는 웬 셈인지 자꾸만 슬퍼지고, 외로워지고, 이래서 밤잠이 제대로 와주지 않는 것이 결코 나의 죄는 아니다'라고, 우울증과 불면증을 일시적인 계절성 우울증[10]인양 이야기한다. 그는 매일 밤 부부싸움 하는 옆방 남편에게 충고를 하다가 오히려 사람들의 오해를 받고, 신당동 셋집을 떠나기로 한다.

(2) 실연자의 우울증

김유정이 박녹주를 짝사랑했던 사실을 작품화 한 것에 「생의 반려」와 「두꺼비」 있다. 「두꺼비」가 먼저 발표되었다. 그러나 작품 내용과 완성도의 측면에서 보았을 때 먼저 「생의 반려」를 집필, 상처로 남았던 과거의 억압된 감정들을 방출시킨 다음, 객관적 시선으로 과거사를 희화한 것이 「두꺼비」이다. 서사 전개에서도 「생의 반려」는 짝사랑의 초기 단계를, 「두꺼비」는 사랑의 열정이 지난 다음의 후일담으로 다루어진다.

「생의 반려」에서 23세의 유명렬은 처음 기생 나명주를 본 순간, 운명적인 사랑을 예감, 이후 답장 없는 편지를 쓰느라고 자신을 소진시키기 시작한다. 그 무렵 명렬의 모습은 다음과 같이 묘사된다.

오랫동안 볕을 못 본 탓으로 얼굴은 누렇게 들떴고 손 안댄 입가에는 스물셋으론 곧이듣지 않을 만치 제법 검은 수염이 난잡히 뻗히었다. 물론 번이는 싱싱해야 할 두 볼은 꺼지고 게다 연일 철야로 눈까지 퀭 들어간, 말하자면 우리에 가친 사람이라기보다는 짐승에 가까웠다.[11]

10 위의 책, 202쪽.

요즘에 와서 명렬군은 생의 절망, 따라 우울의 절정을 걷고 있었다 (…중략…) 그는 헐없이 광인이었다. 햇빛 보기를 싫어하는 그건 말고라도 거츠러진 그 얼굴이며 안개 낀 그 눈매 ─ 누가 보든지 정신병 환자이었다. 거기에다 방까지 역시 우울하였다. 남쪽으로 뚫린 들창이 하나 있기는 하나 검은 휘장으로 가리어 광선을 꽉 막아버렸다 그리고 담배 연기로 방안을 꽉 찼다.[12]

한편 화자는 나명주에게 보내는 명렬의 연애편지 내용에 대해 다음과 같이 전한다.

그의 연애는 상대에게서 제 자신을 찾아내고자, 거반 발광을 하다시피 하는 것이다. 물론 상대에게는 제 자신의 그림자도 비치지 않았다. 그럼으로, 이것은 차차 이야기하리라마는 때로는 폭력을 가지고 상대에게 대들어 나를 요구하는, 그런 괴변까지 이르게 되는 것이다.[13]

명렬의 사랑은 상대에게 폭력적으로 자신과 동일시를 요구한다. 애정에의 신경증적 욕구에 사로잡혀 있는 것이다. 애정에의 신경증적 욕구는 충동적이고 무분별[14]하며 지나치게 이기적이다. 여기서 유명렬은 극단적인 심리적 불안정, 정신병 환자에 가까운 모습이다. 그러나 이 작품은 유명렬이 나명주에게 직접 우송한 편지가 수취거절로 돌아오면서 중단된다. 작가가 작품을 완성 시킬 수 없었던 것은 과거의 상처가 현재화되면

---

11 김유정, 「생의 반려」, 전신재 편, 앞의 책, 223~224쪽.
12 위의 글, 233쪽.
13 위의 글, 231쪽.
14 Karen Horney, 이근후·이동원 역, 『여성심리학』, 이화여대 출판부, 1982, 282쪽.

서 당시에 느꼈던 절망과 우울이 극대화되어 작가와 대상(소재) 사이에 객관적 거리를 지킬 수 없었던 것으로 보인다.

「두꺼비」에서 이명호는 그가 짝사랑하는 기생 옥화의 오래비인 두꺼비에게 철저하게 이용당한다. 이명호는 지난날의 자신을 '쭈그렁 밤송이 같은 기생에게 정신이 팔린 나'[15]였다고 자조한다. 어느 날 저녁, 집에 들려달라는 두꺼비의 통고를 받고 나자 첫사랑의 미련은 다시금 옥화에게로 달려가게 한다. 그러나 이번에도 역시 두꺼비에게 이용당했음을 알게 된다. 모든 사실을 알고 난 명호는 늦은 밤거리를 돌아오면서 만물이 늙기를, 옥화도 늙기를, 그렇게 되면 그때에 옥화를 제 사람으로 만들 수 있으리라고 기대한다.

「생의 반려」에서 실연당한 유명렬은 나명주를 향한 애정의 신경증적 욕구로, 광인에 가까운 모습이었다. 「두꺼비」에서는 어느 정도 안정된 모습임에도 불구하고 등장인물들은 부정적 대상으로 그려진다. 박옥화는 냉혹하고 이기적이며 그들의 부모는 무지하고 동물적이다. 두꺼비는 음흉스럽고 안잠자기는 능글맞다.

(3) 불행한 가족의 우울증

대부분의 가족은 결혼과 출생을 통해 완성되고 죽음을 통해서만 탈퇴가 가능하다. 가정은 시간적으로 영구적이고 생물학적으로 혈연에 기초하며, 정서적으로 신뢰와 애정에 토대를 둔다는 말이다. 그러나 모든 가정이 다 그런 것만은 아니다.

김유정의 자전 소설 가운데 불행한 가족을 소재로 한 작품에 「생의 반

---

15 김유정, 「두꺼비」, 전신재 편, 앞의 책, 182쪽.

려」, 「따라지」, 「연기」, 「형」이 있다.

먼저 형님에 관련된 부분들을 보기로 한다.

한 달씩 두 달씩 곡기도 끊고 주야로 술을 마시었다 (…중략…) 집안 세간을
부수고 도끼를 들고 기둥을 패었다. 그리고 가족들을 일일이 잡아 폭행을 하
였다. 비녀 쪽을 두 손으로 잡고 그 모가지를 밟고 서서는 머리를 뽑았다. 또
는 식칼을 들고는, 피해 달아나는 가족들을 죽인다고 쫓아서 행길까지 맨발로
나오기도 하였다. 젖먹이는 마당으로 내팽개쳐서 소동을 일으켰다. 혹은 아이
를 우물 속으로 집어던져서 까무러친 송장이 병원엘 갔다.[16]

「생의 반려」에서 형님은 주색잡기를 일삼는 난봉꾼이고 정신이상자의
모습이다. 이에 비해 「형」에서는 아버지와 형의 갈등을 그리되 가급적
형님을 이해하려고 한다. 병든 아버지를 대신해서 집안일을 하고, 지극정
성으로 병수발을 들며, 임종 때에는 단지(斷指)를 해서 그 피를 아버지의
입에 흘려 넣던 일들이 그것이다. 그러나 부정적인 면도 그려낸다. 바람
난 형이 돈 때문에 가족들을 폭행하고, 장례 중에도 화류계 여성들과 난
잡한 행동을 한다. 「생의 반려」에서 형님에 대한 기억은 정신이상자, 난
봉꾼과 술주정뱅이, 잔인한 성격 등이다. 이에 비해 「형」에서는 형님을
이해해 보려고 하면서도 형님과 아버지 사이에 '칼'[17]을 두고 벌어진 갈등,
상중에 보여준 형님의 난봉과 가족 폭행을 통해 형님에 대한 시비를 비교
적 객관적으로 그려나간다.

---

16 김유정, 「생의 반려」, 위의 책, 239~403쪽.
17 김유정 , 「형」, 위의 책, 355쪽.

다음은 누님에 관련된 장면을 보기로 한다.

「생의 반려」에서 누님은 어린 나이에 출가했다가 소박 당한 여성으로 경무과의 양복부에 다니는 직공이다. 누님은 누적된 과로로 공장 생활 5년이 못되어 심신이 황폐해졌다.

> 본이도 그는 성질이 급하고 변덕이 쥐 끓듯 하든 사람이었다. 거기다 공장에서 얻은 히스테리로 말미암아 그는 제 성미를 제가 걷잡지 못하도록 되었던 것이다.[18]

공장에서 감독에게 문책을, 사내들에게 희롱을 당했을 때 누님은 동생이나 수양딸에게 분통을 터트린다. 심지어는 이웃사람들에게도 성깔을 부려서 '환장한 기집', '미친년' 소리까지 듣는다. 「따라지」에서도 누님은 경무과 제복공장의 직공이고, 히스테리 환자로 묘사된다. 「연기」에서도 누님은 히스테리 환자다. 그러나 이들 작품에서 누님은 일단 정서적인 안정을 얻게 되면 더 없이 상냥하고 착한 사람으로 돌아온다.

그렇다면 이와 같은 누님의 히스테리 속에서 아우의 일상은 어떻게 나타나는 것일까.

「생의 반려」에서 아우는 히스테리 누님의 '밥을 얻어먹고 그의 분풀이로 사용되는 한 노동자'에 지나지 않았다. 누님이 완력이 아니라 '은근히 빗대놓고 비아냥 거려 불안스럽게 하거나' 밸을 긁어 놓을 때마다 아우는 '얼굴이 해쓱해지며 금세 대들듯이 두 주먹을 부르르 떨었다'. 내놓고 덤비지 못하고 속으로 삭이는 것이다. 그는 누님을 증오하지만 또 누님이

---

18 김유정, 「생의 반려」, 위의 책, 241쪽.

결코 나쁜 여자가 아니라는 사실을 알고 있기에 '누님에게 악의를 품었던 자신이 끝없이 부끄러워' 하며 '누님에게 원수와 은혜를' 아울러 품는 이다. 「따라지」에서도 아우는 누님의 포악 앞에서 무조건 잘못 했다며 누님을 달랜다. 누님에 대한 반항이란 기껏 며칠 가출했다가 귀가하는 것으로 끝난다. 「연기」에서 아우는 누님의 힐책 앞에 이불 속으로 숨어들고 꿈속에서나 누님에게 큰 소리를 해댄다. 이렇게 보면 누님의 히스테리 앞에서 아우는 직접 반항하지 않는다. 아우는 암울한 상황 앞에서 부정적인 감정들을 내면으로 억압한다.

2) 김유정 비소설작품(수필·서간·편지·설문지)에 나타난 우울증

김유정의 비소설 작품군에는 수필이 12편, 서간 및 일기, 설문지등 6편에 이른다. 이들에서 김유정은 자신의 내면세계를 가감 없이 육성으로 들려준다. 김유정의 우울증이 현저한 작품들은 대개 병상에서 작성된 것이다. 중증의 질환상태에서 환자의 심리는 절망과 희망이 교차된다.

(1) 결핵환자의 우울과 절망

「밤이 조금만 짧았더면」은 1936년 7월 경 정릉 암자에서 요양 중에 지어진 것으로 보인다. 중증의 폐결핵, 결핵성 치루, 수술을 감당할 수 없을 정도로 쇠약해진 몸, 절망감의 절정에서 그는 '일즉이 부모를 여원 것이 차라리 행복이라고' 자위한다.

「병상 영춘기」에서는 '햇빛을 보는 것은 실로 두려운 일'이라고 고백한다. 혼자 대소변도 가릴 수 없는 중환, 조카딸의 도움으로 배변과, 세수,

식사를 하고, 소화제를 먹고, 설사와 변비를 걱정하는 동안 다시 태양을 저주한다.

당장 햇빛만 안보면 된다. 나에게 낮은 큰 원수이다. 정낮이 되어오면 태양은 미다지의 전폭을 점령하여 들어온다. 망할 놈의 태양. 쉴 줄도 모르느냐. 미다지를 향하여 막을 가려치고 그리고 이불을 들쓰고 눈을 감고 이렇게 어둠으로 파고든다 (…중략…) 요즘으로 사람이 더욱 싫어졌다. 형수도, 조카도, 아무도 보고 싶지가 않다. 사람을 보면 발광한 개와 같이 그렇게 험악한 성정을 갖게 되는 자신이 딱하였다.[19]

「네가 봄이련가」에서는 구정날 아침, '슬(설), 슬은 새해의 첫날이다. 지금 나에게는 새것이라는 것이 여간 큰 매력을 갖지 않았다. 새것, 새것이 좋다'[20]고 생각한다. 계절은 봄이지만 병석에 누워 있어야 하는데서 오는 울분에 이불 속으로 기어들며 '이를 악물고 한평생의 햇빛과 굳게 작별한다'. 햇빛과의 작별은 희망과의 작별이다.

(2) 결핵환자의 우울과 희망
가난과 질환으로 인해 고통스럽고 슬프고 우울하지만 그런 가운데서도 환자는 사랑과 건강을 꿈꾸고 기다린다.
「나와 귀뚜라미」에서는 폐결핵에는 삼복더위가 끝없이 얄궂다는 것을, 야심한 밤에 기침 발작으로 깨어나면 '살고도 싶지 않지만 또한 죽고

---

19 김유정, 「병상영춘기」, 위의 책, 428쪽.
20 김유정, 「네가 봄이련가」, 위의 책, 434쪽.

도 싶지 않다는 것'[21]을, '신묘한 음율'의 귀뚜라미 소리를 낯익은 처녀와 들을 수 있다면 행복하겠지만 그럴 수 없다면, 귀뚜라미 소리를 들으면서 건강한 밤을 맞고 싶다는 것을 피력한다. 「어떠한 부인을 맞이할까」에서는 자신이 염인증과 우울증에 그리고 심각한 폐결핵으로 각혈까지 하고 있음을 고백한다. 절망적 상황임에도 불구하고 자신과 같이 우울하고 자신과 같이 각혈을 하는 여자가 있다면 만나서 존경하고, 사랑하고 결혼해서 단 사흘만이라도 같이 살고 싶다고 고백한다.

한편 「길」과 「행복을 등진 열정」에서는 문학을 통해 자신의 길을 가려고 하는 모습을 보여준다. 「길」에서는 이미 지난 해(1935) 봄에 의사로부터 시한부인생임을 통고 받았다는 사실, 그럼에도 불구하고 연일 철야로 원고를 써왔었다는 사실과, 마침내 '나의 몸을 좌우할 수 있는 것은 다만 그 길'[22]뿐임을 고백한다. 그것은 바로 문학에 이르는 길이다. 작가는 그 사실을 알기에 주어진 '길'을 향해 매진하겠다고 다짐한다. 「행복을 등진 열정」에서는 현재 두 가지의 병을 앓고 있다는 사실(폐결핵과 결핵성 치루 — 저자 주)을 밝히고 '바뀌는 철만 기다리는 마음 그것은 분명히 우울의 연장'[23]임을 알지만 세속적 의미의 행복을 포기하고 문학에 대한 열정으로 살겠다는 다짐을 한다.

「병상의 생각」, 「필승전」은 모두 작가 사망 78일전, 11일전에 씌어진 서간문이다. 문밖출입을 전혀 할 수 없는 상황에서 씌어진 글임에도 불구하고, 이들에서는 문학에 대한 사명감과 삶에 대한 욕망이 더할 수 없이

---

21 김유정, 「나와 귀뜨라미」, 위의 책, 400쪽.
22 김유정, 「길」, 위의 책, 414쪽.
23 김유정, 「행복을 등진 정열」, 위의 책, 416쪽.

짙게 배어나온다. 「병상의 생각」에서는 작가의 세계관, 문학관에 대해
언급한다.

나의 머리에는 천품으로 뿌리 깊은 고질이 백여 있습니다. 그것은 사람을
대할 적마다 우울하여지는 그래 사람을 피하려는 염인증입니다. 그 고질을 손
수 고쳐 보고자 판을 걷고 나선 것이 곧 현재의 나의 생활이요, 또는 허황된
금점에서 문학으로 길을 바꾼 것도 그 이유가 여기에 있을 것입니다[24]

김유정은 우울증과 염인증에서 벗어나기 위해서 문학을 선택했다는
것, 문학은 새로운 기법에 얽매일 것이 아니라 새로운 사회에 적극적 역
할을 할 수 있는 것이어야 하며, 문학은 사랑에서 출발하여 대중을 한 끈
으로 꿸 수 있는 것이어야 함을 강조한다. 이 글에서는 문학이 생활이고
생활이 곧 생명임을 강조하며 어디에서도 우울한 분위기를 찾기 어렵다.
문학을 통해 우울증에서 벗어난 자가, 문학을 통해 '인류의 여망'[25]을 달
성해 보고자 하는 거인다운 모습조차 보이고 있는 것이다.
　김유정의 마지막 글인 「필승 전」에서는 일거리를 보내주면 50일 이내
로 이를 처리해서 보내줄 것이라고 한다. 그래서 돈이 생기면 그것으로
닭을 한 30마리, 살모사 구렁이를 10여 뭇 고아 먹고 일어서겠다고 한다.
그에게 주어진 생명의 시간이 불과 열흘 앞으로 다가왔음을 그는 인정하
지 않는 것이다.
　자전 및 자전적 요소가 짙은 소설에서 김유정은 1930년대 식민지 시대

24　김유정, 「병상의 생각」, 위의 책, 449쪽.
25　위의 글, 450쪽.

와의 불화를 직설적으로 언급하지 않는 대신, 시대와의 문제로 실업자의 우울을, 개인적인 문제로 실연자의 우울과 불행한 가족의 우울에 대해 고백한다. 이에 비해 비소설작품에서는 중증의 결핵환자가 겪는 절망과 희망에 대해 토로한다. 가난과 질병에서 오는 절망, 그러나 그의 육체적 생명이 줄어들어가는 말기로 갈수록 더욱 작가로서의 사명감과 그를 완수하기 위한 건강에의 희망, 삶의 욕망을 강하게 보여준다.

3) 김유정 우울증의 양상과 정도, 그리고 치유과정

김유정의 자전적 소설작품 및 비소설작품들에 투영된 우울증의 증상들을 살펴보았다. 이제 이들 증상들과 지인들의 증언을 참고하여 김유정이 보여주는 우울증의 양상 및 정도, 그 원인들을 추적하고 이들에 대한 치유의 과정과, 그리고 이들이 그의 문학에 끼친 영향을 살펴보기로 한다.

(1) 김유정 우울증의 양상 및 정도
① 회피성 장애

소년시절의 모습은 「생의 반려」에서 보인다. 유명렬은 비겁하게 보일 정도로 여러 사람이 있는 곳을 피하고 사람이 없을 때에만 운동장에 나가서 철봉이나 땅재주를 부린다. 학교 행사인 소풍이나 수학여행 시에는 어떤 핑계를 대고도 빠지었다. 마적 생활을 꿈꾸고 출석일수보다 결석일수가 많아 결국은 성적 불량으로 '사오 학년에 이르러서는 과정 낙제가 자리를 잡을 만치' 학교생활에 적응을 하지 못한다. 청년이 되어서도 '사람대하기를 극히 싫어하는 이상한 성질[26]이었다. 그는 '나는 숙명적으로 사람을 싫어합니다. 다시 말하면 두려워 한다는 것이 좀 더 적절할는지 모릅니다. 늘 주위의 인물을 경계하는 버릇이 있습니다'[27]라고 대인관계 회피 성향을 나타낸다. 뿐만 아니라 그는 주어진 난제 앞에서도 회피하는 모습을 보인다. 「슬픈 이야기」에서는 오해를 받고 셋집을 떠나려하고, 「두꺼비」에서는 세월이 지나고, 옥화도 늙기를 기다린다. 소년시절부터 청년시절까지 지속적인 타인과의 만남에 대한 불안과 두려움, 김유정은 회피성 성격장애를 갖고 있는 것이다. 김유정이 보여주는 회피성 장애의 정도는 DSM-IV[28]에서 제시한 7개 항목[29] 가운데 6개 항목을 충족시킨다. 중증의 장애이다.

② 경계선 성격장애

경계선 성격장애[30]는 강렬한 애정과 분노가 교차하는 불안정한 대인관

---

26 김유정, 「생의 반려」, 위의 책, 226쪽.

27 김유정, 「어떠한 부인을 맞이할까」, 위의 책, 406쪽.

28 DSM-IV(Diagnostic Statistical Manual of Mental Disorder-4th edition)은 1994년 미국 정신 의학회에서 네 번째로 개정 발표한 정신장애의 분류체계로 특정한 이론적 입장에 치우치지 않고 심리적 증상과 증후군을 위주로 정신장애를 분류한 것이다. 현재 DSM-IV 는 정신장애를 17개의 주요 범주로 나누고 그 하위 범주로 300여 개를 포함하고 있다. (권석만, 앞의 책, 2003, 117~121쪽에서 발췌)

29 ① 비난, 꾸중 또는 거절이 두려워서 대인관계가 요구되는 직업 활동을 회피한다.
    ② 호감을 주고 있다는 확신이 서지 않으면 사람과의 만남을 피한다.
    ③ 창피와 조롱을 당할까 두려워서 대인관계를 친밀한 관계에만 제한한다.
    ④ 사회적 상황에서 비난당하거나 거부당하는 것에 사로 잡혀 있다.
    ⑤ 부적절감 때문에 새로운 대인관계 상황에서는 위축된다.
    ⑥ 자신을 사회적으로 무능하고, 개인적인 매력이 없으며 열등하다고 생각한다.
    ⑦ 당황하는 모습을 보일까봐 두려워서 개인적 위험이 따르는 일이나 새로운 활동에는 관여하지 않는다. (위의 책, 345쪽)

30 여기서 말하는 경계선이란 신경증과 정신증의 경계라는 의미로 신경증이 현실판단력에서 정상적임에 비해 정신증은 현실 판단력에서 뚜렷한 증상이 있는 것으로 차이를 보여준다. (위의 책, 119쪽)

계의 모습을 보여준다. 이 성격장애를 지닌 사람은 심한 충동성을 보이고 자살과 같은 자해적 행동을 반복적으로 나타내는 경향도 있다고 한다. 뿐만 아니라 극단적인 심리적 불안정성을 보이며, 이들이 가장 두려워하는 것은 '버림 받는 것'이고, 그러한 상황이 예상되면 '사고, 감정, 행동에 심한 동요가 일어난다'.[31]

「생의 반려」에서 유명렬은 나명주를 처음 보는 순간, 자신과 그녀에게서 동일시(同一視)를 느낀다. 그의 연애는 '상대에게서 제 자신을 찾아내고자, 거의 발광을 하다시피 하는 것이다'. 그러나 그녀에게 보내는 편지는 '상대의 추악한 부분이란 일일이 꼬집어 들어서 발겨놓은 말하자면 태반이 욕이었다'. 서간문 「병상의 생각」에서도 그의 논조는 비슷하다.

'녹주, 내 너를 사랑한다'

편지 끝에는 꼭 이렇게 혈서를 썼다. 나는 이 혈서만 보면 진저리를 치고 아궁이에 쑤셔넣곤 하였다. 편지는 매일 날아왔다. 그리고 편지 밑에는

'내가 너를 사랑하는 것을 제발 알아다오, 네가 나의 사랑을 받아주지 않는다면 나는 너를 죽이고야 말겠다.'[32]

박녹주의 증언에 따르면 김유정은 혈서를 보내면서 애정을 강요할 뿐만 아니라, 칼을 가지고 찾아와 죽이겠다고 협박까지 했다고 한다. 이는 분명 정상에서 일탈한 경계선 장애를 보여주는 부분이다. DSM-IV에서 제시한 경계선 성격장애의 항목[33]은 모두 9항으로 이중 5가지 항목을 충

---

31 위의 책, 330~331쪽 요약.
32 박녹주, 「녹주, 나 너를 사랑한다」, 『문학사상』, 1973. 4, 220쪽.

족 시켜야 하는데 김유정의 경우는 적어도 8개 항목이 여기에 속한다.

③ 편집적 성격장애

편집적 성격장애는 타인에 대한 불신과 의심을 가지고 적대적이고 공
격적인 태도를 나타내서 주변 사람들과 지속적인 갈등과 불화를 나타내
는 성격이다[34] 이들은 과도한 의심과 적대감으로 인해 불평, 불만이 많고
격렬한 논쟁이나 공격적인 행동을 서슴지 않는다. 김유정의 경우는 경미
한 증상의 편집적 성격장애를 보인다. 「심청」에서 무직자 청년은 심청이
별나서 '자기의 불평을 남의 얼굴에다 침 뱉듯 뱉어 붙이기가 일수요 건
듯하면 남의 비위를 긁어놓기로 한 일을 삼는다'. 그런가 하면 그의 눈에
띄는 것은 모두 아니꼽고 구역질이 나서, 상대방은 물론 자기 자신도 정
도 이하로 비하(卑下)한다. 「생의 반려」와 「병상의 생각」에서도 연모하는
여성들에게 편지를 보내지만 그 편지는 상대방에게 공격적이고 적대적,
경멸적이며 비판적이다.

---

[33] DSM-IV. 경계선 성격 장애 항목 (권석만, 앞의 책, 2003, 330~331쪽)
　① 실제적인 또는 가상적인 유기(버림받음)를 피하기 위한 필사적인 노력
　② 극단적인 이상화와 평가절하가 특징적으로 반복되는 불안정하고 강렬한 대인관계 양식
　③ 정체감 혼란 : 자아상이나 자기 지각의 불안정성이 심하고 지속적이다.
　④ 자신에게 손상을 줄 수 있는 충동성이 적어도 2가지 영역에서 나타난다. (예 : 낭비, 성관계,
　　물질 남용, 무모한 운전, 폭식)
　⑤ 반복적인 자살 행동, 자살 시늉, 자살 위협 또는 자해 행동
　⑥ 현저한 기분 변화에 따른 정서의 불안정성(예 : 간헐적인 심한 불쾌감, 과민성, 불안 등)이
　　흔히 몇 시간 지속되지만 며칠 동안 지속되는 경우는 드물다.
　⑦ 만성적인 공허감
　⑧ 부적절하고 심한 분노를 느끼거나 분노를 조절하기 어렵다. (예 : 자주 울화통을 터뜨림, 지
　　속적인 분노, 잦은 육체적 싸움)
　⑨ 스트레스와 관련된 망상적 사고나 심한 해리 증상을 일시적으로 나타낸다.
[34] 위의 책, 307쪽.

왜냐면 당신의 그 처참한 면상은 분이 덮었고 그리고 고은 비단은 궂은 그 고기를 가리웠기 때문이외다. 귀중한 몸을 고기라 하와 실례됨이 많음을 노여워마소서. 당신의 몸은 먹지 못하는 주체궂은 고깃덩어리외다.[35]

당신에게는 생명이 전혀 없습니다. 그 몸에서 화장과 의장, 혹은 장신구를 벗겨내고 보면 거기에 남는 것은 벌건, 다만 벌건, 그렇고도 먹지 못하는 한 육괴(肉塊)에 더 되지 않을 겝니다.[36]

DSM-IV에서 제시한 7항목 중 김유정이 보이는 증상은 대개 3개 항목에 이른다. 그럼에도 불구하고 김유정을 경미한 편집적 성격장애로 보는 것은 박녹주에게, 박봉자에게 보낸, 어느 정도 시간 격차(7~8년)가 있는 편지에서, 사랑을 거절당했다고 느끼는 순간 억압된 분노의 감정으로, 상대를 비하한다. 편지의 논조는 지성을 가장하고 있지만 상대에 대한 불신과 내재된 공격성을 보여주는 것이다.

④ 우울장애 및 양극성 장애

김유정은 「어떠한 부인을 맞이할까」에서 자신의 염인증이 우울증을 불러왔음을 고백한 바 있다. 김유정의 자전소설 및 비소설작품에 강도의 차이는 있을망정 우울증의 증상은 지속적으로 나타나고 있었다. 우울장애자는 일상생활에 대한 의욕과 즐거움이 감퇴된다. 우울장애자는 '슬픈 감정을 비롯하여 좌절감, 죄책감, 고독감, 무가치감, 허무감, 절망감' 과

---

35 김유정, 「생의 반려」, 앞의 책, 250쪽.
36 김유정, 「병상의 생각」, 위의 책, 448쪽.

같은 부정적인 정서상태에서 놓이게 된다. 그래서 활력과 생기의 저하로 자주 피곤감을 느끼고 수면장애를 겪거나 과도한 수면을 취하기도 한다고 한다.

김유정의 자전소설 속에서 젊은이는 낮밤 없이 '요때기를 들쓰고 누웠'거나, '방구석에 팔짱을 찌르고 멍하니 앉아서는 얼이 빠졌다'. 그들의 방은 '들창이 하나 있기는 하나 검은 휘장으로 가리어 광선을 차단'한, 담배 연기만 가득한 음울한 분위기다. 일상생활에서 젊은이의 활력이라고는 찾으려야 찾을 수가 없는 것이다. 그들은 언제나 쓸쓸하고 슬프고 외로워한다. 이와 같은 우울한 분위기는 그의 외모에도 그대로 반영된 듯 하다.

나는 조광사에서 병적으로 겸손해 보이는 특이한 어떤 인물 하나를 유심하게 관시했다. 그는 질소한 한복을 입은 원기 없는 미남자였다. 그 무성하고도 일종 조화를 갖춘 두발풍경으로써 나는 그가 구파에 속하는 우울의 시인인가 하는 인상을 얻었었다.[37]

인용문은 김유정의 첫인상에 대한 김문집의 평이다. DSM-IV에서는 우울증의 주요 증상[38]을 9개 항목으로 제시하고 있는데 김유정의 경우는

---

37 김문집, 「병고작가 원조운동의 변」, 『김유정전집』 하, 386쪽.
38 DSM-IV에 제시된 우울증의 주요 증상들 (권석만, 앞의 책, 2003, 200쪽)
   ① 하루의 대부분, 그리고 거의 매일 지속되는 우울한 기분이 주관적 보고나 객관적 관찰을 해 나타난다.
   ② 거의 모든 일상 활동에 대한 흥미나 즐거움이 하루의 대부분 또는 거의 매일같이 뚜렷하게 저하되어 있다.
   ③ 체중조절을 하고 있지 않는 상태에서 현저한 체중감소나 체중 증가가 나타난다. 또는 현저한 식욕감소나 증가가 거의 매일 나타난다.
   ④ 거의 매일 불면이나 과다수면이 나타난다.
   ⑤ 거의 매일 정신운동성 초조나 지체를 나타낸다. 즉 좌불안석이나 처져 있는 느낌이 주관적

적어도 8개 증상을 보이는 주요 우울장애로 나타난다. 그런데 김유정의 우울증에서 보이는 특징은 우울 증상만을 보여주는 것이 아니라 갑자기 조증(躁症)의 상태로 옮겨가고 있다는 것이다. 말하자면 우울한 기분상태와 고양된 기분상태가 불시에 교차되어 나타나는 양극성 우울증(조울증)[39]을 보여준다. 「심청」의 끝 부분이 화창한 봄날로, 「연기」에서 꿈속의 기고만장한 행복이 꿈속에서 깨어나는 순간 절망으로 바뀐다. 「두꺼비」에서 지난날의 회상은 분명 참담한 것일 터인데 화자의 목소리는 비정상적으로 의기양양하다. 평소 말이 없고 무력감에 빠져 있던 김유정이 조증 상태에 있는 모습은 이상이 쓴 「소설체로 쓴 김유정전」에서 보인다. 「녹주 나 너를 사랑한다」에서는 학생 신분에 어울리지 않게 비단옷감이나 황금 트레반지를 비롯한 선물들을 보내왔다고 증언한다. 김영수는 김유정이 술이 취하면 의기양양해서 취중 토론 끝에 난투극도 벌이지만 '무슨 설움이 그리도 많은지 슬피 울기'[40]도 했다고 기억한다. 김유정의 조증은 DSM-IV[41]의 조증항목 7가지 중 적어도 3개 항목에 해당된다. 이들로 보

보고나 관찰을 통해 나타난다.
⑥ 거의 매일 피로감이나 활력상실을 나타낸다.
⑦ 거의 매일 무가치감이나 과도하고 부적절한 죄책감을 느낀다.
⑧ 거의 매일 사고력이나 집중력이 감소 또는 우유부단함이 주관적 호소나 관찰에서 나타난다.
⑨ 죽음에 대한 반복적인 생각이나 특정한 계획 없이 반복적으로 자살에 대한 생각이나 자살을 기도하거나 자살하기 위한 구체적 계획을 세운다.

39 위의 책, 201쪽.
40 김영수, 「김유정의 생애」, 『김유정전집』 하, 335쪽.
41 ① 팽창된 자존심 또는 심하게 과장된 자신감
② 수면에 대한 욕구 감소 (예 : 단 3시간의 수면으로도 충분하다는 느낌)
③ 평소보다 말이 많아지거나 계속 말을 하게 됨
④ 사고의 비약 또는 사고가 연달아 일어나는 주관적인 경험
⑤ 주의 산만
⑥ 목표지향적 활동(직장이나 학교에서의 사회적 또는 성적 활동)이나 흥분된 운동성 활동의 증가
⑦ 고통스런 결과를 초래할 쾌락적인 활동에 지나치게 몰두함. (예 : 흥청망청 물건 사기, 무분별한 성행위, 어리석은 사업투자)

아 김유정의 우울증은 양극성 장애, 곧 우울증과 조증이 갑자기 교차하거나 혼재한 모습을 보여준다.

(2) 김유정 우울증의 원인과 치유의 과정

범박한 의미에서, 정상에서 벗어난 침울한 정서를 우울증이라고 부를 때, 김유정에게서 보이는 우울증의 증상들은 회피성 성격장애, 경계선 성격장애, 편집성 성격장애, 양극성 장애로 나뉜다. 그렇다면 이들 증상의 원인은 어디에 있을까.

첫째, 회피성 성격장애의 원인을 찾아보자. 회피성 성격장애의 주된 감정은 수치심이다. 이때 수치심은 자신에 대한 부정적 자아상과 관련된다.[42] 먼저 주목할 것은 김유정이 말더듬이었다는 사실이다. 자신의 말더듬과 집안의 몰락, 알코올중독 형님의 추태, 히스테리 누님이 일으키는 분란, 고향 사람들이 유정의 '집안이 망하는 것을 좋아한다'[43]는 사실, 성적불량으로 인한 유급 등은 유정에게 커다란 부끄러움이 된다. 함께 유급한 안회남은 자퇴했다. 그러나 유정은 1년 뒤에 복학했다. 과감하게 자퇴한 안회남과 달리 낙제생 출신의 복학생이 지닌 손상된 자존심, 그로 인한 열패감, 이들이 복합적으로 누적되어서 김유정은 사람들을 두려워하고 회피하게 된 것이다.

둘째, 경계선 성격장애의 외재적 원인은 김유정이 어린시절에 받은 정신적 외상 곧 조실부모에서 찾아야 할 것이다. 부모로부터 '버림 받았다는' 무의식적 원망은, 일단 한 사람에게 마음이 끌리면 그에게 무섭게 집착한

---

[42] 『김유정전집』하, 347쪽.
[43] 안회남, 「겸허─김유정전」, 위의 책, 291쪽.

다. 두 번 다시 버림 받지 않겠다는 집착은 박녹주에게 혈서와 살해 위협으로까지 나타난다. 그러나 일단 자신의 요구가 좌절되면 상대방에 대한 평가절하나 경멸들이 나타나기도 한다. 한편 김유정의 경우는 내재적 요인도 찾아보아야 한다. 어린 시절의 충격적 외상은 뇌의 생화학적 기능에 장애를 가져오게 된다. 즉 특이한 신경전달 물질이 관여하는 신경경로에 기능적 변화를 초래하면, 성인이 되어서도 타인의 상실에 대한 강한 정서적 반응과 충동적, 자기 파괴적인 행동을 보여주게 된다는 것이다.[44]

한편 혈통의 영향도 생각하게 된다. 경계선 성격장애자의 가족은 감정적이고 충동적인 성격 특징을 보여준다. 그런데 김유정의 가족사를 보았을 때, 아들에게 칼을 내던진 아버지, 알코올중독자인 형님, 자살한 누님, 히스테리 누님, 실진한 누이동생[45]이 있었다는 사실들로 보아, 김유정의 경우는 조실부모와 유전적 요인, 곧 내외재적 원인이 겹쳐 있었음을 보게 된다.

셋째, 편집성 성격장애는 기본적 신뢰의 결핍에 기인한다고 한다. 김유정의 경우 편집성 성격장애는 경미하게 나타나지만, 어린 시절 가학적 분위기(형님의 횡포)와, 효와 불효 사이를 오가던 형님의 행태, 온순함과 히스테리를 무시로 교체하던 누님과의 공동생활이 김유정 성격형성에 큰 영향을 끼친 것으로 보인다.

넷째, 우울증-양극성 장애의 경우, 역시 김유정에게서는 조실부모, 치질, 늑막염, 폐결핵의 영향 등에 주목하게 된다. 프로이드는 우울증은 기본적으로 사랑하던 대상의 상실에 대한 반응이라고 본다. 부모를 상실했다는 슬픔은 동시에 부모로부터 버림받았다는 분노를 발생시킨다. 그런

---

44 권석만, 앞의 책, 2003, 334쪽.
45 안회남, 앞의 글, 292쪽.

데 이 분노의 감정을 터뜨릴 부모의 부재는 분노를 억압시키게 되고 이것이 결국은 자기 자신에게 투사되면서 자기 비난, 자기 책망, 실망, 죄책감으로 나타난다. 그리고 마침내 자기 가치감의 손상이 일어나면서 삶의 모든 기능이 약화[46]되는데 이것이 우울증으로 나타난다는 것이다. 한편 양극성 장애의 경우, 감당하기 어려운 고통을 수용할 능력이 결핍되어 있거나 그 사실의 수용을 거부하는 행위로 나타나는 것이 조증이라고 한다.[47]

다섯째, 김유정이 앓았었던 병력들도 우울증의 발생에 큰 작용을 한다. 유정은 1930년 늑막염 진단을 받았고 1933년 결핵 진단을 받았다.[48] 흔히 결핵은 시간의 질병으로 환자를 소모[49]시키고 소진시키는 병으로 알려져 있다. 1943년 스트렙트 마이신이 나오기 전까지 이 병은 치명적인 질병이었다. 자신이 치명적 병에 걸려 있다는 사실은 비극적 절망감에, 곧 우울증을 더 심화시키게 된 것이다.

그렇다면, 김유정은 다양한 증상들이 혼재된 우울증에서 벗어나기 위해서 어떤 치유의 과정을 선택하고 있었던가.

1930년 4월 연전 문과에 입학한 김유정은 어느 봄날 청계천 야시장에서 박녹주와 이별[50]하고 춘천으로 와서 들병이와 어울린다. 젖먹이를 데리고 생활 전선에 뛰어든 여성들, 당장 먹고 살기 위해 성을 상품으로 내어놓은, 그래도 삶에 대해 절망하지 않는 풀뿌리 인생들의 강인한 삶 앞에서, 수려하고 험준한 강원도 산천이 보여주는 '엄숙하고 유창한 풍경',

---

46 권석만, 앞의 책, 2003, 206~207쪽.
47 위의 책, 233쪽.
48 졸저, 「김유정문학속의 결핵」, 앞의 책, 133쪽.
49 Susan Sontag, 이재원 역, 『은유로서의 질병』, 이후, 2002, 25쪽.
50 박녹주, 앞의 글, 228쪽.

'건실한 시인의 서정시를 읽는 것과 같이 그렇게 아련하고 정다운 풍경'[51] 앞에서 유정의 병든 마음은 서서히 치료되어 가기 시작한다. 이른바 인식의 전환이 이루어지기 시작한 것이다. 그는 상경하여 1931년 보성전문 상과에 입학하나 자퇴하고 춘천 실레마을로 와서 야학당 일을 보기 시작한다. 이해에 안회남이 조선일보 신춘문예를 통해 등단했다. 이미 강원도의 산천과 그곳에서 강인하게 살아가는 사람들의 삶을 본 김유정은 천품으로 박힌 염인증, '그 고질을 손수 고쳐보기 위하여'[52] 글을 써볼 생각을 한다. 예술 활동의 근저를 이루는 것은 욕망의 실현이다.[53] '자신의 감정 상태를 정확하게 표현하는 기쁨은, 그 감정이 고통스러운 것인 경우에도 자존감과 유능감을 증진'[54]시켜 정서적 성숙을, 곧 우울증으로부터의 치유과정으로 들어서게 되는 것이다.

3. 김유정의 우울증과 문학

김유정의 우울증은 혈통에서 유전되고, 불행한 운명에서 기인된 중증의 것이었음을 앞에서 살펴보았다. 단순 우울증의 경우에도 그 파국은 자살로 치닫는데 비해서 유정은 예외였다. 그는 생명을 존중했고 삶을 사랑했다. 그는 글을 쓰는 것이 사는 것이라고 생각했다. 일반적으로 작가의

---

51 김유정, 「강원도 여성」, 전신재 편, 앞의 책, 421쪽.
52 김유정, 「병상의 생각」, 위의 책, 449쪽.
53 Max Milner, 이규현 역, 『프로이트와 문학의 이해』, 문학과지성사, 1997, 269쪽.
54 Nancy McWilliams, 권석만 외역, 『정신분석적 사례이해』, 학지사, 2005, 193쪽.

우울이 창작과정 중에 나타난 정신적 긴장감과 이를 감당하지 못한 상황에서 발생하는 데 반해서 김유정은 주어진 우울증에서 벗어나기 위해 작품을 쓰고 작품을 쓰면서 우울증에서 치유되어 간다.

김유정의 비소설작품들은 단연 긍정적 정서가 우세했다. 그는 절망을 잊기 위해서 희망을 꿈꾸며 문학을 통해 살아보려고 했다. 소설작품들의 경우, 부정적 정서가 강하게 반영된 작품에는 「심청」과 「생의 반려」가 있다. 「생의 반려」보다 「두꺼비」 먼저 발표되었지만 그 발표연대와 관계없이 「생의 반려」를 통해서 실연의 아픔과 형에 대한 원망, 누님에 대한 애증의 감정이 일단 여과된 다음 「따라지」, 「두꺼비」, 「형」, 「연기」 순으로 씌어진 것으로 보인다. 「형」은 형을 이해하려는 마음으로, 「연기」에서는 꿈속에서 누님에게 복수한다. 「슬픈 이야기」는 1936년 8월 이후 신당동의 형수집에서 살 때 집필한 것으로 무직자의 우울은 가볍게 다루어진다.

김유정 소설 30편을 조망할 때, 명백하게 봄을 배경으로 삼은 작품이 12편이다. 4계절 가운데 봄을 주목하고 있다는 것은 그의 정서가 얼마나 밝음을 지향하고 있는지를 짐작하게 한다. 그리고 이들 봄을 공간으로 한 작품은 1935년 1월부터 1936년 5월까지 집중적으로 창작된다. 비록 육신의 병은 깊어가지만 신예작가로 인정받으면서 고무된 그의 작가 정신은 작품 창작을 통해서 우울증에서 해방되기 시작한다. 수필 「어떠한 부인을 맞이할까」와 「병상의 생각」에서 고질화된 염인증과 우울에 대해 고백하지만 이때는 폐결핵의 악화로 각혈을 하고 있던 시기였다.

김유정은 미치지도, 자살하지도 않았다. 김유정이 살아보려고 했었던 것은 바로 작품을 통해서 자신의 삶을 완성해 보려는 의지가 있었기 때문이다. 그의 작품들에서 만나는 희극적 장면들은, 비극적 현실을 비극적으로 담아내는 것이 고통스러워서, 고통에 대한 심리적 방어가 웃음의 기제를 사용한 것은 아닐까. 그의 중증의 우울이 양극성 장애를 갖고 있듯, 우리는 김유정 작품에서 웃음과 울음을 동시에 본다.

4. 나가는 글

김유정의 자전소설 및 자전적 요소가 강한 소설들과, 비소설작품을 중심으로 김유정 우울증의 양상을 살펴보았다. 김유정의 우울에는 회피성 장애, 경계선성 장애, 편집성 장애, 그리고 양극성 장애가 중첩되어 있었다. 김유정의 중첩된 우울증의 원인을 알아보기 위해 그의 작품과 전기적 자료, 지인들의 증언을 토대로 살펴보았다. 그에게는 혈통에서 유전된 요인과, 조실부모와 불행한 가족관계, 낙제, 실연, 무직, 말더듬, 질병 등이 주요원인이 되고 있음을 볼 수 있었다.

김유정이 이들 중증의 우울증에서 벗어날 수 있었던 것은 고향 산천의 자연과 억척같은 생명력으로 살아가는 고향사람들을 보면서였다. 그는 '일평생 내 힘으로는 할 수 없는 무슨 커다란 그림자에 눌려 지냈다', '춘천 우리 고향에서는 우리 집안이 망하는 것을 좋아한다'[55]와 같은 무의식적 병리유발적 신념[56]을 갖고 있었다. 그러나 그는 식민지 시대 수탈의 현장에서 치열한 삶을 살아가는 고향사람들을 통해 세상에 대한 부정적 인

---

55 안회남, 앞의 글, 291쪽.
56 Nancy McWilliams, 앞의 책, 285쪽.

식에서 벗어나기 시작했고, 무엇보다도 작품 창작을 통해 그에게 누적되었던 어두운 정서를 배출하면서 동시에 그가 회피하려고 했었던 세상 사람들에게 손을 내밀었다. 그의 우울증은 서서히 치유의 과정으로 들어서기 시작한 것이다.

김유정의 30편 남짓한 작품을 창작 순에 따라서 배치, 작품에 나타난 분위기의 명암을 살펴보면, 1935년 이전의 작품이 대체로 어두운데 반해, 신춘문예를 통한 신예작가로 주목받기 시작한 이후부터 폐결핵의 악화, 결핵성 치루가 발발하는 1936년 8월까지의 작품에서는 단연 밝음의 분위기가 우세하다. 그는 이무렵 왕성한 창작활동을 보이는데 그의 전 작품 가운데 봄을 배경으로 한 작품이 12편 남짓, 이를 통해서도 그의 어둡던 정서가 밝음 지향으로 향하고 있음을 볼 수 있다.

소수의 작품을 제외하고, 결코 행복하거나 풍요롭거나 편안한 삶이 아님에도 불구하고 등장인물들은 활동적이고 적극적이고, 절망을 모른다. 그들은 주어진 비극적 상황을 막무가내로 우직하게 때로는 우쭐대며 견뎌낸다. 그들이 만들어가는 고통스럽지만 고통스럽지 않은 듯이 엮어 놓은 삶은, 실은 비극적 삶을 비극적 삶으로 감당하기 힘들었던 작가의 심리적 방어기제가 비극적 삶을 거부 내지는 희극적 삶의 분위기로 변환 시켜버린 것이다. 다시 말하면 김유정문학의 해학이란, 김유정이 인식한 비극적 현실에 대한 성숙한 방어적 책략인 것이다.

상실과 실패로부터 기인한다는 우울증, 너무 흔한 것이기에 대수롭지 않게 여겨지는 우울증, 그러나 방치하면 심각한 파국을 초래할 수도 있는 마음의 병이 우울증이다. 내외적 요인에 의해 우울증에 빠졌던 김유정은 고향과 고향사람들의 삶을 보면서 인식의 틀을 바꾸었다. 그는 드물게 작품 창작을 통해서 우울을 치료해 나간 사람이었다.

본고에서는 김유정의 우울증에 주목했다. 이는 우울증이 김유정문학에 어떤 영향을 끼쳤는가를 알아보기 위한 전단계적 작업임을 밝혀둔다.

(『현대소설연구』 35호, 한국현대소설연구회, 2007.9)

●● 참고문헌

박녹주, 「녹주 나 너를 사랑한다」, 『문학사상』, 1973.4.
서정록, 「작품에 투영된 작가의 심층의식-김유정의 Female Complex를 중심으로」,
    『동대논총』 제6집, 동덕여대 출판부, 1976.
이선영, 「김유정연구」, 『예술논문집』 제24집, 예술원, 1985.

권석만, 『우울증』, 학지사, 2000.
_____, 『현대이상심리학』, 학지사, 2003.
김유정, 전신재 편, 『원본김유정전집』, 한림대 출판부, 1987.
_____, 김유정기념사업회 편, 『김유정전집』 상·하, 강원일보 출판국, 1994.
유인순, 『김유정을 찾아가는 길』, 솔과학, 2003.
홍숙기, 『성격심리학』 상, 박영사, 2000.
Deborah Hayden, 이종길 역, 『매독』, 길산, 2004.
Jack J. spector, 신문수 역, 『프로이트 예술미학』, 풀빛, 1981.
Karen Horney, 이근후·이동원 역, 『여성심리학』, 이화여대 출판부, 1982.
Max Milner, 이규현 역, 『프로이트와 문학의 이해』, 문학과지성사, 1997.
Nancy McWilliams, 권석만 외역, 『정신분석적 사례이해』, 학지사, 2005.
Susan Sontag, 이재원 역, 『은유로서의 질병』, 이후, 2002.

김유정문학의 독서 지평 확대를 위하여*

1. 이런저런 이야기

　소주는 한국의 술꾼들이 사랑하는 술이다. 소주의 또 다른 이름은 '아락' 또는 '아라기'이다. 개성지방 사람들, 또 경상도나 전라도 지방 사람들이 소주를 그렇게 부른다. 그런데 이 '아락'이란 명칭은 페르시아에 기원을 두고 있다. '아락(Arag)'은 본래 페르시아 사람들이 증제법(蒸製法)에 의해 만든 술이다. 이 증제법은 명나라 초 중국을 거쳐 고려시대 한반도로

---

footnote
*　본고는 2011년 9월 17일 춘천 김유정문학촌에서 춘천시립도서관이 주최하고 (사)김유정기념사업회가 주관한 「2011 실레마을 책축제 문학포럼 – 김유정을 어떻게 읽을 것인가」에서 발표했던 원고를 수정한 것임.

전해져왔다.

2011년 1월 중순, 시리아의 국립박물관을 찾았을 때 눈을 끈 것은 나전칠기였다. 그 화려하고도 정교하며 어마어마한 규모의 나전칠기 앞에서 놀람과 감탄을 연발하지 않을 수 없었다. 더 놀라운 사실은 나전칠기의 원산지가 중동지역이라는 것, 중동지역의 나전칠기가 실크로드를 따라서 한반도로 들어왔다는 사실이었다.

경주 불국사 석굴암의 궁륭식(돔) 천장은 또 어떠한가. 1956년, 불국사 경내에서 십자가상과 마리아상 등이 발굴되었다. 당시 불국사 관계자들은 이들 발굴물 앞에서 당혹스러운 입장이었다. 이들의 발굴 사실은 공표되지 않았다. 그러나 소문은 퍼지게 마련이고, 이 소식을 접한 숭실대 박물관에서 불국사 측에 이들 자료를 요구, 수령해갔다. 그리고 이후 이들 자료를 대상으로 한 연구 성과물 — 학위논문 — 이 나오기 시작했다.

석굴암은 신라 경덕왕 10년(751년) 창건되고 혜공왕 10년(774년) 에 완공되었다. 한편 중국에 '경교(景敎, Nestorianism)'가 들어온 것은 635년(태종 9년)의 일이었다. 여기서 말하는 '경교'는 콘스탄티노플의 주교 네스토리우스가 주창한 그리스도교 일파에 대한 중국식 명칭이다. 불국사에서 발견된 십자가와 마리아상 등은 중국에 있던 경교 선교사들이 신라로 가지고 온 것으로 추정된다. 뿐만 아니라 이들 경교 선교사들이 갖고 있던 서구의 돔 건축 양식에 대한 건축술이 이 석굴암의 돔(궁륭식) 천장으로 이어졌을 것으로 추정한다.

현전하는 가장 오래된 궁륭식(돔) 양식은 이탈리아에 있는 '판테옹', 시멘트 구조물인 돔은 직경 43m에 이르는 거대한 건축물이다. 터키 이스탄불에 역시 시멘트 구조물로 직경 33m의 돔들을 연결시킨 '성 소피아 성당'있다. 이 돔들은 모두 시멘트를 건축자재로 사용하고 있다. 그런데 경주 석굴암의 돔은 석재를 자료로 사용하고 있다. 시멘트로부터 석재로의 변화를 중재하고 있는 것이 시리아의 '세인트 시모네 성당'의 돔 양식 천장으로 보고 있다.

시리아의 알레포에서 50분 거리에 있는 '세인트 시모네 성당', 성당건물의 돔 양식은 석재를 자료로 사용하고 있고 돔 천장의 직경은 10m로 축소되어 있다. 그리고 석굴암의 돔은 직경 9m로 역시 석재를 자재로 사용했다. 다시 정리하면 석굴암은 세계 유일의 '인조 석굴'로 그 천장은 '돔 건축 양식'으로 되어 있다. 석굴암의 돔 양식은 서구로부터 실크로드를 통해 들어온 것으로 추정한다. 석굴암의 돔 양식은 한국 사찰 건물 가운데 유일하다.

우리는 소주와 나전칠기와 석굴암의 궁륭식(돔) 천장 양식을 외부로부터 수신 받았다고 하여 기죽지 않는다. 의복문화 가운데 남성들이 입는 마고자, 음식문화 가운데 우리가 좋아하는 짜장면, 잡채 모두 외부로부터 들어왔지만 지금은 완전히 한국화 되어 있는 것들이다.

인간 삶을 이끌어가는 모든 문화와 문명은 그 자체로서 왕성한 생명력을 지닌다. 우리는 우리 본래의 고유문화와 문명에 외부로부터 전해 받은 것들을 가미하고 여기에 독창성을 더하여 더욱 풍요로운 문화와 문명을 만들어 가고 있다.

문학 문화 또한 그러하다. 서로가 서로에게 영향을 주고받으면서 문학 문화는 더 풍성해진다. 여기에서 말하는 영향관계는 수직적 수평적 모든 관계를 포함한다.

한 작품에 대한 정밀독은 물론 중요하다. 동시에 한 작가, 한 작품에 대한 영향관계(발신자와 수신자)를 추적해 보는 것은 매우 흥미로운 일이다. 이와 같은 과정이야말로 한 작품에서 비롯된 다양한 작가, 다양한 작품으로 독서의 지평을 확대시킬 수 있는 까닭이다.

2. 김유정의 지인들 – 작가론적 접근

　김유정의 일생은 그 자체가 극적이다. 춘천지방 토호의 집안에서 태어나서 형님의 방탕과 재산관리 소홀로 10대 후반에 가난의 나락으로 떨어졌다.

　그가 처음 사랑한 여성은 당시 조선의 명창 박녹주로 4년(또는 5년) 연상의, 남편이 있는 여자였다. 그녀는 1926년 경부터 콜럼비아, 빅타, 오케, 폴리돌, 시에론, 다이헤이 음반 등에 수많은 명곡을 남긴[1] 당대 최고의 명창이었다. 박녹주는 17세에 원산 사람 남백우의 첩실이 되었고[2] 1928년 김유정을 만날 당시에는 남백우를 두고도 조선극장 지배인 신씨와 정분이 나 있는 상황이었다. 그런데 신씨는 바람둥이라 박녹주가 1929년 남원 부천리에 사는 명창 김정문선생에게 소리공부를 하러간 동안 다른 여자를 집안에 끌어들여 놓았다가 그 현장을 박녹주에게 들키고 만다. 박녹주는 신씨에게 당한 배신감과 또 가정내 일로 갈등을 겪다가 같은 해 3월 15일 자살미수 소동을 벌인다.

1　김석배, 「판소리 명창 박록주의 예술세계」, 『구비문학』 10호, 구비문학회, 2000, 3쪽.
2　박녹주, 「여보, 도련님 날 데려가오」, 『뿌리깊은 나무』, 뿌리깊은나무, 1976.6, 151쪽.

여기에 대한 박녹주의 기억들 사이에는 약간의 오차가 보인다. 「녹주 나 너를 사랑한다」에서는 약을 먹고 일주일 만에 깨어났을 때에 머리맡에 '원산서 올라오신 어머니와 의사, 그 옆엔 유정'[3]이 있었다고 하고, 「여보 도련님 날 데려가 주」에서는 병실에 남백우와 신씨 그리고 김유정이 동석해 있었고 원산 남씨가 "세 동서가 함께 모였군" 하며 껄껄대서 박녹주가 얼굴을 붉혔노라고 회상한다. 1929년 3월 15일 박녹주의 자살미수 사건은 1936년 김유정의 「두꺼비」에서 재현된다.

어느 날 신문에 옥화의 자살 미수 보도가 났고 그 까닭은 실연이라 해서 보기 숭굴숭굴한 기사였다. 마는 그 속살을 가만히 들여다보면 그렇게 간단한 실연이 아니었고 어떤 부자 놈과 배가 맞아서 한창 세월이 좋을 때 이놈이 그만 트림을 하고 버듬히 나둥그러지므로 계집이 나는 너와 못 살면 죽는다고 엄포로 약을 먹고 다시 물어들인 풍파였던 바, 그때 내가 병원으로 문병을 가보니 독약을 먹었는지 보제를 먹었는지 분간을 못하도록 깨끗한 침대에 누워 발장단으로 담배를 피우는 그 손등에 살의 윤책이 반드르 하였다.[4]

소설가이자 시인인 이상은 이 「두꺼비」야 말로 걸작이라고 감탄했다. 이 작품이 게재된 『시와 소설』은 1936년에 3월에 창간된 구인회의 동인지였다.
박녹주는 1964년 중요무형문화재 제5호 판소리 예능 보유자로 지정되

---

3 박녹주, 「녹주 나 너를 사랑한다」, 『문학사상』, 1973.4, 226쪽.
4 김유정, 「두꺼비」, 구인회, 『시와 소설』, 창문사 출판부, 1936.3(『동백꽃』, 291~292쪽에서 재인용).

고, 1969년 10월 명동 국립극장에 은퇴공연을 마지막으로 무대에서 내려온다. 그리고 1979년 5월 26일 면목동 단간 셋방에서 73세를 일기로 운명한다. 육친의 혈육을 남기지 못한 박녹주가 남긴 제자는 박송희와 한농선으로 이들은 박록주계 「홍보가」 보유자 후보로 지정 받았다. 박녹주의 제자 박송희는 훗날 김유정의 「봄·봄」을 판소리로 각색한 판소리 「봄·봄」에서 작창과 소리를 맡았다.[5]

김유정이 마지막으로 매달렸던 여성은 시인 박용철의 누이이며 문학평론가 김환태의 아내인 박봉자였다. 김유정 사후 2년 뒤인 1938년, 김문집은 『여성』지에서 「김유정의 비련을 공개한다」라는 제목으로 다음과 같은 에피소드를 소개한다. '김유정의 부고를 받은 수일 후 나는 춘원 선생 댁에서 이런 저런 이야기를 하는 동안', '선생이 결코 저반의 소식을 전하지 않았'지만 유정의 로맨스의 상대자가 누구인가를 짐작했다는 것이다. 김문집은 김유정이 ○○와 ○군과의 약혼을 어느 잡지 소식란에서 알게 되고 이에 절망하여 이후 술로써 청춘을 불사르기 시작, 급기야 건강을 상하게 되고 '박○○ 양과 모 군과의 결혼식이 시내 모 예배당에서 거행되던 날, 결핵성 치질을 겸한 폐병 3기의 중환을 충신정 어느 셋방에서 혼자 앓고 있었다'[6]고 회고한다. 어떻든 김유정은 1936년 7월 이후 정릉에 있는 절로 정양을 위해 들어간 이후 건강은 극도로 피폐해 간다.

이에 앞서, 1936년 5월호 『여성』지에는 「그분들의 결혼 플랜, 어떠한 남편 어떠한 부인을 맞이할까」라는 공동 제목 아래 김유정의 글과 사진

---

5 판소리 「봄·봄」은 성석제가 사설을, 신동훈이 각색하고 채수정이 판소리 각색을 박송희는 작창 및 소리를 했다. 판소리 「봄·봄」의 공연은 2008년 10월 4일 한림대 국제회의장에서 개최되었다.
6 김문집, 「김유정의 비련을 공개한다」, 『여성』 4-8, 1939.8(『김유정전집』 하, 382쪽에서 재인용).

이, 바로 옆쪽에는 박봉자의 글과 사진이 게재된다. 박봉자는 장래의 남편감으로 세상을 잘 알고 있는 문학가를 손꼽고 있다.[7] 1936년 5월호 잡지라면, 잡지의 간행과 배포가 빠르면 4월 하순경이 가능하다. 김유정이 박봉자에게 편지를 보내기 시작한 것도 그 무렵부터이었을 것이다. 김문집의 말을 곧이곧대로 믿을 수는 없지만 김유정은 박봉자를 성모 마리아 대하듯 가장 겸허하게 'ㅇ 선생님'이라고 부르며 '몇 달에 걸쳐 선후 31통을 써서 그 중 30통이 발송되었고, 한 통은 김문집 자신이 보관[8]하고 있다'고 밝혔다.

한편 1937년 3월호 『조광』지에 「사랑의 편지」라는 공동 제목의 글 가운데 하나로 김유정의 「병상의 생각」이라는 서간체의 글이 발표된다. 이 서간체 글의 말미에는 1937년 1월 10일이란 기록이 나온다. 김문집이 보관중이라는 31번째의 편지와 「병상의 생각」과는 어떤 관계를 갖고 있을까.

김유정은 1936년 4월 하순 또는 5월 초순 이래 박봉자에게 31통의 편지를 썼다. 김유정이 박봉자를 대상으로 편지를 쓰는 행위는 어느 정도 지속되었을까. 김문집은 김유정의 일기를 토대로 '몇 달에 걸쳐 선후 31통을 써서 그 중 30통'[9] 발송이라고 했다. 또 김유정은 자신이 보낸 서간문을 행하게 다 외우고 있었다고 증언한다. 그리고 김문집은 김유정이 보낸 30통 편지에 대해 한 번도 회신하지 않은 박봉자를 희귀종으로 취급하며 비난한다.

그러나 1937년 3월호 『조광』지에 발표된 「사랑의 편지」을 읽어보면

---

7   박봉자, 「어떠한 남편을 맞이할까」, 『여성』, 조선일보사, 1936.5, 4쪽.
8   김문집, 앞의 글(앞의 책, 379쪽).
9   위의 글, 379쪽.

박봉자는 적어도 한번은 회신을 보낸 것이 확실하다.

　나의 편지 수 통에 간신히 (그 이유가 나변에 있으리요) 이것이 즉 당신입니다.[10]

　왜 박봉자는 김유정에게 회신을 보낼 수 없었을까. 김유정과 김문집이 불만을 보이는 것처럼 이기적이거나 무감각한 여성이었을까. 김문집은 박봉자를 '신교육을 받을 대로 받고도 매일 종로 네거리를 활동하고 다니는 30 노처녀'로 야유한다.

　박봉자는 (1909~1988)는 이화여전 출신이다.[11] 1936년 당시 박봉자는 무주에서 교편을 잡고 있었다.[12] 그리고 시인이며 평론가인 오빠 박용철(1904~1938)의 소개로 평론가 김환태(1909~1944)와 같은 해 6월 1일 양주삼(梁住三)의 주례로 결혼식을 올린다. 결혼식장에는 도산 안창호 선생도 참석했다고 한다. 김환태에게는 일본 유학시절 얻은 딸이 한 명 있었다(그러나 그는 해방 전에 사망). 박봉자는 결혼 다음 해인 1937년 8월 장남을 출산 한다.

　김유정과 박봉자가 같은 잡지, 같은 페이지에서 지면 상봉했던 것이 1936년 4월 말 내지 5월 초였다. 박봉자는 1936년 6월 1일 결혼했다. 박봉자가 「어떠한 남편을 맞이할까」에서 장래의 남편감으로 상상력이 풍부한 문학가를 원한다고 했을 때 이미 그녀에게는 김환태라는 이름의 남성이 자리하고 있었을 것이다. 물론 '결혼에 대해 아직 생각해 본 일이 별로 없는데 무슨 플랜이 있겠습니까' 운운은 원고를 쓸 당시 결혼이 확정되지 않

10　김유정, 「병상의 생각」, 『원본 김유정 전집』, 465쪽.
11　박봉자의 결혼사진에는 친구로 나와 있는 김갑순 전 이화여대 영문과 교수의 얼굴이 보인다.
12　전북일보, 『20C 전북인물 50인』, 전북일보사, 2000 참조.

았거나 수사학적 체면 차리기, 또는 믿을 수 없는 처녀의 거짓말 정도로 보아야 할 것이다.

전상국 교수는 김유정이 박봉자에게 보내지 못한 31편째의 편지에 대해서,

> 박봉자에게 쓴 31통의 편지 중 한 통이 부쳐지지 않은 이유는 간단하다. 그네가 약혼을 했던 것이다.[13]

라고 간단히 언급한다. 그러나 박봉자를 향한 김유정의 편지쓰기가 몇 달이나 계속되었다는 것으로 보아 김유정은 박봉자의 결혼과 관계없이 지속적으로 편지를 보낸 것으로 보인다.

1937년 3월호 『조광』지에 발표된 「병상의 생각」에 기록된 '정축(1937) 1월 10일' 이란 표시, 박녹주를 짝사랑하던 시절, 박녹주에게 남편과 이혼하고 자신과 결혼하자며 막무가내로 떼를 쓰던[14] 김유정의 기질을 생각한다면, 얼마든지 가능한 일이다. 한편 김문집이 보관중이라던 31번째의 편지는 「병상의 생각」과 동일 원고로 추정된다. 김문집의 「김유정의 비련을 공개 한다」가 게재된 『여성』과 『조광』은 모두 조선일보사에서 간행한 잡지이다. 1937년 3월 29일 김유정의 사후에 김문집이 『조광』지의 편집인들을 통해 김유정의 생존 중 마지막으로 발표된 「병상의 생각」 원고를 손에 넣었을 확률이 크다.

다시 김유정과 박봉자에게로 돌아가보자.

---

13 전상국, 『유정의 사랑』, 고려원, 1993 , 267쪽.
14 박녹주, 앞의 글, 1973.4, 222쪽.

결혼을 앞둔 만 27세의 박봉자에게, 결혼 후 곧 임신하여 태교에 힘쓰고 있는 임산부에게 일방적으로 30통의 서신을 보내며 교제를 요구하는 김유정, 그가 아무리 유명한 소설가라고 해도 신혼의 신부 박봉자에게는 거북살스러웠을 것이다(그 편지 내용 또한 결코 유쾌한 것이 아니다). 김환태가 구인회 회원이 된 것이 1936년 3월 12일,[15] 이미 김유정은 구인회 회원이었다. 신혼중인 친구의 부인에게 편지로 병적 집착을 보이는 김유정, 한 가정의 주부에게 소설가 친구의 편지에 회신을 하지 않았다하여 노골적인 야유를 쏟아 붓는 김문집 — 2010년대 입장에서 보면 두 사람 모두 비난 받아 마땅한 문제인들이다.

박봉자의 결혼생활은 8년 만에 끝난다. 남편 김환태가 1944년 5월, 폐결핵을 앓다가 사망한 것이다. 이후 박봉자는 교편생활을 하며 남매를 양육, 어려운 형편에서도 미국으로 유학 보내 아들은 노던 일리노이대학 경제학과 교수로, 딸은 샌프란시스코에서 남편과 함께 무역업에 종사하게 한다(1988년 기준). 박봉자는 1988년 미국에서 사망한다. 79세였다.

그렇다면 김유정의 가상의 연적이었던 김환태는 어떤 인물이었을까. 1909년 전북 무주에서 출생한 김환태는 보성고보와 일본 동지사대 예과를 거쳐 구주제국대 영문과 출신이다. 보성고보 시절 시인 김상용을 스승으로, 소설가 이상을 선배로, 동지사 시절에는 정지용과 친교가 깊었고 도산 안창호, 춘원선생과도 친교가 깊었다. 도산 선생과의 친교로 인해 일경의 감시 대상이 되었고 1936년 봄에는 동대문경찰서에 한 달 정도 수감되기도 했다.

김환태의 평론활동은 대학을 졸업하던 1934년부터 1940년까지이다.

---

15 문학사상자료조사연구실, 「김환태연보」, 김환태, 『김환태전집』, 문학사상사, 1988, 427쪽.

김환태의 첫인상은 '가냘픈 몸매에 얼굴은 하턱이 마른 편, 날카롭게 콧날이 서고 예리한 눈초리, 거기에다가 안경 때문에 그의 지적인 재능의 광채가 더욱 반사되었다'[16]고 백철은 기억한다. 이헌구는 '지극히 낮고도 부드러운 음성과 웃을 때마다 유난히 하얗게 빛나는 고르고 고운 이빨, 크게 웃지도 않고 조용히 소리 없이 포개지는 작약처럼 수줍게 미소 짓던 그 모습'[17]이었다고 기억한다.

안회남의 김유정 실명소설인 「겸허」에서 보면 김유정이 '정인택, 김환태, 이상 제형과 함께 나를 찾아와서 술을 조르던 생각이 난다'[18] 하는 대목으로 미루어 김환태와 김유정은 같이 술을 마실 수 있는 관계에 있었다.

김환태는 같은 9인회 동인인 김유정이 자신의 신부인 박봉자에게 보내오는 편지에 대해서 침묵한다. 당시 김환태의 평론 활동은 활발했다. 그는 보성고보 시절 자신의 스승이었던 김상용, 동지사 시절의 선배 정지용, 그리고 상허 이태준에 대해 각별한 애정을 보였다. 「상허의 작품과 예술관」(1934), 「정지용론」(1938), 「김상용론」(1939) 등이 바로 그것이다.

김환태는 1930년대 중반 기성 대가들은 물론 신진 작가들에게도 각별했다. 그의 평론문에서 김유정의 이름이 처음 보인 곳은 1935년에 쓴 「회고 을해년 문단총관—창작계편」[19]에서이다. 이 글에서는 이태준을 비롯한 최인준에 이르기까지 20여 명의 이름이 나열되고 그 가운데 김유정의 이름이 한번 들어가 있다. 이들 20여 명이 거의 4~5편의 창작을 발표했다고 언급한다. 다음 해인 1936년 「금년의 창작계 일별」을 통해 경향과

---

16 백철, 「김환태 씨의 문학관」, 위의 책, 377쪽.
17 이헌구, 「문학의 진수에 철한 인생」, 위의 책, 375쪽.
18 안회남, 「겸허—김유정전」, 『김유정전집』 하, 298쪽.
19 김환태, 「회고 을해년 문단총관—창작계편」, 앞의 책, 255쪽.

작가들의 병폐를 지적하고 이어서 비경향파 작가들로 이태준의 「가마귀」, 박태원의 「천변풍경」, 김유정의 「동백꽃」 염상섭의 「실직」, 주요섭의 「추물」, 이효석의 「모밀꽃 필 무렵」, 안회남의 「우울」, 「악마」 들을 열거하고 이들의 소품적 경향을 지적, 소설의 소품적 경향이란 소재를 파악할 강렬한 구상력과 창조적 정신활동의 부족[20]한 것이라고 충고한다. 그리고 이태준과 박태원 작품에서 부족한 점을 지적하고, 최명익, 이상, 김동리, 허준은 역량 있는 작가로 치켜세운다. 김유정은 그저 나열된 이름의 한 부분에 들어가 있을 뿐이다.

김환태가 그나마 김유정에게 몇 줄 더 관심을 보인 것은 김유정 사후 2년이 지난 1939년의 일이다. 「신진작가 A군에게」에서 문단이란 결코 실력대로 가지 못하는 곳이지만 그럼에도 걸작 앞에서는 무릎을 꿇게 되는 곳이니 김유정, 최명익, 허준, 김시종, 현덕 같은 이들이 그렇다고 지적한다. 그리고 작품은 양에 의해서가 질에 의해 결정 받아야 한다고 하며 김유정에게 몇 줄을 허용한다.

김유정 씨는 위에 말한 네 사람보다 많으나 그가 당당한 작가로 인정되기는 「소낙비」 한 편으로 였네. 그리고 그의 작품을 딴 중견작가라고 하는 사람의 작품과 비길 때에는 결코 많은 축이 되지 못하네[21]

김환태는 김유정의 작품 가운데 「소낙비」를 대표작으로 천거한다. 조용하고, 부드럽고 섬세한 성격을 가졌던 김환태는 신혼 중인 자신의 아내

---

20 김환태, 「금년의 창작계 일별」, 『조광』 2권 12호, 1936.12, 284쪽.
21 김환태, 「신진작가 A군에게」, 『조광』 5권 5호, 1939.5.1, 128쪽.

에게 가해진 김유정의 편지 폭탄에 직접 남편으로서의 권리를 주장하지 않았다. 김유정의 작품을 지켜보았으나 천착하지도 않았다(당시 여타의 신진 작가들 작품에 반 페이지 분량의 평을 남긴 것으로 보면 그렇다). 그러나 김유정의 소설가로서의 재능에 대해서는 그가 거론한 많은 작가들 이름 속에 삽입시킴으로써 평자로서의 공과 사를 분명하게 구분하는 모습을 보였다.

김유정 생존 시에 김유정 작품에 대한 평자의 관심은 김동인과 안함광이 각각 두 번씩, 엄흥섭, 김남천, 백철이 각각 한 번씩 그의 평론문에서 언급했다. 김유정 사후에는 주로 추모적인 내용이다. 김유정 생존 시에 김환태는 김유정을 당대 많은 작가 가운데 한 사람으로 간주했다. 여기에는 사람들에게 드러내놓고 말할 수는 없지만 김유정에 대한 얼마간의 거북함과 불쾌감이 작용한 것은 아니었을까. 한 청년의 정열에 대해서 이해는 하지만 용납은 할 수 없다는 것이 그의 평설에서 김유정을 멀리 밀어 놓은 것으로 보인다.

김유정은 자신의 작품을 해석하고 널리 소개해 줄 좋은 평론가 친구 한 사람을 박봉자에 대한 집착 때문에 잃어 버렸다. 김환태 또한 폐결핵으로 35세에 사망했다.

김유정이 집착했었던 두 여성 — 박녹주와 박봉자의 일생은 순탄치 못했다. 그러나 그들은 모두 전문직 여성이었다. 그들은 모두 자신들의 삶에 충실했고, 장수(長壽)했다. 박녹주와의 만남은 양악기(하모니카, 바이올린)를 좋아하던 김유정에게 육자배기, 판소리에 귀를 기울이게 하고 그의 작품에 아리랑이 삽입되거나 특정 작품에 판소리체 기법을 삽입하게 했다. 박녹주에게서 비롯된 우리 소리에 대한 관심은 김유정에게 '시대의 풍상'을 그리되 '우리의 정조와 교배'된 것이어야 한다는 문학관을 체득하게 하

였다. 반면 박봉자에 대한 집착은 그의 남편이자 문학평론가인 김환태로
하여금 김유정문학에 대한 관심의 감소 내지는 외면하게 하였다.

김유정의 지인 가운데 안회남, 이상은 김유정을 주인공으로 하는 소설
을 썼다. 이상은 김유정 생존시에 김유정실명소설 「김유정─소설체로 쓴
김유정」과 「실화」를 남겼고 안회남은 김유정 사후에 「겸허─김유정전」
을 비롯하여 김유정이 등장하는 몇 편의 소설을 남겼다. 더 자세한 사항
은 이미 필자의 다른 논문에서 밝혔기로 여기에서는 생략하기로 한다.[22]

3. 김유정 작품 내·외적인 관련망 ─ 작품론적 접근

작품에 대한 접근은 동일 작가의 작품들 사이의 관계망을 추적해서 읽
을 수도 있고, 한 작가의 작품과 타작가의 작품들 사이에서 보이는 유사
점들을 추적해서 읽는 경우도 있다.

먼저 김유정 작품들 사이의 관계망을 찾아 작품들에 접근해 보기로 하자.

1) 김유정 작품들 사이의 관계망

한 작품에는 거기에 기울인 작가의 생명이 입력된다. 작품은 곧 작가

---

[22] 졸저, 「김유정실명소설연구」, 『김유정을 찾아가는 길』, 솔과학, 2003, 255~292쪽 참조.

의 분신인 까닭이다. 한 작가가 쓴 그의 모든 작품들은 그들 나름의 관계망을 갖고 있어서 그들 작품들 사이의 차이점과 유사점을 찾아보는 것은 독서의 효율성과 흥미를 높여준다.

김유정 작품에 나타난 소재에 따라 관계망을 만들면 대략 다음과 같이 나눌 수 있다.

① 아내 팔기 모티브 : 「산골 나그네」, 「총각과 맹꽁이」, 「소낙비」, 「솥」, 「안해」, 「가을」, 「정조」, 「땡볕」

② 황금 모티브 : 「노다지」, 「금」, 「금 따는 콩밭」

③ 짝사랑 모티브 : 「두꺼비」, 「생의 반려」, 「따라지」

④ 노총각 모티브 : 「봄·봄」, 「총각과 맹꽁이」, 「산골 나그네」

⑤ 계급 갈등 : 「동백꽃」, 「금 따는 콩밭」, 「산골」, 「만무방」

⑥ 이상 심리자 : 「따라지」, 「생의 반려」, 「연기」, 「형」

⑦ 실업자 : 「심청」, 「애기」, 「따라지」, 「옥토끼」, 「슬픈 이야기」, 「연기」

⑧ 여급·기생·들병이 : 「총각과 맹꽁이」, 「솥」, 「안해」, 「따라지」, 「야앵」, 「두꺼비」, 「봄밤」

⑨ 연재성격의 서사 : 「산골나그네」, 「소낙비」, 「만무방」, 「정조」, 「땡볕」

①의 경우 아내의 성을 상품화하는 작품이다. 이때 아내가 가족을 위해 주도적으로 성을 상품화 하는 경우는 「산골 나그네」, 「안해」, 「정조」이고, 남편이 아내의 성을 상품화 하거나 동의하는 경우는 「소낙비」, 「솥」, 「가을」 등이다. 「총각과 맹꽁이」의 경우는 김덕만의 소망사항이지만 들병이를 아내로 맞게 될 경우 2~3년 술장수를 시켜서 황소 한 마리를 집에

들여놓을 생각을 한다. 「가을」의 남편은 소장수에게 아내를 팔아 몸값을 받아낸 며칠 뒤 아내를 불러내서 달아난다. 「정조」의 행랑아범은 행랑어멈을 뒤에서 조정하여 몸값으로 200원을 받아낸다. 「솥」의 근식은 들병이 계숙을 따라다니며 호강할 생각을 하고, 계숙의 본서방은 계숙이 벌어들인 곡식과 세간살이들을 수입으로 받아들인다. 이와는 좀 다르지만 「땡볕」의 덕순은 아내의 몸을 병원에 맡겨 월급을 챙길 생각을 한다.

②의 경우 「노다지」, 「금」, 「금 따는 콩밭」들은 그 집필시기로 보아 1934년 말부터 1935년 초에 퇴고한 것으로 보인다. 「노다지」는 1935년 조선중앙일보 신춘문예 가작당선작이다. 신춘문예의 원고마감이 대개 그 전해 11월 말에서 12월 초라는 점을 감안하면 「노다지」는 1934년 11월 말, 또는 12월 초에 퇴고했을 것으로 보인다. 한편 「금」 그 퇴고일이 1935년 1월 10일로 작품이 게재된 책자는 같은 해의 『영화시대』 3월호에서 이다.[23] 「금 따는 콩밭」 또한 비슷한 시기에 퇴고되어 1935년 『개벽』 3월호에 발표되었다. 「노다지」가 1935년 3월 2일~9일까지 조선중앙일보에 발표되었으니 1935년 3월의 우리 문단은 이른 바 김유정의 '황금 삼부작'이 장악했다고 보아 무방할 것이다. 먼저 집필된 것으로 보이는 「노다지」는 금광을 따라 잠채를 하는 두 유랑 잠채꾼의 신뢰와 배신을, 「금」에서는 금광석의 유출을 막으려는 감독과 채광꾼들 사이의 게임, 자해한 다리에 광석을 넣어 유출은 시켰으나 조력자와 직접행위자 사이의 게임이 다루어진다. 「금 따는 콩밭」은 가난으로 악에 받친 농부 영식 부부의 갈등과 꿈, 더 커다란 갈등을 차후에 불러올 수재의 임기응변이 30년대 삶의 고통을 가감

---

23 여기에서 『영화시대』를 다르게 표시한 것은 본고에서 처음 「금」의 출처를 밝히게 되었음을 연구자 및 독자들에게 알리기 위해서다.

없이 보여준다.

③에서 다룬 세 작품은 모두 김유정 자전적 요소가 짙게 배어든 것이다. 「두꺼비」와 「생의 반려」에서 주인공의 짝사랑의 대상 모델은 박녹주이다. 작품 발표는 「두꺼비」가 먼저 이지만 창작은 「생의 반려」가 앞선 것으로 보인다. 실존인물 박녹주가 「두꺼비」에서는 옥화로, 「생의 반려」에서는 나명주로 나온다. 「따라지」의 경우는 소설가 지망생 톨스토이를 짝사랑하는 카페 여급 아키꼬에 대한 이야기가 나온다. 이것은 이루어질 수 없는 대상을 상대로 짝사랑하던 작가 김유정이 자신도 그런 짝사랑의 대상이 되어보고 싶다는 소망 충족을 위해 발표한 작품으로 보인다.

④에서의 노총각문제를 다룬 것은 「봄·봄」, 「총각과 맹꽁이」, 「산골나그네」이다. 「봄·봄」에서 26세의 사위는 아들이 늦을까봐 장인에게 혼인을 재촉하고 「산골 나그네」의 덕돌이는 선채금이 없어서 혼인이 파약된 뒤 기가 죽어 있던 29세의 더벅머리 총각이다. 어머니의 주선으로 어느 날 찾아온 산골 나그네와 혼인하지만, 혼인 사흘 만에 새댁은 신랑의 옷가지를 챙겨 가지고 병든 본남편에게로 돌아간다. 「총각과 맹꽁이」에서는 더욱 심각하다. 34세의 김덕만은 마을에 들어온 들병이에게 중매 서라며 뭉태에게 씨암탉까지 갖다 바치지만, 뭉태와 들병이는 김덕만의 호의를 배신한다.

⑤의 계급갈등은 이른바 양반과 종, 지주와 마름과 소작인 사이에 나타나는 갈등을 의미한다. 「동백꽃」에서 계급의식은, 소작인의 아들인 17세 총각의 마음속에 내재해 있다. 마름의 딸과 소작인 아들이 문제를 일으켰다는 소문이 나게 되면 소작인 측에서는 집도 밭도 논도 떨어지게 된다는 것이 그것이다. 그러나 이 작품에서는 계급보다 훨씬 우위에 있는 것은 봄

이 지닌 명랑함과 청춘남녀의 순진한 사랑싸움에 조명을 하고 있다. 「산골」에서는 부잣집 도련님이 씨종 이쁜이를 유린했는데 그 사실을 인정하지 못하는 이쁜이의 순정과, 이쁜이를 좋아하는 석숭이의 사랑이야기가 얽혀져 있다. 딸에게 도련님을 좋아해서는 안 된다고 타이르는 이쁜이 어머니의 이야기 속에서 좋은 양반의 노리갯감에 불과할 뿐이라는 데에서 계급 갈등의 아픔이 보인다. 「만무방」에서 응칠과 응오의 비극은 인색한 지주와 마름이 소작인을 착취하는 계급적 갈등이 명백하게 드러난다.

⑥에서 제시한 작품들은 김유정의 자전적 소설들이다. 이들 작품에서는 광기가 가득한 형님과 히스테릭한 누님, 그 밑에서 기를 펴지 못하는 무력한 김유정 자신을 묘사하고 있다. 「생의 반려」에서 짐승적인 인물, 악마적 괴물로 그려진 형님은 「형」에서는 부친의 엄격한 가부장적 교육이 불러온 또 다른 희생물로, 형님을 이해하는 쪽으로 발전한다. 「생의 반려」에서의 구제불능의 히스테리 누님의 경우도 「따라지」에서는 누님의 히스테리를 이해하는 쪽으로 그려진다.

⑦주인공이 실업자인 작품에서 김유정 자전 요소가 농후한 것이 「심청」, 「따라지」, 「슬픈 이야기」, 「연기」 등이다. 「애기」의 필수는 5년 전 상처한 홀아비로 무직자이지만 부잣집 딸에게 장가들고픈 욕망으로 가짜 의사 노릇을 하는 마음 약한 인간이고, 「옥토끼」의 '나'는 변변한 직업을 갖지 못해 옥이네에게 혼삿말을 넣었다가 거절당하지만 옥이와 마음이 맞아 행복한 총각이다.

⑧에서 들병이를 다룬 것은 「총각과 맹꽁이」, 「솥」, 「안해」이고, 여급을 다룬 것은 「따라지」, 「야앵」이며 기생을 다룬 것은 「두꺼비」, 「봄밤」이다.

⑨ 김유정 작품들 가운데 등장인물들의 인생행로를 보면 '농민 → 유랑

농민 → 서울로의 입성'으로 전개됨을 볼 수 있다. 「산골나그네」는 고향에서 나와 유랑하다가 남자가 병들자 여자가 남자의 겨울옷을 준비하기 위해 사기결혼을 하고 옷을 훔쳐 내온다. 「소낙비」에서는 두메산골에서 소도시 인근 산골로 들어온 부부가 쪼들린 생활에서 벗어나기 위해 남자는 노름을, 여자는 노름돈 마련을 위해 몸을 판다. 「만무방」에서는 빚에 몰려 야반도주한 부부가 결국 이산가족이 되고 남자는 동생을 찾아왔다가 동생이 '제 논의 벼를 제가 훔쳐내는' 망할 세상을 목격하게 된다. 이에 비해 「정조」와 「땡볕」은 서울까지 진출한 유랑농민의 이야기다. 「정조」는 술수로 고뿌술집을 운영할 돈 200원을 주인집에서 받아내 신이 나 있고, 「땡볕」의 덕순은 아내의 병이 신기해서 병원에 입원하고 월급을 받아낼 꿈에 부푸나, 그 꿈에 배신당하는 이야기다.

이 외에도 '봄'을 모티브로 삼은 것으로 「봄·봄」, 「동백꽃」, 「야앵」, 「따라지」, 「봄과 따라지」, 「산골」, 「봄밤」, 「심청」, 「옥토끼」들에서는 봄날이 지닌 풍성함과 생기로움이 주인공들에게 꿈과 희망과 화해의 경지로 나아가게 하는 모습을 추적해 볼 수 있다.

한 작가의 한 작품이 아니라 한 작가의 전체 작품을 상대로 이야기들 사이의 관계를 추적하고 각각의 작품에서의 변모 과정을 살펴보는 것은 그 작가의 작품 독서에서 '나무와 숲'을 함께 보게 한다. 다시 말하면 한 작가의 작품 전체에 대한 총체적 이해를 돕는 것이다.

2) 수신자와 발신자로서의 김유정 그리고 김유정의 수신자들

(1) 수신자로서의 김유정

김유정의 독서 목록에 오른 해외문학자들은 바이런, 톨스토이, 체홉, 고골리, 루이 필립, 르나아르, 제임스 조이스, 에밀 졸라, 루쉰, 나쓰메 소세키들이 있었다. 이들 해외문학자를 발신자라고 하였을 때 수신자로서 김유정 작품에 나타난 특징에 대한 연구는 이미 이루어진 바[24] 있기에 여기에서는 생략하기로 한다.

(2) 발신자로서의 김유정

본장에서는 김유정 작품을 발신자로, 김유정 작품을 수신 했음직한 안회남과 최인준을 수신자로 보고 김유정 작품과 그들 작품 사이에 있었음직한 영향관계를 살펴보려고 한다.

문학 창작에서 수신자들이 직접 영향관계를 밝히지 않을 경우, 발신/수신의 관계를 선명하게 집어낼 수는 없다. 그러나 친교관계에 따라 무의식적으로, 또는 이와 관계없이 동시대를 살면서 감당해야 했던 시대인식에서 비슷한 소재 비슷한 내용을 작품으로 형상화할 가능성은 충분히 있다. 작가들은 작가적 자존심에 의해서 동시대 타작가의 작품을 읽지 않는다는 이들도 있기는 하지만, 또 다른 작가들은 그와 반대 의견을 제시하기도 한다.[25]

---

24 졸저, 「김유정과 해외문학」, 앞의 책, 195~229쪽; 졸저, 「김유정과 루쉰」, 같은 책, 230~254쪽.
25 2011실레마을 책축제 문학포럼(일시 : 2011.9.17. 10:00~12:10, 장소 : 김유정문학촌) '김유정을 어떻게 읽을 것인가'에서 필자가 김유정과 동시대 작가들 사이의 작품 영향관계에 대한 의견을 피력했을 때 소설가 전상국 교수는 '작가들은 작가로서의 자존심이 있기 때문에 타 작

이에 본고에서는 김유정의 절친한 친구였던 안회남, 같은 무렵 철원에서 작품 활동을 했었던 최인준을 대상으로 김유정과 비슷한 소재를 다루고 있는 작품들을 골라 이들을 비교해 보려고 한다.

① 김유정과 안회남

김유정이 사망하기 11일 전에 써 보낸 마지막 편지의 대상은 안회남(1909~?)이었다. 휘문고보 시절부터 김유정과 안회남은 단짝 친구였다.

안회남은 1931년『조선일보』신춘문예에「髮」이 가작 당선된다. 이후 개벽사에 근무하며 활발한 문필활동을 한다. 뿐만 아니라 김유정을 격려하여, 「산골 나그네」, 「총각과 맹꽁이」, 「흙을 등지고」를 쓰게 하고 이들을『제1선』, 『신여성』에 발표 시켜준다. 그러나 「흙을 등지고」만은 발표 지면을 얻지 못하다가 이를 「따라지 목숨」으로 개작하여 조선일보에 투고, 마침내 1935년 조선일보 신춘문예에 당선작 「소낙비」로 김유정의 공식적인 등단을 돕는다.

안회남은 김유정의 사망 이후 김유정이 남기고 간 것, '많은 유고와 연애편지 쓰다둔 것과 일기, 좌우명, 사진, 책 이런 것들을 전부'[26]를 맡게 된다.

안회남은 김유정 사후 1939년『문장』에「겸허―김유정전」을 발표한다. 여기에서 다루고 있는 사건들은 학창시절 유정과의 우정, 김유정 가계의 이상심리(형님의 정신병자적 태도, 누님의 히스테리, 자살한 누님, 신경쇠약환자

_____

가의 작품을 읽지 않는다'는 의견을 제시했다. 이와는 달리, 같은 장소에서 소설가 박정애 교수는 타 작가의 작품 독서가 자신의 작품 창작에 영향을 받은 바 있다는 사실을 증언했다.

26 안회남, 앞의 글, 302쪽.

인 여동생), 박녹주와 그의 남동생 이야기, 유정의 고향과 고향사람들 이야기, 유정의 문단 등단사, 개벽사 근무 차상천 씨가 증언한 김유정의 가계, 유정의 도둑장가와 파혼 등이다. 이들은 모두 안회남이 김유정을 오랜 동안 지켜본 것을 작품으로 재현한 것들이다. 그러나 김유정 생존시에 발표되었던 김유정의 「따라지」, 「생의 반려」와의 관련성도 무시할 수 없다. 아니 이들 두 작품을 절대적으로 참고하고 여기에 그가 지켜보았던 에피소드들을 첨가하여 완성 시킨 것이 「겸허─김유정전」이다.

본고에서 주목하고 있는 것은 1937년 5월, 『여성』 14호에 수록된 「남풍」이다.

「남풍」의 무대는 보리가 익어갈 무렵 남풍이 불어오는 시골마을이다. 산모롱이에 앉아 삼봉이가 부르는 민요 '흥타령'의 일부가 삽입되면서 맞은 편 신작로 쪽으로 미친 여자와 그녀를 놀리는 사람들이 밀려온다.

미친 여자를 보며 삼봉이는 3년 전의 기억을 떠올린다.

채 열 살도 되지 않은 계집애를 상대로 삼봉이가 배가네 데릴사위로 들어온 것이 십 년 가깝던 해, 삼봉은 삼십 고개를 넘어섰고 큰 애기는 열여덟 살이었다. 그해 삼봉은 자기 소유의 큰 양돼지 한 마리를 잃어버렸다. '그 때문에 삼봉이와 큰 애기의 혼인은 또다시 연기'[27]되었다. 큰 애기는 그동안 삼봉에게 은근했었다. 그런데 배가는 큰 애기를 윤주사의 첩실로 주고 마름을 얻어 가졌다. 삼봉에게 결정적인 타격은 큰 애기가 '머리 갈라 부치고 직구 칠하고 구두신고 다니는 윤주사에게 가기를 원하였다'는 것이었다. 이후 삼봉은 술과 노름판으로 다니며 울분을 토하기 삼년 여. 이제 마음을 잡고 배가의 집에서 이십여 리 떨어진 동리에 다시 열다섯

---

[27] 안회남, 「남풍」, 『안회남단편집』, 학예사, 1939, 21쪽.

살 먹은 색시를 길러 장가들기로 하고 머슴살이를 하고 있다.

그런데 삼봉이가 3년 만에 만난 배가의 딸 큰 애기는 미쳐있었다. 삼봉은 혼수 밑천이었던 양돼지를 도적맞은 것 자체가 배가와 윤주사의 계교였음을 뒤늦게 깨닫는다. 사람들에게 놀림 받는 큰 애기를 보며 삼봉은 모두를 용서하고 이제는 미친 큰 애기를 자기 것으로 만들 생각을 한다. 젊은 년 미친 거야 복숭아나무 가지로 한 나절 후려갈기면 미친 귀신 쫓기는 여반사, 산 속 인적 없는 곳에서 삼봉은 큰 애기를 얼싸안으려 한다. 그 순간 미친 큰 애기는 삼봉을 알아보고 "삼봉이" 하고는 소나무 사이로 달아난다. "넌 내 거다"라고 속으로 외치며 큰 애기를 따라가는 삼봉이.

질 무렵의 햇빛은 마지막으로 따뜻한 기운을 놓았고 솔솔바람 남풍은 언제까지나 부드럽게만 불어왔다.[28]

「남풍」에 스민, 「봄·봄」의 또 다른 모습을 보게 된다. 이들 두 작품 사이에는 유사점과 차이점이 다음과 같이 보인다.

첫째, 「봄·봄」의 '나'와 「남풍」 삼봉이는 모두 데릴사위다. 「봄·봄」의 사위가 스물일곱 살, 데릴사위로 와서 3년 7개월을 보냈다면, 「남풍」의 삼봉이는 서른서너 살. 데릴사위로 보낸 기간이 10년이었다(삼봉이는 3년 전에 배가에게 배신당했다. 당시 나이는 서른이 넘었다).

둘째, 「봄·봄」의 점순이는 '나'보다 열 살 아래인 열일곱 살, 「남풍」의 큰 애기는 열여덟 살, 두 처녀는 모두 남자들보다 10살, 12살 어린 나이이지만 모두 그들의 신랑감에게 은근하고 당돌하다.

28 위의 글, 33쪽.

셋째, 「봄·봄」의 장인은 마름이고, 딸의 혼사를 미루는 이유로 점순의 키가 자라지 않았다고 하나 실은 노동력의 부족을 데릴사위의 힘으로 채우려는 욕심이다. 이에 비해 「남풍」의 장인은 윤주사의 마름이 되기 위해 딸을 윤주사의 첩실로 보낸다. 「남풍」의 장인은 삼봉과 큰 애기를 떼어놓기 위해 삼봉이가 혼인비용으로 충당하려고 키우던 양돼지를 삼봉 몰래 돌려 팔아 삼봉의 혼인에 커다란 장애를 만든다.

넷째, 「봄·봄」의 점순은 신랑감을 자극, 신랑감이 장인에게 혼례를 재촉하도록 하나 「남풍」의 큰 애기는 부잣집 윤주사의 하이칼라 머리며 잘 입은 옷차림에 끌려 첩살이를 선택한다. 「봄·봄」의 점순이 사위와 장인의 육탄공세에서 아비의 편을 들어준 것은 위기에 빠진 핏줄을 도와주려고 한 본능적인 선택이지만 「남풍」의 큰 애기가 윤주사를 선택한 것은 물질적 욕망에 의한 계산된 선택이었다. 큰 애기의 이와 같은 선택은 결국 큰 애기 자신을 자책감 속에서 정신이상으로 몰아넣는다.

이와 같은 유사점과 차이점에도 불구하고 이 작품에서는 비극적인 상황은 보이지 않는다.

「봄·봄」의 사위가 장인영감을 신뢰하고 있고, 또 다시 장인에게 기만당할 지도 모르지만, 사위는 혼인의 꿈으로 늘 낙천적인 삶을 살아갈 것이다. 「남풍」에서도 삼봉은 이미 다른 집 데릴사위로 들어가 일하고 있지만, 미친 상황에서도 자신을 알아보는 큰 애기를 어떻게 해서든 고쳐서 데리고 살려고 하는 마음이 있는 한 이들은 행복한 꿈을 꾸게 된다. 이들 작품에서는 봄을 배경으로 젊은 남녀의 사랑의 기쁨과 아픔을, 그러나 행복한 봄날의 이야기를 그리고 있다.

② 김유정과 최인준

최인준은 평양 출신으로 진남포 삼숭학교와 평양의 광성고보를 거쳐 서울의 보성고보 4학년까지 진급, 그러나 동맹휴학에 연루되어 퇴학당했다. 최인준은 1928년 조선일보 신춘문예에 「춘보」로 가작입선, 당시 17세였다고 한다.[29] 이로 미루어 최인준은 1911 또는 1912년 생으로 추정된다. 『조선문단』「신인소개」에 나온 최인준 편에 의하면 1929년 『조선농민』에 「대간선(大幹線)」이 당선되고 이후 많은 활발한 작품 활동을 벌이나 1930년 1월 『신소설』 제2호에 발표한 「양돼지」가 평자들 사이에 논란을 일으키자 한동안 붓을 꺾는다.

최인준은 평양에서 사업에 실패한 부친을 따라 철원으로 이사, 여기에서 농사를 짓게 된다. 이후 최인준은 철원에서 다시 붓을 들어 1934년 『동아일보』 신춘문예에 「황소」가 당선, 문단에 공식 등단한다. 최인준은 주로 농촌사회를 배경으로 한 이야기를 다룬다.

문학 평론가 김환태는 1935년과 1936년 두 번에 걸쳐 최인준의 작품 「2년 후」와 「수술」[30]에 대해 분석하고 그 문제점들을 지적해 줄 정도로 30년대 중반 청년작가 가운데 최인준의 작품에 주목한다. 이점은 김환태가 같은 구인회원이며 술친구였던 김유정의 개별 작품에 대해 침묵한 것과는 대조적이다.

최인준의 「호박」은 1938년 1월 『농업조선』 1집에 발표된 작품이다.

「호박」은 정초 무렵 노름에 빠진 춘삼이가 아내인 알뜰엄마에게 노름

---

29 조선문단 편집부, 「신인 소개 – 「황소」의 최인준 군」, 『조선문단』, 1935. 4, 205쪽.
    최인준의 출신지에 대해서는 평양으로 되어 있지만, 또 다른 설로는 강원도 철원 근교라는 주장도 있다. 어린 시절 유학생활을 하다가 철원 근교 본가로 귀가하던 시절에 대한 글이 있다고도 한다.
30 김환태, 앞의 책, 1988, 241·265∼266쪽 참조.

돈을 얻으려고 궁시렁대는 데서 시작한다. 그 사정을 아는 알뜰엄마는 '호박 같은 얼굴에 분을 홰떡처럼 바르며' 딴전을 부리고 있는 때에 구장영감이 들어선다. 구장영감은 알뜰엄마의 정부다. 주변머리 없는 춘삼에게 오십 줄에 들어선 구장영감은 보증을 서서 농토를 얻게 해주었다. 그렇기에 춘삼은 구장영감이 알뜰엄마를 찾아오면 눈치껏 자리를 비켜주고는 했다.

알뜰엄마는 억척스런 여자로 '양귀비 허리에 키는 훌쩍 하지만 얼굴이 호박 같아서, 그래 호박이란 별명[31]을 갖고 있다. 여름에는 억척스레 농사짓고 겨울이면 술동이를 들어서 술장사를 한다. 장사 수단도 좋아서 늘 손님이 찾아온다.

지금 마흔 살인 춘삼, 알뜰엄마는 갓 서른이다. 알뜰엄마가 열두 살 되던 해 데릴사위로 들어간 춘삼은 몇 년 일해주고 알뜰네를 아내로 맞았다. 그러나 알뜰네는 호들갑스럽고 남자들 앞에서 색기가 가득했다. 춘삼은 혼인하자마자 아내 단속을 했지만 아내는 양복장이인 면사무소 급사와 바람이 나서 가출했다. 두 달 만에야 춘삼이 알뜰네를 주먹다짐으로 잡아왔다. 지금 열세 살 먹은 알뜰이는 양복장이 급사의 아이였다. 알뜰엄마는 다시 유부남인 산림간수와 정분이 났지만 이 무렵 천봉이를 낳았고 이후 바람기가 진정되었다. 그러다가 겨울 술장수를 하면서 다시 세번째 정부로 오십 줄에 들어선 구장영감을 받아드렸던 것이다. 지금 세 살 백이는 아이는 구장영감의 씨라는 소문도 있다. 그런데 이번에 다시 25~26세쯤 되어 보이는 양복쟁이 무면허 치공사, 기름종지 같은 금니빨쟁이 황수철이가 나타나자 알뜰엄마는 구장영감의 욕설과 주먹에도 불구

---

[31] 최인준, 「호박」, 『최인준 작품집』, 지만지, 2010, 203쪽.

하고 황수철과 정분이 났다.

봄은 다가오고 구장영감이 보증을 서주지 않으니 부칠 전답을 얻지 못해 애를 쓰는 춘삼이, 황수철에게 찾아가 이를 해결해 달라는 알뜰엄마, 결국 황수철은 줄행랑을 치고 알뜰엄마는 춘삼에게 구장영감을 불러오라고 한다. 찾아온 구장영감은 옛정이 회복된 기쁨에 춘삼이 소작계약을 맺을 수 있도록 힘써준다. 그리고 호박꽃이 필 무렵 알뜰엄마의 배는 차츰 불러가고 우물가의 아낙들은 알뜰엄마 뱃속의 아이가 금니빨쟁이의 것인지 아닌지에 대해 의견이 분분하다.

최인준의 「호박」을 읽다보면 최인준이 김유정의 작품들을 읽지 않았다고 해도, 김유정의 수필 「들병이 철학」이 소설 「호박」 속에서 재현되고 있음을 보게 된다. 봄부터 여름까지 농사짓다가 겨울 한 철 아이를 업고 들병이로 나서면 남자들은 멀찍이 떨어져서 아내가 술장수를 잘 할 수 있도록 지원사격하는 모습, 아내가 임신을 하게 되면 아이 아버지가 누구이든지에 관계없이 아이를 거두어주는 들병이의 남편의 역할이 「호박」 속에 그대로 재현된다. 알뜰엄마가 낳은 3남매와 앞으로 낳게 될 네 번째 아이, 그들 4남매는 아비가 다르고 따라서 성이 각각 다르다.

한편 아내에게 노름 돈을 조르는 남편의 모습은 「소낙비」의 춘호를, 구장영감의 보증으로 농토를 얻어 만족해하는 춘삼의 모습에서는 역시 「소낙비」에서 춘호와 쇠돌아범을 연상하게 된다.

「호박」의 구장영감은 근육이 팽팽하고 기름기가 번드레한 것이 「소낙비」의 이주사를 연상시킨다. 그런가 하면 기름종지 같이 매끄럽고 춘삼에게 노름돈을 주면서 알뜰엄마를 품에 안으며 제 실속만을 찾는 황수철은 유정의 작품에 날건달로 등장하는 뭉태 이미지에 부합된다.

「호박」의 춘삼은 아내를 상품으로 내놓고 구장영감과 황수철에게 노름 돈을 얻어 쓰면서 의기양양해 한다. 그런가 하면 못생긴 얼굴임에도 여러 남자들을 잘 휘어잡고 살아가는 알뜰 어멈은 다만 잘 먹고 잘 살기 위해서 들병이로 나서기를 희망하는 「안해」의 아내를 연상시킨다. 동시에 「호박」에서 노총각 춘삼이 12살짜리 계집아이를 미끼로 데릴사위 들어가는 모습, 억척스럽게 일 잘하며 남자를 쥐고 흔드는 알뜰네의 모습에서는 「봄·봄」의 점순과 사위의 모습을 연상하게 된다.

최인준이 김유정의 작품을 읽었는지 여부와 관계없이, 모든 문학 문화는 서로가 서로에게 영향을 끼치고 있다는 것을 인정한다면, 「호박」에서 우리는 김유정의 「들병이 철학」, 「소낙비」, 「안해」, 「봄·봄」의 에피소드가 혼재되어 있음을 보게 된다. 그런데 '아내의 매매춘'이라는 입장에서 김유정의 작품들과 최인준 「호박」을 읽을 때 분명한 차이점을 보게 된다.

김유정의 작품에서 매매춘 하는 아내는 성적 쾌락이나 방탕함 때문이 아니라 생활의 수단으로 몸을 상품화할 뿐이다. 「소낙비」와 「산골나그네」, 「가을」의 아내들은 필요한 보수를 얻은 뒤에 남편에게 돌아간다. 「안해」의 아내가 뭉태와 술판을 벌이기는 하지만 들병이가 되기 위한 실습일 뿐, 타고난 색정광은 아닌 것이다. 이에 비해 최인준의 「호박」에서 알뜰엄마는 어린 시절부터 이미 '색기'가 넘쳐 나는, 관능적 욕망에 탐닉하는 여성으로 드러나고 있는 것이다.

김유정과 최인준, 같은 시기에 작품 활동을 하던 작가들이다. 김유정이 춘천 출신이고 최인준도 철원지역에서 활동하던 작가이다.

같은 시기에 활동하던, 그래서 같은 평단에서 언급되던 동료 작가의 작품에 대해 철저하게 외면하고, 주어진 시대 상황에 대해 철저하게 외면하고 자기만의 이야기를 만들 수 있는 작가가 있을 수 있을까. 아마도 그런 부류는 지극히 예외에 속할 것이다.

4. 나가는 글

물질문화, 정신문화, 가시적 문화, 불가시적 문화, 모든 문화는 외부적인 충돌, 갈등, 융합관계를 가지면서 더욱 도도한 하나의 흐름, 하나의 생명체로 존속해간다. 문학문화의 경우 외부로부터 수신된 새로운 문화적 충격에 의해서 더욱 왕성하고 새로운 문학문화로 발전·생성해 가게 된다.

김유정문학을 이해하기 위해서는 작가 김유정의 전기적 삶과, 김유정 작품에 수용된 문학, 동시에 김유정의 문학을 수용했거나 수용했음직한 타작가, 김유정과 동시대에 살고 있었던 작가들의 비슷한 내용 비슷한 유형의 작품들을 함께 읽어보는 것이 필요하다. 한 작가 한 작품이 아닌, 그를 포함한 주변 작가 주변 작품과의 비교 및 대조를 통해서 우리는 김유정문학이 지닌 특징을 더 섬세하게, 더 분명하게 파악해 낼 수 있으며, 다양한 작가 다양한 작품으로 독서 지평을 확대할 수 있는 까닭이다.

(『어문학보』 제32집, 강원대 국어교육과, 2012.2)

●● 참고문헌

『시와 소설』, 『조선문단』, 『조광』, 『여성』

김석배, 「판소리 명창 박록주의 예술세계」, 『구비문학』 10호, 한국구비문학회, 2000.
박녹주, 「녹주 나 너를 사랑한다」, 『문학사상』, 문학사상, 1973.4.
_____, 「여보, 도련님 날 데려가오」, 『뿌리깊은 나무』, 뿌리깊은나무, 1976.6.
박봉자, 「어떠한 남편을 맞이할까」, 『여성』, 조선일보사, 1936.5.

김유정, 김유정기념사업회 편, 『김유정전집』 하, 강원일보 출판국, 1994.
_____, 유인순 편, 『동백꽃』, 문학과지성사, 2005.
_____, 전신재 편, 『원본 김유정 전집』, 도서출판강, 2007(1997).
김환태, 『김환태전집』, 문학사상사, 1988.
안회남, 『안회남 단편집』, 학예사, 1939.
유인순, 『김유정을 찾아가는 길』, 솔과학, 2003.
전북일보, 『20C 전북인물 50인』, 전북일보사, 2000.
전상국, 『유정의 사랑』, 고려원, 1993.
최인준, 『최인준 작품집』, 지만지, 2010.

김유정문학 속의 결혼

1. 결혼의 의미

「어떠한 부인을 맞이할까」라는 잡지의 설문지 조사란에서 김유정은 자신이 상당한 폐결핵환자임을 밝히면서 자신과 똑같이 우울한, 똑같이 피를 토하는 여성이 있다면 그를 만나고 싶고, 그를 존경하겠노라고 했다. 그와 같은 여성을 만나게 되면 무엇인가를 배울 수 있으리라는 기대, 그리고 그 기대감의 바탕에는 서로에 대한 이해가 전제되고 있었다. 중환(重患)이었던 김유정에게 이성(異性)의 애정이란 무엇보다도 '서로 이해할 수 있는 한 동무'에서 출발해야 한다는 것이었다.

그렇다면 김유정은 그의 작품 속에서 결혼에 대해서 어떤 생각을 풀어내고 있을까.

> 잘살고 못살긴 내분복이요
> 하이칼라 서방님만 어더주게유

수필 「닙피 푸르러 가시든 님이」에 나오는 산골처녀들이 부르는 노래의 한 구절이다. 김유정은 이 노래에서 산골처녀들이 '하이칼라 서방님' 운운하는 것은 멋쟁이 매끈한 서방님이 아니라 '돈 있고 쌀 있고 또 집 있고 이렇게 푼푼하고 유복한 서울 서방님'을 말하는 것이라고 설명한다. 그리고 그네들이 이렇게 하이칼라 서방님에 집착하는 것은 '님도 좋지만 밥도 중' 하기에, '한평생 지지리 굶다마느니 서울 서방님 곁에 앉아 밥 먹고 옷 입고 그리고 잘 살아보자'는 것이 그들의 이상이라고 했다. 왜냐하면 '님 있고, 밥 있고 이러한 곳이라야 행복'이 깃들일 수 있다고 생각하는 까닭이다. 적어도 현실 속에서 결혼은 낭만적 사랑의 결실이 아니라 살아남기 위한 삶의 한 과정임을 작가 김유정은 인정하고 있었고 또 그런 생각을 그의 작품 속에 부각시키고 있음에 주목하게 된다.

2. 결혼과정에서 보이는 장애 요인

김유정의 작품 중 청춘남녀의 이성에 대한 눈뜸과 호감의 문제를 다루고 있는 작품으로는 「산골」, 「두꺼비」, 「동백꽃」, 「옥토끼」, 「생의 반려」

가 있고, 노총각의 급한 혼인문제가 엉켜 있는 작품으로는 「총각과 맹꽁이」, 「봄·봄」 등이 있다. 그런데 이들 젊은이들의 결혼에는 하나같이 장애 요인이 자리하고 있다. 「산골」의 예쁜이는 씨종의 딸이다. 그녀는 주인댁 도련님과 행복한 미래를 꿈꾸지만, 신분의 차이를 건널 수 없고, 더욱 바람기 많은 도련님은 서울로 유학 가서 서울 아가씨와 연분이 났다는 소문까지 돌고 있다. 「옥토끼」에서 무직자인 청년과 연초회사 직공인 숙이는 둘이 몰래 약혼까지 한 사이이지만, 청년의 어머니가 숙이네에게 통혼을 넣었다가 거절당한 아픔을 가지고 있다. 돈 있는 집으로 숙이를 시집보내고 싶어 하는 숙이네의 속셈 때문이다. 「동백꽃」의 점순이와 총각 또한 서로에게 호감을 갖고는 있지만 마름의 딸과 소작인의 아들이라는, 그에 따른 빈부 격차의 문제가 내재되어 있어서 두 남녀의 애정행로가 순조로울 수만은 없어 보인다. 김유정의 자전적 소설인 「두꺼비」와 「생의 반려」에서는 고등학생이 연상의 기생을 연모하는 상궤에서 벗어난 연애 문제를 다루고 있다. 「두꺼비」에서 옥화는 돈 많은 기둥서방을 두고 있고, 미완 장편소설인 「생의 반려」의 나명주 역시 옥화와 같은 부류의 여성이다. 「두꺼비」의 고등학생이나 「생의 반려」의 유명렬 군은 모두 연상의 기생을 짝사랑하며 자기 속을 끓여야 하는 입장이다.

한편 노총각의 결혼의 욕망을 다룬 「총각과 맹꽁이」는, 서른네 살의 김덕만이 처음 만나는 들병에게 혼인을 하자고 하는 고지함과 어리석음, 또 넉넉한 선채금도 아직 준비되어 있지 못하다는 현실적인 문제들 때문에 가까운 날 결혼에 이른다는 전망은 보이지 않는다. 실화를 소설화 했다는 「봄·봄」의 경우도, 적어도 소설 속 사실로 보아서는 스물여섯 살난 키다리 데릴사위가 열여섯 살 난 점순과 올 가을에 성례를 이루게 되리라는 보장은 없다. 왜냐하면, 욕필이 영감에게는 딸만 셋이 있는데, 그 큰 딸이 열아홉에 시집을 가기까지 열 살에서 열아홉 살에 이르는 동안 바꾸어 들인 데릴사위만 해도 열 네 사람, 둘째 딸인 점순이 지금 열여섯으로 스물일곱 살 키다리 사위가 그 세 번째 데릴사위로 들어온 지 3년 하고도 일곱 달이 지났다. 욕필 영감의 셋째 딸이 지금 여섯 살, 데릴사위를 들이려면 적어도 막내가 열 살은 되어야 하므로, 욕필이 영감이 사위의 터진 머리를 불로 지저주고 희연 한 봉지를 주머니에 찔러주며 올 가을에 성례시켜 줄 터이니 농사일이나 열심히 하라고 타이르지만 그도 공염불이 될 심산이 더 큰 것이다.

김유정의 소설 작품들에서 청춘남녀의 결혼 문제에서의 장애요인은 이렇게 신분, 돈, 노동력의 문제 등으로 보이지만 결국은 모두가 돈과 직결된 문제들이다.

3. 결혼과 선채금

결혼은 단순한 남녀 간의 결합이 아니다. 농경사회에서, 여성의 가족 입장에서 보면 한 성숙한 여성을 남의 집으로 보낸다는 것은 그 만큼의 노동력의 상실을 의미한다. 그런 만큼, 남성의 가족으로부터 보상금을 받아야 한다. 그것이 바로 선채금이다. 김유정의 작품에서 선채금을 언급하고 작품들은 「산골 나그네」, 「총각과 맹꽁이」, 「만무방」, 「애기」 들이다.

「산골 나그네」에서 선채금 때문에 떠꺼머리 총각으로 남아 있게 된 덕돌의 이야기를 보기로 하자.

  아들만 데리고 홀어미의 생활은 무던히 호젓하였다. 그런데다 동리에서는 속모르는 소리까지 한다. 떠꺼머리 총각을 그냥 늙힐테냐고. 그러나 형세가 부침으로 감히 엄두도 못내다가 겨우 올봄에서야다부터 서둘게 되였다. 의외로 일은 손쉽게 되였다. 이리저리 언론이 돌더니 남산에 사는 어느집 둘째 딸과 혼약하였다. 일부러 홀어미는 사십 리 길이나 걸어서 색씨의 손등을 문질러 보고는,

  "참 애기 잘도 생겼네!"

  좋아서 사둔에게 칭찬을 뇌고뇌고 하였다.

  그런데 없는 살림에 빚을 내여가며 혼수를 다 꿰매 놓은 뒤였다. 혼인날을 불과 이틀 격해 놓고 일이 고만 빗나갔다. 처음에야 그런 말이 없더니 난데없는 선채금 삼십 원을 가져오란다. 남의 돈 삼 원과 집의 돈 오 원으로 거춧군에게 품삯 노비주고 혼수하고 단지 이 원─ 잔치에 쓸 것밖에 안 남고 보니 삼십 원이란 입내도 못낼 소리다.

  없는 살림에 빚을 내어 혼수를 장만, 혼인날을 불과 이틀 앞두고 색시 집에서 선채금 30원을 요구하는 바람에 혼인 이야기는 없었던 이야기로 돌려놓아버리고 말았다.

  「총각과 맹꽁이」에서 김덕만의 홀어머니는 딸을 선채 받고 시집 보내고 그 선채금으로 아들을 장가 드리려던 것이 빚 갚기에 시나브로 녹여버리고, 아들은 아직 장가를 들지 못한 상황에 있다. 「만무방」의 모범청년 응오는 장가를 가기 위한 선채금을 벌기 위해 꼭 삼년 간 머슴을 살았다.

그는 술 한 잔, 개고기 한 메 못 먹고 사경 받은 돈을 모아 장리를 놓아서 선채금을 만들어 장가를 들었으나 혼인한 지 두 해를 넘기지 못하고 아내는 병들어 눕고 만다. 이들은 모두 선채금이 없어서 장가를 들지 못하거나 선채금을 만들기 위해 3년씩이나 머슴을 살아야 했던 남자 측의 이야기다. 이에 비해 「애기」의 외조부는 딸의 선채금으로 팔자를 고칠 생각을 한다. 그는 딸의 혼기가 찼어도 혼인 시킬 생각을 하지 않는다. '앨써 길렀으니 덕 좀 봐야지. 부자 놈만 하나 걸려라. 잡은 참 물고 달릴 터이다' 하고 부자 사윗감이 나타나기를 기다린다. 그는 딸이 '잘만 하면 만 원이 될지, 이만 원이 될지 모르는' 몸이라고 생각한다. 농경사회에서 성인 여성이 갖고 있는 노동력을 선채금으로 계산하는 것과는 달리, 시장경제가 주도하는 사회에서 여성은 노동력 이상의 상품적 가치로 치부되고 있음이 이색적이다.

4. 사기결혼 이야기

결혼은 남녀 당사자들에게 개인적으로는 성적·심리적·경제적인 결합을, 사회적으로는 가정·가족을 형성하는 단서를, 나아가 종족보존의 중요기능을 갖게 한다. 그렇기에 결혼에는 권리와 의무가 함께해야 하는, 말 그대로 결혼은 인륜지대사(人倫之大事)가 된다. 그러나 그 인륜지대사도 가난 앞에서는 무색해진다. 가난에 찌든 사람들에게는 끊임없이 성실하고 정직하게 살아가야 한다는 것이 실로 어려운 일임을 보여주는 것이

「산골 나그네」, 「가을」, 「애기」들에 등장하는 인물들의 이야기이다.

「산골 나그네」는 어느 가을 날 밤에 젊은 나그네가 찾아오면서 이야기가 전개된다. 남편 잃고 얻어먹으며 돌아다니던 나그네는 몸 사리지 않고 집안일은 물론 술청에서 손님 시중을 들어준다. 열아홉 살 난 나그네를 보면서 노총각 아들을 둔 주막집 어머니는 그 나그네를 며느리 삼을 욕심을 갖게 된다. 그리고 나그네가 주막집을 찾아온 뒤 나흘 째 되던 날이다.

"그럼 와 그러는게유? 우리집이 굶을까봐 그리시유?"

" ...... "

"사내가 죽었으니 아무튼 얻을 게지유?" 옷타지는 소리, 부시럭거린다.

"아이! 아이! 아이 참! 이거 노세유."

쥐죽은 듯이 감감하다. 허공에 아롱거리는 낙엽을 이윽히 바라보며 그는 빙그레한다. 신발소리를 죽이고 뜰 밖으로 다시 돌쳐섰다.

저녁상을 물린 후 그는 시치미를 딱 떼고 나그네의 기색을 살펴보다가 입을 열었다.

"젊은 아낙네가 홑몸으로 돌아다닌대두 고상일게유. 또 어차피 사내는……"

여기서부터 사리에 맞도록 이말 저말을 주섬주섬 끄내오다가 나의 며느리가 되어줌이 어떻겠느냐고 꽉 토파를 지였다. 치마를 흡사고 앉아 갸웃이 듣고 있든 나그네는 치마끈을 깨물며 이마를 떨어뜨린다. 그러고는 두 볼이 발개진다. 젊은 계집이 나 시집 가겠오 하고 누가 나서랴. 이만하면 합의한거나 틀림없을 것이다.

혼수는 전에 해 둔 것이 있으니 한 시름 잊었다. 그대로 이앙이나 고쳐서 입히면 고만이다. 돈 이 원은 은비녀 은가락지 사다가 각별히 색씨에게 선물나리고…….

일은 밀사록 낭패가 많다. 금시로 날을 받아서 대례를 치렀다. 한편에서는
국수를 눌른다. 잔치 보러온 아낙네들은 국수그릇을 얼른 받아서 후룩후룩 들
여마시며 시악씨 잘 낫다고 추었다.

주인은 즐거움에 너무 겨워서 추배를 흔건히 들었다. 여간 경사가 아니다.
뭇 사람을 삐집고 안팎으로 드나들며 분부하기에 손이 돌지 않는다.

"애 며누라! 국수 한 그릇 더 가져온-"

어찌 말이 좀 어색하구면- 다시 한 번

"며누라 애야! 얼른 가져와-"

주막집 어머니가 외상값을 받으러 집을 비운 사이에 덕돌은 나그네에
게 청혼을 하고, 우연히 그 장소에서 아들의 마음을 알게된 어머니도 나
그네에게 며느리가 되어달라고 다짐을 받는다. 그리고 '금시에 날을 받아
대례를 치루었다'.

어머니에게는 딸처럼 귀엽고 소중한 며느리였고, 덕돌에게는 첫날밤
을 치르자 기운이 부썩부썩 솟아 삶의 기쁨을 누리게 해주던 아내였다.
그런데 주막집 모자에게 찾아왔었던 행복의 시간은 너무도 짧았다. 첫날
밤을 치루고난 그 다음 날 밤이었다.

바로 그날이었다. 웃간에서 혼자 새우잠을 자고 있든 홀어미는 놀래여 눈이
번쩍 띄였다. 만뢰잠잠한 밤중이다.

"어머이! 그거 다라낫세유 내 옷도 없고…….."

"웅?" 하고 반마디 소리를 치며 얼떨김에 그는 캄캄한 방안을 더듬어 아랫간

으로 넘어섰다. 황망히 등잔에 불을 대리며

"그래 어디로 갔단 말이냐?"

영산이 나서 묻는다. 아들은 벌거벗은 채 이불로 앞을 가리고 앉아서 징징거린다. 옆자리에는 빈 벼개 뿐 사람은 간 곳이 없다. 들어본 즉 온종일 일한 게 피곤하여 아들은 자리에 들자 고만 세상을 잊었다. 하기야 그때 아내도 옷을 벗고 한 자리에 맞붙어 잤던 것이다. 그는 보통 때와 조금도 다름없이 새침하니 드러누워서 천장만 쳐다보았다. 그런데 자다가 별안간 오줌이 마렵기에 요강을 좀 집어 달래려고 보니 뜻밖에 품안이 허룩하다. 불러보아도 대답이 없다. 그제서는 어림짐작으로 우선 머리맡에 위해 놓았던 옷을 더듬어 보았다. 마는 없다─

필연 잠든 틈을 타서 살며시 옷을 입고 자기의 옷이며 버선까지 들고 내뺐음이 분명하리라.

"도적년!"

혼인식을 치룬 다음 날 저녁에 며느리는 증발해버린 것이다. 며느리를 딸처럼 사랑하던 어머니는 며느리의 베게 밑을 더듬어 혼수로 주었던 은비녀를 찾아내고, 며느리가 도둑일 수 없다고 생각, 아들과 함께 며느리를 찾아 나선다. 한 편 마을에서 멀리 떨어진, 다 허물어져가는 물방앗간에 거적을 쓰고 누운 거지를 찾는 소리가 있다. 그리고─

십 분 가량 지났다. 거지는 호사하였다. 달빛에 번쩍거리는 겹옷을 입고서 지팽이를 끌며 물방아간을 등졌다. 골골하는 그를 부축하야 계집은 뒤에 따른다. 술집 며느리다.

"옷이 너머 커- 좀 적었으면 ……."

"잔말 말고 어여 갑시다. 펄적 ……."

계집은 불이나게 그를 재촉한다. 그러고 연해 돌아다 보기를 잊지 않았다.

그들은 강길로 향한다. 개울을 건너 불거져 내린 산모롱이를 막 곱뜨려할 제다 멀리 뒤에서 사람 욱이는 소리가 끊일 듯 날 듯 간신히 들려온다. 바람에 먹히어 말지는 모르겠으나 재없이 덕돌이의 목성임은 넉히 짐작할 수 있다.

"아 얼른 좀 오게유"

똥끝이 마르는 듯이 계집은 사내의 손목을 겁겁히 잡아끈다. 병들은 몸이라 끌리는 대로 뒤툭거리며 거지도 으슥한 산 저편으로 같이 사라진다. 수은빛 같은 물방울을 품으며 물결은 산벽에 부딪는다. 어디선지 지정치 못할 늑대소리는 이산저산서 와글와글 굴러 나린다.

굶지는 않고 먹고살 만치 살 수 있는 인정 많은 덕돌네 모자 집으로 어느 날 찾아온 열아홉 살 난 나그네, 그녀의 바지런하고 붙임성 있는 모습에 며느리, 아내를 삼고 싶어 했었던 모자, 혼례를 올려 잔치까지 벌였으나 첫날밤을 치룬 다음 날 밤에 덕돌의 옷을 훔쳐 달아난 나그네 ― 이들은 모두 일주일 이내에 벌어진 사건들이다. 나그네는 병든 걸인 남편의 겨울 옷을 준비하기 위해서 어쩔 수 없이 덕돌 모자에게 사기행각을 하지 않을 수 없었다. 덕돌 모자에게는 한 해에 두 번씩이나 겪지 않으면 안 되는 불운의 연속이었다. 바로 올 봄에 선채금 30원이 없어서 다된 혼사가 파토 났고, 늦가을에 찾아온 나그네와 첫날밤까지 치렀으나 사람 잃고, 진솔 바지저고리와 버선까지 도적질 당해야 하는 불운을 다시 겪게 된 것이다.

「가을」은 며칠 전 친구인 복만이가 아내를 팔게 되었을 때 매매계약서를 써주었던 연고로 사기꾼으로 몰려 주재소로 멱살잡이 당해 끌려가고 있는 재봉의 시점에서 전개되는 이야기다. 복만은 말이 없고 주변머리 없는 친구였다. 농사는 지어도 남기는커녕 빚만 늘어가자 아내를 팔기로 했다는 이야기를 듣기는 했지만 설마 했었는데, 그 복만이가 아내를 팔게 되었다며 매매 계약서 대필을 부탁해왔다. 처음에는 그런 복만에게 불만이 없지 않았지만 생각해보니 아내를 팔아서 빚을 갚을 수 있는 복만이 오히려 부럽기까지 했다. 왜냐하면 재봉네 집에 여자가 있기는 하지만 그는 바로 병든 늙은 어머니이고, 더욱 어머니는 아버지의 것이기에 재봉으로서는 어떻게 할 수가 없는 존재였다.

복만이가 지적해준 주막으로 갔을 때, 그곳에는 복만의 처를 사가기로 한 '밤불이 지도록 살이 디룩디룩한 그리고 험상궂게 생긴 애꾸눈의 소장수가 있었고 그 옆에 복만의 처가 쪼구리고 앉아 있었다. 두 사람이 보여준 그림은 부부로서는 결코 어울려 보이지 않았다. 복만이가 필기구를 빌려 가지고 돌아왔을 때 재봉은 소장사의 요구에 따라 다음과 같이 써주었다.

매매 계약서

일금 오십 원야라

위금은 내 안해의 대금으로 정히 영수합니다

갑술년 시월 이십일

조복만

황거풍전

그러나 재봉이 매매 계약서의 내용을 읽어주자 황거풍은 불만스럽게 여긴다. 그래서 다시 첨부하여 다음과 같은 글을 써준다.

어떠한 일이 있드라도 내 안해는 물러달라지 않기로 맹세합니다.

마침내 매매는 이루어졌고, 복만은 소장수 황거풍으로부터 50원을 넘겨받고, 그 아내는 황거풍을 따라 마을을 떠났다. 그것이 엿새 전의 일이었다. 그런데 오늘 황거풍이 찾아와서 복만의 처를 찾아내라고 떼를 쓰는 것이다. 재봉은 처음에는 영문도 모른 채 멱살이 잡혀 주재소로 끌려가다가, 황거풍을 통해서 그 전후 사정에 대한 것을 알게 된다.

① 놈의 말을 들어보면 영득 어머니가 간지 나흘 되는 날 즉 그저께 밤에 자다가 어디로 없어졌다. 밝는 날에는 들어올까 하고 눈이 빠지게 기다렸으나 영 들어오질 않는다. 오늘은 꼭두새벽부터 사방으로 찾아다니다 비로소 우리들이 짜고 사기를 해먹은 것을 깨닫고 지금 찾아왔다는 것이다. 제 아내가 간 곳을 아르켜 주어야지 그렇지 않으면 너와 죽는다고 애꾸 낯짝을 들여대고 이를 북 갈아보인다.

② 하기는 복만이도 그 아내가 없어졌다는 날 그저께 어디로인지 없어졌다. 짜정 도망을 갔는지 혹은 볼 일이 있어서 일갓집 같은데 다니러갔는지 그건 자세히 모른다. 그러나 동리로 돌아다니며 아내가 꾸어온 양식 돈푼 이런 자지레한 빗냥을 다 돈으로 갚아준 그다. 달아나기에 충분할 아무 죄도 그는 갖지 않았다. 영득이가 밤마다 엄마를 부르며 악짱을 치더니 보기 딱하여 저의 큰집으로 맡기러 갔는지도 모른다.

인용문 ①은 소장수 황거풍에게 들은 그간의 영득어미 실종과 관계된 것이고 ②는 재봉의 기억 속에서 전개되는 며칠 전 복만의 행태에 대한 기억이다. 마을의 빚을 다 갚고, 매매 계약서를 써준 것에 대한 답례로 막걸리 한 병과 돈 1원을 내밀었던 복만, 그 복만이 그저께부터 마을에서 자취를 감추었다. 이들로 미루어서 복만이 부부는 헤어지기 전에 미리 약속을 하고, 아내가 황거풍과 며칠 밤을 보낸 뒤에 그 집을 빠져나오게 하여 세 식구가 어딘가로 잠적해버렸으리라고 재봉은 추측한다. 한편 아무 반항도 하지 않고 주재소로 끌려가는 재봉에게 미안함을 느낀 황거풍은 복만의 가족이 갔음직한 곳을 묻고, 재봉은 복만의 큰 집이 덕냉이에 있음을 알려주며, 다음 날 소장수와 함께 덕냉이까지 동행해주기로 하지만 그의 마음 속에서 복만은 확실히 그곳에 있지 않을 것이라는 생각을 하면서 글은 끝난다.

늘어나는 빚을 갚고 살아남기 위해서 아내를 미끼로 소장수 황거풍의 돈 50원을 뜯어내는 복만, 남편과 아들을 위해 며칠 간 소장수에게 몸을 제공하고 자취를 감춘 복만의 처 …… 아내를 50원에 팔아넘겨야 하는 남편과, 50원에 남의 아내를 구매하는 소장수, 그에 따른 매매 계약서의 작성 ……. 인신매매라는 실정법을 범한 두 남자와 이를 방조한 한 남자. 약속 파기라는 사기행각을 벌인 복만 부부 ……. 이들의 행위가 사기행각임에 틀림없지만, 그 시시비비를 가리기에는 당시의 가난의 정황이 너무 심각한 것이 아닌가. 살아남기 위해서는, 살기 위해서는 어쩔 수 없었던 사기결혼, 그들을 범죄인이라고 단죄하기 전에 우리에게는 정황참작이라는 말이 우선시 되어야 하는, 당시의 상황을 너무도 핍진하게 그린 작품이라고밖에 볼 수 없다.

「애기」는 서울이 무대이고 등장인물들도 서울에서 닳고 닳은 사람들이다. 애기의 외조부 되는 이는 과년한 딸을 두고 '잘만 하면 만 원이 될지 이만 원이 될지 모르는 몸'이라고 딸의 상품성을 과대평가, '부자 놈만 하나 걸려라. 잡은 참 물고 달릴 터이다'하고 시집보낼 생각을 하지 않는다. 그러던 중, 딸의 혼전 임신 사실을 알게 된 외조부는 애기의 아비 될 총각을 불러다가 혼쭐을 내자 총각은 놀라서 종적을 감추고 만다. 산모의 배는 부풀어 오르고, 일은 난처하게 꼬이는데 이에, 애기의 외조부 되는 이는 거짓 소문을 낸다. 데릴사위를 고르는데 땅까지 오십 석을 붙여준다고.

상업학교 출신의 숫처녀를 땅까지 오십 석을 붙여서 사위로 들인다는 소문이, 일자무식의 실업자, 전직 인쇄소 직공, 한번 장가는 들었으나 4년 만에 아내가 도망가고 이후 5년을 홀아비로 지나온 삼십이 훨씬 넘은 필수의 귀에 들어오고 필수의 가족들은 오십 석 땅을 바라보고 아무쪼록 혼사가 성사될 수 있도록 계획을 도모한다. 학교 문턱도 모르는 필수는 의사를 사칭, 아버지가 고물상에 가서 빌려온 '세루 두루마기와 가죽가방과 또는 의사가 흔히 신는 우녀같은 반화'로 단장하고 머리에 기름을 바르고 얼굴에 분칠까지 하고 선을 보이러 간다. 처녀 집에서는 선을 보자마자 나흘 째 되는 날 혼인을 치르자고 날을 잡고, 필수네는 어렵게 사십 원 가량을 빚내서 혼수를 장만하여 혼인식 준비를 한다. 모두가 색시집에서 떼어준다는 50석 땅을 바라보고 하는 일이었다. 그리고 혼인식 날,

그러나 사모를 떡 쓰고 관대를 걸치고 사인교에 올라앉으니 별 생각 없습니다. 색씨가 온 어떻게 생겼을까 궁거운 그 초조밖에는. 이러다가 혹시 운이 좋아 매끈하고 똑딴 그런 계집이 얻어걸릴지 누가 압니까.

그는 색씨집 중문에서 매우 점잖이 나렸습니다. 어제밤부터 제발 체신 없이 까불지 말고 좀 든직이 하라는 아버지의 부탁은 아직 잊지 않습니다.

우좌를 부리며 조금 거만스러이 초례청으로 올랐습니다. 허지만 맘이 간즈러워서 더는 못참습니다. 얼핏 시선을 휘두르며 마루 한 편에 눈을 깔고 섰는 신부를 흘깃 했습니다. 그리고 이건 몹시 낭판이 떨어집니다.

누가 깔고 올라앉았었는지 모릅니다. 얼굴은 멋없이 넙적합니다. 디룩디룩한 살덩이. 필시 숫가락이 너무 커서겠지요. 쭉 째진 그 입술. 떡을 쳐도 두말은 칠 뻔한 그 웅덩판. 왜 이리 떡 벌어졌을까요.

참으로 어지간히 못도 생겼습니다. 한번만 보아도 입맛이 다 확 돌아갑니다. 하긴 성적을 하면 색시의 얼굴이 좀 변하기도 합니다. 도리어 민얼굴로 볼 제가 좀더 훨씬 날지도 모르지요.

제발 적선하는 셈치고 원얼굴은 좀 이뻐줍소사! 신랑은 속중으로 이렇게 축원하며 신부에게 절을 합니다.

이 혼인이 어떻게 되는 것인지 당자도 영문을 모릅니다. 신랑상이면 으레 한 몫 호사를 시키는 법이 아닙니까. 그런데 차린 것을 보니 헐없이 행낭 어멈 제사 지내는 본으로 삼색 실과에 국수편육, 김치, 장종지, 나부렁이 뿐입니다. 이건 사람대접이 아니라 바로 개 대접. 불쾌하기 짝이 없습니다. 보아한즉 기와집에 명주 쪽을 들쓰고 있는 사람들이 이럴 수야 있겠습니까. 게다 속은 거짓으로되 의사라 하였으니 그 체면도 봐주어야 할 것입니다.

사십 고비를 바라보는 나이를 속이고, 한번 결혼했다가 내소박 당했던 사실도 숨기고, 실업자가 의사라고 속이고 처녀 장가를 들겠다고 나선 필수지만, 색시의 못생긴 얼굴과 뚱뚱한 몸매에 실망하고, 행낭어멈 제사상처럼 초라한 신랑상을 받고는 기와집에서 명주옷을 걸친 사람들이 그럴 수는 없다고 불쾌해 한다. 그러나 신랑은 첫날밤에 신부가 임신한 여자라는 사실을 알면서도, 시부모들은 남의 아이를 임신하고 들어온 며느리를 신주처럼 위해주며 오십 석지기 땅을 얻기 위해 온 정성을 다 들인다. 임신 8개월의 여자를 숫처녀라 하고, 일자무식을 상업학교 출신이며, 오십 석지기 땅을 떼어주겠노라고 소문내어 의사 사위를 얻어 들인 신부 측, 오십 석지기 땅에 이끌려 나이와 학력과 직업과 결혼했었던 사실을 속이고 덤벼들었던 신랑 측, 결혼 두 달 만에 아이를 낳은 신부, 땅을 떼어줄 생각은 전혀 하지 않는 외조부. 모두 사기꾼 가족들이다. 색시 쪽에서는 임신한 딸을 빨리 처리하기 위해, 신랑 쪽에서는 색시네가 제시한 오십 석 지기 땅을 얻으려고 서로가 서로를 속이고 속는 결혼을 강행했다. 양식거리를 대기에도 벅찬 신랑 측 집안과 그런 신랑 측을 등쳐먹는 기와집에 명주옷을 입는 색시 측 집안의 계교가 일변 팽팽한 긴장감을 주고 있으나 아무래도 기우는 쪽은 신랑 측이다. 빚은 늘어가고, 반갑지 않은 아기는 태어나서 빽빽 울고, 결국 아기를 내다 버리려는 계획과 그에 따른 몇 번의 시도, 그러나 아기를 통해서 어른들은 천진함과 사랑을 배워가게 된다. 비록 그 결혼은 오십 석 지기 땅을 매개로 해서 거짓과 거짓이 서로 맞물려 진행된 사기결혼이었지만, 가진 자의 허접스런 욕망과 갖지 못한 자의 비굴함은 아기를 통해서 자신들도 모르는 사이에 정화되어 간다. 처음 시작은 거짓에서 비롯되었지만, 그러나 함께 어우러져 살아가면서 가족에 대한, 생명에 대한 경외감을 배워가게 된 것이다.

「산골 나그네」에서 병든 남편의 겨울옷을 준비하기 위해서 어쩔 수 없이 이루어졌던 열아홉 살 난 나그네의 사기결혼, 일단 대례를 올렸고 신방을 차렸기에 결혼은 성립되었지만, 첫날밤을 치룬 다음 날 저녁에 도망을 쳤기로 사기 결혼이다. 「가을」에서 복만의 처, 영득 어미는 남편과 소장수 황거풍, 그리고 재봉과 술집 아주머니가 있는 앞에서 매매 계약이 이루어졌고, 또 새 남편 황거풍을 따라가 사흘 밤이나 함께 했기로 역시 결혼은 이루어졌다. 그러나 50원에 팔렸던 몸이, 황거풍에게서 달아나 필경은 복만과 어울려 잠적했기로 그녀의 재혼은 역시 사기결혼이다. 「산골 나그네」에서 병든 걸인 남편의 옷을 구하기 위해서, 「가을」에서 복만은 50원을 얻기 위해서 사기 행각을 했다. 이들 작품은 모두 '속이고, 속다'로 진행된다. 이에 비해서 「애기」에서 외조부는 혼전 임신으로 배가 불러오는 딸을 합법적으로 처리하기 위해 지참금으로 오십석 지기 땅을 준다는 거짓말을 소문내어 의사 사위를 얻게 된다. 한 편 사위 쪽에서는 오십 석지기 땅을 얻기 위해 나이와 학벌과 신분, 결혼했었던 사실들을 속이고 신부측에 접근, 마침내 결혼은 성립된다. 「애기」에서 이야기는 '속이고, 속이다'로 진행된다.

그러나 '속고 속이다', '속이고 속이다'로 전개되는 이야기이되 그 결말 부분에서 보면 「가을」은 자연경관이 갖고 있는 아름다움과 풍요로움이 재봉과 황거풍 사이의 대립을 화해의 측면으로 이끌고 있고 「애기」의 두 집안은 애기를 중심으로 천진함과 사랑, 가족에 대한 소중함과 생명 존중으로 긍정적인 측면으로 나아가는데 비해서 「산골 나그네」에서 나그네와 덕돌 모자 사이의 대립은 신연강의 수은 빛 물과 여기저기서 들려오는 늑대 울음소리를 통해 이들의 앞날이 결코 순탄할 수 없으리라는 생각이 든다.

5. 유정문학 속의 결혼

    김유정의 작품 속에서 다루어지고 있는 결혼의 모습들을 살펴보았다. 젊은 남녀들의 경우 겪게 되는 결혼의 장애요소는 단연 '돈'에 관련된 것이었다. 농경시대 우리 결혼의 풍속에서 신부 측에서는 노동력을 잃게 되는 것에 대한 보상으로 선채금을 요구하고(「산골 나그네」, 「총각과 맹꽁이」, 「만무방」) 선채금이 없는 신랑은 일정기간 신부측에 노동력을 제공하는 데릴사위(「봄·봄」) 제도를 보여주고 있었다. 일종의 매매혼의 모습인 것이다. 물론 신부의 지참금에 대한 부분이 없었던 것은 아니다. 「애기」에서 외조부는 오십석 지기 땅을 신랑측에 지급하겠노라는 거짓 소문으로 혼전 임신한 딸을 떠맡기려한다. 이와 같은 지참금 제도는 출가한 딸이 시댁에 들어가서도 일종의 권위를 누리도록 해주기 위한 친정부모들의 배려가 들어 있는 것이다.

    김유정 작품 속에서는 일단 결혼한 부부가 급박한 생존의 문제 때문에 아내가 매춘을 하지 않을 수 없는 모습을 보여주는 작품이 있다. 「산골 나그네」의 나그네, 「소낙비」의 춘호 처, 「가을」에서 복만의 처, 「정조」의 행낭 어멈, 「솥」의 계숙이 그들이다. 역시 가난 때문에 부부가 이혼을 하는 작품도 있다. 「야앵」의 정숙 부부는 이혼을 했고, 「만무방」에서 응칠 부부도 헤어졌다. 그런가 하면 돈푼이나 있는 집안에서는 기생첩이나 여학생첩을 들여놓고 사는 「정조」의 서방님, 「형」에서의 형과 같은 작품이 있고, 「슬픈 이야기」에서는 30년간이나 전차운전수로 있다가 감독으로 승진한 뒤 여학생 장가를 들어보겠다고 밤마다 본처에게 폭력을 행사하는 남자의 이야기도 있다.

김유정의 작품에서 결혼에 대한 이야기 중 흥미를 끄는 것은 사기결혼을 소재로한 작품들이다. 이 가운데 「산골 나그네」와 「가을」은 '속이고 속기'의 형식으로, 「애기」의 경우는 '속이고 속이기'의 형식으로 전개된다. 이중 「가을」은 50원을 얻기 위해서 아내를 소장수 황거풍에게 매매계약서를 써주고 파는 이야기이고, 「애기」는 오십 석지기 땅을 주겠노라며 혼전 임신한 딸을 남자에게 떠맡기는 이야기다. 50원과 50석 지기 땅 때문에 사람들은 속고 속이고 또 속이기를 반복한다. 이에 비해 「산골 나그네」는 다만 병든 남편의 겨울옷을 얻기 위해서 속이고 속는 이야기이다.

김유정의 작품에서 결혼은 낭만적 사랑의 결실이 아니라 밥과 옷과 집의 문제가 걸린 현실적 삶 그 자체였다. 치명적 병으로 시한부 인생을 살던 청년 김유정에게 결혼의 전제조건은 이성(異性) 사이의 이해였지만, 작가 김유정이 파악한 궁핍한 시대의 사람들에게 있어서 결혼은 의식주의 해결여부가 전제된다. 여기서 우리는 김유정이 이 땅에서의 삶에 깊이 뿌리내린 작가였음을 다시 한번 더 확인하게 된다. 그가 작품 속에서 그린 결혼은 다만 현실적 삶의 한 과정일 뿐이다.

2003.10.12. 16 : 16.
(〈김유정소설을 테마로 하는 삶의 체험-전통혼례식〉 행사를 위한
'김유정문학 속의 결혼' 소개 책자, 김유정문학촌, 2003.가을)

김유정문학의 부싯깃*

술·여자·노래를 중심으로

1. 술의 장

― 만일 선생에게 백만 원이 생긴다면?

"우선 친구 모아 술 한 잔 먹고 그담 계획은 깬 다음에 조리하겠습니다."

대략 70년 전의 일이다. 당시 백만 원이라면 대단한 금액이었다.[1] 잡지

---

* 부싯깃이란 부시를 치는데 불똥이 박혀서 불이 붙는 물건으로, 흔히는 쑥잎이나 수리취를 볶아서 비벼 만든 것이다.

1 강로향에 의하면 1935년 김유정의 「금따는 콩밭」(『개벽』 3월호 발표)의 원고료는 10원, 그러나 개벽사의 경제적 타격으로 3원 만을 지급했다고 증언한다. (강노향, 「유정과 나」, 『김유정전집』 하, 397쪽)
  이후 인용되는 설문지, 김유정 추모 글들은 모두 『김유정전집』 하에서 발췌한 것임을 밝힌다.

사의 유머 문답란에서 김유정은 '우선 친구 모아 술 한 잔 먹고'[2]에 우선권을 둔다. 그뿐이 아니다. 만일 세계일주에서 돌아오게 된다면 어떤 선물을 준비하겠느냐는 질문에 '술이나 몇 병'[3]을, 여행 중 차 안에서 무엇을 잡수시었느냐는 질문에 대해서는 '위스키'[4]를, 무인도에 가서 평생을 살게 된다면 무엇을 가지고 가겠느냐는 질문에는 '권련과 술 몇 통'[5]이라고 대답한다. 김유정이 얼마만큼 술을 좋아하고 있는가를 단적으로 보여주고 있는 항목들이다.

그렇다면 김유정은 어떤 술을 즐겨 마셨을까.

① 야학을 마쳤을 때 소리 없이 쌓인 눈은 발이 푹푹 빠졌습니다. 그는 조카와 젊은 조명희 군을 이끌고 아랫마을로 갔습니다. 그는 조카와 조군을 데리고 술과 담배를 즐겼습니다

술집은 코다리 찌개에 막걸리를 먹느라고 아래 웃칸이 떠들 썩 했습니다. 빽빽이 들어앉은 사람 사이를 오르내리며 새로 왔다는 들병이가 술을 따라 놓고 아리랑 타령을 구성지게 불렀습니다.

눈, 코다리 찌개, 막걸리, 아리랑타령, 들병이 이상 다섯 중에서 한 가지가 빠져도 무의미한 것이라고 그는 느꼈을 것입니다.[6]

당시 문인들의 원고료는 400자 원고지 한 장당 50전씩이었다. (채만식, 「밥이 사람을 먹다」, 같은 책, 397쪽)

2   위의 책, 263쪽(『조광』, 1937. 2).

3   위의 책, 267~268쪽(『조광』, 1937. 4).

4   위의 책, 268쪽.

5   위의 책, 269쪽.

6   김영수, 「김유정의 생애」, 위의 책, 328쪽.

②"유정아. 술 먹고 싶으냐? 받아올까?"

"안선생도 계신대!"

"돼지다리나 하나 사구"

"그럼, 쇠부랄이나 사다 궈주랴?"

아주 이렇게 반하도록 달래서 사실 나도 유정과 같이 여러 번 술과 고기를

얻어 먹었다.[7]

③"필승이 너 살무사 먹어봤니?"

하고 내가 얼굴을 찌푸리며,

"징그럽다"

소리치면 '치' '치' 하면서

"그걸 잡아서 산채로 좋은 약주에다 넣고 뚜껑을 딱 덮어두었다가, 한 달 후
에 먹어봐 어떤가. 살무사가 다 녹아버리고 뼈만 앙상하다 너 고놈만 집어버
리고 나면 약주술 위에 한냥 동전만한 기름덩이가 동실동실 뜨는데, 그가 여
간 보하지 않거든!"[8]

④ 김환태 군과 나는 종로를 소요하고 있었는데 우연히 유정을 만났다. 나
는 그때 벌써 창백한 얼굴에서 그의 병세를 읽었다. 우리 세 사람은 양주를 마
시며 '은묘(銀猫)'라는 빠에 들어갔다.[9]

---

7   안회남, 「겸허」, 위의 책, 283쪽.
8   위의 글, 284쪽.
9   강노향, 앞의 글, 398쪽.

인용문 ①은 조카 김영수의 증언으로, 김유정이 춘천에서 야학을 하고 있을 때 즐겨 마신 것은 코다리 찌개를 안주로 한 막걸리었다. 인용문 ②와 ③은 안회남의 증언이다. 서울에 머물렀을 때 한 집에 살던 히스테리 누님은 동생과 동생의 친구 안회남을 위해서 돼지다리나 우랑을 사다가 구어서 약주와 함께 대접한다. 한편 고향인 춘천에 다녀온 유정은 회남에게 고향에서 먹었던 뱀술에 대한 이야기를 해준다. 인용문 ④는 강노향의 증언이다. 유정은 때로 친구들과 어울려 화신 뒤 선술집에 가서는 약주나 막걸리를 즐겨 마시거나,[10] 함께 빠에 가서 위스키, 맥주 같은 이른바 양주를 마시기도 한다. 이들 증언을 종합해 보면 유정은 술에 있어서 청탁을 가리지 않는다. 술안주로도 코다리 찌개, 돼지다리, 우랑, 뼉다귀, 순대, 빈대떡,[11] 추어탕[12] 등 잡식성이다.

술이 취했을 때의 김유정의 모습은 어떠하였을까.

① 엔간해서 술이 잘 안 취하는데 취하기만 하면 딴 사람이 되고 만다. 그것은 무엇을 보고 아느냐 하면-

보통으로 주먹을 쥐이고 쓱 둘째 손가락만 쪽 펴면 사람 가리키는 신호가 되는데 이래 가지고는 그 벙거지 차양 밑을 우벼 파면서 나사못 박는 흉내를 내는 것이다. 허릴 없이 젖먹이 곤지곤지 형용에 틀림없다. (…중략…) 그날 나도 초저녁에 술을 좀 먹고 곤해서 한참 자는데 별안간 대문을 두드리는 소리가 요란하다. 한 시나 가까웠는데- 하고 눈을 비비며 나가보니까 유정이 B군

---

10 이석훈, 「유정의 면모 편편」, 위의 책, 405쪽.
11 안회남, 앞의 글, 281쪽.
12 이상, 「김유정―소설체로 쓴 김유정론」, 문학사상자료연구실 편, 『이상소설전작집』 1, 갑인출판사, 1980, 305쪽.

과 S군과 작반해 와서 이 야단이 아닌가. 유정은 연해 성히 곤지곤지 중이다. 나는 일견에 "익키! 이건 곤지곤지구나" 하고 내심 벌써 각오한 바가 있자니까 나가잔다.

"김형! 이 유정이가 오늘 술, 좀, 먹었습니다. 김형! 우리 또 한잔 허십시다."

"아따 그러십시다 그려."

(…중략…)

"김형! 우리 소리합시다"

하고 그 척 척 붙어 올라올 것 같은 끈적끈적한 목소리로 강원도 아리랑 팔만 구암자를 내뽑는다.[13]

② 여니 때는 대단히 입이 무겁고 말더듬이지만 방송을 할 때와 술 먹은 뒤 ― 술 좌석에선 능변이요 달변이었다. 시골 오입장이(술 먹으면 시골 오입장이적 풍모로 변한다)적 어조로 가끔 내지어(內地語)를 섞어가며 좌석을 번쩍 들었다 놓는다. 단 누가 대구(對句)를 해줘야 말이지 나처럼 술 먹을 줄 모르는 사람과 단 둘이서는 역시 말이 없다. 유정을 떠들게 하는 좋은 상대자는 회남이오 지금 미국 유학중인 상엽(想葉)이다. 상엽은 주사(酒邪)가 있어서 유정과 처음 인사한 그 자리에서 이놈 저놈하고 떠들다가 나중에는 "너 같은 놈과는 절교다" 하는 바람에 유정이 잠시 어리둥절했다가

"임마(유정은 술 먹으면 이렇게 말을 한다) 으째서 절교냐?"

하고 대든다. 그러나 삐득삐득 웃는 얼골이다. 우뚝하고 크게 잘 생긴 코끝을 버득버득 움직인다. 당나귀를 연상케 한다.[14]

---

13 위의 글, 304~305쪽.
14 이석훈, 앞의 글, 404~405쪽.

인용문 ①에서 소설가 이상(본명 : 김해경)은 유정이 만취했을 때 나타내는 반응으로 '곤지곤지' 시늉을, 한 밤중에 친구들과 작당을 해와서 술집으로 이상을 끌어내는 모습을, 그리고 끈끈한 목소리로 강원도 아리랑을 불러대는 모습을 묘사한다. 인용문 ②에서 역시 소설가 이석훈은 평소 바위덩이 같이 말이 없던 유정이 술에 취하면 오입장이 풍으로 술좌석을 장악하는 모습을 그려낸다.

술을 마셨을 때 김유정의 모습은 자못 호탕하다. 평소에 말이 없던 유정이 잘 웃고 잘 떠들고 노래도 잘하고, 의협심이 동해서 친구들 사이의 싸움을 말리다가 오히려 그 싸움의 와중으로 휩쓸려 들어가 육탄전도 마다하지 않는다. 친구들과 함께 술을 마시는 유정은 행복한 청년으로 보인다.

김유정의 소설 가운데 술자리를 보여주는 작품으로는, 늦가을 산 속에서, 더펄이와 꽁보가 돼지고기를 안주로 거냉한 막걸리를 마셔대는 「노다지」, 한밤중, 아이 딸린 들병이를 찾아가 조촐한 술상을 앞에 놓고 들병이의 기둥서방이 되어 이밥에 고기 국을 먹을 꿈에 부푸는 「솥」, 들병이로 나서려는 아내가 동네 한량 뭉태와 술 마시는 장면을 보고 눈이 뒤집힌 남편이 술상을 걷어차는 「안해」가 있다.

「산골 나그네」는 어느 가을 밤, 하루 묵고 가게 해달라고 찾아온 젊은 나그네를 노총각 아들의 색시로 맞아 혼인 잔치까지 치러 주었는데, 이튿날 밤에 새댁이 새신랑의 새 옷을 훔쳐가지고 병든 걸인 남편에게로 도망쳐버린다는 이야기이다. 술자리 장면은 나그네가 찾아온 이튿날 저녁, 나그네를 젊은 갈보로 오해하고 동리 젊은이들이 덕돌네 주막으로 모여 드는데서 보인다.

밥들을 먹고 나서 앉았으려니까 갑자기 술꾼이 몰려든다. 이거 웬일인가. 처음에는 하나가 오더니 다음에는 세 사람 또 두 사람. 모두 젊은 축들이다. 그러나 각각들 먹일 방이 없음으로 주인은 좀 망설이다가 그 연유를 말하였으나 뭐 한 동리 사람인데 어떠냐 한데서 먹게 해달라 하는 바람에 얼씨구나 하였다. 이제야 운이 트나보다. 양푼에 막걸리를 딸쿠어 나그네에게 주며 솥에 넣고 좀 속히 데워 달라 하였다. 자기는 치마꼬리를 휘둘러가며 잽싸게 안주를 장만한다. 짠지, 동치미, 고추장, 특별한 안주로 삶은 밤도 놓았다. 사촌 동생이 맛보라고 며칠 전 갖다 준 것을 아껴둔 것이었다.

방안은 떠들썩하다. 벽을 두다리며 아리랑 찾는 놈에 건으로 너털웃음 치는 놈 혹은 숙은숙덕 하는 놈⋯⋯ 갖은 각색이다. 주인이 술상을 받쳐들고 들어가니 짜위나 한 듯이 일제히 자리를 바로 잡는다.[15]

시골 주막집의 술상은 막걸리와 안주로는 짠지, 동치미, 고추장, 삶은 밤이 나온다. 술자리와 관련된 또 다른 작품으로는 「총각과 맹꽁이」가 있다. 이 작품에서는 들병이가 가져온 소주, 덕만이가 집에서 훔쳐온 닭 요리가 술안주로 제공된다.

술이 있는 곳에는 당연히 여자와 노래가 있게 마련이다. 다음에는 술과 깊은 관계를 맺고 있는 여자들을 살펴보기로 하자.

---

15 김유정, 「산골 나그네」, 『김유정전집』 상, 134쪽.

2. 여자의 장

여성은 일반적으로 비경제적 비정치적 경향이 있다고 한다. 그러나 그것은 배부른 사람들의 이야기다. 김유정 작품 속에 등장하는 여성들 대부분은 자신을 위해서라기보다는 가족을 위해서 온몸으로 생활 전선에 뛰어든다. 그중 여성이 쉽게 접근할 수 있는 것이 술과 관련된 직업이다.

김유정 작품 가운데 술과 관련된 직업에 뛰어든 여성들은 '기생', '카페 여급', '주모', '들병이', '갈보' 등 다양하다. 대체로 기생이나 카페 여급은 서울이나 도회지에 그들의 일터를 갖는다. 일반적으로 기생은 재주 — 춤이나 노래 — 가 밑천이다. 그들은 기생으로서 일정한 교육을 받아야 하고, 권번에 등록되어 있어야 하며 집에서 대기하고 있다가 요정에서 호출을 받아 노름에 나가게 된다. 이와 같은 기생의 활동은 유정의 자전소설 「두꺼비」와 「생의 반려」에서 보인다. 실존 인물인 국창 박녹주를 모델로 하고 있는 「두꺼비」의 강옥화, 「생의 반려」의 나명주가 모두 소리 기생이다. 술 좌석과 관련이 있다고는 하나 이들은 소리 기생이라는 당당한 예능인이다. 그리고, 그녀들은 자신들의 재능을 인정해주고 경제적인 뒷받침을 해주는 후원자로서의 기둥서방을 둔다. 「봄밤」의 영애와 옥녀도 기생이다.

카페 여급은 젊음과 미모가 필수적이다. 그들은 카페에 고용되어서 술손님들을 접대하고 고용주에게 주급이나 월급을 받으며 필요에 따라서는 그들 몸을 밑천으로 손님을 받기도 한다. 김유정의 소설 작품 중 카페 여급이 등장하는 것은 「따라지」의 아키코와 영애, 「야앵」의 정숙과 경자, 영애이다.

「따라지」의 아키코와 영애는 사직공원이 환히 내려다보이는 사직골 꼭대기의 초가집에 세들어 산다. 여학교 중퇴자인 아키코는 같은 집에 세들어 사는 소설가 지망생 톨스토이를 짝사랑하면서도, 셋방으로 남자손님을 불러들인다.

이런 때이면 방 좁은 것이 새삼스레 불편하였다. 햇빛이 안 들고 늘 습한 건 말고, 조금만 더 넓었으면 좋겠다. 영애나 아키코나 둘 중의 누가 밤의 손님이 있으면 하나는 나가 잘 수밖에 없다. 둘이 자주 어깨가 맞부딪는데, 그런데 셋이 자기에는 너무 창피하였다. 나가서 자면 숙박료는 오십 전씩 받기로 하였으니 못 잘 것도 아니다. 마는 그 담날 밝은 낮에 여기까지 허덕허덕 찾어 오는 것은 어째 좀 어색한 일이었다.[16]

카페 여급에게 있어서 몸을 상품화하는 것은 부끄러운 일이 아니다. 그들에게 매매춘은 하나의 노동일뿐이다. 흥미로운 것은 김유정이 그리고 있는 카페 여급 가운데 '영애'는 어느 작품에서고 뚱뚱하고 미모가 부족하지만, 의협심이 강한 여성으로 등장한다는 것이다.

한편 주모는 도회지나 시골 어디에서도 영업을 한다. 그는 자기 소유의 주막 또는 술집을 경영한다. 특별히 젊거나 미모가 필요한 것은 아니다. 「산골 나그네」의 주모는 나이 들었지만 인정 많은 덕돌 어머니이고, 「만무방」의 주막 할머니는 갈퀴같이 마른 몸의, 야멸찬 노파이다. 「가을」의 재순네는 '사흘이 모잘라서 여호가 못됐다니 만치 수단이 능글찬'[17]

16 김유정, 「따라지」, 위의 책, 255쪽.
17 김유정, 「가을」, 위의 책, 216쪽.

주막 할머니이다.

갈보에게는 자신의 몸뚱어리밖에는 어떤 것도 없다. 그네는 몸을 밑천
으로 경제활동에 뛰어든다. 「산골나그네」에서 나그네는 처음에 갈보로
오해받는다.

"아주머니 젊은 갈보 사왔다지유? 좀 보여주게유."

영문모를 소문도 다 도는고!

"갈보라니 웬 갈보?" 하고 어리빙빙하다가 생각을 하니 턱없는 소리는 아니
다. 눈치 있게 부엌으로 내려가서 보강지 앞에 웅크리고 앉아 있는 나그네의
머리를 은근히 끌어안았다. 저 패들이 새댁을 갈보로 횡보고 찾아온 맥이다.
물론 새댁 편으론 망칙스러운 일이겠지만 달포나 손님의 그림자가 드물던 우
리집으로 보면 재수의 빗발이다. 술국을 잡는다고 어디가 떨어지는 게 아니
요, 욕이 아니니 나를 보아 오늘만 술 좀 팔아주기 바란다―. 이런 의미를 곰
살궂게 간곡히 말하였다. 나그네의 낯은 별반 변함이 없다. 늘 한 양으로 예사
로이 승낙하였다.[18]

나그네는 주막 어머니의 부탁으로 술을 팔아주고, 그 집에 더 머물게 되다
가 결국 주막집 아들 덕돌의 각시가 된다. 그러나 혼인 이틀째 저녁, 나그네
는 새 남편의 새 옷을 가지고 병든 남편에게 도망친다. 나그네는 몸을 밑천
으로 남편의 겨울옷을 준비한 것이다. 결국 몸을 밑천으로 경제활동에 참가
했다는 것은 그녀가 갈보의 역할을 완벽하게 수행했다는 것을 의미한다.

마지막으로, 김유정이 술과 관련된 여성 가운데 가장 공을 들이고 있는

18 김유정, 「산골 나그네」, 위의 책, 134~135쪽.

것이 '들병이'다. 들병이 또는 들병이가 되고자 하는 이야기를 다룬 것은
「총각과 맹꽁이」, 「솥」, 「안해」이다. 그리고 들병이의 존재의 의의와 삶
의 양상에 대한 천착은 수필 「조선의 집시」에서 보인다.

「총각과 맹꽁이」는 '강원도 춘성군 신남면 증리 아랫말'에 사는 서른네
살, 노총각 김덕만의 슬픈 이야기이다. 덕만은 마을에 스물두 살짜리 들
병이가 들어 왔다는 소식을 듣고 동네 건달 뭉태에게 중신을 부탁, 술안
주는 물론 술값까지 혼자 다 부담하기로 한다. 그러나 약속과 달리 뭉태
는 의리 없이 혼자서 들병이를 제 것으로 삼으려한다. 이에 화가 난 김덕
만은 새벽녘, 콩밭 속에서 엉켜붙어 있던 뭉태와 들병이를 발견하고 항
의, 그들을 향해 던지려던 돌을 잿간쪽으로 던지며 '살재도 인전 안 살터
이어유'하고 눈물을 흘리는데 암수 맹꽁이 두 마리가 '맹'하면 '꽁'하고 화
답을 한다는 이야기다.

「총각과 맹꽁이」에서 들병이가 마을에 들어왔다는 소문을 들은 동네
청년들은 가장 경제적이고 효과적으로 들병이와 즐길 방안에 대해서 의
논을 한다.

약속대로 고스란히 여섯이 되었다. 모두들 일어서서 한 덩어리가 되어 수군
거린다. 큰일이나 치러 가는 듯 이러자 저러자 의견이 분분하여 끝이 없다. 어
떻게 해야 돈이 덜 들까가 문제다. 우리가 막걸리 석 되만 사 가지고 가자. 그
래 계집더러 부우래고 낭중에 얼마간 주면 고만이다고 하니까 한편에선 그러
지 말고 그 집으로 가서 술을 대구 퍼먹자 그리고 시치미 떼고 나오면 하고 우
기는 친구도 있다. 그러나 뭉태는 말하였다. 계집을 우리 집으로 부르자. 소주
세 병만 가져오래서 잔풀이로 시키는 것이 제일 점잖하고[19]

뭉태의 집으로 불려온 들병이와 젊은 축들이 어울린 술좌석 장면은 다음과 같이 묘사된다.

뭉태는 얼간하였다. 들병이를 혼자 껴안고 물리도록 시달린다. 두터운 입술을 이그리며

"요거사 소리 좀 해라 아리랑 아리랑"

고개 짓으로 계집의 엉덩이를 두드린다.

좁은 봉당이 꽉찼다. 상 하나 흐미한 등잔을 복판에 두고 취한 얼굴이 청성궂게 죄여 앉았다. 다 같이 눈들은 계집에서 떠나지 않는다. 공석에서 벼루기는 들끓으며 등어리 정갱이를 대구 뜯어간다. 그러나 긁는 것은 사내의 체통이 아니다. 꾹 참고 제 차지로 계집 오기만 눈이 빨개 손꼽는다.

"술 좀 천천히 붓게유"

"그거 다 없어지면 뭘루 놀래는게지유?"

"그럼 일루 밤새유? 없으면 가친 자지유─"

계집은 곁눈을 주며 생긋 웃어보인다. 덩달이 맹입이 맥 없이 그리고 슬그머니 벙긴다.

얼골 까만 친구가 얼마 벼르다가 마코 한 개피를 피여 올린다. 그리고 욱역으로 끌여당겨 남 보란 듯이 입을 맞춘다. 계집은 예사로 담배를 받아 피고는 생글거린다. 좌중은 밸이 상했다. 양권연 바람이 시다는 둥 이왕이면 속곳 밑들고 인심 쓰라는 둥 별별 판퉁이가 다 들어온다.

"돌려라 돌려 혼자만 주무르는 게야?"

목이 마르듯 사방에서 소리를 지르며 눈을 지릅 뜬다. 이 서슬에 계집은 일

---

19 김유정, 「총각과 맹꽁이」, 위의 책, 66~67쪽.

어서서 어디로 갈지를 몰라 술병을 들고 갈팡거린다.[20]

「솥」에서는 들병이가 마을로 들어오면서 사건이 일어난다. 근식이는 들병이 계숙에게 빠져서, 집안 기물은 물론 아내의 속곳까지 갖다 바치며 정성을 들인다. 그러나 계숙이가 마을을 떠난다고 하자 그네의 기둥서방이 되어서 편하게 먹고 입을 생각에 집의 솥까지 떼어가지고 나간다. 그러나 깜박 잠이 들었다가 깨어보니 계숙의 전남편이 웃목에 앉아서 기다리고 있다가 일어나 같이 가자고 한다. 이른 새벽, 계숙과 그네의 남편과, 근식이 마을을 빠져나가려고 하는데 뒤에서 솥 도둑을 잡으려고 근식의 아내가 달려와 한바탕 난리가 일어나면서 이야기는 끝난다. 이 작품은 처음에 「정분」이란 제목으로 씌었지만 이를 수정해서 발표한 것이 「솥」이다.

「솥」에서 계숙은 젖먹이 딸린 들병이로, 사람들에게는 '술만 처먹고 노름질에다 혹닥하면 아내를 두들겨 패고 벌은 돈푼을 빼어가고 함으로써' 석 달 전에 남편과 헤어져서 혼자 벌어먹고 다닌다고 했다. 수어리골 길가에 따로 떨어져 호젓한 주막에 방을 얻어들은 계숙은 함지박을 들고 나타난 근식에게 반가움의 웃음을 흘린다.

계집은 함지를 들고 안쪽 문으로 나가드니 술상 하나를 곱게 받쳐들고 들어왔다. 돈이 없어서 미안하여 달라지도 않는 술이나 술값은 어찌 되었든지 우선 한 잔 하란 맥이었다. 막걸리를 화로에 거냉만 하여 따라 부우며
"어서 마시게유 그래야 몸이 풀려유—"
하드니 손수 입에다 부어까지 준다.

---

20 위의 글, 68~69쪽.

그는 황감하여 얼른 한숨에 쭈욱 들이키었다. 그리고 한 잔 두 잔 석 잔–

계숙이는 탐탁히 옆에 붙어 앉았더니 근식의 얼은 손을 젖가슴에 묻어주며

"아이 차 어째!"

한다. 떨고서 왔으니까 퍽으나 가여운 모양이었다.[21]

「솥」에서 계숙은 남성을 다루는데 있어서 참으로 능수능란하다. 근식이 가져다 주는 살림살이 도구며 여자의 속곳까지 반갑게 받고, 또 밤늦게 찾아온 뭉태에게도 두리뭉실 말상대를 해서 돌려보내는가 하면, 뭉태를 피해 방문 바깥에서 질투심에 이를 갈던 근식을 또 잘 구슬려서, 근식으로 하여금 집에 가서 세간들을 집어오도록 충동질한다. 그런가 하면 본남편이 나타나 그 동안 술값 대신 받아놓은 맷돌, 함지박, 솥, 곡식자루들을 거뜬하게 등에 지고 나서자 미련 없이 남편 뒤를 따라나선다. 뒤미처 근식의 처가 나타나 "그럼 저 솥이 누거야?" 고함을 치자 "누건 내 알아. 갖다 주니까 가져가지–" 독살이 올라 소리를 지른다. 술손님에게 여일하게 상냥하던 계숙이지만, 일단 자신의 손에 들어온 물건을 지키기 위해서는 영악스러워진다.

「솥」에서는 들병이의 생활상이 보인다. 기둥서방을 둔, 젖먹이가 딸린, 술집에 방을 얻어들어 술손님에게 술값대신 세간 살이나 옷이나, 곡식을 받기도 하고, 같이 살자고 하는 사람에게는 살림하려면 그릇 조각이라도 있어야 한다고 암시하여 집안살림까지 도둑질해 오도록 하는 들병이. 살기 위해서는 수단과 방법을 가리지 않고 손에 들어오는 대로 소유하는 불가사리와 같은 욕망을 보여준다.

---

21 김유정, 「솥」, 위의 책, 173~174쪽.

「안해」에서는 아무리 일을 해도 빚만 늘고 배가 고픈 농부의 아내가 들병이가 되어서 이밥에 고기국을 먹고 싶어하고, 그런 아내를 들병이로 내놓기 위해 일종의 학습을 시키는 남편의 모습 앞에 웃음보다는 더 진한 삶의 고통이 전해져온다. 「솥」이 들병이의 실상을 보여주는 작품이라면, 「안해」는 들병이의 수련과정 ― 소리를 한다든가 담배를 피워야 한다든가, 남자를 주무를 줄 알고 술도 마실 줄 알아야 한다는 ― 을 보여주는 작품이다. 남편이 밤 늦도록 아내를 상대로 소리를 가르쳐 주는 장면을 보기로 하자.

내가 밤에 집에 돌아오면 년을 앞에 앉히고 소리를 가르치겠다. 우선 내가 무릎장단을 치며 아리랑 타령을 부르는구나. 아리랑 아리랑 아라리요 춘천아 봉의산아 잘 있거라 신연강 배타면 하직이라. 산골의 계집이면 강원도 아리랑 쯤은 곧잘 하려만 년은 그것도 못 배웠다. 그러니 쉬운 아리랑부터 시작할 밖에. 그러면 년은 도사리고 앉아서 두 손으로 웅뎅이를 치면서 숭내를 낸다. 목구멍에서 질그릇 물러앉는 소리가 나니까 낭종에 목이 티이면 노래를 잘 할게다마는 가락이 딱딱 들어맞어야 할턴데 이게 세상에 되먹어야지 나는 노래를 가르키는데 이 망할 년은 소설책을 읽고 앉었으니 어떻거냐. 이걸 데리고 앉으면 흔히 닭이 울고 때로는 날도 밝는다.[22]

한편 수필 「조선의 집시」에서는 들병이에 관한 모든 것을 짚고 넘어가자는 작가의 의도가 보인다. 들병이는 본래 농사꾼이었지만 지주와 빚장이에게 수확물을 모두 빼앗기고 부부가 함께 살길을 찾아 나서게 되었다

22 김유정, 「안해」, 위의 책, 196쪽.

는 것, 남편은 아내에게 소리를 가르치고, 어느 정도 소리가 익으면 아내의 등에 아이를 업혀가지고 유랑의 길로 나서 결사적으로 영업을 개시하는데 '영업이라야 적수공권으로 아무 술집에고 유숙하면 그뿐이지만……' '촌 술집에서는 어디에서고 들병이를 환영'하는데 왜냐하면 '들병이에게 술도 팔고 밥도 팔고' 할 수 있기 때문이라는 것이다.

들병이가 보통작부와 가튼 점이 여기다. 그들은 남의 술을 팔고 보수를 바라는 것이 아니라 주막주인에게 막걸리를 됫술로 사면 팔 때에는 잔술로 환산한다. 막걸리 한 되의 원가가 가령 17전이면 그것을 20여전에 맡는다. 그리고 손님에게 잔으로 풀어 열잔이 났다치고 50전, 다시 말하면 탁주 한 되의 이익금이 30전이라 할 것이다.

그러나 한 잔에 반듯이 5전씩만 받겠다는 선언은 없다. 10전도 좋고 20전도 좋다. 주객(酒客)의 처분대로 이쪽에서 받기만 하면 된다. 그럴 리야 없겠지만 한 잔에 1원씩을 설사 쳐준다 해도 결코 마다지는 않는다. 다만 그 대신 객의 소청이면 무엇을 물론하고 응락할만 호의만 가질 것이다.[23]

한편 들병이의 수입은 '현금으로 청구해서는 또한 실례'가 될지 모르고 '보통은 외상이므로 떠날 때 쯤 하여 집으로 찾아다니며 쌀이고 벼고 콩팥, 조, 이런 곡식'을 수습하여 두 내외가 짊어지고 다음 마을로 영업장소를 옮기게 된다.

김유정은 들병이에 대한 농민들의 비난 ― '빈궁한 농민을 잠식하는 독충' ― 에 대해서 그런 폐단이 없지는 않지만, 그것은 단편적인 것이고, 실

---

23 김유정, 「조선의 집시」, 『김유정전집』 하, 225쪽.

은 농촌의 노총각들에게 들병이가 공헌하는 바가 지대하다고 강조한다. 농촌 노총각들의 시급한 생리적 욕망을 들병이가 충족시켜 준다는 것이다.

그리고 왜 유랑하는 작부에게 들병이라는 명칭이 붙게 되었는가에 대해서도 설명한다.

그러나 들병이로 보면 빈농들만 상대로 하고 있는 것도 아니다. 때로는 지주댁 사랑에서 청할 적도 있다. 그러면 들병이는 항아리나 병에 술을 넣어 가지고 찾아간다. 들병이가 큰 돈을 잡는 것은 역시 이런 부잣집 사랑이다. 그리고 들병이라는 명칭도 이런 영업 수단에서 추상된 형용사일지도 모른다.

들병이의 남편에 대한 언급도 있다. 보통은 노름꾼이고 불량스럽기 그지없지만, 아내가 영업을 하는 언저리에 맴돌며 바람잡이가 되어 손님을 보내기도 하고, 술좌석에서 싸움이 벌어지면 뜯어말리기도 하고, 혹시나 아내에게 산기(産氣)가 있으면 그 아이가 누구의 씨인가를 묻지 않고 해산 구완을 지극정성으로 다 한다는 것이다. 한편 들병이의 경우 밤에는 늦도록 술을 팔고 낮에는 남편의 의복이며 살림살이를 꾸려나가야 하고 어린애가 딸려 있으면 그 시중까지도 다 책임져야 하는, 여성의 이중고를 감당해내고 있다고 유정은 증언한다.

수필 「조선의 집시」에서 언급하고 있는 내용들은 모두 유정의 소설 「총각과 맹꽁이」, 「솥」, 「안해」에 형상화되어진 것들이다. 특히 「안해」와 「조선의 집시」에서는 들병이가 갖추어야 할 소리(노래)재주 가운데 필수적으로 알고 있어야 할 소리의 이름들이 소개되어 흥미롭다.

3. 노래의 장

무슨 레코드를 좋아하느냐는 잡지사 문답란에서 '육자배기 같은 것은 자다가 들어도 싫지 않습니다'[24]라고 대답한 김유정이었다. 그러나 학생 시절 김유정은 음악에 취미가 있어서 고보 시절에는 바이올린을 배웠고, 특히 하모니카를 잘 불어서 안회남, 박수호 등과 함께 Y.C.K 하모니카 써클을 만들었고, 단성사 개관 몇 주년 기념 행사 때인가 에는 단성사 무대에 올라 하모니카 독주까지 했었다고 김영수 씨는 기억한다.[25] 그의 문우 이석훈도 유정이 하모니카의 명수였음을 증언한다. 그래서 방송국 어린이 시간을 위한 프로에 하모니카 연주자로 유정을 출연시키기 위해 하모니카 연습을 하던 기억, 〈키스맷트〉, 〈오리엔탈 댄스〉, 〈아를르의 여자〉 헨델의 〈라르고〉와 같은 곡들의 악보를 구해 와서 연습[26]을 했었지만 유정이 이미 폐환이 있어서 숨이 차 쩔쩔 매었기 때문에 방송 출연은 취소되었다는 에피소드를 소개한다.

박녹주에 대한 사랑의 무모함과 허망함을 깨닫게 된 유정은 고향 실레 마을에 내려와 조카와 함께 농우회를 조직하고 다음과 같은 농우회가의 노랫말을 직접 작사했다. 그리고 그 곡은 〈러브 인 아이들레스〉 후장 한 구절을 이용, 모임 때마다 이 노래를 부르게 했다.[27] 김유정이 작사한 〈농우회가〉를 보기로 하자.

---

24   위의 책, 262쪽.
25   김영수, 앞의 글, 315쪽.
26   이석훈, 앞의 글, 403쪽.
27   김영수, 앞의 글, 331쪽.

거룩하도다 우리 집 농우회
손에 손잡고 장벽 굳게 모이었네
흙은 주인을 기다린다
나서라 호미를 들고

지난 엿새 동안에 힘 다해 공부하고
오늘 일요일 또 합하니 즐거워라
삼삼오오 작반하야 교외 산보를 나가
산수 좋은 곳을 찾아 시원히 씻어보세[28]

바이올린, 하모니카 연주, 농우회가에 〈러브 인 아이들레스〉의 곡조 이
용 등은 모두 유정의 서양음악에 대한 취향을 보여주는 대목이다. 그러나
유정에 대한 문단 친우들의 증언, 유정의 작품에 언급된 것들은 대개가
우리 소리들이다. 그리고 이와 같은 유정의 우리 소리에 대한 애호는 그
의 첫사랑의 대상이었던 명창 박녹주에서 비롯되었음을 짐작할 수 있다.

그때만 해도 유정이는 상당한 집안의 도련님이 신지라. 어떻게 형님 눈을
피하여서 기생에게 값 많은 선물도 보내고, 또 그 오라비에게 돈도 빼앗기고
했던 모양이다. 이를테면 유정의 애인이 출연을 하는 연주회에는 꼭 그가 출
석하였고, 또 노래를 부르는 방송에는 의례 귀를 기울였으며 때로는 요정에서
제법 그 늙은 기생과 더불어 주연을 같이 하였다. 그러나 그러한 좌석에는 의
식적으로 나를 피하여 함께 술잔을 나누지 않는데 (…중략…) 그리하여 그

---

28 김영기, 「농민문학론-김유정의 경우」, 『원본 김유정 전집』, 476쪽.

는 그 때 전문학교 시절의 발랄한 몸이면서도, 새로운 세대의 새 이지의 감동
력도 없이 그저 우울하고 초조하고 비관적이어서 무슨 남도 소리를 한답시고

"문경의 새재는 으 응 으응"

어쩌고저쩌고 하다가

"오대야 구부구부 눈물이다"

뭐 한숨이 절로 나온다고 하면서 이따금 당치도 않는 목청을 뽑고 했다.[29]

안회남이 증언하는 유정의 애창 민요는 진도 아리랑의 한 대목이다.
박녹주에 대한 사랑에서 비롯된 유정의 우리 소리에 대한 관심과 사랑은
단순히 소리를 듣는데서 그치는 것이 아니라 직접 목청을 돋구어 소리를
부르는 경지까지 나아가고 있음을 보게 된다.

"김형! 우리 소리합시다"

하고 그 척 척 붙어 올라올 것 같은 끈적끈적한 목소리로 강원도 아리랑 팔만
구암자를 내뽑는다. 이 유정의 강원도 아리랑은 바야흐로 천하일품의 경지다.
나는 소독저(消毒箸)까락으로 추탕 보시기전을 갈기면서 장단을 맞춰 좋아
하는데,[30]

인용문에서는 소설가 이상이 증언하는, 이상의 젓가락 장단에 맞추어
추어탕을 안주 삼아 술에 취한 유정이 끈적끈적한 목소리로 강원도 아리
랑을 부르는 장면이다. 한편 유정은 그의 소설이나 수필을 통해서 우리

---

29 안회남, 앞의 글, 278쪽.
30 이상, 앞의 글, 305쪽.

소리에 대한 그의 관심이 얼마나 깊은 가를 보여주기도 한다.

「만무방」은 가난 때문에 유랑민이 되고, 가족의 해체, 순박한 농민이 걸인이 되거나 전과자가 되어가는 과정, 제 논의 벼를 제가 훔쳐 먹지 않으면 안 되는 비극적 상황을 보여주는 작품인데, 이때 주인공 응칠이 부르는 아리랑 속에는 식민지 백성의 아픔이, 소설 작품 전체의 주제가 응축되어 나타난다.

> 아리랑 아리랑 아라리요
> 아리랑 띄여라 노다가세
> 증긔차는 가자고 원고동 트는데
> 정든님 품안고 낙누낙누
> 아리랑 아리랑 아라리요
> 아리랑 띄여라 노다가세
> 널갈지 모래갈지 내모르는데
> 옥씨기 강낭이는 심어뭐하리
> 아리랑 아리랑 아라리요
> 아리랑 띄여라……[31]

김유정의 「안해」에서는 들병이가 되어서 배나 곯지 않고 살겠다는 일념에 남편이 아내에게 소리를 가르치는 장면에서 아리랑 타령이 나온다.

내가 밤에 집에 돌아오면 넌을 앞에 앉히고 소리를 가르키겠다. 우선 내가

---

31 김유정, 「만무방」, 『김유정전집』 상, 90쪽.

무릎장단을 치며 아리랑 타령을 부르는구나 아리랑 아리랑 아라리요 춘천아 봉의산아 잘 있거라 신연강 배타면 하직이라. 산골의 계집이면 강원도 아리랑쯤은 곧잘 하려만 년은 그것도 못 배웠다. 그러니 쉬운 아리랑부터 시작할 밖에. 그러면 년은 도사리고 앉아서 두 손으로 응뎅이를 치면서 숭내를 낸다.[32]

「안해」에서는 「춘천 아리랑」 외에도 「강원도 아리랑」 그리고 들병이가 되기 위해서 기본적으로 알고 있어야 할 「홍타령」, 「이팔청춘」, 「노랫가락」 같은 곡목이 소개된다. 나아가, 아내가 야학당의 창가에서 배워온 창가 귀절도 보인다. '피었네 피었네 연꽃이 피었네 피었다고 하였더니 볼 동안에 옴쳤네'가 있고 '젊어서도 할미꽃 늙어서도 할미꽃, 아하하하 우습다. 꼬부라진 할미꽃' 하는 윤극영의 동요도 보인다.

수필 「잎이 푸르러 가시든 님이」에서는 당시 강원도 농군이 흔히 부르는 노래로 '잎이 푸르러 가시든 님이 백설이 흩날려도 아니 오시네' 하는 구절을, 그런가 하면 처녀들이 부르는 노래로 '잘 살고 못 살긴 내 분복이요, 하이칼라 서방님만 얻어주게유' 하는 구절을 소개한다. 수필 「오월의 산골작이」에서는 강원도 산골, 특히 춘천지역에서 논이나 밭을 갈 때 부르는 「소모는 노래」가 있어 논밭 일을 할 때 농부가 이 노래를 부르면 '소들도 세련이 되어 주인이 부르는 그 노래를 잘 이해'하고 있기에 '노래대로 좌우로 방향 바꾸기도 하고 또는 보조의 속도 맞추어 주기도 한다고 소개한다. 역시 수필 「강원도 여성」에서는 강원도 아리랑의 노래 말을 소개한다.

---

32 김유정, 「안해」, 위의 책, 196쪽.

아리랑 아리랑 아라리요

아리랑 띠어라 노다가게

강원도 금강산 일만 이천봉

팔만 구암자 재재봉봉에

아들 딸 날라고 백일 기도두 말게우

타관객리 나슨 손님을 괄세두마라[33]

　뿐만 아니라 「강원도 여성」에서는 '논밭 전토 쓸만한 건 기름방울이 두 둥실, 계집애 쓸만한 건 직조간만 간다네'[34] 라는 노래도 보이고, '아주까리 동백아 흐내지 마라, 산골의 큰 애기 떼난봉 난다'[35]는 노래, '네가두 날 만치나 생각을 한다면, 거리 거리 노중에 열녀비가 슨다'[36]는 구절이 소개되고 꺾음 아라리의 한 대목으로 '네 팔짜나 내 팔짜나 잘 먹구 잘 입구 소라반자 미닫이 각장 장판 샛별 같은 놋요강 온앙금침 잔모벼개에 깔구 덮구 잠자기는 삶은 개다리 뒤틀리듯 뒤틀렸으니, 웅틀붕틀 멍석자리에 깊은 정이나 드리세'[37] 같은 노래 말도 소개한다.

　그런가 하면 김유정은 수필 「조선의 집시」에서 들병이가 익혀야 할 소리로 「아리랑」, 「양산도」, 「방아타령」, 「신고산타령」, 「배따라기」 그 외에 '이 풍진 세상을 만났으니 나의 희망이~'로 시작되는 「희망가」까지 언급한다. 그밖에도 김유정은 『중앙』(1936.2)지에서 「아리랑」의 노랫말을 다음과

33 김유정, 「강원도 여성」, 『김유정전집』 하, 214쪽.
34 위의 글, 215쪽.
35 위의 글, 216쪽.
36 위의 글, 217쪽.
37 위의 글, 218쪽.

같이 소개한다.

팔라당 팔라당 수갑사 댕기
곤때도 안 묻어 쥔 애비오네
아리랑 아리랑 아라리요
아리랑 띠어라 노다가게

시에미 죽어선 춤추드니
방아를 찔적엔 생각나네
아리랑 아리랑 아라리요
아리랑 띠어라 노다가게[38]

　지금까지 김유정의 음악 취미에 따라서 학창 시절 그가 깊이 매료되었던 서양악기—바이올린과 하모니카—연주에 뛰어났었던 사실을 살펴보았다. 그러나 박녹주를 만나게 되면서 김유정의 서양음악 지향성은 우리 소리에 대한 관심으로 대치되어가고 있음을 살펴볼 수 있었다.

38　『원본 김유정 전집』, 493쪽.

4. 유정 문학의 부싯깃

외로움에 대한 자각은 세계 속에서 자아를 확인하면서 시작된다. 어린 시절, 부모와 형제를 통한 동일시는 행복, 평화 그 자체이다. 그러나 어느 날 갑자기 인식하게 된 자아와 세계와의 거리감과 그로 인한 당혹스러움, 위로해줄 존재의 부재를 깨닫는 순간 삶은 고통과 두려움 속으로 곤두박질하게 된다.

> 그의 우울증을 타진한다면 병의 원인은 여러 갈래가 있으리라. 마는 그 근본이 되어 있는 원병은, 그는 애정에 주리엇다. 다시 말하면 그는 사람에 주리었다.
> 그는 이따금씩 나에게
> "어머니가 난 보고 싶다!"
> 이렇게 밑도 끝도 없이 부르짖었다.[39]

자전적 소설 「생의 반려」에서 화자는 유명렬의 우울증의 원인이 조실부모하고 애정에 굶주렸기 때문이라고 진단한다. 8살에 어머니를 10살에 아버지를 잃은 소년이 사춘기에 들어서 방황하게 되는 것은 너무도 당연한 것이다. 게다가 파락호 형님과 불목하는 형제들, 기우는 가운(家運), 어린 시절부터의 말더듬 등은 김유정으로 하여금 염인증에 빠지게 하고, 그

---

39 김유정, 「생의 반려」, 『김유정전집』 하, 42쪽.

에 대한 위로는 휘문고보 시절의 친구 안회남과의 우정을 통해서 조금씩 진정될 뿐이었다.

> 그때 아직도 어린 나는 마지막 바칠 한 학기분의 수업료를 술값으로 없애버렸고, 그 후 이 막걸리에 대하여서는 소설가 김군과 충분히 수업하였던 것이다.[40]

안회남이 말하는 '소설가 김군'은 김유정을 가리킨다. 유정과 회남은 학교 수업을 빼먹으면서 남산으로 영화관으로만 돌아다닌 것만이 아니라 술판까지 벌였던 것으로 보인다. 두 사람은 4학년 때 유급되었고 회남은 유급이 되자 그대로 자퇴, 유정은 한 해를 더 다녀 졸업은 하게 되었다. 학생 신분에 한 학기 분의 수업료를 술값으로 탕진할 정도로 이미 두 사람은 술에 익숙해 있었던 것이다. 두 사람 모두 술을 통해 외로움에서 벗어나고자 했다.

그러나 술은 외로움이란 병을 근본적으로 치유해 줄 수는 없었다. 그때 유정 앞에 나타난 사람이 박녹주였다. 그녀는 화류계의 인물로 유정보다 다섯 살이 위였다. 그럼에도 유정은 연일 밤을 새워가며 편지를 썼다.

> 지금 그가 편지를 쓰고 있는 이것이 언뜻 생각하면 연앨는지도 모른다. 상대가 여성이요, 그리고 연일 밤을 새워가면 편지를 쓴다면 두 말 없이 다들 연애라고 이렇게 단정하리라. 마는 이것은 결코 흔히 말하는 그 연애는 아니었다. 그 연애란 것은 상대에게서 향기를 찾고, 아름다움을 찾고, 다시 말하면 상대를 생긴 그대로 요구하는 상태의 명칭이겠다.

---

40 안회남, 「고향」, 『한국해금작가전집』 6, 삼성출판사, 1988, 45쪽.

그러나 그의 연애는 상대에게서 제 자신을 찾아내고자, 거의 발광을 하다시피 하는 것이다.

물론 상대에게는 제 자신이 그림자도 비치지 않았다. 그러므로 이것은 차차 이야기하리라. 마는 때로는 폭력을 가지고 상대에게 대들어 나를 요구하는, 그런 궤변까지 이르게 되는 것이다.[41]

박녹주는 유정에게 한 사람의 여성이 아니라 자기 동일시를 할 수 있었던 또 하나의 육화된 자신이었다. 유정의 외로움은 술을 마심으로써, 박녹주에게 연일 편지를 보내 자기 동일시를 강요함으로써 새로운 국면을 맞게 된다. 그는 박녹주가 남도 명창이라는 사실 앞에 자신도 박녹주가 부르는 노래에 귀를 기울이게 되고, 우리 소리에 대한 관심을 갖게 되며, 안회남, 이상들이 증언하듯 술좌석에서 능갈치게 강원도 아리랑이며 진도아리랑을 부르기도 했다. 박녹주에게 동일시를 강요하던 유정 자신이 이번에는 소리를 통해 박녹주에게 동화되어 간 것이다.

박녹주에 대한 유정의 짝사랑은, 유정이 춘천으로 오게 되면서 일단락된다. 유정 자신도 박녹주에 대한 자신의 사랑이 무모하다는 것을 알고 있었다. 그러나 그의 첫사랑, 소리 기생 박녹주에 대한 미련은 들병이들이 불러주는 노랫가락 사이에서 다시 되살아난다. 외로움에서 비롯된 술과 여자, 여자가 불렀던 노래에 대한 애호는 그의 작품에서 작은 불씨를 일으켜 문학이라는 이름의 거대한 불꽃으로 피어난다.

한 사람의 작가로 공식 등단한 뒤 김유정은 새로운 문학의 목표를 묻는 잡지사의 질문에 대해서 '우리의 정조(情調)'라고 대답한다. 우리의 정조

---

41 김유정, 「생의 반려」, 앞의 책, 29쪽.

(情調)에 대해서 그는 부연설명하기를 '이 시대의 풍상을 족히 그리되 혈맥이 통하여 제물로는 능히 기동할 수 있는 그런 성격을 천착하는 것'[42]에 그의 목표를 두고 있다고 했다. 우리의 정조를 가장 깊이 그리고 정확하게 천착할 수 있는 곳에 우리의 소리가 놓여 있음은 물론이다.

「진도 아리랑」과 「강원도 아리랑」은 술에 취한 김유정이 즐겨 부르던 우리 소리였다. 「아리랑」, 「춘천 아리랑」, 「단가」, 「소 모는 노래」를 비롯하여 「육자배기」, 「양산도」, 「방아타령」, 「신고산타령」, 「배따라기」, 「흥타령」, 「노랫가락」, 「이팔청춘가」, 「희망가」들이 김유정의 작품 속에 들어 있는 소리 목록들이다.

그러나 이들은 단순한 소리 목록이 아니라 김유정의 소리 보따리를 채운, 김유정이 평소에 즐겨 듣고 즐겨 부르던, 그에게 각별하게 익숙했었던 것들이다. 이들 유정에게 익숙했던 우리 소리들은 유정의 작품으로 배어들어 그가 추구하던 '우리의 정조'로 육화(肉化)된다.

눈으로 읽기보다 소리 내어 읽기에 더욱 적합한 김유정의 소설들, 그 소설 작품 속에 배어있는 유장한 가락, 그 가락 속에 스며든 민초들의 한과 신명, 삶에 대한 끈질긴 욕망들, 이들은 바로 김유정이 온몸으로 듣고 부르던 그의 소리 보따리로부터 옮겨져 삶의 가락으로 피어난 것이다.

유정 문학의 출발점이 되었던 것은 염인증 ─ 조실부모로 인한 애정 결핍과 집안의 몰락, 말더듬에 따른 정신적 외상, 당시에는 불치의 병이었던 결핵 등등 ─ 과 그 염인증을 극복하려는 의지였다. 그는 자신에게 주어진 염인증, 그리고 치명적 질병이었던 결핵으로부터 벗어나기 위해서, 유한한 생명을 무한한 그것으로 바꾸기 위한 시도의 하나로 '길'을 찾아

---

42 김유정, 『風林』 제1집, 풍림사, 1936.12(『김유정전집』 하, 269쪽에서 재인용).

나선다. 그것이 바로 '문학' 창작의 길이었다. 문학이라는 거대한 불꽃을 피워 올리기 위해서는 부싯돌과 부싯깃이 필요했다. 부싯돌은 이미 운명적으로 그에게 주어졌다. 염인증과 시한부 인생, 그것들을 극복하기 위한 유정의 처절한 의지, 이들이 맞부딪쳐 생성시킨 문학이라는 이름의 생명의 불씨, 그러나 이들 불씨를 지속시켜 찬란한 불꽃으로 피우기 위해서는 부싯깃이 있어야 했다.

젊은 김유정의 외로운 영혼에 깊숙한 위로가 되어 주었던 것은 술과 여자와 노래였다. 술은 그에게 활기를 불어넣어 주었고 여자는 그에게 자기 동일시, 존재 확장의 길을 열어주었다. 그리고 그가 사랑하던 여자들이 부르던 노래는 그 속에 들어 있던 '우리의 정조'를 유정에게 수혈(輸血)해 주었다. 다시 말하면, 자신의 '길'을 걷기 위해, 문학창작의 길에 매진하던 김유정에게 위로가 되고, 숨통을 틔워주던 것은 술과 여자와 노래였다.

술과 여자와 노래, 이들은 김유정문학이라는 불꽃을 풍성하게 피워준 부싯깃이 되어 주었던 것이다.

(『강원문화연구』 제22집, 2003.9)

●● 참고문헌

『風林』

김유정, 김유정기념사업회 편,『김유정전집』상·하, 강원일보 출판국, 1994.

_____, 전신재 편,『원본 김유정 전집』, 도서출판강, 2007(1997).

안회남,「고향」,『한국해금작가전집』6, 삼성출판사, 1988, 45쪽.

이　상, 문학사상자료연구실 편,『이상소설전작집』1, 갑인출판사, 1980(1977).

김유정과 아리랑

1. 들어가는 글

우리의 情調

이 시대의 풍상을 족히 그리되 혈맥이 통하야 제물로는 능히 기동할 수 있는
그런 성격을 천착하는 곳에 우리의 숙제가 놓여있는 듯[1]

위의 인용문은 새로운 문학의 목표를 묻는 잡지사의 설문에 대한 김유
정의 대답이다. 김유정은 우리 문학은 '우리의 정조(情調)와 교배(交配)'하

---

[1] 김유정, 『風林』 제1집, 1936.12(『원본 김유정 전집』, 479쪽에서 재인용).

는데 우선을 두어야 한다고 했다. 그런가 하면 무슨 레코드를 좋아하느냐는 설문에는 '육자배기 같은 건 자다 들어도 싫지 않습니다'[2] 하고, 옷은 '일상 조선옷을 입습니다'.[3] 라고 답한다.

여기에서 김유정이 말하는 정조(情調)는 단순히 감각에 따라 일어나는 감정이라는 사전적 정의보다는, 찰나적 감각성을 벗어 서는 역사적으로 축적되고 여과된 정서[4]로 보인다. 그렇다면 김유정이 생각하는 '우리의 정조'를 가장 잘 나타낼 수 있는 것에는 무엇이 있을까. 편의상 이를 음악에 한정했을 때, 김유정이 자다 들어도 싫지 않다고 한 노래는 우리의 민요였다. 수필가 김소운 선생은 조선민요에 조선정신문화의 순수성과 민족공동체의 속성, 잃어버린 것의 속성이 들어 있고, 무엇보다는 민요는 '벌거숭이 야생아이'이고 '우리의 이마에 흐르는 땀', '오늘 우리의 입으로 토한 입김'[5]이라고 했다. 실로 민요는 우리의 원형을 그대로 가진 '벌거숭이 야생아'이고 우리의 '땀과 입김'임에 틀림없다. 그 가운데서도 아리랑은 한국 민요 중에서 그 종류와 가사가 가장 많은 민요 중의 민요,[6] 한국과 한민족의 상징,[7] 우리의 대표 민요이고 민족정서,[8] '한국인의 자화상'[9]이다.

2 김유정,『조광』, 1937.2(『원본 김유정 전집』, 481쪽에서 재인용).

3 위의 책, 482쪽.

4 허혜정,「「서정주 김소월시론」을 통해본 현대시와 전통―감각과 정조론을 중심으로」,『한국어문학연구』제56집, 한국어문학연구회, 2011, 322쪽.

5 김소운,『諺文朝鮮口傳民謠集』, 일본동경제일서방, 1933, 서론 일부 인용. 위에서 인용한 말들은 김흥련,「일제강점기에 나타난 아리랑의 확산과 의미변천」,『음악과 민족』, 민족음악학회, 2006, 238~240쪽에서 발췌·재인용한 것임.

6 박민일,『한국아리랑문학연구』, 강원대 출판부, 1989, 271쪽.

7 박소현,「세계음악〈아리랑〉을 통한 몽골과의 교유」,『몽골학』, 한국몽골학회, 2009, 249쪽.

8 '당신에게 아리랑이란 무엇인가요'에 대한 아리랑 성향 분석결과 아리랑은 한국을 대표하는 문화상징이고 '아리랑에 대한 연상 이미지' 조사결과 아리랑은 '민족정서' '대표민요'로 나옴. (문화체육관광부 보도자료,「당신에게 아리랑이란 무엇인가요'에 대한 아리랑 성향 분석결과」, 문화체육관광부(공연전통예술과 황인미 사무관 담당), 2009.6.18, 총 2쪽)

9 박민일, 앞의 책, 277쪽에서 박민일 교수는 아리랑을 언어로 형상화한 '삶의 소리'이고 '生生化化

김유정은 그의 소설작품과 수필작품에서 지속적으로 우리 민요와 아리랑에 대해 언급하고 작품 속에 아리랑의 사설을 소개한다. 실로 김유정은 우리 민요, 그중에서도 아리랑을 통해서 우리 문학의 목표라고 생각한 우리의 정조를 육화(肉化)시키려고 한 것일까.

본고에서는 김유정과 아리랑의 만남, 김유정 소설 및 수필작품 속에 나타난 아리랑을 찾아보고 아리랑에 대한 김유정의 인식, 김유정문학에서 아리랑의 역할과 영향력을 살펴보려고 한다.

2. 김유정과 아리랑의 만남

문학에는 인생과 시대가 스며들어 삶의 의미와 진리를 들려주는 것이라는 데에는 이견이 있을 수 없다. 그런데 여기에 우리의 땀과 입김인 민요 및 아리랑이 삽입되어진다면 그때 문학은 독자에게 어떤 감동을 주게 될까.

먼저 김유정의 지인들이 증언하는 김유정과 민요, 그리고 아리랑과의 관계를 찾아보기로 한다.

하기 위한 소리'라고 했다.

1) 김유정과 우리 소리의 만남

김유정에게는 음악적 재능이 있었던 것으로 보인다. 김유정의 조카 김영수는 김유정이 휘문고보 시절 하모니카를 잘 불어서 단성사 개관 몇 주년 기념행사 때 단성사 무대에 올라가 하모니카 독주를 했었음을,[10] 소설가 이석훈은 김유정의 하모니카 연주를 방송국 어린이 시간에 소개시키려 했던 일, 이를 위해 악보를 사서 연주연습을 했었다고 증언 한다.[11] 그 외에도 김유정은 바이올린에도 관심을 갖고 바이올린 연주도 했었다고 한다.[12] 이런 사실로 미루어 김유정의 어린 시절 음악에 대한 관심은 다분히 서양적인 것에 있었고 서양악보를 읽을 수 있는 수준에 도달해 있었다.

김유정의 우리소리에 대한 관심은 그의 첫사랑이었던 명창 박녹주에게서 비롯된다.

①"김형! 우리 소리합시다."

하고 그 척 척 붙어 올라올 것 같은 끈적끈적한 목소리로 **강원도 아리랑 팔만구암자**를 내뽑는다. 이 유정의 강원도 아리랑은 바야흐로 천하일품의 경지다.

나는 소독저(消毒箸)까락으로 추탕 보시기전을 갈기면서 장단을 맞춰 좋아하는데[13]

---

10 김영수, 「김유정의 생애」, 『김유정전집』 하, 314~315쪽.

11 학생 시절 김유정은 하모니카 연주를 남의 지도를 받거나 레코드를 들으면서 배웠다고 한다. 한편 방송국 출연을 위한 하모니카 레퍼토리를 위해서 김유정이 악보를 사서 하모니카 연주연습을 했다. 이때 연습한 곡들은 〈키스멧트〉, 〈오리엔탈 댄스〉, 〈아를르의 여자〉, 헨델의 〈라르고〉 등이다. 김유정은 서양악보를 읽고 연주할 수 있는 음악 실력을 갖고 있었다. (이석훈, 「유정의 면모 편편」, 위의 책, 403쪽에서 요약함)

12 김영수, 앞의 글, 314쪽.

13 이상, 「김유정―소설체로 쓴 김유정론」, 문학사상자료연구실 편, 『이상소설전작집』 1, 갑인출

②이를테면 유정의 애인이 출연을 하는 연주회에는 꼭 그가 출석하였고, 또 노래를 부르는 방송에는 의례 귀를 기울였으며 때로는 요정에서 제법 그 늙은 기생과 더불어 주연을 같이 하였다. (…중략…) 그리하여 그는 그 때 전문학교 시절의 발랄한 몸이면서도, 새로운 세대의 새 이지의 감동력도 없이 그저 우울하고 초조하고 비관적이어서 무슨 남도 소리를 한답시고

"문경의 새재는 으응으으"

어쩌고 저쩌고 하다가

"오대야 구부구부 눈물이다"

뭐 한숨이 절로 나온다고 하면서 이따금 당치도 않는 목청을 뽑고 했다.[14]

인용문 ①은 소설가 이상이 술좌석에서 강원도 아리랑을 부르던 김유정의 모습을 소설화한 것이고, 인용문 ②는 김유정 사후 안회남이 박녹주를 짝사랑하던 시절의 김유정의 모습을 역시 소설화한 것이다.

김유정이 처음 박녹주를 만난 것은 휘문고보 5학년 때인 1928년 가을, 박녹주에 대한 일방적인 사랑을 정리하고 연희전문 입학 2달 만에 제명처분 당한 뒤 춘천으로 내려 온 것이 1930년 봄으로 추정된다.

박녹주는 박기홍 송만갑 김정문 등을 스승으로 동편제의 남성적 소리 빛깔을 내는 명창[15]으로 알려져 있다. 박녹주는 1927년부터 1931년까지 단가 〈한송정〉을 비롯하여 판소리 〈춘향가〉, 〈심청가〉 등을 취입했다.[16]

판사, 1977, 227쪽. 이 작품은 1939년 5월 『청색지』에 게재되었던 것을 갑인출판사에서 재게재했다.

14 안회남, 「겸허-김유정전」, 『김유정전집』하, 278쪽.

15 채수정, 「명창 박록주의 소리 세계」, 『판소리연구』 제17집, 판소리학회, 2004, 402쪽.

16 이 무렵 박녹주가 레코드로 취입한 곡들은 다음과 같다.
1927년 일동축음기 회사에서 단가 〈한송정〉, 〈소상팔경〉, 〈추풍감별곡〉을, 1929년 콜럼비아

인용문 ②에서 안회남의 기억은 사실에 바탕 한 것이었고, 당시(1928~ 1931) 김유정이 방송에서 들었다는 박녹주의 노래, 또 박녹주의 연주회에서 들은 노래들은 이 무렵 레코드로 취입한 노래들이 주류를 이루었을 것이다. 그러나 박녹주가 취입한 곡들은 전문가창가가 부를만한 것이고 비전문가창가인 김유정은 당시 일반인들이 즐겨 부르던 민요류, 아리랑류에 관심을 가졌다.

술좌석에서 김유정이 구성지게 불렀다는 '강원도 금강산 일만 이천 봉 팔만 구암자~' 하는 사설은 당시에 널리 퍼져 있던 〈정선 엮음 아라리〉의 한 대목으로 인생의 애환과 욕망을 엮어나간 곡이다. 또 김유정이 '문경의 새재는 으 응 으응~ 오대야 구부구부 눈물이다'고 부르던 〈아리랑〉은 그 사설 내용이 다양하지만 기본적으로는 남녀의 사랑과 이별을 담고 있기에 당대의 명창을 짝사랑하던 청년 김유정에게는 서러운 심사를 담아내기에 적절한 곡이었을 것이다.

김유정은 31편의 소설[17]과 18편의 수필작품을 남겼다. 김유정은 그의 수필과 소설에서 우리 민요와 아리랑에 대한 그의 애정을 유감없이 보여준다. 다음 장에서는 김유정 작품에 나타난 민요 및 아리랑의 흔적들을 찾아보기로 한다.

레코드사에서 단가 〈만고강산〉, 〈추월강산〉 상하, 〈대관강산〉, 판소리 〈춘향가 춘향집 가르치는데〉, 〈심청가 심청수제〉 상·하, 〈춘향가 사랑가, 정자노래〉, 〈심청가 선인수거〉 등을, 1931년에는 〈동풍가〉 상·하, 〈성주풀이〉, 〈농부가〉를 비롯 판소리 〈심청가〉를 취입했다. (이보형, 「박록주 명창의 음악예술 세계」, 명창 박록주 선생 재조명 학술세미나(일시 : 2000.9.23, 주관 : 구미 문화연구회, 후원 : 판소리 학회 및 구미 청년유림회) 학술발표 자료집, 2000에서 참조)

17 김유정의 소설작품은 「솥」과 「정분」을 퇴고와 초고본으로 묶어 동일작품으로 보고, 또 최근 발굴된 김유정의 「홍길동전」까지 합하여 모두 31편으로 한정한다. 「홍길동전」은 1935년 10월 10일 『新兒童』 제2호에 발표된 작품이다. 한편 김유정의 수필작품은 편지 일기 포함하여 18편으로 한정한다.

2) 김유정 소설작품 속의 아리랑

　김유정의 작품 가운데 우리 소리를 알리고 있는 작품은 단연 농촌배경 소설이다. 예외로 도회지 배경 소설인 「두꺼비」에서 1인칭 화자는 '어디선지 울려오는 가냘픈 육자배기'[18] 소리를 들으며 회상장면으로 들어간다. 이 작품에서 육자배기는 장면전환용 배경음악 역할을 한다.

　김유정의 농촌배경 소설에서 우리 소리에 대한 언급은 「산골나그네」의 〈아리랑〉과 〈권주가〉, 「총각과 맹꽁이」의 〈아리랑〉, 「솥」과 「떡」의 〈아리랑타령〉, 「만무방」의 아리랑〉과 '노세 노세 젊어서 놀아' 하는 〈노랫가락〉, 「안해」의 〈춘천아리랑〉, 〈강원도 아리랑〉, 〈흥타령〉, 〈이팔청춘〉, 〈노랫가락〉, 그리고 신식창가로 〈희망가〉와 동요들이 보인다. 그러나 이가운데 아리랑 사설이 삽입된 것은 「만무방」과 「안해」 두 작품뿐이다.

　「산골나그네」와 「총각과 맹꽁이」에서 〈권주가〉나 〈아리랑〉은 술좌석의 흥겨운 분위기를 표출하기 위해 곡목만 사용된다. 「솥」에서의 〈아리랑타령〉은 근식이 아내를 버리고 들병이를 선택하는 중에 나온다. 아내가 돈도 벌 줄 모르고 〈아리랑타령〉도 할 줄 모른다는 데서 아내는 평생 반려자의 자리에서 탈락된다. 〈아리랑타령〉이 인생의 멋과 맛을 담고 있는 것으로 보고 있는 것이다. 이에 비해 「떡」의 덕히는 가장으로서 자신의 무능을 얕보는 친구들 앞에서 무안함을 감추기 위해 〈아리랑 타령〉을 부른다. 〈아리랑〉은 유흥의 분위기를 고조하는 것만이 아니라 인생의 쓰라림을 달래주거나 인간의 맛과 멋을 나타내주는 것으로 평가되고 있음

18　김유정, 「두꺼비」, 『동백꽃』, 285쪽.

을 보게 된다.

「만무방」[19]은 일제의 수탈정책으로 유랑농민이 되고 이산가족이 되고, 전과 4범이 된 응칠이가 아우 응오를 찾아온 가을에 있었던 사건을 다룬다. 건실한 농군 응오가 자기 논의 벼를 자기가 훔쳐 먹지 않으면 안 되는 불합리한 세상을 보여주는 작품이다. 응오의 논에서 벼를 도난당했다는 사실을 알게 된 응칠은 범인을 잡기 위해 궁리하고 혐의자를 탐문하며, 주막집과 아우의 집을 거쳐 개울가 둔덕으로 나와 답답함을 견디지 못해 아리랑을 부른다.

아리랑 아리랑 아리리요 / 아리랑 띄여라 노다가세

증기차는 가자고 왼고동 트는데 / 정든님 품안고 낙누낙누

아리랑 아리랑 아라리오 / 아리랑 띄여라 노다가세

냇갈지 모래갈지 내 모르는데 옥씨기 강낭이는 심어 뭐하리

아리랑 아리랑 아라리오 / 아리랑 띄여라[20]

응칠은 아리랑을 흥얼거리며 30년 전 풍요로웠던 시절을 생각하고 얼마 전에 있었던 살인강도 사건을 떠올린다. 그리고 '오늘 밤에는 이놈을 다리를 꺾어놓고 내일쯤은 봐서 설렁설렁 뜨는 것이 옳은 일'[21]이겠다고 생각한다. 곧 아리랑에서 증기차가 가자고 왼고동 트는 소리가 들리니 이제 자신도 떠나야 할 때가 왔음을 인식한 것이다.

---

19 김유정, 「만무방」의 퇴고일은 1934년 9월 10일, 발표지는 『조선일보』, 1935.7.17~30까지 연재되었다.

20 김유정, 「만무방」, 『동백꽃』, 105쪽.

21 위의 글, 106쪽.

웅칠이 부른 아리랑은 '전렴(또는 후렴, 고정부) + 사설(변화부)'의 구조로 되어 있다. 웅칠이 부른 아리랑에는 정든 고향을 떠나야 하는 유랑농민의 고통이 배어 있다. 옥씨기 강냉이를 심을 수 없게 언제 갑자기 떠나야 할지 모르는 불안한 삶, 정든 님과 함께 할 수 없는 사정 때문에 눈물만 떨어뜨릴 수밖에 없는 농민의 비애가 아리랑 안에 그대로 배어있는 것이다. 1915년 박문서관에서 발간한 『증보신구잡가』에서 이 노래의 사설 1절과 유사한 부분이 보인다.

〈아르렁타령〉

(…1～3절 생략…)

4. 아르랑 고개다 정거장을 짓고 전기차나 오기를 기다린다
아르랑 아르랑 아라리오 / 아르랑 띄여라 노다가세

5. 전긔차는 가자고 왼고동을 트난데 / 정든님 잡고서 락루한다
아르랑 아르랑 아라리오 / 아르랑 띄여라 노다가세[22]

〈아르렁타령〉에서는 '아리랑' 대신 '아르렁'이, '증기차' 대신 '전기차'가 들어가 있고 변화부인 사설이 앞에, 고정부인 후렴이 뒤에 배치된다. 여기서 전기차는 전차를 가리킨다. '아리랑 고개다 정거장을 짓고' 하는 대목으로 보아서는 농촌이 아닌 서울의 어디쯤으로 보인다.[23]

이에 비해 「만무방」에서는 증기차 곧 증기기관차가 원거리 이동의 가

---

22 박민일, 「자료집 II」, 『아리랑』, 강원대 출판부, 1993, 157쪽.
23 장거리 운행하는 전기차가 이용된 것은 금강산 철도에서였다. 금강산 행 전동차는 창도에서 내금강까지 운행되었는데 이는 1931년의 일이다.

능성을 암시한다. 문제는 〈아르렁타령〉이나 〈아리랑타령〉에서 정든 님과의 시간을 방해하는 것이 전기차 또는 증기차이고, 창자는 어서 이곳을 떠나지 않으면 안 되는 절박한 상황에 있다는 것이다. 그리고 그 상황은 위기감으로 채워져 있다는 것이다.

무엇에서 연유한 위기감인가. 한국에서 전차는 1898년 서울의 청량리 -서대문 간에 처음 등장했다. 한편 한국 최초의 철도 개통은 1899년 9월 18일 노량진-제물포 구간[24]에서 이루어졌고 이때 열차는 증기기관차였다. 전기차와 증기차가 거의 같은 무렵에 운행을 시작한 것이다.

〈아르렁타령〉에서 창자(唱者)의 위기감은 1905년 을사조약과 1910년 한일병합으로 인한 일련의 의병활동에서 쫓기게 되는 사람의 심정을 노래한 것으로 보인다. 이에 비해 응칠이 부른 〈아리랑〉은 1930년대 동양 척식의 횡포로 빚쟁이가 되어 고향을 떠나지 않을 수 없는 사람에 초점을 맞추고 있다. 두 작품 모두 식민지 백성이기에 겪어야 하는 고난을 노래로 엮은 것이다. 김유정의 「만무방」은 최소한의 먹거리도 마련하지 못해 유랑인이 되고 가족해체의 아픔과 전과자로 전락한 응칠, 제 논의 벼를 제가 훔쳐야 하는 응오의 고통과 울변을 그린 작품이다. 여기에 삽입된 아리랑은 응칠 뿐만 아니라 당대를 살아가던 식민지 백성 모두의 고통과 울분을 대변한다.

「만무방」에서 보이는 또 다른 노래는 밤 깊어 주막에서 들려오는 '노세 노세 젊어서 놀아'[25]라는 노랫가락이다. 그러나 이 노랫가락은 아리랑의 전형[26]에 이르지 않기에 여기에서는 생략하기로 한다.

---

24 철도박물관 홈페이지(http://railroadmuseum.cafe24.com/xe/main5) 참조.
25 김유정, 「만무방」, 앞의 책, 107쪽.

김유정의 「안해」는 먹고 살기 위해 아내가 들병이 생활을 하려하고 이에 따라 남편이 아내에게 들병이의 기본소양을 교육하는 중에 일어난 이야기를 다루고 있다. 이 작품에서는 〈춘천아리랑〉, 〈강원도 아리랑〉, 〈홍타령〉, 〈이팔청춘〉, 〈방아타령〉를 비롯하여 당시 유행하던 신식창가와 동요까지 다양한 노래장르를 보여준다. 그러나 이들 중 사설이 직접 보이는 것은 춘천아리랑 뿐이다.

    내가 밤에 집에 돌아오면 년을 앞에 앉히고 소리를 가르치겠다. 우선 내가 무릎장단을 치며 아리랑 타령을 한번 부르는구나. 아리랑 아리랑 아라리요, 춘천아 봉의산아 잘 있거라 신연강 배타면 하직이라, 산골의 계집이면 강원도 아리랑쯤은 곧잘 하려만 년은 그것도 못 배웠다. 그러니 쉬운 아리랑부터 시작할 밖에[27]

〈춘천아리랑〉은 흔히 〈춘천의병아리랑〉으로 불리는 3종류−〈성익현의 춘천아리랑〉, 〈육형신의 춘천아리랑〉, 〈김정삼의 춘천아리랑〉이 전해지고 있다. 그 가운데 성익현, 김정삼의 춘천 아리랑 제1절 사설이 「안해」에 소개된 사설과 일치한다.

    〈성익현의 춘천아리랑〉

---

26 아리랑의 전형은 첫째, 고정부인 전렴(혹은 후렴)에 반드시 '아리랑'이란 기층어나 확대형 또는 변이형인 '아리 아리'나 '아리 쓰리'가 포함 되어야 하고, 둘째 아리랑의 보편적 가락인 공통적 음악적 요소가 들어가야 하고 셋째, 지역사회에서 널리 인지되어 다수인에 의해 전승된 것이어야 한다. (김기현, 「아리랑 노래의 형성과 전개」, 『퇴계학과 유교문화』, 경북대 퇴계연구소, 2004, 146~147쪽 참조)
27 김유정, 「안해」, 『동백꽃』, 222쪽.

아리랑 아리랑 아라리로구나 / 아리랑 고개너머로 날 냉겨주게//

춘천아 봉의산아 너 잘 있거라 / 신연강 배터가 하직일세//

우리나 부모가 날 기르실제 / 성대장 주려고 날 기르셨나//

귀약통 납날개 양총을 메고 / 벌업산 대전에 승전을 했네//[28]

　성익현은 관군 출신으로 춘천의병에 가담, 의병 선봉장이 되어 경춘도
계인 서면 주길리 뒷산인 벌업산을 점거하고 일본군 토벌대와 일대접전
을 벌였으나 역부족으로 패퇴했다. 이것이 '벌업산 전투'(1896년)로, 춘천
아리랑은 이 무렵 불리어지기 시작했다.[29] 현실에서는 성익현의 의병대
가 일본군 토벌대와 싸워 패배했으나 노래에서는 '벌업산 대전에 승전을
했네'로 되어 있다. 노래를 통한 보상심리가 작용한 것이다.

　〈김정삼의 춘천아리랑〉

　춘천아 봉의산아 너 잘 있거라 / 신연강 배턱이 하직일세//

　싸리재 아흔아홉구비 우리 복병 / 삼악산아 우리 군대를 보호해다우//

　동녘에 비친 달아 / 우리 군대 명랑하게 비추어다오.//

　잊지마라 명예도 지위도 버리고 / 이 강산 굳게 지켜 싸워다오.//

　병오(1906)5월 20일 金正三書[30]

　〈김정삼의 춘천아리랑〉은 관군 출신의 김정삼이 의병이 되어 춘천 싸

28　박민일, 『강원도 아리랑』, 춘천문화원, 1993, 162쪽.
29　위의 책, 122~123쪽.
30　위의 책, 164쪽.

릿재 의병전투에 참전했을 때 지어 부른 노래다.[31]

이들 춘천의병장 아리랑 외에 또 다른 춘천아리랑이 있다. 1923년 11월 『개벽』 41호와 1928년 10.11 「중외일보」 및 1943년 발간된 『조선민요집성』에 수록된 곡이다.

〈춘천아리랑〉

춘천아 봉의산 널 잘 있거라 / 신연강 배머리 하즉일다.//

춘천의 봉산(鳳山)은 명산인데 / 부내팔동(府內八洞)이 개화를 한다.//

삼학산 밑에다 신작로 내고 / 자동차 바람에 다 놀아난다.//

양구 낭천 흐르는 물에 / 배추 씻는 저 처녀야//

겉대나 떡잎은 다 저치고 / 속에 나 속대를 나를 주게//[32]

위의 아리랑은 춘천 의병장 아리랑으로부터 시일이 한참 지난 뒤에 불린 것으로 본다. 춘천 아리랑 세 작품 모두 사설의 서두부분 고정부로 들어간 것이 '춘천아 봉의산아 너 잘 있거라 / 신연강 뱃머리 하즉일다'로 전개된다. 김유정은 이 세 편의 노래 가운데 어떤 곡을 불렀을까.

김유정의 가계와 춘천의병과의 관계를 보기로 하자. 1895년 명성왕후가 시해되자 춘천은 의병 5천여 명이 모인 을미의병의 본고장이 된다. 1907년에는 고종 강제 폐위사건으로 하여 정미의병 봉기가 있었다. 이들 을미의병과 정미의병의 중심에 화서학파가 있었다. 화서학파의 제2종주는 김평묵이었다. 김평묵은 같은 청풍 김씨 문중이었던 김유정의 증조부

---

31 위의 책, 124쪽.
32 위의 책, 160쪽.

김병선의 초빙으로 춘천에 자리를 잡고 김병선의 아들 김익찬의 훈학을 맡았다. 김익찬은 김유정의 조부다. 을미의병 및 정미의병이 봉기했을 때 여기에 참여한 선비 대부분은 김평묵의 영향을 직간접으로 받았다.[33] 이와 같은 사실들을 보았을 때 김평묵과 친교가 깊었던 김유정 가계는 한일병합이 이루어지면서 위기감을 느껴, 서울 종로구 운니동에 집을 사고 서울로 이사한다.

한편 김유정이 문단에 공식 등단하기 전인 1933년, 김유정의 「산골나그네」를 『제1선』 3월호에 발표시켜준 이는 『개벽』의 편집인이며 발행인이었던 춘천 출신 언론인 차상찬이었다.[34] 김유정의 「금따는 콩밭」은 『개벽』 1935년 3월호에 발표되었다. 차상찬은 언론인으로 '총 대신 붓을 든 독립군'이었다. 김유정은 증조부 김병선과 화서학파의 제2종주 김평묵에서 비롯된 의병대와의 관계, 언론인 차상찬 씨와의 교류 등을 통해서 일찍이 일제의 만행에 비판적 인식을 갖고 있었다.

이와 같은 사실들을 통해서 김유정의 소설 「만무방」, 「안해」 그리고 수필 「강원도 여성」에 아리랑 사설을 삽입한 것은 결코 우연이 아니다. 이렇게 보면 김유정의 「안해」에서 첫 소절만 인용된 춘천 아리랑의 경우, 그것은 〈춘천의병아리랑〉이었을 것으로 본다.

---

33 김영기, 「김유정의 가문」, 전신재 편, 『김유정문학의 전통성과 근대성』, 한림대 아시아문화연구소, 1997, 19~21쪽 참조.
34 최경식, 「강원인 차상찬 바로 알기 2 ─ 언론인으로서의 차상찬」, 『강원도민일보』, 2012.4.25.

3) 김유정 수필작품 속의 아리랑

수필은 소설에 비해 자기 고백적 성격이 강하고 작가의 인생관과 개성이 그대로 드러나는 문학 장르라고 한다. 실로 김유정의 수필에서는 김유정의 육성이 가장 짙게 들려온다.

김유정의 수필 「조선의 집시」[35]에서는 지주와 빚쟁이에게 수확물을 털리고 들병이로 나설 수밖에 없는 농민부부의 애환을 소개하면서 들병이가 갖추어야 할 기본소양으로 〈아리랑〉으로부터 〈양산도〉, 〈방아타령〉〈신고산타령〉에 〈배따라기〉,[36] 여기에 〈희망가〉까지 노래 목록에 올려놓고 있다. 「오월의 산골작이」[37]에서는 춘천지역에 〈소모는 노래〉가 있다는 것을, 「어떠한 부인을 맞이할까」에서는 '이 몸이 죽어져서 무엇이될고~'로 시작되는 성삼문의 시조 한 수까지 삽입된다.[38] 이는 김유정이평소 우리 소리-민요와 시조 등에 관심이 깊었음을 보여주는 것이다.

김유정 수필에서 〈아리랑〉 사설이 직접 삽입된 것은 수필 「닙히 푸르러 가시든 님이」[39]에서이다. 이 수필에서 작가는 한산한 시골생활을 부러워하는 도시인에게 농촌의 피폐한 실상을 알린다. 도시인이 시골생활을부러워하는 것과 달리 굶주린 농민들은 쌀과 옷과 돈이 '물밀 듯 질번거릴 법한 서울살이'를 동경하고 있음을 알리는 것이다. 이를 위해 김유정은 다음과 같은 아리랑의 사설을 삽입한다.

---

35 김유정, 「조선의 집시」, 『매일신보』, 1935.10.22(『원본 김유정 전집』, 414쪽에서 재인용).
36 위의 책, 415쪽.
37 김유정, 「오월의 산골작이」, 『조광』, 1936.5 발표(위의 책, 426쪽에서 재인용).
38 김유정, 「어떠한 부인을 맞이할까」, 『여성』, 조선일보사, 1936.5(위의 책, 429쪽에서 재인용).
39 김유정 「닙히 푸르러 가시든 님이」, 『조선일보』1935.3.6(위의 책, 411~413쪽에서 재인용).

① 잎히 푸르러 가시든 님이 / 백설이 흔날려도 아니 오시네[40]

② 잘 살고 못살긴 내 분복이요 / 하이칼라 서방님만 얻어주게유[41]

③ 잎히 푸르러 가시든 님 / 백설이 흔날려도 안 오시네[42]

인용된 사설 ①과 ③은 같은 내용이다. ①은 수필의 맨 앞에 ③은 수필의 결말 부분에 배치했을 뿐이다. 김유정은 사설 ①로 수필을 시작하면서 이것은 '강원도 농군이 흔히 부르는 노래의 하나' 임을, 화창한 봄날 싱숭거리는 심사를 소리로 풀어낸 것이라고 설명한다. 사설 ②는 지난겨울 가난 속에서 쌓였던 울분과 미래에 대한 초조가 봄을 맞아 폭발, 특히 마음 약한 농촌의 부녀자들에게 그런 증세가 더욱 심해 하이칼라 서방님 — '머리에 기름 바르고 향기 피는 매끈한 서방'이 아닌, '돈 있고 쌀 있고 또 집 있고, 이렇게 유복한 서울 서방님'[43] — 을 꿈꾸는 것 이라고 친절하게 설명한다. 그러나 이와 같은 노래를 부르던 농촌부녀들이 결국은 농촌을 탈출하는 일이 적잖이 발생하고 그 결과는 농촌에 노총각문제가 심각하게 발생하게 되리라는 염려를 아끼지 않는다.

김유정은 1936년 2월 구인회 기관지 『시와 소설』에 자전소설 「두꺼비」를 발표했다. 이 작품은 짝사랑의 열병이 지나간 다음의 후일담을 다룬 소설이다. 같은 무렵인 1936년 월간지 『중앙』 2월호의 「문인끽연실」에는 이태준, 심훈, 박태원, 이기영, 안회남, 백철, 정지용 같은 문인들이 담배 또는 자신의 요즘 생활이나 생각에 대한 것들을 소개한다. 그런데

---

40 위의 글, 411쪽.
41 위의 글, 412쪽.
42 위의 글, 413쪽.
43 위의 글, 413쪽.

여기에서 김유정은 거두절미하고 다음의 사설만을 소개한다.

① 팔라당 팔라당 수갑사 댕기 / 곤때도 안 묻어 줜 애비오네/

아리랑 아리랑 아라리오 / 아리랑 띠어라 노다가게//

×

② 시에미 죽어선 춤추드니 / 방아를 찔 적에 생각나네

아리랑 아리랑 아라리오 아리랑 띠어라 노다가게

위의 사설 ①은 남녀간의 애정문제를, 사설 ②는 일손이 급한 농촌 아낙의 고단한 삶을 노래한다. 1936년 2월이라는 시간적 측면을 고려해서 볼 때, 「문인끽연실」에 소개된 아리랑에서 사설 ①은 이제는 모두 정리했다고 생각했던 첫사랑의 상처가 파헤쳐져 다시 고통 속에 있음을, 사설 ②는 보리방아를 찧을 때에 시어머니가 한 몫 일을 맡아 주었던 것처럼 힘든 일이 생겼을 때 도움을 줄 사람이 아쉬운 전업작가 김유정의 모습이 겹쳐 보인다. 이 무렵 김유정은 폐결핵이 악화되어 신당동에서 셋방살이 하는 형수 댁에 얹혀살고 있었다.

『시와 소설』 속표지에는 9인회 회원명단, 바로 그 옆 페이지에 9인의 에피그램이 삽입된다. 대부분의 회원들이 진지한 어투로 삶과 문학과 현대인의 고민과 예술가로서의 다짐을 토로하는 곳에서 김유정은 다음과 같이 말한다.

벌거숭이 알몸으로 가시밭에 둥그러져 그 님 한번 보고지고[44]

---

44 구인회, 『시와 소설』, 창문사 출판부, 1936.3, 3쪽.

이 한 소절은 다른 회원들의 지극히 현학적이고 진지한 토론에 비교해 볼 때 생경스럽기까지 하다. 그러나 다시 생각하면 문학이란 가시밭과 같은 세상 속에서 거짓 없이 알몸으로 껴안아야할 님과 같은 존재임을 아리랑 사설에 담아 토론한 것으로 보인다.

한편 김유정은 수필 「강원도 여성」[45]을 통해서 다양한 아리랑 사설들을 이용하여 강원도 여성의 특성을 교양이나 예의와는 거리가 먼, 실팍하고도 원시적인 여성미로 그려낸다. 이 작품에 삽입된 아리랑들은 다음과 같다.

① 아리랑 아리랑 아라리요 / 아리랑 띠어라 노다가게 //

강원도 금강산 일만이천봉 / 팔만구암자, 재재봉봉에 /

아들 딸 날라고 백일기도두 말게우 / 타관객리 나슨 손님을 괄세두마라. //[46]

② 논밭 전토 쓸만한 건 기름방울이 두둥실 / 계집애 쓸만한 건 직조간만 간다[47]

③ 아주까리 동백아 흐내지 마라 / 산골의 큰 애기 떼 난봉난다.[48]

④ 네가두 날만치나 생각을 한다면 / 거리거리 로중에 열녀비 슨다.[49]

⑤ 네 팔짜나 내 팔짜나 잘 먹구 잘 입구 소라반자 미닫이 각장장판 샛별같은 놋요강 온앙금침 잔모벼개에 깔구덮구 잠자기는 삶은 개다리 뒤틀리듯 뒤틀렸으니, 웅틀붕틀 멍석자리에 깊은 정이나 드리세.[50]

---

45 김유정, 「강원도 여성」(13도 여성 순례 중 강원 편), 『여성』, 조선일보사, 1937.1(『원본 김유정 전집』에서 재인용).
46 위의 글, 444쪽.
47 위의 글, 445쪽.
48 위의 글, 446쪽.
49 위의 글, 447쪽.
50 위의 글, 447쪽.

인용된 사설 ①과 ⑤는 각각 「강원도 여성」 맨 앞과 맨 뒤에 배치되어 있다. 사설 ②, ③, ④는 작품 가운데 적당한 간격을 두고 배열시키면서 강원도의 산천, 강원도에서의 삶, 강원도 여성의 삶과 그들의 심성과 태도 등에 대한 것을 그려나간다.

김유정은 사설 ①을 인용하고, 여기에서 '그 땅의 냄새를 맡을 수'[51] 있고, 수려한 산천과 표표한 산맥과 맑은 냇물, 첩첩 산록(山麓)에 살고 있는 사람들, 곧 〈강원도아리랑〉 속에는 강원도의 산천과 정서, 생활동정 등 모든 것이 다 들어가 있다고 한다. 그런가 하면 사설 ②에서는 농토가 공장 부지로 변하고, 방직공장 직공으로 일자리를 찾아 떠나는 시골처녀를 통해 농업사회가 근대산업사회로 변화하는 중이지만 아직 강원도에는 그런 문화의 손길이 닿지 않아 여성들은 순진미를 지닌 '실팍한 원시적 인물'임을 밝힌다. 그럼에도 불구하고 강원도 산골에서 살아온 처녀들이 도시낭군을 동경하는 마음은 때로 일탈로 나갈 수 있는데 그것은 사설 ③으로 표현된다. 다른 한쪽에서는 도시낭군에 대한 동경만으로 애를 태우는 답답한 마음이 사설 ④에서와 같은 애소(哀訴)로 나타난다. 사설 ⑤는 김유정이 수필의 말미에 배치한 엮음 아라리의 한 부분이다. 그 어떤 궁핍과 고난의 절정에서도 주어진 현실에 결코 불평하지 않는 강원도 여성의 순직성과 순박성을 아라리 사설로 대치시키고 있는 것이다.

「강원도 여성」에 들어간 ①~⑤에 걸친 다양한 아리랑 사설을 통해서 우리는 유정이 이들 아리랑을 꿰뚫고 있고 이들을 통해 당대의 시대인식을 철저히 하고 있음은 물론 농민에 대한 애정[52]이 지극했음을 알게 된다.

---

51   위의 글, 444쪽.
52   유명희, 「들병이와 아라리」, 김유정탄생100주년기념사업추진위원회 편, 『한국의 웃음문화』,

다음은 김유정 작품 속에서 아리랑의 의미, 기능, 아리랑이 문학에 끼친 영향 등을 살펴보기로 한다.

3. 김유정문학 속 아리랑의 의미·역할·영향관계

김유정 이전 작가 가운데 작품에 민요나 아리랑을 삽입한 작가가 있기는 했다. 이들 가운데 대표적인 작품은 현진건의 「고향」[53]이다. 일제 강점기 동척의 횡포로 고향을 잃은 유랑농민의 아픔을 다룬 이 작품의 말미에 들어간 아리랑 사설은 곧 당시의 시대상황과 작품주제를 표출시켜 놓은 것이다. 그 외에, 채만식의 「팔려간 몸」[54]에서는 육자배기 한 구절이, 이태준의 「패강냉」[55]에는 〈방아타령〉과 〈상사별곡〉의 사설이 한 구절씩 삽입되고, 안회남의 「남풍」[56]에는 홍타령이 삽입된다.

소명출판, 2008, 532쪽.

53 현진건의 「고향」은 1926년 1월 4일 「그의 얼굴」이란 제목으로 조선일보에 발표, 이후 11편의 단편을 묶어 『조선의 얼굴』(글벗집, 1926.3.30)에 수록된 작품이다. 인용된 아리랑은 다음과 같다. 볏섬이나 나는 전토는 신작로가 되고요- / 말마다다 하는 친구는 감옥소로 가고요- / 담뱃대나 떠는 노인은 공동묘지 가고요- / 인물이 좋은 계집은 유곽으로 가고요. // (현진건, 『조선의 얼굴』(현진건 전집 4), 문학과비평사, 1988, 236쪽)

54 채만식, 「팔려간 몸」, 『신가정』, 1933.8(발표). 견우가 직녀를 보내며 부른 노래이다. '가네 가네 하더니마는 / 님이 나를 버리고 정말로 가네.' (채만식, 『채만식 전집』 7, 창작과비평사, 1989, 41쪽)

55 이태준, 「패강냉」, 『삼천리문학』, 1938.1월호에서 발표. '어 따 조오쿠나 이십 오 현 탄 야월……' 정도만 소개되고, 이어서 '에-헹-에-헤이야- 하어-라 우겨-라 방아로구나' 하는 받는 소리로 끝난다. (이태준, 유인순 편, 『석양』, 강원대 출판부, 2004, 151~152쪽)

56 안회남, 「남풍」, '아이고 대고 홍 / 성화가 낫고나 홍 / 천안 삼거리 능수버들은 홍 / 제멋에 지쳐서 / 휘느러 짓고나 홍'// (안회남, 『안회남 단편집』, 학예사, 1939, 21쪽)

이에 비해 김유정은 그의 소설과 수필, 또는 잡지사 설문 등을 통해서 꾸준히 우리 민요와 아리랑을 소개했다. 특별히 소설 「만무방」과 「안해」, 수필 「닙히 푸르러 가시든 님이」와 「강원도 여성」, 기타 잡지의 칼럼에서 아리랑의 사설을 직접 삽입했다.

그렇다면 우리에게 아리랑은 어떤 의미를 갖고 있는지를 살펴보고, 아리랑의 내력을 간단히 살펴보기로 한다.

1) 아리랑의 의미와 내력

여기(강원도 아리랑 — 필자)에서 우리는 우선 그 땅의 냄새를 맡을 수 있으리라, 생각합니다.

산천이 수려하고, 험준하니만치 얼뜬 성 내인 범을 연상하기가 쉽습니다. 마는 기실 극히 엄숙하고 유창한 풍경입니다. (…중략…) 정다운 풍경입니다. …… 그 생활동정이 마치 한 폭 그림을 보는 것 같습니다[57]

김유정은 아리랑 사설 속에서 '땅의 냄새'와 '풍경'과 이들이 만든 '정서'와 '생활동정'과 '시대의 풍상'을 파악한다. 뿐만 아니라 인간 욕망과 슬픔, 나아가 '생에 집착한 열정이 틀진 도량(度量)'[58]까지도 읽어낸다. 결국 김유정은 〈아리랑〉 속에서 이 땅에 살고 있는 인간과 그 인간을 포함한 세상을 하나로 보고 동시에 자신을 그들 속의 한 인자로 인식한다.

---

57 김유정, 「강원도 여성」, 앞의 책, 444~445쪽.
58 위의 글 , 447쪽.

시인 고은 선생은 '아리랑'이란 한국인이 모태에서 익힌 단어이고 태아와 함께한 무의미, 아무런 정의를 내릴 수 없는, 초합리적인 존재이며 자연언어와 인간 언어 사이의 의미해체, 의미를 초월한 언어, 자연언어가 한국인 삶 속에 유배되어온 주술적 언어라고도 했다.[59] 그는 다시 '아리랑'이란 과거의 위엄과 미래의 소진이 포함된 우리의 노래라고 했다. 이는 곧 아리랑이 우리의 과거와 현재와 미래를 모두 포함하고 있다는 말로 수필가 김소운 선생이 아리랑은 우리의 땀과 입김이라고 했었던 말과 일맥상통하는 것이기도 하다.

전통사회의 향토민요 아리랑이 당대 문화 아리랑으로 크게 확장하게 된 데에는 두 가지 계기가 있었다. 즉 사당패에 의해 향토민요가 도시로 진출한 것과 영화 〈아리랑〉의 성공에서 나온 것이 그것이다.[60] 강등학 교수에 의하면 향토민요 아리랑에는 〈아라리〉, 〈엮음 아라리〉, 〈자진아라리〉가 있는데, 사당패는 그 중에서도 〈아라리〉를 재창작하여 〈아리랑타령〉으로 불렀다고 한다. 그리고 이것이 대중을 상대로 전문소리꾼이 부르는 통속민요 아리랑이 되었다는 것이다.[61] 이에 비해 영화 〈아리랑〉의 아리랑은 본조 아리랑으로 불린다.

한편 아리랑의 전형[62]에서 첫째 조건은 고정부 전렴(혹은 후렴)에 들어가는 '아리랑' 또는 변이형인 '아리 아리'나 '아리 쓰리'가 있어야 한다. 그런

---

59 고은, 「아리랑의 아침」, '2012 아리랑 페스티벌', 2012.6.15(9:30～18:30). 국립중앙박물관 대강당에서 개최된 아리랑페스티벌 학술대회 기조발제에서 시인 고은 선생의 발표내용을 채록한 것임.
60 강등학, 「아리랑의 문화형질, 그리고 아리랑의 공적 관리와 사업의 문제」, 『문화 속의 아리랑, 세계 속의 아리랑』(아리랑페스티벌 학술대회 학술자료집), 문화체육관광부·국제비교한국학회 공동주최 '2012 아리랑페스티벌', 2012, 16쪽.
61 위의 글, 17쪽.
62 김기현, 앞의 글, 146쪽.

데 이들 아리랑의 고정부는 대개 다음과 같은 3가지 형태를 보여준다.

① 아리랑 아리랑 아리라이요 / 아리랑 고개로 나를 넘겨주게 — 아라리
② 아리랑 아리랑 아리리요 / 아리랑 띄여라 노다가세 — 자진 아리랑
③ 아리랑 아리랑 아리리요 / 아리랑 고개로 넘어간다 — 본조 아리랑[63]

여기에서 아라리와 본조 아리랑은 전통사회에서 피지배 계급들이 부르던 노래임에 비해 자진아리랑은 도시공간의 여가문화로 공급된 노래, 따라서 유흥적 분위기를 갖고 있다[64]고 한다. 김유정 작품에 삽입된 아리랑은 이들 중 어디에 속하는 것일까. 그리고 이들 작품에 삽입된 아리랑은 작품 속에서 어떤 역할을 하고 있는가에 대해 살펴보기로 한다.

2) 김유정 작품 속 아리랑의 역할

김유정이 우리 소리에 관심을 갖게 된 것은 명창 박녹주를 만나면서부터였다. 이제 김유정 작품 속에 삽입된 아리랑 사설들의 역할을 살펴보자.

(1) 김유정의 수필과 아리랑—이야기의 발 구름판 그리고 일제만행 증언

수필 「닙히 푸르러 가시든 님」과 「강원도 여성」에 삽입된 아리랑 사설은 작가로 하여금 이야기를 풀어나가는 발 구름판 역할을 한다. 멀리 뛰

---

63 강등학, 앞의 글, 19쪽.
64 위의 글, 18쪽.

기 위해서는 발 구름판을 한번 구르고 몸을 멀리 날려야 하듯 위의 두 작품은 아리랑 사설을 작품 서두에 배치한다.

먼저 아리랑 사설을 배치하고 여기에서 연상되는 이야기를 풀어나가면서 주제를 형상화한다. 아리랑이 갖고 있는 정조(情調)를 토대로 「님히 푸르러 가시든 님」에서는 농촌에서의 삶을, 「강원도 여성」에서는 강원도 여성이 가진 특성을 밝혀나가는 것이다. 그리고 다시 작품의 말미에 아리랑 사설을 배치하여 마무리한다. 아리랑 사설을 작품의 앞, 중간의 여기저기에, 그리고 뒤에 배치하여 작품 전체에 아리랑의 선율과 정조가 스며들게 하는 것이다.

그런가 하면 「강원도 여성」에서, '논밭 전토 쓸 만 한 건 기름방울이 두 둥실 / 계집애 쓸 만 한건 직조간만 간다'라는 사설이 소개된다. 이 사설을 통해 농경사회에서 산업사회로 들어서는 사회적 변화와 함께 농민들의 밥줄인 논밭전토가 산업개발이라는 명목하에 유린당하고 있음을, 감언이설에 속아 값싼 노동력 차출에 동원되는 시골 처녀들의 고달픔을 가감없이 증언한다.

(2) 소설작품에 삽입된 아리랑의 역할

　　　　　　　　　－인물의 행위 선택의 토대 및 저항의지 표출

소설 「만무방」에 삽입된 아리랑은 작품 내 맥락 안에서만 보면 주인공 응칠의 답답한 마음을 풀어주는 한 곡조의 노래, 노래를 부른 이후의 행동을 제시해주는 문제해결의 장치로 보인다. 그러나 아리랑 사설자체를 보았을 때 1930년대 유랑농민의 고통과 슬픔이 압축되어 있음을 보게 된다. 응칠 형제의 고통, 그 원인이 사회구조의 잘못에 기인함을 아리랑 사설이 증언한다. 아리랑 타령 이후, 응칠의 범인 색출, 의외의 범인 포획, 이후 소도둑으로 나가자는 응칠의 선택은 식민사회체제에 대한 또 다른 방법의 저항이 될 것임을 암시하는 것이다.

소설 「안해」에서 변죽만 울리다 끝난 춘천 아리랑의 경우도 그것이 춘천의병장 아리랑의 첫 소절이라는 사실을 염두에 두어야 한다.

이렇게 보면 김유정 소설에 삽입된 아리랑의 기능은 분명해진다. 김유정은 작품에 인용한 아리랑을 통해서 일제만행에 대한 고발과 이에 대한 저항의지를 독자에게 분명하게 밝히고 있는 것이다.

3) 김유정문학 전반에 끼친 아리랑의 영향

아리랑이 김유정문학에 끼친 영향은 다양하다. 그들을 정리해보면 다음과 같다.

(1) 아리랑의 정조—우리의 정조, 우리가 추구해야 할 문학의 목표

김유정이 아리랑 사설이 삽입된 수필과 소설을 발표한 것은 모두 1935년 3월부터 10월까지 이다. 이후 그의 문학관이 들어난 설문 「새로운 문학의 목표」에 답한 것은 1936년 12월 잡지 『풍림』에서이다. 여기서 그는 추구해야할 문학의 목표가 '우리의 정조'라고 대답했다. 이때 그가 생각한 '정조'는 단순히 감각에 따라 일어나는 감정이라는 사전적 정의를 넘어선, 역사적으로 축적되고 여과된 정서였다. 그는 '아리랑'에서 그것을 노래하는 사람들이 살고 있는 '땅의 냄새'와 '풍경'과 '정서와 생활동정'과 '시

대의 풍상'을 듣고 보았다. 김유정은 이들에게서 '시대의 풍상과 혈맥'이 통하는 '우리의 정조'를 보았던 것이다. 김유정이 아리랑에서 얻게 된 것은 그만의 확고한 문학관(文學觀), '우리의 정조' 찾기였다. 그는 절망 속에서 희망과 낙관을, 슬픔 속에서 해학을, 갈등 속에서 화해에 이르는 삶을 보았던 것이다.

(2) 아리랑의 사설(노랫말) ─ 생에 집착한 열정, 삶에 대한 긍정과 의지

'아리랑'의 사설에 내포된 '생에 집착한 열정'은 김유정으로 하여금 인간에 대한 사랑과 삶의 의지를 다지게 했다. 김유정 소설의 화자는 등장인물 모두에게 동등한 관심을 갖고 그들이 살아남기 위해 벌이는 그 어떤 행위에도 긍정적인 시선을 보여준다. 「소낙비」의 춘호나 춘호 처, 「안해」의 들병이가 되려는 아내나 그녀에게 들병이 교육을 시키는 남편, 「가을」에서 아내를 팔아 빚을 갚고 아내를 다시 빼돌려 달아난 복만이 부부에게 화자는 이들이 그럴 수밖에 없었던 모든 사정을 이해하고 수긍한다.

(3) 아리랑의 문체적 음성

─소설의 문체적 음성, 질박하고 건강하고 낙천적인 목소리

김유정은 '아리랑'에서 그 만의 독특한 소설의 문체적 음성[65]을 얻었다. 김유정의 농촌배경 소설 속에서 들려오는 문체적 음성은 그의 수필에서 들려오는 그것과는 사뭇 다르다. 김유정 수필에서의 문체적 음성이 대체

---

[65] 문체적 음성(stylistic voice)이란 우리가 책을 읽을 때 작품에서 들려오는 어떤 목소리를 듣게 된다. 이것은 작가의 실제 음성과는 다른, 독자의 상상력에서 듣게 되는 목소리이다. (김상태, 「문체란 무엇인가」, 『언어와 문학세계』, 이우출판사, 1989, 78쪽)

로 외롭고 우울하고, 고통을 가까스로 참아내는 조심스런 음성이라면 김
유정의 농촌배경 소설속에서의 문체적 음성은 밝고, 건강하고, 질박하고
낙천적인 남성의 그것이다. 「봄·봄」의 사위, 「동백꽃」의 총각, 「가을」,
「안해」의 일인칭 화자들이 갖고 있는 목소리가 바로 그것이다. 농촌배경
소설의 삼인칭 화자의 목소리도 역시 건강하고 낙천적이다. 김유정이 갖
고 있는 문체적 음성—이들은 박녹주가 지닌 동편제의 남성적 톤과 여기
에 다양한 아리랑에서 찾아낸 '생에 집착한 열정'이 함께 합쳐진 힘에서
나온 음성에 기인한 것으로 본다.

   (4) 아리랑의 해학—김유정문학의 특징, 능청스러움과 해학
   김유정이 작가로 등단하기 전에 즐겨 불렀던 아리랑, 작품에 삽입되었
거나 잡지사의 설문 등에서 소개하고 있는 아리랑은 아라리(〈춘천아리랑〉)
계열과 자진아리랑(〈강원도아리랑〉, 〈정선아라리〉 등)이다. 영화 〈아리랑〉에
서 나온 본조 아리랑은 어디에서도 찾을 수 없다. 자진아리랑은 '아리랑
띄어라 노다가세'에서 보이듯 '소리 띄우기'[66]를 통한 유흥과 신명올림에
닿아 있다. 김유정은 자진아라리 속에 녹아 있는 능청스러움과 해학을 아
리랑을 통해서 체득한다.
   김유정문학의 여러 특징 가운데 하나로 해학을 꼽는다. 김유정은 판소
리뿐 아니라 아리랑 사설이 엮어가는 능청스러움 속에서 자연스럽게 해
학을 체득하고 이 수법을 그의 문학 작품 가운데 적용한 것으로 본다.

---

66 강등학, 앞의 글, 19쪽.

4. 나가는 글

시인 고은 선생은 아리랑은 자연언어와 인간 언어 사이의 의미를 초월한 언어라고 했다.

아리랑에 대한 김유정의 인식은 숙명과 같은 것이었다. 김유정은 〈아리랑〉 속에서 이 땅에 살고 있는 인간과 그 인간을 포함한 세상을 하나로 보고 동시에 자신을 그들 속의 한 인자로 인식했다.

김유정의 아리랑에 대한 관심은 국창 박녹주에서 비롯된다. 박녹주에 대한 연모의 마음이 우리 소리에 대한 관심으로 바뀌고 여기에서 그는 '시대의 풍상'과 이어진 '우리의 정조'를 발견한 것이다. 김유정은 그의 수필과 소설작품 속에 직접 아리랑의 사설을 삽입하고, 잡지사의 설문지에, 또는 문우들과 나누는 문학관련 에피그램에서 아리랑의 사설 한 구절로 이를 대신하기도 했다.

김유정 수필 속에 삽입된 아리랑은 작품을 풀어나가는 발구름판으로, 가장 사실적이면서도 향토적인 정조를 맛보도록, 때로는 일제만행을 고발하기 위한 장치로 기능한다. 소설 「만무방」, 「안해」에 삽입된 아리랑은 일제 만행에 대한 적나라한 고발, 그리고 식민시대에 대한 작가의 저항정신을 독자에게 교묘하게 전달하기 위한 기제로 기능한다.

김유정이 즐겨 불렀거나 들었던, 그리고 작품에 소개한 아리랑들은 모두 아리랑 타령 계열에 속하는 전통 아리랑이다. 김유정문학 전반에 끼친 아리랑의 영향은 우리 문학이 추구해야 할 '우리의 정조'를 인식하게 하고, 생에 집착한 열정을 통해 생명에 대한 의지를 불태우게 했으며 김유

정 소설의 문체적 음성을 획득하게 했다. 뿐만 아니라 아리랑 사설 속에
내재된 능청스러움과 해학을 체득하여 김유정 소설의 특징 가운데 하나
로 정립시켰다.

(*Comparative Korean Studies* Vol. 20 No. 2,
The International Association of Comparative Korean Studies, August 2012)

● ● ● 참고문헌

『매일신보』, 『시와 소설』, 『삼천리문학』, 『신가정』, 『조광』, 『風林』

문화체육관광부 보도자료, 「'당신에게 아리랑이란 무엇인가요'에 대한 아리랑 성향 분석결과」, 문화체육관광부(공연전통예술과 황인미 사무관 담당), 2009.6.18

강등학, 「아리랑의 문화형질, 그리고 아리랑의 공적 관리와 사업의 문제」, 『문화 속의 아리랑, 세계 속의 아리랑』(아리랑페스티벌 학술대회 학술자료집), 문화체육관광부·국제비교한국학회 공동주최 '2012 아리랑페스티벌', 2012.

고은, 「아리랑의 아침」, '2012 아리랑 페스티벌', 2012.6.15. 9:30~18:30.

김기현, 「아리랑 노래의 형성과 전개」, 『퇴계학과 유교문화』, 경북대 퇴계연구소, 2004.

김영기, 「김유정의 가문」, 전신재 편, 『김유정문학의 전통성과 근대성』, 한림대 아시아문화연구소, 1997.

김흥련, 「일제강점기에 나타난 아리랑의 확산과 의미변천」, 『음악과 민족』, 민족음악학회, 2006.

박소현, 「세계음악 〈아리랑〉을 통한 몽골과의 교유」, 『몽골학』, 한국몽골학회, 2009.

유명희, 「들병이와 아라리」, 김유정탄생100주년기념사업주진위원회 편, 『한국의 웃음문화』, 소명출판, 2008.

이보형, 「박록주 명창의 음악예술 세계」, 명창박록주선생재조명 학술세미나, 2000. (주관 : 구미 문화연구회, 후원 : 판소리학회·구미청년유림회, 학술발표 자료집)

채수정, 「명창 박록주의 소리 세계」, 『판소리연구』 제17집, 판소리학회, 2004.

최경식, 「강원인 차상찬 바로 알기 2-언론인으로서의 차상찬」, 『강원도민일보』, 2012.4.25.

허혜정, 「「서정주 김소월시론」을 통해본 현대시와 전통-감각과 정조론을 중심으로」, 『한국어문학연구 』 제56집, 한국어문학연구회, 2011.

김상태,『언어와 문학세계』, 이우출판사, 1989.

김소운,『諺文朝鮮口傳民謠集』, 일본동경제일서방, 1933.

김유정, 김유정기념사업회 편,『김유정전집』상·하, 강원일보 출판국, 1994.

_____, 유인순 편,『동백꽃』, 문학과지성사, 2005.

_____, 전신재 편,『원본 김유정 전집』, 도서출판강, 2007(1997).

박민일,『한국아리랑문학연구』, 강원대 출판부, 1989.

_____,『강원도 아리랑』, 춘천문화원, 1993.

_____,『아리랑』, 강원대 출판부, 1993.

안회남,『안회남 단편집』, 학예사, 1939.

이 상, 문학사상자료연구실 편,『이상소설전작집』1, 갑인출판사, 1980(1977).

이태준, 유인순 편,『석양』, 강원대 출판부, 2004.

채만식,『채만식전집』7, 창작과비평사, 1989.

현진건,『조선의 얼굴』(현진건 전집 4), 문학과비평사, 1988.

김유정 소설의 웃음 그리고 그 과녁*

「총각과 맹꽁이」·「봄·봄」·「두꺼비」를 중심으로

1. 들어가는 글

> 넝쿨 장미가 담을 넘고 있다
> 현행범이다.
> 활짝 웃는다.
> 아무도 잡을 생각 않고 따라 웃는다.
> 왜 꽃의 월담은 죄가 아닌가?
>
> — 반칠환, 「웃음의 힘」 전문[1]

---

* 본 논문은 김유정탄생 100주년 기념사업 추진회와 한국 웃음문화학회가 공동 주최한 학술 대토론회 "한국의 웃음문화"에서 발표한 것을 정리한 것임.

1 반칠환, 『웃음의 힘』, 시와시학사, 2005, 17쪽.

웃음의 요건은 웃음거리(웃음의 대상)와 웃음꾼(웃음의 주체)과 현실적인 원인이 전제된다.[2] 인용된 시에서 시인의 상상력은 담장위의 넝쿨 장미를 월담하는 현행범으로 간주한다. 넝쿨장미는 웃음거리가 되고, 시인은 웃음꾼이 된다. 시인과 넝쿨장미를 동시에 웃게 한 웃음판은 시인의 예리한 시선이 자연현상에서 파악한 예기치 않았던 발견에 근거를 둔다.

웃음은 절망을 격퇴시킬 수 있는 엔도르핀을 분비시킨다. 아니 엔도르핀은 '웃게 하기 위한 호르몬, 즉 극한의 고통을 견디게 하기 위해 분비되는'[3] 호르몬이라고 한다.

김유정의 작품이 보여주고 있는 재미는 가난의 지겨움의 모티브 못지않게 사람들이 지겨움 속에서 찾아내어 그것을 견딜 수 있는 것으로 만들고 있는 즐거울 수 있는 능력의 드러냄에서 구해진다.[4]

유종호 교수가 언급한 김유정 소설의 재미는 바로 웃음판을 벌이는 데 있다. 조동일 교수는 한국 웃음문화의 전통을 언급하는 가운데 '김유정과 채만식이 이야기의 웃음을 새로운 시대의 상황에 맞게 재창조'[5]했다고 지적한다.

김유정 작품 평가에서 빼놓을 수 없는 선학들의 지적은 유머, 풍자, 희화적, 희극적, 골계적, 해학적인 것에 대한 관심이었다.[6] 그러나 이들이

2 류종영, 『웃음의 미학』, 유로, 2005, 397쪽.
3 문혜진, 「에트나 화산의 정오-신이 준 선물, 에로틱한 감각」, 『문학사상』, 2008.2, 83쪽.
4 유종호, 「가난·소외·농촌·옛날-문학 속에 굴절된 사회」, 『유종호 전집』 2, 민음사, 1995, 303쪽.
5 조동일, 「한국 웃음문화의 전통」, 김유정탄생100주년기념사업추진위원회 편, 『한국의 웃음문화』, 소명출판, 2008, 9~10쪽.
6 김윤식·김현, 『한국문학사』, 민음사, 1973, 197~198쪽; 이재선, 『한국현대소설사』, 홍성사,

사용한 용어 개념의 구분은 명백치 않다. 분명한 것은 이들 모두가 '웃음'의 테두리 안에 있다는 것이다. 이에 본고에서는 '웃음'이라는 거대 테두리 안에서 유정 소설에 나타난 웃음 전반(웃음거리, 우스꽝스러움, 웃음꾼과 웃음판)의 특징과, 목적(웃음이 겨냥하는 과녁)을 「총각과 맹꽁이」·「봄·봄」·「두꺼비」를 중심으로 살펴보고자 한다.

본고에서 이들 작품을 텍스트로 선정한 이유는 이들이 비록 농민과 학생이라는 차이는 있지만 사랑에 목매다는 순정남들이고, 바보에 가까운 순진남들이며, 믿을 수 없는 매개자(媒介者)로 인해 사랑에 실패한 총각들이라는 공통점을 갖고 있다는 데 둔다.

2. 웃음거리와 우스꽝스러움

본고에서 말하는 '웃음거리'는 웃음의 대상을, '우스꽝스러움'이란 웃음거리에 의해 연출된 웃음의 징표(가시적 또는 불가시적 징표)를 의미한다. 웃음은 인간 고유의 특성[7]이긴 하지만 김유정의 작품에서는 유난히 많은 웃음의 징표들을 보게 된다.

1979, 370쪽; 전광용 외, 『한국현대소설사연구』, 민음사, 1984, 318~333쪽; 김주연, 『문학비평론』, 열화당, 1980, 111~112쪽; 이주일, 「유정문학의 향토성과 해학성」, 『국어국문학』 제83호, 1980; 김지원, 『해학과 풍자의 문학』, 도서출판문장, 1983; 조건상, 「김유정과 채만식 소설의 특징―해학과 풍자의 거리」, 『도남학보』 제3집, 1980; 임헌영, 「전통적인 골계와 해학」, 『우리시대의 한국문학』 2, 계몽사, 1991; (…하략…). 가장 최근의 것으로는 이호림, 『유정의 소설은 왜 웃긴가』, 리토피아, 2008, 7~32쪽이 있다.

7   류종영, 앞의 책, 20~21쪽.

조동일 교수는 미적 범주에서 본 웃음을 설명하기 위한 기본 틀로 '있어야 할 것'과 '있는 것'의 합치 여부를 살핀다. 그중 웃음의 하위 개념이 되는 '골계'란 '있는 것이 있어야 할 것을 부정할 때 나타난다'.[8] 김유정의 작품을 지배하는 대부분의 요소는 가난과 무지와 병고다. 존엄한 인간으로서 마땅히 누려야 할 기본적인 요소(의식주와 짝짓기 문제)가 절대적으로 결핍된 상태이다. 어떤 의미에서 김유정 작품은 이들 결핍을 채우기 위한 황당한 시도들을 객관적으로 기술한 것이라 보아 무방하다. 김유정의 작품에서 생존을 위한 작중인물의 시도는 그들 자신에게는 치열하고도 진지하지만 독자들에게는 생뚱맞기 그지없다. 그것이 독자들을 웃게 한다. 그런데 어떤 식으로 생뚱맞게 웃음을 유발하고 있는 것일까.

웃음은 '다른 사람의 결함이나 약점, 자신의 이전 결함과 약점을 비교하여 우월감을 느끼는 웃음, 또는 타인의 불행을 보고 기뻐하는 마음에서 유래한'[9] 수직적 웃음인 우월이론[10]에 근거하는 것이 일반적이다. 그러나 때로는 '기대감의 환멸, 관계설정과 인지(認知) 차이의 불일치, 기대감의 어긋남, 기대규범의 일탈 등에서 발생하는'[11] 수평적 웃음, 곧 웃음의 불일치 이론에 근거하는 일도 발생한다.[12]

먼저 「총각과 맹꽁이」·「봄·봄」·「두꺼비」에서 웃음의 대상으로서의 등장인물들과 그들이 처한 현실적인 상황을 살펴보기로 하자.

---

8 조동일, 앞의 글, 2쪽.

9 위의 책, 128쪽.

10 소크라테스와 플라톤이 말하는 무지의 우스꽝스러움은 웃음의 우월이론에 속한다. (류종영, 앞의 책, 56쪽)

11 위의 책, 180쪽.

12 야우스는 웃음의 우월이론에 대해 '-에 대한 웃음(Laughter at or about)', 웃음의 불일치 이론에 대해 '-와 더불어 웃음(Laughter with)으로 칭한 바 있다. (김대행, 「한국시가에 나타난 웃음의 두 양상」, 김유정탄생100주년기념사업추진위원회 편, 앞의 책, 33쪽 재인용)

1) 웃음거리와 현실

「총각과 맹꽁이」의 서사는 삼복더위 중의 돌각다리 밭에서 전개된다. 김덕만, 34살, 홀어머니와 함께 사는 노총각이다. 그에게 급한 것은 '아들'이다. 그런데 동네 뚝건달 뭉태로부터 스물두 살짜리 들병이가 마을로 들어왔다는 소식을 듣는 순간 김덕만은 그 들병이를 아내로 맞아드릴 꿈에 부푼다. 김덕만의 꿈이 절망으로 바뀌기까지는 겨우 한 나절(제누리 나올 무렵부터 다음 날 동이 트기까지) 상관이다.

「봄·봄」의 배경은 봄날이다. 26살의 사위는 욕필영감의 둘째 딸 점순을 바라보고 데릴사위로 들어온 지 3년 7개월이 지났다. 욕필영감의 큰딸은 시집가기까지 데릴사위가 14명이 교체되고, 둘째 딸인 점순의 경우도 지금이 세 번째이다. 26세의 사위에게 큰 문제는 '아들이 급하다'는 것이다. 사위와 욕필영감의 요란한 투쟁은 '오늘 낮 뒷골 콩밭'에서 회상하는 형식으로 전개된다. 여기에 작년 봄의 태업, 사흘 전 새 고개에서 점순의 자극, 어제 논에서 장인과의 갈등, 오늘 아침 집에서의 육탄전과 그 결과가 삽입된다. 「두꺼비」[13]의 서사 역시 후일담 형식이다. 이야기의 표면에 집중된 서사는 늦가을 밤 8시 무렵부터 새벽 1시까지 5시간 동안 이경호가 목격한 두꺼비들의 자살미수 사건이다. 옥화의 동생 두꺼비가 이경호를 찾아와 1시간 뒤에 저의 집을 방문해달라고 하고 사라진다. 두꺼비

---

13 「두꺼비」(1936.3 발표)는 대표적인 김유정의 자전소설이다. 김유정이 박녹주를 처음 만나 짝사랑에 빠진 시기는 휘문고보 5학년 시절이었다. 그가 박녹주에게 몰두했던 기간은 1년 반 정도로 추정된다. 두꺼비는 박녹주의 친동생인 박태술, 김유정과 동갑이었다고 한다. 박녹주가 자살을 시도했었던 때는 1929년 3월 15일이었다. (「허구와 사실의 차이」, 『문학사상』, 1973.4, 206~207쪽)

의 출현은 이경호로 하여금 달포 전까지 겪었던 성장통을 회상시킨다. 그는 기생 옥화를 만나기 위해 두꺼비와 옥화에게 온갖 정성을 바쳤지만 만남은 불발로 끝났다. 옥화를 포기하고 있던 중에 두꺼비로부터 방문해달라는 전갈을 받은 것이다. 지난 1년여의 고통, 그리고 앞으로 벌어질 행복의 기대감에 들뜬 이경호가 옥화의 집으로 갔을 때, 이경호는 또다시 두꺼비에게 농락당했음을 확인하게 된다.

2) 우스꽝스러움의 요인들

웃음거리가 연출하는 우스꽝스러움에 대해서 생각해보기로 한다.

> 결코 정돈되고 완성된 것이나 일종의 결정적인 미나 선이 아니라, 늘 일종의 정상적인 것에서 벗어난 것, 희망하고 기대한 것에 상반되는 것과 다른 사람과 달리 행동하는 것이며, 사물들이나 삶의 진지함과 일반적인 질서에 단순히 대립되는 것으로서 존재하려고 하거나 존재해야만 하는 것을 가시적으로 나타나게 한다.[14]

우스꽝스러운 것은 결국 '추함 또는 무해한 실수나 결점', '무해한 규범의 일탈과 감각적인 저속함', '불일치' 등으로 나타난다. 여기서 말하는 추함이란 시각적인 추함이 아니라 전체와의 조화를 이루지 못하는 것이고 무해한

---

14 류종영, 앞의 책, 396쪽.

실수나 결점이란 그것이 행위자에게 해를 끼쳐서는 안 되는 것이다.[15]

아리스토텔레스는 우스꽝스러움을 연출하는 요인들로 '성격'과 '언어'와 '행동'[16]을 든다. 이제 앞에서 제시한 세 개 작품에 나타난 우스꽝스러움을 살펴보기로 하자.

(1) 성격이 만든 우스꽝스러움

「총각과 맹꽁이」의 김덕만은 어수룩하기 그지없는 인물이다. 보통은 지주에게 항의를 하거나 '씨 값으로 골치기나 하자구 도루 줘'버렸을 돌각다리 밭에도 도지를 낸다. 그래서 친구들은 그를 '병신스럽다'고까지 한다. 여기까지는 김덕만의 성격이 무던한 측에 든다고 보아 넘길 수 있다. 그러나 뭉태로부터 마을에 들병이가 나타났다는 소문을 들은 직후부터 들뜬 덕만의 언행은 서른네 살 난 보통사람의 그것과는 한참 다르다. 덕만이는 뭉태에게 장가를 들여 주면 한턱 내리라며 중신을 부탁한다. 그리고 한번 만나보지도 못한 들병이를 대상으로 꿈에 부푼다.

> 뭉태가 이쁘달 때엔 어지간히 출중난 계집일 게다. 이런 걸 데리고 술장사를 한다면 그밖에 더 큰 수는 없다. 두어 해만 잘하면 소 한 바리쯤은 낙자 없이 떨어진다. 그리고 아들도 곧 낳아야 할 텐데 이게 무엇보다 큰 걱정이었다.[17]

자신의 처지는 생각지 않고 젊은 아내와 소 한 마리와 아들을 꿈꾸는

---

15 심청전에서 심봉사가 물에 빠져 허우적대는 장면 자체는 순간적인 웃음을 유발할 수도 있지만, 심봉사가 시각장애인이라는 상황을 알고 볼 때에는 결코 우스꽝스런 장면이 될 수 없는 것이다.
16 류종영, 앞의 책, 69~74쪽.
17 김유정, 「총각과 맹꽁이」, 『동백꽃』, 35쪽.

덕만의 셈속은 서너 살 유아의 수준이다. 지나칠 정도의 순진함, 뭉태에 대한 무조건적인 의뢰, 술좌석에서 뭉태의 처분만 기다리는 소심함, 들병이 앞에서 지나친 체면치레와 남자다움의 과시. 문득 들병이에게 덤벼들어 자기소개를 하다가 말이 막혀서 더 이상 이끌어가지 못하는 수줍음, 뭉태에게 배신당했다는 사실을 깨닫는 순간 울컥하는 분노로 돌멩이를 집어 올리는 과격함, 쏟아지는 눈물. 그러나 과녁과는 반대쪽으로 돌멩이를 던지고 마는 용기 없음 등등이 김덕만 성격의 실체다.

「봄·봄」의 데릴사위도 김덕만에 못지않은 숙맥이다. 그는 점순이 크면 혼례 시켜준다는 욕필영감의 말만 믿고 3년하고 일곱 달이나 '군소리 없이 꾸벅꾸벅 일만 해'왔다. 그는 점순의 키가 자라지 않는 것은 물동이를 이고 다녀 '뼈다귀가 옴츠라드나'보다고 생각하고, 때로는 서낭당에 치성을 드리기도 한다. 점순을 만나면 내외를 하노라고 '마주쳐 이야기도 한 마디 하는 적 없는' 점잖은 젊은이다. 간혹 영악스러움을 보이기도 하는데 그것은 혼례를 지연시키는 욕필영감에 대한 반항(태업)이나 맞대응으로 나타난다. 구장 앞에서 욕필영감이 골탕을 먹일 때에, 오늘 아침 봉당에서 육탄전을 벌일 때에, 사위는 욕필영감의 행위에 맞대응을 한다. 문제는 그런 대응이 자신보다 열 살이나 어린 점순의 충동질에 따른다는 것이다. 한편 사위의 성격 가운데는 완고함도 보인다. 뭉태가 그 전에 있었던 욕필영감의 행적을 들어 사위에게 그 대응책을 알려준다. 그러나 사위는 뭉태가 장인영감에게 땅을 떼었다는 악감정 때문에 그리 하는 것으로 판단한다. 사위는 자신이 겪은 부당한 처사를 마음에 담지 않는다. 욕필영감이 터진 머리를 불솜으로 지져주고 희연 한 봉지를 주머니에 넣어주자 감격한 사위는 '어느덧 고마워서 눈물까지'까지 흘리며 다시 분란 이

전의 상황으로 돌아간다.

「두꺼비」의 주인공인 학생 이경호의 연애 상대자는 기생이다. '한번 흘낏 스쳐본' 기생에게 일방적인 편지를 석 달이나 썼다. 기생을 만나기 위해 기생의 남동생인 두꺼비에게 용돈을 줌은 물론, 학비와 생활비, 친구들에게 빌린 돈을 합해서 순금 트레반지를 사서 기생에게 전해달라고 두꺼비에게 바친다. 이경호는 기생이 자신과 살아준다면 '네가 원한다면 내 너를 등에 업고 백리를 가겠다'고 다짐한다. 다만 순정과 열정이 있을 뿐, 세상물정에 감감한 쓸개 빠진 작자라는 지적을 면할 수 없다. 그는 두꺼비에게 철저하게 농락당했다는 사실을 확인하는 순간, '손등으로 눈물'을 지우며 자신에 대한 분노를 이기지 못한다. 현실에서 불가능한 사랑을 위해 그는 기생인 옥화가 늙기만을 기다린다. 학생 이경호의 충동적, 편집적, 그리고 그 무모한 성격은 그 또래의 다른 이들과는 완전히 엇박자적인 모습으로 그려진다.

(2) 언어가 만든 우스꽝스러움

김유정의 소설 언어의 특징은 인식의 틀과 규범의 울타리를 벗어난 열린 언어[18]로 웃음 유발을 위해 흔히 방언과 비속어의 혼합, 때로 실제 인물과 상황에서 일탈된 언어사용,[19] 관용어의 재생 등에서 찾아볼 수 있다.

「총각과 맹꽁이」에서 보여주는 김덕만의 언어는 시종일관 겸손하고

---

[18] 전상국, 「김유정 소설의 언어와 문체」, 전신재 편, 『김유정문학의 전통성과 근대성』, 한림대 아시아문화연구소, 296쪽.

[19] 실제인물에서 일탈된 언어란 농촌 무지렁이가 격에 맞지 않는 교양어를 사용하는 것(장인님을 빙부님이라고 부르는 것 등)을, 상황에서 일탈된 언어란 등장인물의 상황 판단 미숙에서 나온 말들을 의미한다.

예의 바르다. 뭉태에게 중신을 부탁할 때에도, 뭉태의 배신을 확인한 상황 앞에서도 의형에 대한 덕만의 언어는 경어 일변도로다. 모쪼록 뭉태의 선처를 기다리다가 울화가 터진 김덕만은 불현듯 들병이 앞에 무릎을 꿇고 자기소개를 한다.

"뵙기는 아까부터 봤으나 인사는 처음 여쭙니다." 하고 죽어가는 음성으로 억지로 봉을 뗐다. 그로는 참으로 큰 용기다. (···중략···) "어머니허구 단 두 식굽니다. 하치 못한 사람을 찾아주셔서 너무 고맙습니다. 저는 서른 넷인데두 총각입니다."[20]

'속곳 밑 들고 인심 쓰라', '돌려라 돌려. 혼자만 주무르는 게야?' 등 감각적이고 저속한 육담이 오가는 곳에서 김덕만의 언어는 달아오른 술판의 분위기를 뒤엎는다. 김덕만이 사용하는 언어는 무지렁이 농군의 생활언어에서, 특히 술판의 허접스런 언어에서 벗어나 겸손과 예절로 무장한 교양언어다. 그런가하면 덕만은 자신이 뭉태들에게 농락당했다는 사실을 인정해야 하는 장면에서도 '살재두 나는 인전 안 살 터이유—'라고 소리를 지른다. 그것도 뭉태들을 향해서가 아니라 잿간을 향하여서. 이 또한 자신이 처한 상황을 제대로 파악하지 못한데서 오는 언어 표현이 우스꽝스러움을 유발하게 된다.

「봄·봄」에 나오는 언어들은 방언과 비속어와 교양어가 뒤섞여 비벼진다. 예를 들면 '이놈의 장인님'과 '장인님 제가 내 기운은 못 당한다'에서는 경어와 비어가, '빙모님은 참새만한 것이'에서는 극존칭어와 비어의 혼

---

20 김유정, 「총각과 맹꽁이」, 앞의 책, 37쪽.

재는 언어습득기의 유아적 언어로 표출된다. '이 망할 자식의 소'에서는 장인과 소를 동시에 꾸며주는 중의적 언어사용이, '대리를 꺾어들라'는 '다리를 꺾어 놓을까보다'를 의미하는 춘천지역의 언어가 사용된다. 「봄·봄」에서 발화된 욕설은 주로 장인의 몫이다. 이에 비해 장인을 향한 사위의 욕설은 그의 마음속에서만 웅얼대는 정도로 '이놈의 장인님', '이까짓 놈의 장인님', '이녀석의 장인님'이다. 두 사람 사이에 오가는 욕설은 장인과 사위라는 최소한의 지위를 유지하는, 비교적 가벼운 욕설에 속한다.

「두꺼비」에서 이경호의 내면에서 발화되는 욕설은 '이놈', '망할 자식' 정도다. 그러나 옥화의 가족들이 두꺼비와 채선이를 향해 내 뱉는 욕설은 표독스럽고 발칙스럽다. 옥화의 어머니는 일곱 번이나 똑 같은 사고를 친 아들에게 '배지가 꿰어져 죽을 이 망할 자식'이라고, 옥화의 아버지는 '이 주릴 틀 자식'이라고 내뱉는다. 뒤늦게 급보를 받고 달려온 옥화는 채선에게 '이년 가랑머릴 찢어놓을 년'이라고 악장을 친다. 모두 인체 훼손과 관련된 분노와 증오, 저주로 가득 찬 앙칼지고 잔인한 욕설이다.

특이한 것은 화자인 이경호가 사용하는 언어가 '꿩 구어 먹은 소식', '개 밥의 도토리'같은 속담과 그보다 훨씬 많은 잦은 관용어('밤을 패기가 일쑤다', '속으로 조를 비비다', '마치 떡메로 얻어맞은 놈처럼' '발가락 새의 때' 등등)사용으로, 보통의 청년들이 사용하는 언어습관에서 많이 비껴나 있다는 것이다.

한편 새벽 1시의 광화문통 큰 거리를 내려오면서 이경호는 세월이 빨리 흘러가기를 바란다. 옥화가 늙어 갈 데 없게 되었을 때 옥화를 데려오겠노라는 발상, 그래서 그가 읊조리는 '늙어라, 늙어라'하는 말은 쓸개 빠진 인간의 잠꼬대로 들려 청자들로 하여금 고소를 금치 못하게 한다.

(3) 행동이 만든 우스꽝스러움

행동이 만든 우스꽝스러움이란 예기치 않은 행동이나, 경악 시키는 행동,[21] 역전(逆戰), 반복되는 행동들이 여기에 포함된다.

「총각과 맹꽁이」에서 김덕만은 낮에 또 저녁에 뭉태에게 반복해서 들병이에게 중신 들어달라고 부탁한다. 덕만의 부탁을 수락한 뭉태는 처음에는 협조자로 등장한다. 그러나 뭉태는 덕만과의 약속을 파기, 협조자의 자리에서 방해자의 자리로 역할을 교체한다.

역할 교체는 맹꽁이에게서도 나타난다. 술판에서 듣던 맹꽁이 암수 놈은 의좋게 사랑노래를 불렀지만, 작품의 끝에서는 맹꽁이 암수 놈이 던지는 노래는 '비웃듯이 음충맞게 맹-하고 던지면 꽁-하고 간드러지게 받아넘긴다'.

이 작품에서 예기치 않은 행동은 김덕만이 맹꽁이 소리에 울화통이 폭발하여 들병이 앞으로 덤벼들어 무릎을 꿇고 이마를 조아리는 장면이다. 이 예기치 않는 덕만의 행동에 들병이는 폭소를 참다가 재채기를 터뜨리고 친구들은 킥킥거린다.

「봄·봄」에서 욕필영감이 사위에게 둘째딸 점순을 주겠다고 했을 때, 그는 사위의 협조자였다. 그러나 노동력 연장을 위해 혼례를 미룰 때는 방해자가 된다. 점순 또한 사위에게 혼례를 요구하도록 충동질을 할 때는 사위의 협조자가 되지만, 마지막 순간 자기 아버지 편을 들 때에는 방해자가 된다. 장인이 지게막대기로 사위의 머리를 터뜨려 놓을 때, 그는 사위의 원수가 되지만 곧 불솜으로 상처를 치료해주고 달래줄 때에는 은인이 된다.

---

[21] 류종영, 앞의 책, 74쪽.

예상치 않은 역전도 있다. 사위에게 비열한 폭력을 휘두르다가 똑 같은 비열한 대응으로 '할아버지'를 부르지 않을 수 없게 된 욕필영감(박해받는 박해자), 욕필영감을 혼내주다가 점순과 장모에게 양 귀를 잡히고 욕필영 감의 지게막대기 찜질을 당하는 사위(박해받는 박해자)들이 바로 그것이다.

「두꺼비」에서 이경호는 두꺼비에게 거듭 농락당하는 입장에 있다. 이 경호는 두꺼비가 옥화와의 만남을 주선해 주겠다는 제안에 속아서 두꺼 비의 용돈은 물론, 옥화에게 전해줄 값비싼 선물까지 마련해주어야 했다. 그런데 두꺼비는 다시 이경호를 이용한다. 자살미수 사건에 이경호를 불 러 자신의 협조자로 삼으려 한 것이다. 그러나 정작 두꺼비는 제집에서 개밥의 도토리 신세였다. 두꺼비의 처지를 확인하고 자신이 농락당했음 을 알게 된 이경호는 두꺼비가 의사를 불러달라는 부탁했을 때 이를 듣지 않는다. 가족들에게 개밥의 도토리였던 두꺼비는 이경호에게도 개밥의 도토리 취급을 받게 된다(농락당하는 농락자). 비슷한 사건의 반복은 자살 미수 사건이다. 두꺼비는 자신들을 박해하는 옥화에 대한 시위전술로 자 살미수를, 옥화 또한 자신을 버리려는 기둥서방에 대한 시위전술로 자살 미수 사건을 벌인 것이 그것이다(박해받는 박해자).

3. 웃음꾼과 웃음판

1) 작품속의 웃음꾼들

「총각과 맹꽁이」의 김덕만은 술판에서 갑작스레 들병이 앞에 무릎을 꿇고 정중하게 자기소개를 한다.

계집은 영문을 몰라 어안이 벙벙하다가

"고만이올시다" 하며 이마를 기울여 절하는 것을 볼 때 참았던 고개가 절로 돌았다. 그리고 터지려는 웃음을 깨물다 재채기가 터져 버렸다.

"일테면 인사로군? 뭘 고만이야 더 하지-"

여기저기서 키키거린다. 그런 인사는 좀 두었다 하자구 핀잔이 들어온다.[22]

계집의 폭소는 술판의 문화와 전혀 다른 덕만의 진지하고 정중한 자기소개 앞에서 터져 나온다. 여기에 비해 친구들의 웃음은 평소 덕만의 사람됨을 알고 있는 데다, 분위기와 어울리지 않는 인사법에 비웃음이 핀잔과 함께 나타난다. 계집은 예상치 않았던 일 때문에, 친구들은 덕만의 병신스러움 때문에 웃음을 터뜨리는 것이다.

「봄·봄」에서 웃음의 장면은 구장님과 사위와 욕필영감이 삼자대면하는 장소에서 보인다.

---

22 김유정, 「총각과 맹꽁이」, 앞의 책, 37쪽.

"빙모님은 참새만한 것이 그럼 어떻게 앨 났지유?"

(사실 장모님은 점순이보다 귓배기 하나가 적다)

장인님은 이 말을 듣고 **껄껄 웃더니**(그러나 암만해두 돌 씹은 상이다) 코를 푸는 척하고 날 은근히 골리려고 팔꿈치로 옆 갈비께를 퍽 치는 것이다.

욕필영감은 평소 사위가 어리숙하다는 것을 잘 알고 있다. 그런데 어리숙한 사위의 논거가 분명한 반격 앞에서 놀람은 무안함으로, 그 무안함을 감추기 위해 껄껄 웃는다.

한편 작품의 내면에 감쳐진 웃음꾼들을 살펴볼 수 있다.

① 봄이 되면 온갖 초목이 물이 오르고 싹이 트고 한다. 사람도 아마 그런가 보다, 하고 며칠 내에 부쩍 (속으로) 자란 듯싶은 점순이가 여간 반가운 것이 아니다.

② 우리가 구장님을 찾아 갔을 때 그는 싸리문 밖에 있는 돼지우리에서 죽을 퍼주고 있었다. (…중략…) 애햄, 하고 늘 쓰담는 버릇이 있다. 우리를 멀뚱히 처다보고 미리 알아챘는지……

③ "네가 세 번째 사윈 줄이나 아니, 세 번째 사위"

"남의 일이라두 분하다 이 자식아, 우물에 가 빠져죽어"[23]

④ 뭉태는 땅을 얻어 부치다가 떨어진 뒤로는 장인님만 보면 공연히 못 먹어서 으르릉 거린다. 그것도 장인님이 저 달라고 할 적에 제 집에서 위한다는 그 감투(예전에 원님이 쓰던 것이라나 옆구리에 뿡뿡 구멍이 좀먹은 걸레)를 선뜻 주었다면 그럴 리도 없었던 걸—[24]

---

23 김유정, 「봄·봄」, 『원본 김유정 전집』, 208쪽.

제2부 김유정과의 무릎 맞댄 만남 / 김유정 소설의 웃음 그리고 그 과녁 241

⑤"빙장님! 이제 다시는 안 그러겠어유—"

이렇게 맹세를 하며 불야살야 지게를 지고 일터로 갔다.

그러나 이때는 그걸 모르고 장인님을 원수로만 여겨서 잔뜩 잡아당겼다.

위의 인용문에서 ①, ④, ⑤는 사위가 웃음꾼의 자리에 있다. ①에서는 예상보다 점순이 조숙한 것에 대한 대견함과 놀라움에서 웃음을 속으로 삼키고 있다. ④에서는 사위 앞에서 마구잡이로 젠 체 하는 뭉태의 내막을 다 알고 있다는 우월감에서 ⑤에서는 뒷골 콩밭에서 사위가 그 자신이 아침의 북새통을 일으켰던 자신의 어리석음에 대해 반성하고 자신을 조소한다. 그 외에 ②에서 구장은 장인과 사위의 갈등 중재자로서 자신이 우월한 입장에 있다는 것을 알지만 장인의 땅을 부치고 있는 관계로 웃음을 삼키고 있다. ③의 뭉태는 욕필영감의 욕심에 대한 정보를 사위보다 더 많이 갖고 있다는 입장에서 사위의 바보스러움을 비웃는다. 이들 중 ①만이 웃음의 불일치 이론에 뿌리를 둔 것이고 나머지는 모두 웃음의 우월이론에 근거를 둔 것들이다.

「두꺼비」에서 웃음(비웃음)이라는 어휘가 직접 작품 표면에 떠오른 곳은 이경호와 안잠자기가 대화를 나누는 장면에서이다.

선생님 누굴 만나러 오셨슈, 하고 대견히 묻기에 나도 펴놓고 옥화를 좀 만나 볼까 해서 왔다니까 흥, 하고 콧등으로 한번 웃더니 웅 저희끼리 붙어먹는 그거 말씀이유, 이렇게 비웃으며 내 허구리를 쿡 찌르고 그리고[25]

---

24 위의 책, 209쪽.
25 김유정, 「두꺼비」, 『동백꽃』, 289쪽.

안잠자기는 이경호와 옥화네 가족을 비웃는다. 옥화네의 실체가 '저희 끼리 붙어먹는'(누나인 옥화의 수양딸을 제 것으로 만든 두꺼비 – 필자주) 천한 것들이라는 데서 안잠자기는 도덕적 우월감을 느낀다. 한편 그런 천한 것들의 실체를 모르고 옥화에게 일편단심을 바치고 있는 이경호의 등신스러움 앞에서 안잠자기는 다시 우월감을 느끼는 것이다.

한편 이 이야기가 두꺼비와 채선의 사건이 일어나고 1년도 훨씬 지나 다시 옥화의 자살미수 사건까지 경험한 뒤에 자신의 성장통을 고백하는 고백서라고 한다면, 이경호는 자신을 농락하며 이용했던 두꺼비와 옥화가 최후의 비상수단으로 써먹었던 자살미수를 통해 그들 남매가 보여준 약점 앞에서 비웃음을 삼킨다. 동시에 그런 정도의 사람들에게 매달렸었던 자신의 이전의 결함과 약점을 현재의 위치에서 돌아보며 지난날의 자신을 비웃는다. 이들은 모두 웃음의 우월이론에 그 뿌리는 둔 것이다.

2) 작품 밖의 웃음꾼

김유정은 수필 「닢히 푸르러 가시든 님이」에서, 도시사람들이 시골을 동경하여 애상적 시흥에 잠길 때, 시골 사람들은 '쌀이 있고 옷이 있고 돈이 물밀듯 질번거릴 법한 서울'에 오고 싶어 몸살을 한다[26]고 쓴다. 꿈과 현실, 보이는 것과 보이지 않는 것의 차이에 대한 언급이다. 수필 「오월의 산골작이」에서는 송아 따는 농촌 아낙네들의 포복졸도 할 듯이 깔깔

---

26 김유정, 「닢히 푸르러 가시든 님이」, 『원본 김유정 전집』, 412쪽.

대는 모습을 산중턱에 누워 '이런 생활을 나려다보면 마치 그림을 보는 듯 하다'²⁷ 라고 삶의 한 장면을 그림으로 인식한다. 대상과 주체사이에 일정한 거리를 두고 삶의 현장을 보는 것이다.

작품 속 등장인물들은 하나의 상황에 직접 관련되어 있어 나무는 볼 수 있으나 숲은 보지 못한다. 그러나 독자들은 작품 밖에서 작품 속에 일어난 일들을 그림을 보듯 총체적으로 볼 수 있기에 더 많은 웃음의 정보들을 찾아낸다.

「총각과 맹꽁이」에서 웃음꾼인 독자는 작중인물인 웃음꾼보다 훨씬 많은 우스꽝스러운 그림(장면)들을 보게 된다.

언어적인 측면에서 보았을 때 낮의 조밭에서 덕만의 친구가 한 말 — "개×두 없는 놈에게 호포는 올려두 제누리만 안 먹으면 산담 그래" — 와 덕만의 어머니의 "휙- 휙- 이 망한 년의 ×으로 난 놈의 괭이-"는 작중인물들에게는 전혀 웃음을 일으키지 않는다. 그것이 그들의 생활언어이기 때문이다. 그러나 독자의 경우 '개×두 없는 놈'과 '이 망한 년의 ×으로 ……'의 표기에서 같은 영문자 '×'지만 그것이 지시하는 어휘의 전혀 다른 의미 앞에서 놀라고 재미있어 한다. 동시에 '이 망한 년'이 지시하는 대상이 누군가를 따질 때 또한 웃음을 터뜨리게 된다.

주인공 덕만이 적은 투자(술과 술안주 값)로 젊은 아내와, 소 한 마리와, 아들까지를 꿈꾸는 엉뚱함은 분명 독자의 예상을 넘어선 것이다. 그리고 뭉태의 집 마당의 멍석에서 벼룩에게 뜯기면서도 체면 유지를 위해 긁지도 못하는 젊은이들, 들병이를 향해 목을 길게 빼고 제 차례를 기다리는 모습들, 들병이의 작은 신발 위에 큼직한 발을 얹어놓고 즐거워하는 덕만

---

27 김유정, 「오월의 산골짝이」, 위의 책, 427쪽.

이, 콩밭에서 적반하장이 되어 덕만에게 핀잔을 주는 뭉태, 모두 일반인의 상식을 완전히 전복시킨다. 특히 분노한 김덕만이 돌멩이를 집어 올리자, 뭉태와 들병이가 응징의 돌멩이 세례를 받으리라 긴장했던 독자들은 돌멩이의 방향이 잿간 쪽으로 바뀌자 안도의 한숨을 쉬게 된다. 순진한 덕만이 주먹으로 눈물을 닦아낼 때에는 웃음을 넘어서 측은함을 느끼게 된다. 그리고 "살재두 나는 인전 안 살아유—" 하는 덕만의 절규에 맞추어 암수 맹꽁이가 주고받는 음충맞은 맹-, 꽁- 소리는 기막힌 음향효과가 되어 덕만의 슬픔이 칙칙하지 않게 끝남을 보게 된다. 작품 속의 웃음꾼들은 갈등의 현장 속에 있었기로 상대방의 결함이나 약점을 발견하게 되었을 때 웃었지만 작품 밖의 웃음꾼은 덕만과 그의 친구들이 보여준 엉뚱한 생활방식, 우리의 상식이 전복되는 사건 앞에서 웃게 되는 것이다.

「봄·봄」에서는 등장인물들의 외모와 행동이 우스꽝스러움을 조장한다. 남보다 큰 키의 사위, 남보다 훨씬 작은 짜리몽땅한 점순이, 아랫배가 튀어나온 장인과 제비꼬리 수염을 하고 새끼손가락으로 코딱지를 파서 팅기는 구장영감 등등이 그렇다. 또 다른 희극적 장면들은 새고개 맞은 봉우리 화전밭가에서 사위와 점순이 내외하느라고 등 돌리고 앉아 있는 장면, 구장님 앞에서 눈치껏 힘겨루기를 하는 사위와 장인의 몸싸움, 점순이가 던진 바보 소리에 그만 어미 잃은 황소새끼같이 풀이 죽어 있는 사위의 표정, 사위와 장인이 바짓가랑이 잡고 뒹구는 장면, 체수가 커다란 사위의 양쪽 귀를 점순이와 장모가 잡아당기는 장면들이다. 이들 예상치 못한 장면들 앞에서 독자의 웃음은 폭발 하듯 속도감을 가지고 튀어나오게 한다.

「두꺼비」에서 희극적인 장면들은 벼락치기 시험공부도 포기한 채 전봇대에 기대어 약속시간을 기다리며 엉뚱한 꿈에 부풀어 있는, 옥화에게 비싼 선물을 사보내고 그 응답을 들으려다 푸대접 당하고 돌아와 이불전 앞에서 눈물을 닦는, 안잠자기의 적극적인 육탄공세 앞에 모욕감과 당혹감으로 도망치는 등등의 모습들이다. 이경호의 언행은 모두 일상에서 일탈한, 일반인의 예상을 뒤엎는다. 독자의 웃음은 예상한 것과 일어난 것 사이의 불일치에서 나온다. 그리고 그 웃음은 씁쓸하고 그 웃음의 속도는 지극히 천천히 배어나온다. 주인공의 마음이 아직은 첫사랑의 기억에서 자유롭지 못함을 보고 있는 까닭이다(현재 여기에서 이야기를 시작했던 이경호의 이야기는 두꺼비와 옥화에게 농락당했던 그 늦은 가을날 새벽 1시의 광화문통 거리에서 자신에게 최면을 걸던 과거의 공간에서 끝나고 있음에 주목하라).

4. 웃음과 그 과녁

　　김유정 소설작품 전반에 걸친 등장인물 가운데는 존경받을 만한 인물도 없고, 징벌 받아 마땅한 악인도 보이지 않는다. 그것은 김유정이 창조한 인물들이 모두 인간적인 결점을 갖고 있는 이 땅의 사람들인 때문이다. 인간적인 결점이 많은 사람일수록 그들은 사람을 자기편으로 끌어들이는 힘을 갖는다. 이는 상대편으로 하여금 우월감을 통한 편안함과 즐거움, 보호본능을 자극한다.

　　「총각과 맹꽁이」의 김덕만은 맹꽁이에게 조차 조롱당하는 '인간 맹꽁이'로 그려진다. 그는 세상 사람들의 일상적인 셈속에서 벗어나 있다. 그는 가난하지만 도지를 물고 호포를 낸다. 그는 공상 속에서 젊고 예쁜 아내와, 그 아내가 술장수로 벌어들일 소 한 마리와, 아내가 낳아줄 아들을 꿈꾸며 신이 난다. 그러나 마지막 장면에서 뭉태들에게 농락당하고, 눈물을 닦으면서 암수 맹꽁이가 음충스럽게 주고받는 소리를 들으면서 제 집을 향하여 '설렁설렁 언덕길을 내려온다'. 자신을 농락한 상대에 대한 원망은 돌멩이와 함께 던져졌다. 순간 끓어오르던 웃음운동은 덕만의 눈물과 함께 그 속도가 완만해지면서 독자들은 덕만을 향한 연민의 감정이 솟아오름을 느끼게 된다.

「봄·봄」에서, 등장인물들의 외양과 그들의 배치는 지극히 우스꽝스럽다. 소설 속의 등장인물들은 악장을 치고 있지만, 한 걸음 비켜서 그것을 보았을 때에는 승자와 패자, 적과 아군이 갑자기 역할을 바꾸고, 역전을 거듭하는 장면들에서 독자의 웃음운동은 가속화된다. 지게막대로 사위의 머리를 터뜨려놓는 장면은 물론 엽기적이고 혐오감을 불러 올만 하지만 (이것은 회상 속으로 스며들어 끔찍한 장면 자체는 표면화 되지 않았다), 곧이어 욕필 영감과 사위는 화해하게 되고, 사위는 장인에게 신뢰를 보낸다.

김유정은 어리숙한, 뺏기고도 뺏긴다는 사실조차 인식하지 못하고 불평 없이 살아가는 김덕만과, 사위의 삶에 독자들을 동행시킨다. '불더미 같은 해가 눈을 크게' 뜬 한 여름, '호미는 돌에 튕겨지며 쨍 소리를 때때로' 내는 조밭을 일구어가는 고된 농민들의 삶 속으로, 독자들은 초대한다. 소작인과 지주 사이의 불합리한 계약관계, 농촌 노총각의 결혼 문제, 이들을 전경화 시키고 있는 시대적 배경에 대해서 심각하게 생각해보게 한다.

뼈 빠지게 일을 해도 '된장찌개, 간장 한 종지, 조밥 한 그릇, 그리고 밥보다 더 수부룩하게 담은 산나물 한 대접'으로 먹이 문제를 해결해야 하는 농군의 밥상, 이것이 당시 농촌의 현실이었다. 김덕만과 데릴사위의 꿈은 가정을 꾸리고 밥술이나 먹는 것이다. 그러나 이들 생존을 위한 최소한의 기본적인 욕구조차도 제한받는 상황임을 작가는 행간에 배치한다. 일반독자가 보는 것은 웃음꺼리로서 등장인물이 보여주는 우스꽝스러운 장면들뿐이다. 그러나 눈 밝은 독자들은 웃음꺼리들이 판을 벌인 웃음판의 상황(현실상황)이 예사롭지 않음을 보게 된다. 작가는 날 것 그대로의 사회학적 부조리를 드러내는 대신, 웃음꺼리들이 벌이는 웃음판을 통해서 곱씹어 보게 한다. 그것이 김유정의 소설 전략이다.

「두꺼비」는 외양조차 '올롱한 낯짝에 그 두꺼비눈을 한', 두꺼비 파리 잡아먹듯 이경호의 순정을 농락하는 두꺼비와, 안잠자기에게까지 얕보임을 당해야 했었던 젊은이의 수난사이다. 동시에 한 여자에게 반해 그가 할 수 있는 모든 방법을 다해서 순정을 바쳤던 한 젊은이의 사랑의 기억을 담은 고백서이다. 「두꺼비」에서 웃음운동은 더디게 나타난다. 사랑은 이렇게 사람을 어릿광대로 만들어 놓는가. 사랑에 빠진 한 존재로서의 부조리함을 돌아보게 한다. 처음, 주인공의 등신스러움에 웃던 독자의 웃음은 다시 읽으면서 독자 자신의 내부로 시선을 돌리게 된다. 사랑 그 자체를 위하여 이렇게 맹목적으로 빠져본 적이 있었던가. 그만큼의 순수성을 갖고 있었던가 하고.

이와 같이 자기반성과 모색을 요구하는 김유정의 소설적 전략은 웃음거리가 펼치는 웃음판으로 웃음꾼(독자)을 초대하는 순간부터 발동된다. 김유정의 전략은 소크라테스적 아이러니[28]에 가깝다. 김유정은 대화상대

---

28 소크라테스적 아이러니란 자신은 조금밖에 알지 못하거나 전혀 모르는 것처럼 행동한다. 이와 반대로 이 대화상대자는 다른 사람들에게 책임을 전가하는 표현을 하거나 당황하여 말을 하는 것으로 표현되어 있다. 그래서 소크라테스의 대화상대자는 모순에 빠지거나 자신의 무지를 고백해야만 한다. (…중략…) 이 배경에는 (…중략…) 대화상대자를 심사숙고하게 만들고 자신의

자(독자)에게 웃음거리인 주인공들을 내세운다. 그리고 작품 속 웃음거리와의 대면을 통해, 작품 속 주인공이 살았었던 당시대를 돌아보게 한다. 어떤 사회적인 부조리가 존재하고 있는 것인지, 동시에 현실에서 자신이 살아온 인생역정을, 자신의 위치를 점검하게 한다. 얼마만큼 불평 없이 성실하게 진실하게 살아왔으며 절망적인 상황 앞에서 어떻게 벗어날 수 있었던가, 미친 사랑에 빠져본 적이 있었는가, 그리고 자신의 치부를 적나라하게 드러내는 고백의식을 통해 새로운 삶의 길을 모색해 본 적이 있었는가 등에 대해 돌아보게 하는 것이다.

5. 나가는 글

김유정의 「총각과 맹꽁이」·「봄·봄」·「두꺼비」 세 편을 대상으로 작품에 나타난 웃음거리와 웃음의 요인들, 웃음꾼과 웃음판 등을 살펴보았고 나아가 작품 속 웃음의 궁극적 도달점이 어디인가까지 살펴보려고 했다. 이들을 정리하면 다음과 같다.

첫째, 등장인물의 현주소를 살펴보았다. 「총각과 맹꽁이」는 한여름을 배경으로 34세 김덕만의 기대와 기대감의 배신을, 「봄·봄」은 봄날을 배경으로 26세 데릴사위의 거듭되는 혼례요구와 거부의 장을, 「두꺼비」는 늦가을 밤 첫사랑에 달뜬 20세 안팎의 학생 이경호의 기대와 기대감의 배

의 사고능력의 한계와 특성을 인식시키기 위해 그에게 이상한 느낌이 들도록 하는 성실한 노력이 숨겨져 있다. (류종영, 앞의 책, 280~281쪽)

신을 보여주고 있다.

둘째, 이들 세 작품의 주인공이 갖고 있는 우스꽝스러움의 요인들을 성격적 측면, 언어적 측면, 행동적 측면에서 살펴보았다. 나이와 출신과 직업이 달라도 이들 주인공들의 성격은 세속적인 셈속에 어둡고, 언제나 꿈꾸며, 상대방에 대해 끝없이 신뢰하는 유아적 순진함, 여성 앞에서 순정적이고, 조금 과격하고 충동적이고 무모하기는 하나 이내 반성하며 결코 절망하지 않는 낙천성을 보여준다. 언어적 측면에서는 이들이 보여준 공통점은 자기 과시적 언어를 사용하거나, 상황에서 일탈된 언어, 구문상 일탈된 어휘조합, 토속어와 비속어의 혼합, 언어유희 들을 통해 웃음을 유발하고 있었다. 행동의 측면에서는 역할의 변동, 예기치 않은 행동, 역전과 반복 등이 우스꽝스러움의 요인으로 작용하고 있었다.

셋째, 웃음꾼의 경우 세 작품 속의 웃음꾼(등장인물)은 대개 상대의 인간적 결점과, 정보량의 차이, 도덕적 우월성 등을 토대로 웃음의 우월이론에 근거한 것이 많았다. 이에 비해 작품 밖의 웃음꾼(독자)은 등장인물과 사건으로 엮어진 그림을 통해서, 등장인물들의 익살스런 외양, 보통사람의 생각에서 일탈한 사고방식과 행동, 그로 인한 엉뚱한 사건 흐름 등등, 웃음의 불일치 이론에 근거한 웃음에 더 무게를 두고 웃게 됨을 볼 수 있었다.

넷째, 이들 작품에서 보여준 웃음운동의 속도와 지향점을 보았다. 「총각과 맹꽁이」에서 웃음운동은 주인공에 대한 연민으로 더뎌진다. 「봄·봄」에서는 어느 봄날의 예상치 못한 소동이 웃음바이러스가 되어 웃음속도는 가속화, 폭소로 터지게 된다. 그러나 「두꺼비」로 가면 이경호의 내면에 펼쳐진 자신과 자신을 둘러싼 인물들에 대한 비교와 비판의 시선으로 인해 웃음은 속으로 잦아든다. 이들 작품을 처음 읽었을 때 순간적으로 터져 나오던 웃음은 다시 작품을 음미하게 될 때에 그 의미를 따지게 되면서 등장인물에 대한 연민과 독자 자신의 삶을 돌아보게 한다.

김유정 소설 속 웃음의 지향점, 왜 김유정은 그의 작품 속 등장인물들로 하여금 웃음을 유발시키게 했을까. 그것은 당시의 검열을 피하고 독자들의 시선을 끌기 위한 소설적 전략이다. 「총각과 맹꽁이」, 「봄·봄」은 웃음거리들이 살던 당시의 사회적 부조리를 행간을 통해 읽게 한다. 동시에 힘겨운 세상살이에도 결코 불평하지 않고 여전히 꿈꾸며 열심히 살아가는, 절망하지 않는 사람들을 보여준다. 「두꺼비」에서는 사랑에 빠진 존재, 나아가 인간 존재 그 자체의 부조리를 보여준다. 그리고 숙독(熟讀)을 통해 독자 자신의 삶의 자세를 돌아보고 반성하라고 한다. 사랑에 미쳐본 적이 있는가. 그렇게 자신을 적나라하게 헤쳐보고 반성해 본 적이 있는 가고 묻는다.

김유정의 소설적 전략, 곧 웃음판은 소크라테스적 아이러니로 작동한다. 김유정은 소설을 통해 독자가 발 딛고 선 현실과 자기 자신을 돌아보기를 원한다. 그리하여 어떤 고된 삶 앞에서도 당당하고 자신에게 충실하기를 요구하는 것이다.

(『현대소설연구』 38호, 한국현대소설학회, 2008.8)

●●● 참고문헌

『문학사상』

김대행, 「한국시가에 나타난 웃음의 두 양상」, 김유정탄생100주년기념사업추진위
　　　원회 편, 『한국의 웃음문화』, 소명출판, 2008.
문혜진, 「에트나 화산의 정오－신이 준 선물, 에로틱한 감각」, 『문학사상』, 2008.2.
이주일, 「유정문학의 향토성과 해학성」, 『국어국문학』 제83호, 1980.
임헌영, 「전통적인 골계와 해학」, 『우리시대의 한국문학』 2, 계몽사, 1991.
전상국, 「김유정 소설의 언어와 문체」, 전신재 편, 『김유정문학의 전통성과 근대
　　　성』, 한림대 아시아 문화연구소, 1993.
조건상, 「김유정과 채만식 소설의 특징－해학과 풍자의 거리」, 『도남학보』 제3집,
　　　1980.
조동일, 「한국 웃음문화의 전통」, 김유정탄생100주년기념사업추진위원회 편, 『한
　　　국의 웃음문화』, 소명출판, 2008.

김유정, 유인순 편, 『동백꽃』, 문학과지성사, 2005.
＿＿＿, 전신재 편, 『원본 김유정 전집』, 도서출판강, 2007(1997).
김윤식·김현, 『한국문학사』, 민음사, 1973.
김주연, 『문학비평론』, 열화당, 1980.
김지원, 『해학과 풍자의 문학』, 도서출판문장, 1983.
반칠환, 『웃음의 힘』, 시와시학사, 2005.
류종영, 『웃음의 미학』, 유로, 2005.
유종호, 『유종호 전집』 2, 민음사, 1995.
이재선, 『한국현대소설사』, 홍성사, 1979.

이호림,『유정의 소설은 왜 웃긴가』, 리토피아, 2008.
전광용 외,『한국현대소설사연구』, 민음사, 1984.

들병이 문학 연구

'김유정 · 안회남 · 현덕'의 들병이 소재 작품을 중심으로

1. 들어가는 글

터키의 고대 항구도시 에페소의 마블 거리에는 발바닥과 심장, 그리고 여자의 얼굴이 그려진 사방 60cm 정도의 대리석 바닥돌이 있다. 이것은 지금까지 알려진 가장 오래된 간판으로, 홍등가를 알리는 것이다. AD79년, 베수비오스 화산의 폭발로 역사 속에서 실종되었다가 16세기 말 우연히 우리 앞에 나타난 폼페이 시가지의 한 자락에는 홍등가의 건물이 남아 있다. 벽에는 전문화된 다양한 성애장면을 그린 채색화가 걸려 있어 손님은 취향에 따라 전문화된 성노동자[1]를 선택하게 했던 흔적을 보여준다.

대체 언제부터, 무엇이 홍등가와 성노동자를 존재하게 하였을까.

프로이드는 '인류의 잠재의식 가운데 가장 심오하고도 강력한 충동'은 성욕[2]이라고 했다. 조르주 바타유는 '에로티즘, 그것은 죽음까지 파고드는 삶'이며, '생식의 특수한 한 형태'[3]라고까지 했다. 다시 프로이드의 말을 빌린다면 성욕의 발산은 '자신의 몸 안에 본래부터 있어 세차게 출렁이는 생명력을 발견하도록'[4] 만든다고 한다. 사실 성욕이란 인간 삶에 있어서 대단히 중요한 것임에도 불구하고 문화적 구속을 받아왔다. 정상적으로 성욕을 해결할 수 없는 상황에서의 성욕해결과 이를 위한 성매매는 사실상 인류의 역사와 함께 했으면서도 오래도록 모르는 척 해야 하는 것으로 강요되어 왔으며 홍등가와 거기에 종사하는 성노동자는 음성적으로 취급되어 왔다.

그러나 문학작품 속에서는 성매매에 관련된 작품들이 많이 있다. 김유정 작품에도 성매매와 성노동자, 특히 들병이를 다룬 작품들이 있다.

김윤식은 김유정문학의 문학사적인 고찰을 위한 과정에서, 김유정작품의 출발점이 들병이 철학과 알몸의 사상[5]에 있었음을 밝혀냈다. 김유정 관련 연구서 가운데 들병이란 어휘가 제목으로 등장한 최초의 논문이다. 그런데 여기서 들병이 사상이란 아내를 들병이로 내어놓고 살아야 하는

---

1 '성노동', '성노동자'란 용어는 2012년 7월 2일 한겨레 신문에서 발행하는 주간지 『한겨레21』 917호에서 처음 사용했다. 성노동자들은 자신들의 호칭에 대해, "우리는 생계를 위해 일하는 거니까 '노동'이고요, 그 중에서 성적 분야니까 '성노동자'가 맞겠네요"라며 자신들을 성노동자라고 정리·결정했다. 이들은 '창녀'라는 굴레에서 벗어나고 성매매여성을 범죄화 하는 것에 대한 반대로 스스로 노동자라는 자각을 갖고서 자신들을 성노동자라고 불러달라고 했다. 본고에서도 성매매를 하는 당사자를 범죄인으로 보지 않기에 이후 이들에 대한 명칭을 성노동자로 부르기로 한다. (http://www.k-hnews.com/home/bbs/view.php?id=column&no=160)

2 왕일가, 노승현 역, 『성과 문명』, 가람기획, 2001, 16쪽에서 재인용.

3 Georges Bataille, 조한경 역, 『에로티즘』, 민음사, 1996, 9쪽.

4 왕일가, 앞의 책, 20쪽에서 재인용.

5 김윤식, 「들병이 철학과 알몸의 시학」, 전신재 편, 『김유정문학성의 전통성과 근대성』, 한림대 아시아문화연구소, 1997, 273~285쪽.

남편의 입장을 말한다. 자신의 상처를 위장하고 자신에 대한 연민을 제거하면서 철저하게 자신을 분석하는 태도가 김유정문학의 출발점이고, 이것이 1930년대 문학에서 김유정을 모더니즘계열에 소속시키게 했다는 것이다.

조남현은 김유정 작품에서 반복되는 모티브 가운데 하나로 들병이를 들고 있고[6] 박세현은 김유정 소설의 매춘구조가 식민지 시대 사회경제 구조와 한 틀을 이루고 있음[7]을, 김종호는 김유정 소설 속 들병이가 몸을 돈과 교환하는 것은 '밥'을 찾는 과정이며, '밥'에 밀착된 농촌현실을 김유정은 살아 있는 육성의 언어로 표현했다고 본다.[8] 김주리는 들병이가 '가난한 농민들의 성욕에 기생하여 살아가는 존재', '근대인의 이방인인 동시에 농경문화의 이방인이며 가족관계의 이방인으로 괴물이 될 수밖에 없다'[9]고 했다.

이들에서 보았듯 김유정 소설에서 들병이에 대한 언급은 대개 밥의 문제와 관련이 있는 것으로, 동시에 비윤리적인 존재로 다루어왔다. 그러나 김미현은 김유정 소설 가운데 아내팔기 모티브에 소속된 작품을 분석, 이들 속에는 불쾌와 쾌의 공존과 불쾌에서 쾌로의 변화, 불쾌를 통한 쾌의 추구라는 '숭고'의 메커니즘을 찾아낸다.[10] 그리고 이것이야말로 김유정 소설이 지닌 건강성과 현실성이라고 지적한다.

전통과 근대가 공존하던 1930년대적 삶에서 성노동자가 될 수밖에 없

---

6   조남현, 『한국현대소설사』 2, 문학과지성사, 2013, 487쪽.
7   박세현, 「김유정소설의 매춘구조」, 『김유정의 소설세계』, 국학자료원, 1998, 271쪽.
8   김종호, 「김유정 소설에 나타난 들병이에 대한 일 고찰」, 『한국민족어문학』 제43권, 2003, 121쪽.
9   김주리, 「김유정 소설에 나타난 파괴적 신체고찰」, 『한국문예비평연구』 26권, 2006, 388쪽.
10 김미현, 「숭고의 탈경계성」, 『한국문예비평연구』 제38집, 2012, 193쪽.

었던 최초의 이유는 밥과 관계된 것이 사실이지만, 작품에 나타난 들병이의 선택이 오직 밥 때문이고 정조의 개방이라는 이유로 해서 비윤리적이라고 비난만 받아야 하는 것일까. 왜 김유정은 그의 작품 속에 들병이를 출현시켰을까.

본고에서는 김유정의 작품에 좀더 가까이 접근하기 위해「총각과 맹공이」,「솥」뿐만 아니라 동시대의 작가 안회남의「등잔」, 현덕의「남생이」를 대상으로 작품 속에 그려진 들병이, 들병이에 대한 작가의 시선, 작중 인물들의 시선, 들병이가 자기 자신을 바라보는 시선 등을 살펴 이들이 그려낸 들병이 문학의 성격을 고찰해 보려고 한다. 여기서 이들의 작품을 비교하려는 것은 김유정과 안회남은 학창시절부터의, 김유정과 현덕은 문학적 선후배 관계로 친밀함을 유지한 문학적 동지였던 데 있다.

2. 김유정과 안회남·현덕 그리고 들병이

본 항에서는 먼저 문학적 동지로 만났던 김유정과 안회남·현덕의 관계를 살펴보고 다음으로 이들이 작품의 소재로 택한 '들병이'에 대한 간략한 고찰, 그에 따라 들병이 소재 텍스트 선정의 준거를 밝히기로 한다.

1) 문학적 동지로서의 만남

김유정과 안회남의 만남은 휘문고보 1학년 때부터이지만 두 사람이 친밀해진 것은 고보 3학년 시절부터였다고 한다.

안회남은 신소설작가 안국선의 아들로 늘 아버지에 대한 자부심과 존경심이 컸다고 한다. 안회남은 1931년 조선일보 신춘문예에 「발(髮)」이 가작으로 당선되면서 문단에 등단했다. 이후, 안회남은 유정을 격려하여 글을 쓰게 했다. 유정의 「산골나그네」와 「총각과 맹꽁이」는 안회남의 주선으로 잡지에 발표되었으며 이때 발표되지 못했던 「흙을 등지고」는 후에 「따라지 설움」으로 개작되어 1935년 조선일보 신춘문예에 투고되고, 이 작품은 다시 신문사에서 그 제목을 「소낙비」로 개제하여 신춘문예 당선작으로 발표했다. 말하자면 안회남이 있었기에 김유정은 작가가 될 수 있었던 것이다.

김유정은 사망 11일 전에 친구인 안회남에게 구원을 요청하는 편지를 쓰기도 했다. 안회남은 김유정 사후, 김유정 실명소설 「겸허―김유정전」을 썼다.

현덕(玄德, 1909~ ?)[11]과 김유정의 만남이 언제부터 비롯되었는지는 정확하게 알 수 없다. 현덕은 현경윤이라는 본명으로, 1927년 『조선일보』 신춘문예 동화부분에 「달에서 떨어진 토끼」가 1등 당선되었고 1932년 동화 「고무신」으로 동아일보 신춘문예에 가작으로 입선, 같은 해 4월에는 시

---

11 현덕의 출생연대에 대해서 「신춘현상문예입선자약력」, 『조선일보』(1938.1.7)에는 1911년생으로 나온다. 그러나 호족부에는 1909년 2월 15일자로 되어 있다. (이경재, 「현덕의 생애와 소설연구」, 『관악어문』 제29집, 서울대 출판부, 490쪽)

「봄」이 잡지 『신생』에 발표되었다. 이 무렵 현덕은 수원 발안 근방의 매립공사장, 일본의 교토, 오사카 등지에서 막노동판을 떠돌다가[12] 문학에 뜻을 두면서 1936년 이래 김유정을 만난 듯하다. 현덕의 동생 현재덕(玄在德, 1912년) 역시 아동 문학가이며 아동 미술가였다.

김유정의 조카 김영수에 의하면 현덕과 그의 아우 현재덕은 자주 병든 김유정을 찾아와 위로해 주었고 현재덕은 김유정의 초상화를 그려주었다[13]고 한다. 한편 안회남은 김유정 실명소설 「겸허」에서 1937년 3월초 유정이 경기도 광주로 떠나던 날 현덕과 그의 동생 현재덕이 차부에 나와 배웅 했다고 기억한다.

김유정은 소설 외에도 동화를 썼는데, 그가 남긴 동화 「두포전」은 전체 10장으로 구성되어 있다. 그런데 이 작품에서 1~5장까지만 김유정이 쓰고, 김유정 사후 현덕이 이를 이어받아 6~10장까지 완성하여 발표했다. 현덕은 1938년 조선일보 신춘문예에 「남생이」로 당선되었다. 현덕과 그의 아우 현재덕은 한국전쟁 중에 월북했다.

2) 들병이와 갈보

이능화의 『조선해어화사』에서는 신라중엽에 처음으로 원화(源花)를 받들었는데 이 제도가 존재한 때에 이미 음방(淫坊)과 창녀의 매춘 풍속이 있다[14]고 보았다. 이능화는 기생 보다 넓은 개념으로 '갈보'를 제시한다. 김

---

12 위의 글, 491쪽.
13 김영수, 「김유정의 생애」, 『김유정전집』 하, 341쪽.

유정의 「솥」에서 근식은 화가 났을 때 들병이 계숙을 갈보라고 부른다. 그런데 왜 들병이를 갈보라고 부르는 것일까. 갈보의 의미[15]는 빈대와 같은 것으로 사람의 피를 빠는, 남자에게 몸을 팔면서 남자를 파멸에 이르게 하는 존재라는 것이다.

한편 이능화에 의하면 갈보의 등급은 다시 여섯 등급[16]으로 나눌 수 있다고 하는데 들병이는 그중 제일 하층에 속하는 것으로 보인다.

김유정의 소설에서 나오는 들병이는 성매매 방식으로 보아 포주에게 고용되지 않은 직거래성 매매[17]에 속하고, 농번기에는 농사를 짓고 살림을 하다가 농한기를 이용하여 농어촌을 찾아다니며 성매매를 하는 관계로 일시적인 겸업형 성매매자로도 볼 수 있다. 들병이로 나선 것은 강요에 의한 것이 아니라 스스로의 선택과 남편의 협조에 따른 것이다.

들병이에 대한 성노동이 겸업형이고 직거래적이며 일정기간 지속적인 것이었다는 전제 하에 본다면 김유정작품에서 들병이를 소재로 다룬 것은 「총각과 맹꽁이」, 「솥」에 한정된다. 「안해」에도 들병이란 용어가 여러 번 나오지만, 아내는 들병이가 되기 위한 수련과정 중에 질투심에 타오른 남

---

14 이능화, 『조선해어화사』, 동문선, 1992, 20쪽.

15 진태하 교수는 계림유사에 전하는 '갈보'는 '빈대'라고 주장한다. 명대 필사본에 적혀 있는 '취충왈갈포(臭蟲曰蝎鋪)'에서 '포(鋪)'의 송대 발음이 '보', 그래서 빈대의 고려시절의 말은 '갈보'였다는 것이다. 현재도 중부지방에서는 빈대를 '갈보'로 쓰는 지역이 일부 남아있다고 주장한다. 이에 따르면 '갈보＝빈대'라는 공식이 성립한다. 그런데 빈대는 사람의 피를 빨아먹는 곤충이다. 따라서 갈보란 남자에게 몸을 팔면서 남자를 파멸에 이르게 하는 존재라는 것이다. (『경향신문』, 2003.10.16(http://news.naver.com/main/read.nhn?mode=LSD&mid=sec&sid1=103&oid=032&aid=0000036589))

16 갈보에는 화랑유녀(花郞遊女), 여사당패(女社堂牌), 색주가(色酒家) 또는 작부(酌婦) 그리고 삼패(三牌)의 유녀가 있다. 삼패유녀 가운데 일패(一牌)는 관기기생, 이패(二牌)는 일패보다 한 급수 떨어진 기생이나 퇴물기생, 삼패(三牌)는 매음에 큰 비중을 둔 창녀가 이에 속한다. (정병설, 『나는 기생이다』, 문학동네, 2007, 372쪽)

17 김춘진, 「성매매 방지를 위한 여성부 기능 및 조직 개편 방향」, 대한민국국회, 2008, 국회도서관(청구기호 328.345-9-122)제공 목차 참조.

편에 의해 중도 탈락되고 만다. 이 작품에서 직업적 들병이는, 아내의 입을 통해 동네로 들어온 들병이, 들병이가 되기 위해서는 술도 담배도, 남자도 주무를 줄 알아야 한다는 정보를 제공하는 존재로만 등장한다. 「소낙비」, 「산골 나그네」, 「가을」, 「정조」에서 아내의 성노동은 일시적인 것이었고, 성매수자도 그 대상이 한정되어 있었기로 그들을 들병이로 부르는 것에는 한계가 있다. 이에 비해 안회남의 「등잔」과 현덕의 「남생이」는 각각 철도공사판과 항구 도시를 배경으로 술을 팔고 다양한 다수의 성매수자를 상대로 한 지속적인 성노동을 한다. 또한 작가도 작품 속 여주인공에 대해 들병이, 또는 들병장사라는 호칭을 분명하게 사용하고 있다.

3. 김유정 작품 속의 들병이

김유정이 들병이를 소재로 다룬 것은 소설이 먼저였고[18] 이후 수필[19]에서 들병이에 대한 자세한 정보를 제공하고 있다. 김유정의 조카 김영수에 의하면 「솥」에는 김유정의 자전적 요소가 들어가 있는데 젖먹이 딸린 들병이를 따라다니며 한 달 정도 함께 살았다는 것[20]이다.

---

18 「맹꽁이」의 퇴고일은 1933년 8월6일, 「솥」의 퇴고일은 1934년 8월 16일이다. 「솥」은 「정분」의 수정본으로 935년 9월 3일~14일까지 『매일신보』를 통해서 발표하였다. 「솥」과 「정분」의 관계를 밝힌 것은 졸고, 『김유정문학연구』, 강원대 출판부, 1988, 23~25쪽에서 이다.
19 「조선의 집시」는 1935년 10월 22~29까지 『매일신보』 지면을 통해 발표되었다.
20 김영수, 앞의 글, 329쪽.

1) 김유정 수필 속의 들병이-「조선의 집시」

「조선의 집시」에서는 들병이가 된 이유, 들병이에 대한 인식, 들병이의 역할과 자격, 들병이 남편의 자세와 역할, 들병이의 영업기간 등이 언급된다.

먼저 들병이가 된 이유는 구명도생(求命圖生)에 있다. 살기 위해서 아내는 몰자각적 복종과 파렴치적 허세와 매춘부적 애교와 아첨이 필요하고 남편은 '모든 가면 허식을 벗어난 각성적 행동'의 하나로 '아내를 내놓고 그리고 먹는 것'[21]을 선택한다.

여기에서 김유정은 자기 아내를 대중에게 봉사하게 하는 것, 애교를 파는 것은 곧 '노동'이고 '노동하여 생활하는 여기에는 아무도 이의가 없을 것이다'[22]라고 하여 성노동자로서의 들병이의 직업을 인정한다.

한편 들병이의 역할은 밥만큼이나 심각한 성욕의 문제를 해결하지 못한 시골 늙은 총각들의 '정열의 포만상태를 주기적으로 조절하고 완화'[23] 시켜주는 것이다. 이를 위해 들병이는 인물 좋고 애교가 있으면 금상첨화이고, 술판의 흥취를 돋우기 위해 기본적인 소리 정도는 알아야 하고, 지속적인 사랑의 균등 분배로 손님 모두에게 즐거움을 충분히 느끼게 해주어야하고, 또 임자 없는 몸임을 강조하여 술꾼을 매혹시켜야 한다.

들병이 남편의 자격은 사내로서의 체통과 자존심과 아내에 대한 소유권을 포기하고 철저하게 성노동자로서의 아내에 대한 조력자가 되어야

---

21 김유정, 「조선의 집시-들병이 철학」, 『원본 김유정 전집』(개정증보판), 도서출판강, 2012(1997), 414~415쪽.
22 위의 글, 415쪽.
23 위의 글, 418쪽.

한다. 다시 말하면 남편은 아내가 들병이 자격을 갖출 수 있도록 소리를 가르쳐야 하고, 영업을 시작하면 아내에게 손님몰이를 해준다든가 술판에 사고가 생겼을 때 이를 정리해 주어야 한다. 혹여 임신 중에 나섰다가 한겨울에 아내가 아이를 낳게 되면 그 아이의 아비가 누구인가를 따지지 말고 모든 산관을 떠맡아야 한다.

들병이 부부의 성노동 영업기간은 대개 추수가 끝난 '가을에 그들은 결사적으로 영업을 개시한다'.[24] 왜냐하면 그들은 가을과 겨울에 벌어 봄과 '여름의 생활까지 지탱해나갈 연명자료'를 모두 마련해 놓아야 하기 때문이다.

들병이는 일단 영업기간이 끝나면 고향으로 돌아가 품을 팔거나 농사를 짓는다.

「조선의 집시」는 상대적으로 들병이 소재 소설이 먼저 지어진 다음에 지어지고 발표된 것이지만, 이 작품은 「총각과 맹꽁이」, 「솥」을 읽고 해명하는데 열쇠 역할을 한다.

흔히 수필의 생명은 개성적이어야 하고 소재에 대해 충분히 알고 있어야 하고 비판정신과 자기 철학이 있어야하고 위트와 유머가 있어야 하고 관조적이어야 한다고 한다. 그런 측면에서 보았을 때 김유정은 1930년대 당시 심각한 농촌 노총각 문제에 대한 관심을 가지고 문제 해결의 한 방책으로 나타난 들병이의 실상에 대한 고찰을 한다. 그리고 김유정은 자신이 들병이와 동거생활 했었던 경험을 바탕으로, 일반인이 알고 있는 들병이와 그 남편에 대한 부정적인 견해와는 달리 연민의 마음을 가지고 일반인이 잘 모르는 들병이에 대한 이야기를 한다. 김유정은 무엇보다도 들병이를 정당한 성노동자로, 그들의 행위를 정당한 노동이라고 주장한다. 이

---

24 위의 글, 416쪽.

것은 당시 가치관으로 보면 지극히 혁신적이고 개성적인 주장이다.

그런가 하면 들병이 부부가 함께 조력하며 벌이는 성노동, 정당한 성노동 장소에 때로 나타나는 불법행위, 들병이인 아내의 영업장을 불법 습격하여 성매수자로부터 용돈을 뜯어가는 남편과 그런 남편 앞에 대처하는 성매수자의 모습을 풍자적, 회화적으로 그려내기도 한다.

2) 김유정 소설 속의 들병이 ─「총각과 맹꽁이」·「솥」

「총각과 맹꽁이」는 어느 여름날, 마을에 나타난 들병이를 두고 34세의 노총각 김덕만이 장가들 꿈에 부풀었다가 꿈에서 깨어나는 이야기다. 덕만은 뭉태에게 중매를 부탁하고 술값과 술안주까지 모두 도맡기로 했지만, 실제 들병이를 차지할 수 있었던 것은 뭉태였고, 꿈과 약속에 배신당한 현장에서 덕만은 눈물을 흘리게 된다.

「총각과 맹꽁이」의 들병이는 단연 들병이로서의 자격을 갖춘 존재다. 남편 잃고 홧김에 들병이로 나섰다는 스물두 살짜리 들병이는 마을 총각들에게 대단히 매혹적인 상대이다.

이 작품에서 마을의 총각들에게 들병이의 몸은 판매 되는 물품[25]이고 '내려 씹어두 비린내도 없을'[26] 고기 덩어리이다. 마을의 노총각들은 포만 상태에 있는 정열을 들병이를 통해서 해결하고자 한다. 들병이 또한 자신을 인격체로 보다는 물화(物化)된 존재로 본다. 들병이는 뭉태의 품에 껴

---

25 정병설, 앞의 책, 208쪽.
26 김유정, 「총각과 맹꽁이」, 『동백꽃』, 31쪽.

안긴 상태에서 주물리키면서, 술을 권하다가 그 술이 다 없어지면 무엇을 할 셈이냐는 질문 앞에 '없으면 가친 자지유-'[27] 하며 거침이 없다. 실상 술값과 술안주 값은 덕만이가 내기로 했는데 뭉태는 혼자 들병이를 독차지 하려하고 다른 총각들은 강제로 들병이와 입을 맞춘다든가 속곳자락 들고 인심 쓰라고 핀잔을 한다. 그러나 덕만이에게 들병이는 단순히 물화된 타자가 아니다. 덕만이는 남편 없다는 스물두 살짜리 들병이를 아내로 맞을 생각을 한다. 덕만은 예쁜 아내가 아들을 낳아주고, 술장사로 돈을 벌어 주기를 꿈꾼다. 작가는 덕만의 이와 같은 행복추구 욕망을 통해서 덕만이 지닌 어린애에 가까운 천진함을 그려낸다. 아들을 낳아주어야 할 여자에게 술장사를 시킨다, 술장수는 손님의 모든 요구에 응해야 한다. 그런데 그 마지막 요구가 무엇인가에 대해서는 생각 하지 않는다. 덕만은 자신이 살아온 경험세계에서 술장수와 술장사를 정당한 노동자와 정당한 노동으로 생각하고 있는 것이다..

이 작품의 표면에서 흐르는 작중인물간의 갈등은 들병이를 사이에 둔 덕만과 뭉태로 보이지만, 여기에는 새벽녘 콩밭까지 진출한 깜둥이 총각도 있고, 이미 술에 곯아떨어진 다른 4명의 총각들도 있다. 그들은 모두 들병이를 꼭지점으로 공평한 애정분배를 기다리다가 탈락된 인물들이다. 결국 정열의 포만상태를 해결할 수 있었던 인물은 뭉태 한 사람뿐이다.

한편 들병이에게 장가들 꿈에 부풀어 닭 한 마리를 자진 공급한 덕만 또한 모든 것을 상실한 패배자인 것만은 아니다.

이 작품의 서사전개는 한 낮에서 시작되어 다음 날 새벽에 끝난다. 덕만이 꿈에 부풀기까지의 시간은 낮부터 저녁까지이고, 이후 술자리에서

---

[27] 위의 글, 35쪽.

덕만은 천당과 지옥사이를 오가다가 새벽 콩밭에서 비로소 꿈에서 깨어나 현실을 인식한다. 그가 멀어져가는 뭉태와 들병이를 향해서 들었던 돌멩이를 방향을 바꾸어 골창으로 내던진 것은 미망과 분노로부터의 해방을 의미한다. 새벽은 하루의 시작이고 모든 것의 시작이며 희망의 시작이다. 지난 밤 술좌석에서 들었던 암수 맹꽁이의 합창이 덕만을 울화에 빠뜨리게 하고 돌발적인 행동을 하게 했다면 새벽의 그것은 이제 더 이상의 맹꽁이 짓은 그만두라는, 덕만을 격려하고 자극하는 것으로 보아도 무방할 것이다.

「솥」에서 근식은 한겨울 농촌을 배경으로 젖먹이를 데리고 마을로 들어온 들병이에게 반해 아내의 속곳, 맷돌, 매함지박까지 술값으로 갖다 주며 사랑에 빠졌다고 착각한다. 그런데 호사다마로 마을 농민회 회장으로부터 퇴출 명령을 받은 들병이가 마을을 떠나게 되었다는 이야기를 하자 근식은 절망한다. 이에 들병이가 그 근식에게 동행을 권하자 근식이는 들병이를 아내로 맞아 일하지 않고도 잘 먹을 생각으로 솥까지 빼다주지만 들병이 남편의 출현으로 근식의 꿈은 깨지게 되었다는 것이 이 작품의 내용이다.

「솥」에서 근식이는 처자식이 있는 가장이고 호포를 내지 못해 면서기의 재촉을 받는 중이다. 그런 와중에 그는 마을에 들어온 들병이와 눈이 맞아 집안세간은 물론 아내의 속곳까지 술값으로 갖다 주며, 아내가 자신의 비행을 알고 있다는 사실에 미안함보다는 남편의 권위로 아내를 면박한다.

일반적으로 '한 가족을 구성한 남편과 아내는 상호간에 부부로서 자신들의 윤리적 책임을 충실하게 수행할 의무'[28]가 있다. 그럼에도 불구하고

---

28 한상무, 「김유정소설에 나타난 부부 윤리」, 김유정학회 편, 『김유정의 귀환』, 소명출판, 2012, 109쪽.

근식은 들병이인 계숙에게 집착한다. 근식에게 부부윤리의 의식이 아주 없는 것은 아니다. 자신이 계숙을 만나는 일은 낭만적인 사랑이지만, 만일 자신의 아내가 다른 남자와 특수한 관계에 있다면 상대 남자의 다리를 부러뜨려놓아야 한다는 것이 그가 생각하는 윤리이고 남편의 권리이다.

> "그 뭐 기집이 어디가 떨어지나 그러게?"
> 하고 샐쭉이 뒤둥그러지는 데는 어쩔 수 없이 저도
> "허긴 그렇지— 놈이 온 체 못나서 그래"
> 하고 얼뜬 눙치는 게 상책이었다.
> 내일부터라도 계숙이를 따라다니며 먹을 텐데 딴은 이것저것을 가리다가는 죽도 못 빌어먹는다. 그보다는 몸이 열파에 난대도 잘 먹을 수만 있다면야 고만이 아닌가—[29]

그러나 계숙은 근식의 의견에 반발한다. 이에 근식은 어쩔 수 없이 계숙의 의견에 동조한다. 이는 앞으로 계숙이 다른 남자와 성관계를 한다할지라도 관여해서는 안 된다는 암시가 들어가 있는 것이다. 동시에 근식은 들병이가 정조 무소유의 대상이라는 것에도 동의를 하고 있는 것이다.

근식은 자신의 쾌락을 위해 아내와 아들을 버리고 들병이를 택할 만치 행복의 욕망에 매달린다. 행복하기 위해 그는 단숨에 처자식을 버려도 된다는 악덕에 몸을 맡겼다. 그런데 이때 근식이 악덕을 채택하는 이유는 쾌락원칙에 앞서 일하지 않고도 들병이가 벌어주는 옷과 밥을 얻을 수 있으리라는 판단착오로 인해 근식은 철저한 악인이 되지도 못한다.

---

[29] 김유정, 「솥」, 『동백꽃』, 74쪽.

들병이 계숙과 관련된 또 다른 남자, 이 작품의 말미에 나오는 계숙의 본남편의 경우는 어떤가. 그는 철저하게 아내를 내놓고 아내로부터 얻은 경제적 가치를 공유하는 사람이다. 아내와 외간남자의 동침 현장에서 그는 외간남자가 편히 잘 수 있도록 젖먹이를 떼어내고, 또 마을을 떠날 때에도 동행을 요구한다. 살기 위해서는 어떤 자존심도 다 내려놓을 수 있다는 비장함마저도 보이는 사내가 계숙의 남편이다.

이번에는 들병이인 계숙이 자신을 어떻게 연출하고 있는가를 보아야 할 차례다. 계숙은 근식이 가져온 세간 집기 등을 보며 반색을 하고, 모쪼록 근식으로부터 끌어낼 수 있는 모든 경제적 가치에 눈독을 들인다. 또 근식과 함께 살기로 하고는 '살림을 하려면 그릇 쪼각이라두 있어야 할 텐데 –'[30]라며 사내로서의 근식의 자존심을 자극하여 말 그대로 남자의 피를 빨아먹는 갈보 역할에 충실하다. 그리고 근식이 남의 기집 오입질하다 다리 부러진 사내 이야기를 하는 중에 흥분해서 자기가 그런 일을 당했다 하더라도 오입질하던 사내를 가만두지 않겠다고 하자 '그 뭐 기집이 어디 떨어지나 그러게?'[31]라며 암팡지게 근식을 타박한다. 그녀에게 몸은 그대로 물화된 자산인 것이다. 나아가 마지막 장면에서 마을을 떠나려 할 때 근식의 아내가 달려와 서로 육탄전을 벌일 때 계숙은 결코 기죽지 않는다.

　　"그럼 저 솥이 누 거야?"

　　"누 건 내 알아? 갖다 주니까 가져가지–"[32]

30　위의 글, 67쪽.

31　위의 글, 73쪽.

32　위의 글, 83쪽.

근식의 아내에 대한 계숙의 응대와, 중인환시 속에서 들병이 부부가 '하나는 짐을 하나는 아이를 둘러업은 채 언덕으로 늠름히 내려가며 한번 돌아보는 법'도 없는 상황에서 사드의 『소돔의 120일』이 연상된다.

자연계의 법칙은 조화롭지도 일치하지도 않는 것이므로, 우리 개인은 재산에 있어서나 육체에 있어서나 불평등하게 마련이야. 그렇기 때문에 약자는 타인의 재산을 도둑질함으로써 불평등을 수정하려 하고, 강자는 약자에 대한 지원을 거부함으로써 불평등을 확립하거나 방어하려고 하지.[33]

사 드는 존경받을 만한 사람은 아니지만 그가 그의 작품에서 작중인물을 통해 하는 말은 때로 종교와 교육을 통해 우리가 볼 수 없었던 실질적인 자연계의 삶이 어떤 것인지를 돌아보게 한다.

「솥」에서도 공간배경은 농촌이되 서사의 배경은 한겨울 저녁부터 다음 날 새벽까지이다.

등장인물은 근식을 사이에 두고 근식처와 들병이가 삼각관계를 이루지만 들병이의 승리로 끝난다. 그리고 다시 들병이를 사이에 두고 근식과 뭉태가 삼각관계를 이루지만 뭉태의 퇴장으로 근식이 올라선다. 마지막으로 들병이를 사이에 두고 근식과 들병이 본남편이 삼각관계를 이루지만, 근식이 패하고 만다. 전체 이야기에서 애정의 삼각형이 세 개나 배치되어 상황의 다양한 변화와 속도감을 볼 수 있는 작품이다.

이 작품은 표면적으로 들병이에게 간도 쓸개도 다 빼준 근식의 어리석음을 드러낸 것으로 보인다. 그러나 실은 들병이와의 사랑이란 비정한 노

---

33 Marquis de Sade, 김문운 역, 『소돔의 120일』, 동서문화사, 2012, 197쪽.

동의 대가가 따른다는 것을 깨닫게 해주는 것이다.

「총각과 맹꽁이」, 「솥」 모두에서 뭉태는 들병이를 향한 덕만과 근식의 욕망을 자극하고 희롱했다. 이후 덕만과 근식은 모두 자신들의 욕망이 물거품이었다는 사실을 깨달으며 현실적인 삶으로 시선을 돌리게 될 것이다. 그들은 그들이 갖고 있는 것들 가운데 현실적으로 가장 필요한 것을 투자하고 냉혹한 자연계에서의 삶을 배운 것이다. 그들이 겪는 꿈의 배신과 고통은 성장을 위한 하나의 통과제의이다.

4. 안회남·현덕 소설 속의 들병이 ―「등잔」, 「남생이」

안회남의 「등잔(燈盞)」은 초가을 밤, 철도공사 중인 터널 개천공사판에 임시로 지은 술집에서 전개된다. 놈새와 달순은 부부간으로 돈을 벌기 위해 농촌에서 나와 공사판을 전전, 결국 놈새가 병이 나자 달순이 들병이로 나선 것이다. 달순이 돈을 벌어오면서 놈새는 '큰 재물덩이나 만난 것처럼 마음이 대견' 해오고 부끄러움이 사라져 이제는 서로 도우며 들병이 일을 돕는다. 고향친구 순팔이는 어느 때고 놈새가 공사판에서 사고로 죽게 되면 달순을 차지하려고 기다리고 있다. 어느 날 놈새가 위험한 공사장에 투입되었다가 사고를 당하고 간신히 구출되어 나왔을 때 순팔이는 놈새의 귀환을 반가워하면서도 달순이에 대한 마음을 놓지 못한다는 것이 이 작품의 내용이다.

「등잔」에서 놈새는 공사판을 따라 이동하며 적당한 곳을 물색, 달순이가 영업할 수 있는 자리를 만들어 주고 그리고 동료 인부들에게 술광고 갈보광고를 한다.

신문지를 가로 세로 또는 아주 거꾸로 처덕처덕 붙인 벽에 사람들의 그림자가 점점 난잡하게 요동한다. 술 따르는 달순이의 손목을 텁석 붙잡는 작자도 있다. 한 잔 받아서 쭉 들이키고는 계집의 허리를 한 팔로 휘어 댕기는 놈도 있다. 아리숭한 낯빛으로 쳐다보고 혀를 차는 친구도 있다. 술 취한 호흡이 잣고 입김이 훗훗하여 방문을 연다. 차디찬 산바람에 등잔불이 꺼질 듯 파득거린다.[34]

임시로 만든 술집 방안에서 철도공사판의 인부들은 들병이를 탐한다. 공사판 인부의 삶으로 그동안 해결하지 못한 성욕을 들병이의 손을 잡아 보는 것으로 해결하려고 한다. 그러나 술판이 끝나고 숙소로 돌아가는 길, 놈새는 재주껏 일행에서 떨어져 나와 달순의 방으로 들어간다. 그것은 곧 다른 인부들이 달순에게 접근하는 것을 원천 봉쇄하는 것이다.

뒤늦게 놈새의 부재를 알게 된 동료인부들은 놈새가 들병이를 차지했다는 사실 앞에 제각기 투덜대며 '제기 그 까진 놈이 데리고 잔 것은 왜 좀 못 건드리나 제길할 내일밤에는 내걸쎄'[35] 라고 하지만 그것은 그들의 희망사항으로 그치고 만다.

인용문에서 보았듯이 인부들에게 들병이는 성욕해결의 대상이다. 그러나 놈새에게 달순이는 돈을 벌어주는 대견한 존재이고 또한 돈을 벌면 어느 때고 고향으로 돌아가서 살아야할 대상이다. 놈새를 부러워하는 성

---

34 안회남, 「둥잔」, 『안회남 단편선』, 학예사, 1939, 70쪽.
35 위의 글, 78쪽.

팔이는 달순이가 이쁜 데다 '술장사를 해서 척척 돈을 버는 것이 귀엽고 부럽다'.[36] 그럼에도 불구하고 달순이와 술손님들이 벌이는 술판은 '그림자가 난잡하게 움직이고', 방안은 '초라하고 추잡하여 보잘 것 없는' 광경이 된다. 이것은 들병이 생활에 대한 작가 안회남의 판단의식이 들어간 것으로 보인다.

굶주리고 춥고도 고달픈 며칠이 계속하는 동안 어느새 달순이는 들병이 되고 말았던 것이다. 날마다 은전 몇 잎씩을 쥐어 주고 마코라 때로는 피존 같은 권연을 모아다 주는 것에 맛을 들였을 때 놈새는 오히려 무슨 큰 재물덩이나 만난 것처럼 마음에 대견하기까지 하였다. 계집 팔아먹는다는 생각이 점점 적어지고 나중에 가서는 형적도 없어졌다. 그렇기 까닭에 달순이의 들병이 경력이 거듭 할수록 거기에 따라 기둥서방 놈새의 솜씨도 점점 늘어갔다. 술병을 가지고 들병이로 가서 파는 것 보담은 달순이를 앉혀놓고 제법 방술로다 술집 행세를 하기 시작했다.[37]

놈새가 들병이의 기둥서방으로 변해가는 과정을 지켜보는 작가의 시선은 차갑다. 놈새는 돈에 대한 욕망으로 아내의 들병이로의 변신을 대견해하고, 달순이를 들병장수에서 방술장수로 바꾸어 놓는다. 또 공사판을 따라서 인부들이 자리를 옮기면 놈새도 그들을 따르고 달순은 또 놈새를 따르며 놈새는 앞장서서 술팔 장소를 물색해서 달순에게 넘긴다. 술을 팔기 위해 놈새는 달순의 남편이 아닌 '술꾼이며 주정뱅이'로 위장한다.

---

36 위의 글, 84쪽.
37 위의 글, 76~77쪽.

들병이 달순은 술손님들이 손을 잡고 허리를 휘어 감아도, 심지어는 남편의 고향 친구인 순팔이가 자신을 들병이로 취급해 접근해 올 때에도 '갈보 행태를 잊어버리지 않고 쌩끗 웃는' 모양을 보여준다. 그녀는 또 어느 새 노련한 들병이가 되어 가는 것이다.

「등잔」에서 들병이 남편은 아내를 술판에 내놓되 잠자리에는 내놓지 않는다. 일반적으로 들병이가 성노동자임에 비해서 달순은 마지막 보루는 지키고 있는 셈이 된다. 놈새는 돈을 벌기 위해 아내를 들병이로 내놓고, 험한 노름판이나 공사판에 뛰어든다. 순팔의 야심을 모르는 놈새는 언제고 돈이 돌면 아내와 순팔과 함께 고향에 돌아갈 꿈을 꾼다.

안회남은 「등잔」에서 달순을 사이에 둔 놈새와 순팔이 만든 삼각구도를 중심으로 들병이와 공사판 인부들의 고단한 삶을 반복적으로 그려낸다. 돈은 벌되 아내의 정조는 포기하지 못하는 남편의 집착, 놈새의 불행이 곧 자신의 행복이라는 기대감으로 두 사람 주변을 배회하는 순팔의 욕망은 어느 때고 깨지고 말 유리그릇처럼 독자를 불안하게 만든다. 놈새 부부는 동료 인부들을 속이고 순팔이는 놈새 부부를 속인다. 이것은 '속이다-속이다'의 구조로 전개된다. 「등잔」에서 초가을 밤, 밤에서 시작하여 밤으로 되돌아가는 들병이 부부의 삶은 고단하고 불안하다. 그 불안의 요소에는 성적 욕망과 돈의 욕망, 여기에 반쪽뿐인 부부윤리와 의리의 문제, 더욱 '속이다-속이다'의 구조가 뒤섞여 있다.

현덕의 「남생이」는 항구가 있는 마을과 항구를 배경으로 한다. 몇 해 전, 농사짓던 노마네는 항구의 선창가 벌이가 쏠쏠하다는 말에 항구 마을로 이사 왔다. 노마의 아버지가 선창가의 노동자로 일하다가 쓰러지자 노마의 어머니는 항구 마당의 낙정미를 쓰레질 하다가 들병장수가 되었다.

노마 아버지는 아내의 들병이질에 병이 덧치고, 마당지기 앞잡이인 털보는 노마 어머니의 보호자가 되며 노마 어머니를 짝사랑하는 무허가 이발사 바가지는 노마 어머니의 들병장사를 방해한다. 노마는 어느 날 마침내 원하던 양버들 가지 위로 오르고, 그날 아버지는 사망한다. 노마는 양버들 나무 위로 올랐다는 그 벅참 때문에 아버지가 죽었는데도 슬프지도 눈물도 나지 않는다는 것이 이 작품의 내용이다.

노마의 어머니가 들병이로 나선 것은 마당의 낙정미를 쓸어 모으는 것만으로 생활보장을 할 수 없었기 때문이다. 그녀는 병든 남편과 아들을 위해서 뭇사내를 상대로 술을 팔고 몸을 판다. 어린 노마가 선창가로 찾아가 사내들과 희롱하고 있는 어머니, 사내들로부터 사랑받고 있는 어머니에게 자신의 존재를 알리기 위해 어머니를 부른다.

노마는 어머니를 불렀다. 두 번 세 번 그러나 햇볕을 손으로 가리고 지그시 노마를 보던 어머니는 점점 자기집 부엌에서 흔히 볼 수 있는 일그러진 얼굴로 변했다. 같은 얼굴로 어머니는 노마를 창고 뒤로 끌고 가 말없이 머리를 쥐어박았다.[38]

그러나 노마의 어머니는 자신이 하는 일을 아들에게 보이고 싶어 하지 않는다. 자신의 행위를 목격한 어린 아들에게 일그러진 얼굴이 되고 아들을 창고 뒤로 끌고 가 머리를 쥐어박는다. 또 집으로 찾아온 털보와 함께 있는 장면을 아들에게 보이지 않으려고 일부러 먼 거리에 있는 곳으로 군밤을 사오라고 집밖으로 내보낸다.[39] 그런가 하면 아들이 바가지와 함께

---

38 현덕, 「남생이」, 『북으로 간 작가 선집-현덕 남생이 송영 선동자』 9집, 을유문화사, 1988, 42쪽.

항구로 나와 자신이 술과 떡을 팔고 있는 모습을 보게 되자 '낭패한 빛'[40]을 띠운다. 어머니는 자신이 하는 들병장사가 정당한 노동이라고 생각하지 않음을 반증하는 것이다.

한편 노마의 아버지는 아내의 정부인 털보가 준 돈으로 노마가 사온 군밤을 더럽다며 발로 뭉개고, 이튿날 아침 아내가 외출준비를 하며 나가려하자 술병을 빼앗아 깨뜨려 버린다.[41] 노마 아버지는 중병으로 한 가정을 이끌어 갈 수 없는 자신의 무능으로 인해 아내가 들병장수로 나선 것이 참을 수 없는 것이다.

이에 비해 털보는 마당지기 앞잡이로 세도와 주먹이 세어서 노마 어머니가 낙정 쓰레질을 할 때에도 편의를 보아주고, 떡과 막걸리 장수를 할 때에는 옆에서 시중까지 들어주며 바가지가 노마 어머니의 영업을 방해하자 억센 손길로 바가지를 끌어내기도 한다. 털보는 성미가 겁겁해서 노마 아버지가 살아 있음에도 노마의 집으로 노마 어머니를 찾아오기도 하며, 노마 아버지가 사망하였을 때는 '남의 집 일에 발 벗고 나서서 초상비 일동일정을 대고 백지 한 장을 사려 손수 비탈을 오르고 내리며'[42] 장례를 돕는다. 털보에게 노마 어머니의 들병장사는 하나의 직업일 뿐이다.

노마 어머니를 사이에 두고 노마 아버지와 털보 사이에 이루어진 삼각구도는 노마 아버지의 사망으로 제거된다. 바가지는 애초부터 기형적인 모습과 신실치 못함으로 노마 어머니의 상대가 되지 못한다.

「남생이」에는 삶의 한 단락이 지어지면서 다음 단락으로 넘어가는 모

---

39 위의 글, 52쪽.
40 위의 글, 69쪽.
41 위의 글, 53쪽.
42 위의 글, 75쪽.

습이 보인다. 비록 어머니는 들병이였지만 자신의 직업이 떳떳치 않다고, 자식에게 보여지는 것을 거부하며, 노마의 아버지는 아내의 직업에 분노하고 슬퍼했다. 이들 부부는 전통사회에서 내려온 도덕이며 부부윤리의 테두리에 갇혀 주어진 현실 앞에서 심리적 고통을 겪는다. 그러나 털보는 노마 어머니가 들병이라는 사실을 인정하고 노마 어머니를 돕는다. 털보에게는 세상의 소문이나 격식으로부터 자유로운 모습이 보인다. 노마 아버지의 사망으로 어머니는 털보의 보호를 받게 될 것이며, 양버들 나무 가지위에 올라 성취감에 빠져 있는 노마는 또 열심히 살아갈 것이다.

5. 나가는 글

본고에서는 김유정문학에 나타난 들병이 문학의 특성을 알아보기 위해 김유정과 그의 문학적 동지인 안회남·현덕의 들병이 소재 작품들을 함께 살펴보았다.

먼저 김유정의 수필 「조선의 집시」를 통해 들병이에 대한 제반 정보를 살피고 수필작품으로서 「조선의 집시」가 지닌 수필 미학적 입장을 점검했다.

김유정의 「총각과 맹꽁이」, 「솥」에 나타난 들병이는 수필 「조선의 집시」에서 제시한 여러 조건들에 완벽하게 부합하고 있었다. 김유정의 들병이 소재 소설작품에 나타난 들병이는 들병이로서의 주어진 역할에 충실하며 일단 술자리가 끝나면 영악스럽게 노동의 대가를 수령한다. 이것은 자신이 수행한 일이 정당한 노동이었음을 주장하는 것이다.

들병이의 남편은 또 어떤가. 「총각과 맹꽁이」에서는 남편이 나오지 않지만 「솥」에서 계숙의 남편은 남편으로서의 모든 체면과 소유욕을 포기하고 아내를 돕고 아내가 벌어놓은 재산(재물)을 관리하며 들병이 남편역할에 철저하다. 이때 들병이 부부를 바라보는 작가의 시선은 따뜻하다. 들병이를 하나의 정당한 노동으로 보고 있는 것이다.

앞의 두 작품은 모두 '속이다—속다'의 구조로 전개되고 있어 표면적으로는 덕만과 근식이 뭉태와 들병이에게 속은 것으로 보인다. 그러나 크게 보면 갖지 못한 자가 가진 자에게서 얻어내는 것이다. 그 양과 질에 있어서는 문제가 있지만 들병이는 갖지 못한 자이고 덕만과 근식은 가진 자이다. 들병이들은 성노동을 통해 상대방의 성욕 포만상태를 해결해주고 정당한 보수를 받는다. 적어도 김유정은 그렇게 보고 있는 것이다.

김유정의 두 작품 모두 농촌을 배경으로 순진한 농민의 삶이 한 단락을 거쳐 다음 단락으로 성숙해가는 가능성을 보여준다. 들병이를 향한 꿈의 배신 결과, 그들은 비싼 보수를 치루고 미망에서 깨어나게 될 것이다. 여름날 콩밭 또는 겨울 산모퉁이 길에서 그들이 맞는 새벽은 이제부터 미망에서 깬 젊은이들이 새로운 삶을 꾸려나갈 것임을 상징적으로 보여준다.

안회남의 「등잔」에서, 놈새네는, 숙달된 들병이 부부다. 놈새의 동향 친구인 순팔은 달순을 소유하려는 꿈을 꾼다. 들병이 부부는 동료인부들을 속이고 순팔은 놈새를 속이며, 놈새는 돈에 대한 욕망과 아내에 대한 소유욕을 포기하지 않는다. 작품은 '속이다—속이다'의 순환구조로 이루어진다. 이들에게서는 미래의 개선책이 보이지 않는다. 들병이 부부와 순팔들의 욕망에는 성적 욕망과 돈의 욕망, 반쪽뿐인 부부윤리와 의리의 문제, 그리고 여기에 '속이다'가 지속되고 있기 때문이다.

현덕의 「남생이」 공간은 항구지역이고 노마 어머니가 들병장수다. 이 작품은 앞의 작품과 달리 이야기를 끌어가는 큰 줄기의 '속다-속이다'의 모습은 보이지 않는다. 노마의 부모는 전통사회에 전수 받은 윤리의식 때문에 고통과 분노를 감수해야 한다. 들병장사를 직업으로 인정하는 이는 털보뿐이다. 이 작품의 미래는 긍정적으로 끝난다. 들병장사를 인정하는 털보와 그렇게도 원하던 양버들 나뭇가지 위로 올라간 노마가 있기 때문이다.

문학적 동지로 만났던 김유정, 안회남, 현덕 이 세 사람은 들병이 소재를 다루되 서로 다른 방향으로 나아간다. 현덕은 윤리와 도덕 그리고 생존의 문제로 고민하는 들병이 부부와 여기에 대칭되는, 자유로운 생각을 가진 털보와 천진한 노마를 배치했다.

안회남은 돈의 욕망이 윤리적 부끄러움을 소멸시키지만 돈에 대한 욕망과 아내에 대한 소유욕에 집착하는 들병이 부부, 친구 아내에 대한 욕망을 포기하지 않는 순팔의 욕망을 통해 욕망에 탐익한 인간들의 어두운 전망을 보여준다.

김유정이 그의 작품에 들병이를 출현시킨 것은 1930년대 삶에서 농촌 노총각 문제와 유랑농민의 애환에 대해 잘 알고 있었기 때문이다. 노총각과 들병이의 문제는 동전의 양면과 같은 것이었다.

김유정에게 들병이는 살기 위해 모든 허식을 내려놓고 살아가는 존재이다. 농촌 노총각에게 필요한 것은 성적욕망의 처리이고, 들병이에게 필요한 것은 최소한의 연명거리이다. 들병이와 노총각은 서로의 필요에 의해 성과 연명거리를 교환한다. 살기 위해서는 밥도 중요하고 성욕도 중요하다. '자연계란 아무리 흐트러지고 부패해도 결코 숭고함을 잃지 않는다'[43]라고 한 사드의 말을 떠올리면 김유정이 들병이 문학을 통해서 추구하려고 했던 것이 무엇인지 가늠할 수 있다.

사드가 추구한 것이 철저하게 쾌락원리에 있었다면 김유정은 빈부귀천에 관계없이 철저하게 삶의 문제에 집착한다. 그 가운데서도 삶에 연관된 인간 본능을 파헤쳐 보려 한다. 마땅히 있어야 할 것을 갖지 못한 자의 자기 결핍 채우기는 그것이 비록 악덕 쪽에 기울어져 있다고 할지라도 삶의 의지를 느끼게 한다. 삶의 의지를 느낄 수 있다는 것은 숭고하다. 김유정은 들병이 문학을 통해서 도덕도 중요하지만 자연계를 이어나갈 생명은 더욱 소중하고 위대하다는 것을 말하려고 하는 것이 아닌가.

물론 들병이 문학에서는 30년대 당대의 사회적 모순과 궁핍의 문제를 고발하려는 목적이 있을 수 있다. 그러나 그에 앞서 김유정은 비굴하고 비참하고 어리석어 보이는 삶이라 할지라도 모든 존재는 소중하다는 것, 냉혹한 자연계에서 살아남는다는 것은 위대하고도 숭고한 일이라는 것, 살아남기 위해서는 그 어떤 것도 감내하지 않으면 안 된다는 것을 우리 앞에 보여주고 있는 것이다.

(『어문학보』 제33집, 강원대 국어교육과, 2013.3)

---

[43] Marquis de Sade, 앞의 책, 17쪽.

●● 참고문헌

김미현, 「숭고의 탈경계성」, 『한국문예비평연구』 제38집, 2012.
김윤식, 「들병이 철학과 알몸의 시학」, 전신재 편, 『김유정문학의 전통성과 근대성』, 한림대 아시아문화연구소, 1997.
김종호, 「김유정 소설에 나타난 들병이에 대한 일 고찰」, 『한국민족어문학』 제43권, 한국민족어문학회, 2003.
김주리, 「김유정 소설에 나타난 파괴적 신체고찰」, 『한국문예비평연구』 26권, 2006.
김춘진, 「성매매 방지를 위한 여성부 기능 및 조직 개편 방향」, 대한민국국회, 2008.
박세현, 「김유정소설의 매춘구조」, 『김유정의 소설세계』, 국학자료원, 1998.
이경재, 「현덕의 생애와 소설연구」, 『관악어문연구』 제29집, 서울대 출판부, 2004.
한상무, 「김유정소설에 나타난 부부 윤리」, 김유정학회 편, 『김유정의 귀환』, 소명출판, 2012.

김유정, 유인순 편, 『동백꽃』, 문학과지성사, 2005.
_____, 전신재 편, 『원본 김유정 전집』(개정증보판), 도서출판강, 2012(1997).
안회남, 『안회남 단편선』, 학예사, 1939.
왕일가, 노승현 역, 『성과 문명』, 가람기획, 2001.
유인순, 『김유정문학연구』, 강원대 출판부, 1988.
이능화, 『조선해어화사』, 동문선, 1992.
정병설, 『나는 기생이다』, 문학동네, 2007.
조남현, 『한국현대소설사』 2, 문학과지성사, 2013.
현 덕, 『북으로 간 작가 선집-현덕 남생이 송영 선동자』 9집, 을유문화사, 1988.
Georges Bataille, 조한경 역, 『에로티즘』, 민음사, 1996.
Marquis de Sade, 김문운 역, 『소돔의 120일』, 동서문화사, 2012.

제 3 부

김유정문학과
문화콘텐츠

「봄·봄」의 아바타 연구

춘천의 문학지리

김유정 「봄·봄」의 아바타* 연구

1. 들어가는 말

　「봄·봄」은 1935년 12월 『조광』지를 통해서 발표되었다. 「봄·봄」에 대한 연구는 소설의 실제 모델에 대한 연구,[1] 해학과 골계를 중심으로 한 전통성 연구,[2] 등장인물의 유형연구,[3] 구조분석 및 시간구조에 대한 연구,[4] 반

---

*　'아바타'는 '하강'을 의미하는 산스크리트어 아바타라(Avatara)의 영어식 발음이다. 아바타는 힌두교에서 세상의 특정한 죄악을 물리치기 위해 신이 인간이나 동물의 형상으로 나타나는 것을 말한다. 이 용어를 차용한 것은, 그 원천(조상)은 같지만 그 형상과 특징에서 서로 유사하면서도 또 서로 다르게 나타난 「봄·봄」의 후손들을 전체적인 흐름 속에서 조망해보고 싶었던 데에 기인한다.

1　박태상, 「김유정문학의 실재성과 허구성」, 『현대문학』, 1987.6, 392쪽.

2　정한숙, 「해학의 변이」, 『현대한국 작가론』, 고려대 출판부, 1976; 한만수, 「한국서사문학의 바보인물연구─바보민담, 판소리계 소설, 김유정 소설을 중심으로」, 동국대 박사논문, 1991.

3　해학과 골계 및 등장인물에 대한 연구는 김유정문학 전반을 다루는 가운데 「봄·봄」을 일부 다루고 있을 뿐이다. 이에 대한 연구성과는 졸고, 「김유정문학연구사」, 전신재 편, 『김유정문학

어기법의 연구,[5] 원형비평적 연구,[6] 문화콘텐츠로서의 접근[7] 등 다양하다.

「봄·봄」이 일반인들에게 알려진 것은 1969년 김수용 감독의 영화 〈봄·봄〉부터이다. 이후「봄·봄」은 1989년 고등학교 검인정 교과서『문학』에 수록되면서부터, 2002년에는 고등학교 국정교과서『국어』에 수록 되면서부터[8] 두터운 독자층을 갖게 된다.

「봄·봄」은 작품 발표 당시는 물론 현재까지 패러디, 장르교체, 매체교체 등 화려한 변신을 시도해왔다. 이 같은 현상은 문화콘텐츠라는 어휘가 학술용어로 정착되기 훨씬 전부터 나타났다.[9] 시나리오 작가, 희곡작가, TV 드라마 작가, 오페라, 판소리 대본가, 후배 작가들은 그들이 갖고 있는 본능적인 감각으로 원 소스「봄·봄」에 주목, 새로운 모습의「봄·봄」

의 전통성과 근대성」, 한림대 아시아문화연구소, 1997, 35·43쪽 참조.

4 졸고, 「김유정소설의 구조분석」, 이화여대 석사논문, 1980; 김용구, 「김유정소설의 구조」, 『관악어문연구』 제5집, 1980; 김수업, 「봄·봄의 기법」, 『배달말』 제9집, 배달말학회, 1984; 박정규, 「김유정 소설의 시간구조」, 한양대 박사논문, 1991.

5 유종영, 「김유정의 소설 연구―반어 양상과 기능을 중심으로」, 동국대 석사논문, 1982.

6 장경탁, 「한국근대소설의 순환구조고―이효석의 「산협」과 김유정의 「봄·봄」을 중심으로」, 『성대문학』 제25집, 1987.

7 김유정 및 김유정작품에 대한 문화 콘텐츠 연구에서 「봄·봄」이 언급되고는 있으나 이는 관련 항목에 따른 작품이름 소개에 그치고 있을 뿐이다. 관련 연구 성과물은 다음과 같다.
   한명희, 「김유정문학의 OSMU와 스토리텔링」, 『한국문예비평연구』 27, 한국문예비평연구회, 2008.
   조희문, 「김유정의 소설과 영화」, 김유정문학촌 편, 『김유정 문학의 재조명』, 소명출판, 2008.
   이상진, 「문화 콘텐츠 '김유정', 다시 이야기하기」, 김유정학회 편, 『김유정의 귀환』, 소명출판, 2012.

8 「봄·봄」은 검인정 교과서 『문학』에서 먼저 보이기 시작한다. 5차교육과정(1989)에 의한 『문학』교과서 중 2종류에, 6차교육과정(1995)에는 5종류에 7차교육과정(2000)에서는 2종류에, 7차개정교육과정(2007)에서도 역시 2종류의 교과서에서 이 작품을 다루었다. 한편 국정교과서인 『국어』에서는 7차교육과정 시절(2002)에 이 작품이 수록되기 시작했다.

9 한국에서 문화콘텐츠란 용어는 1990년대 후반부터로 보인다. 이른바 '각종 미디어에 담을 내용물'을 포괄하는 콘텐츠(contents)는 콘텐트(content)의 복수형이다. 콘텐츠는 1999년 E-비즈니스 열풍 속에 나타난 3C(Commerce, Community, Content) 범주를 통해 보통명사화 되었고 여기에 '문화'가 합쳐져 문화콘텐츠로 사용하게 되었으며 콘텐츠뿐만 아니라 문화콘텐츠란 용어 역시 모두 한국적인 조어라고 한다. (김기덕·신광철, 「문화·콘텐츠, 인문학」, 인문콘텐츠학회, 『문화콘텐츠 입문』, 북코리아, 2006, 14~15·24쪽 참조)

을 독자에게 진상했다. 이들이 바로 「봄·봄」의 아바타들이다.

이에 본고에서는 「봄·봄」관련 아바타를 대상으로 장르에 따라 그 변이의 양상을 살필 것이다. 본고에서 「봄·봄」을 텍스트로 삼은 것은, OSMU (One Source Multi Use)로서의 「봄·봄」만큼 부가가치가 높은 여타의 작품을 본 적이 없었던 데 있다. 여기서 말하는 부가가치란 재화적 측면 보다는 생산된 각각의 아바타들이 사람들에게 주는 감동과 재미를 의미한다.

먼저 문화콘텐츠 관련 이론을 간략히 소개하고 「봄·봄」의 어떤 점이 일반독자는 물론 스토리텔러의 관심을 끌게 되었는가를 살펴볼 것이다. 다음에 「봄·봄」의 동시대 및 이후 시대에 나타난 「봄·봄」의 아바타들을 찾아보고, 이들 아바타들 사이의 변이양상과 그 의미들을 추적해 볼 것이다.

2. 문화콘텐츠와 「봄·봄」

1) 한국에서의 문화콘텐츠

한국에서 문화컨텐츠에 대한 관심은 1990년대 중반, 영화 〈쥬라기 공원〉의 연간 수익이 한국 자동차 수출 연간 수익의 두 배가 넘는다는 충격적 사실에서 비롯된다. 1999년, 한국 정부는 국가 전략사업 분야 가운데 하나로 문화콘텐츠 기술을 선정했다.[10] 뿐만 아니다. 〈해리포터〉 시리즈

---

10 한승희, 「영화와 자동차 그리고 스크린 쿼터」, 김재범, 『문화산업의 이해』, 서울경제경영, 2005 의 일부분이 인용된 오세정, 「이야기와 문화콘텐츠」, 『시학과 언어학』 제11호, 시학과언어학

와 〈반지의 제왕〉이 소설로, 또 영화, 게임으로, 캐릭터 상품으로 한국에 상륙하면서 예술계, 학계의 관심은 작품이 지닌 예술적 완성도와 심미성에 보다는 그들이 발휘하는 높은 부가가치 앞에 놀라움과 부러움을 금치 못했다. 그 결과는 문화산업, 문화상품, 문화콘텐츠, 문화콘텐츠의 원천이 되는 이야기와 스토리텔링에 주목하기 시작했다.

여기서 말하는 문화산업이란 문화상품의 생산, 유통, 소비와 관련된 산업이고,[11] 문화상품은 문화적 요소가 체화되어 경제적 부가가치를 창출하는 유무형의 재화와 서비스 및 이들의 복합체이다. 그리고 문화산업이 발전하게 된 배경에는 산업혁명에 뒤이어 전기 영상기술을 통한 커뮤니케이션의 혁신, 뒤따른 대량생산의 기술발달이 문화의 산업적 생산을 가능하게 한데 있다.[12] 문화산업에서 중요한 것은 문화콘텐츠다. 문화콘텐츠 (Cultural Contents)는 한국적 조어로 이른바 각종 미디어에 담을 문화적 내용물(역사 문학 예술 등)을 포괄한다.[13]

문화콘텐츠에서 원천이 되는 것이 이야기와 스토리텔링이다.

원 소스로서 스토리텔링이 있다. 그리고 이 스토리텔링이란 상위 범주의 하위범주로서 문학, 만화, 애니메이션, 영화, 게임, 광고, 디자인, 홈쇼핑, 테마파크, 스포츠 등의 이야기 장르가 있다. 상위와 하위, 각각의 하위 스토리텔링 장르들은 서로 미학적 영향을 주고받는다. 스토리텔링은 서사형식의 원질이다. 따라서 각각의 장르들은 스토리텔링이란 공통점을 지니면서도 매체의 특

회, 2006, 179쪽에서 재인용.
11 김기덕·신광철, 앞의 글, 18쪽.
12 오세정, 앞의 글, 180쪽.
13 김기덕·신광철, 앞의 글, 18쪽.

성 때문에 형식상의 차이를 띠게 된다.[14]

최혜실 교수는 스토리텔링이 서사형식의 원질이고 상위 범주의 스토리텔링과 하위범주의 스토리텔링은 서로 영향관계에 있음을 지적한다. 달리 말하면 서사물이란 이미 정해져 있는 것이 아니라 끊임없이 역동성을 가지고 있는 텍스트[15]라는 것이다. 결국 스토리텔링이란 원 소스에 시대 변이에 따른 새로운 동기와 의미와 미학적 가치, 작가의 상상력과 창조력에 힘입은 이야기의 변형, 바로 아바타 생산에 다름 아니다. 그렇기에 스토리텔링에서는 '이야기 자체보다는 이야기를 어떻게 텔링할 것인가가 훨씬 중요[16]'한 문제가 된다.

송효섭 교수는 스토리텔링이 수용보다는 생산에 초점을 맞추고 있음에 주목한다. 그러다보니 스토리텔링에는 무엇인가 끊임없이 만들어져야 한다는 강박관념이 존재하고 있음을 간파한다. 그래서 그는 스토리텔링을 '실용적인 측면이 아닌 가치론적 측면에서 새롭게 보아야 할 까닭[17]'이 있다고 강조하기도 한다. 어떻든 「봄·봄」만큼 다양하게 스토리텔링 된 작품도 드물다. 「봄·봄」의 어떤 점이 스토리텔러의 관심을 끌게 되었는지를 살펴보기로 하자.

---

14 최혜실, 「문학, 문학산업, 문학교육의 연결고리로서의 스토리텔링」, 『문학교육학』 29권, 한국문학교육학회, 2009, 58쪽.
15 이수현, 「「메밀꽃 필 무렵」의 스토리텔링 양상연구」, 『현대문학의 연구』 35, 한국문학연구학회, 2008, 273쪽.
16 김요한, 「문화콘텐츠로서의 이야기의 확대 재생산」, 『세계문학비교연구』 30, 세계문학비교학회, 2010, 271쪽.
17 송효섭, 「스토리텔링의 서사학」, 『시학과 언어학』 제18호, 시학과 언어학회, 2010, 178쪽.

2) 원 소스(One Source)로서의 「봄·봄」

시대에 따라 대표적인 서사물의 형식이 바뀌고 원 소스의 성공여부에 따라 막대한 부가가치 창출의 문제가 걸린 만큼 원 소스에 거는 기대는 지대하다. 이와 같은 측면에서 보았을 때 「봄·봄」은 특이한 작품제목, 구비문학적 요소, 전통 사회제도, 시공을 초월한 청춘남녀의 애정전선, 신구세대의 갈등 등 익숙한 소재들이 내재되어 있어 스토리텔링에 따른 그 어떤 장르 앞에서도 안전한 작품이다.

원 소스로서 「봄·봄」의 무엇이 스토리텔러들의 시선을 끌게 했을까.

첫째, 작품명 「봄·봄」이 보여주는 수수께끼다. '봄', 또는 '봄봄' 아니라 왜 「봄·봄」인가? 이들은 다음과 같은 추론이 가능하다. 「봄·봄」에서 '·' 을 사이에 두고 두 번 반복되는 '봄'은 '계절의 봄'과 '청춘의 봄'을, 동시에 '·'은 '남자의 봄'과 '여자의 봄'의 합일을 방해하는 요인으로, 또는 여주인 공 '점순'의 신체 어딘가에 있을 '점(點)'의 시각화로 유추된다. 동시에 '·' 을 중심으로 봄과 봄이 팔랑개비처럼 순환되면서 3년 7개월에 걸친 혼례 요구와 혼례지연이 봄마다 반복·순환됨을 의미한다. 제목의 의미 유추 과정에서 독자는 이미 작품 속에 깊이 들어서게 된다.

둘째, 「봄·봄」에 내재한 전통 요소가 독자의 공감대를 자극한다. 원 소 스로서 「봄·봄」에는 실은 그에 앞선 원천자료가 있다. 실화의 소설화[18] 가 그것이다. 그리고 여기에는 민담 바보사위 모티브[19]와 전통사회의 결 혼풍속인 데릴사위제도, 농경사회가 갖고 있는 마름과 소작인의 문제들이

---

[18] 「봄·봄」이 '실화의 소설화'임은 이미 밝혀진 바 있다. (박태상, 앞의 글 참조)
[19] 전신재, 「김유정소설의 설화적 성격」, 김유정학회 편, 앞의 책, 219~223쪽.

내재되어 있다. 동시에 구비서사 기법이 차용되어 있다. 작년 봄 장인과의 갈등, 어제 구장댁에서의 갈등, 오늘 아침 바짓가랑이를 당기는 유사한 갈등이 세 번 반복된다. 삼 세 번의 반복은 「동백꽃」에서도 보인다. 이들은 이른바 옛날이야기에 자주 등장하는 삼 세 번에 걸치는 서사구조[20]로 이들은 독자의 무의식에 각인된 전통 시대로의 귀환을 체험하게 된다.

셋째, 「봄·봄」의 특징은 1930년대 춘천지역의 토속어, 비속어 사용, 인물의 성격을 드러내기 위한 장치로 그들의 외모를 희극적으로 묘사하고, 그들의 언행을 엇박자로 살아가는 인물의 그것으로 그려낸다. 경쟁사회에 상처받고 피곤한 현대인들은 성형미인 아닌 못난이에게서, 저마다 잘난 사람 아닌 어리숙한 인물에게서 연민과 자기반성을 통해 마음의 고향을 느끼게 된다.

마지막으로 「봄·봄」은 옛날 이야기처럼 짧은 이야기다. 그 내용도 단순하다. 그렇기에 이 이야기를 토대로 스토리텔러는 그들의 상상력을 가미하여 원 소스에 무한 스토리텔링이 가능해진다. 이것이 바로 원 소스 「봄·봄」에 대한 스토리텔러의 관심을 끌어 모은 것으로 보인다.

한편 한혜원 교수는 디지털문화시대 창작기술은 인쇄문화 시대를 배반하면도 계승하고 아울러 구비문학시대의 일부 기법을 활용[21]한다고 했다. 또 현대에는 문자보다 시각에 근거한 시청각적 동영상 시퀀스의 형태로 문자, 이미지, 영상 등 다양한 형태를 입고 생산되고 있다고 했다. 한

20　이야기에서는 삼 세 번에 걸친 사건이야기가 많이 나온다. 콩쥐팥쥐에서 콩쥐에게 주어진 임무는 밑 빠진 독에 물 긷기, 곡식 섞어놓은 것을 제대로 가려내기, 삼베 짜놓기(또는 넓은 밭을 매어놓기)와 같은 세 가지다. 남이장군 이야기 가운데 혼인이야기에 나오는 유령퇴치 이야기도 세 번에 걸친다. 신약 마태오 복음에서 예수는 광야에서 악마에게 세 번에 걸친 시험을 받는다.

21　한혜원, 「디지털 스토리텔링의 현황 및 활용방안 연구」, 『한국언어문화』 32집, 한국언어문학회, 2007, 41쪽.

교수의 이 같은 주장은 「봄·봄」에도 적용되어 이 작품은 영화, 연극, 음악극, 오페라, 판소리, 연극, 애니메이션, 음악극 등으로 태어나게 된다.

3. 「봄·봄」의 동시대 동일 소재의 작품들

「봄·봄」의 동시대 작품들 가운데 청춘남녀의 사랑과 데릴사위제도를 소재로 취한 남궁만의 〈데릴사위〉, 안회남의 「남풍」, 최인준의 「호박」을 살펴보기로 한다.

남궁만의 희곡 〈데릴사위〉는 1931년 1월 발표되었다.[22] 〈데릴사위〉는 추수가 끝난 평양근교의 소작농을 배경으로 5년 전 데릴사위로 들어온 석삼, 외동딸 분이, 장인 유첨지가 벌이는 이야기다. 유첨지는 빚에 몰려 석삼이 혼수감으로 키우는 소를 몰래 팔아버린다. 분이는 평양 술집으로 팔려가는 친구가 부럽고, 분이의 부모는 일확천금의 꿈에 젖어 분이를 술집에 판다. 결국 분이와 유첨지 부부에게 배신당한 데릴사위 석삼은 절망 속에 떨어지면서 작품은 끝난다.

작가 남궁만은 평양 보통학교 중퇴 이후 1929년 15세의 나이로 평양고무공장의 노동자로 취업, 공장 내의 문학예술 써클에서 작품 활동을 시작[23]했다. 작가의 이 같은 이력이 〈데릴사위〉를 통해 당대 노동자 농민의

---

22 남궁만(1915~?)의 〈데릴사위〉는 1936년 『조선중앙일보』의 신춘문예 희곡부문 당선작이다. 이 작품은 『조선중앙일보』에서 1936. 1. 1~1. 28 동안 14회 연재되었다.

23 이재명, 「남궁만 희곡작품에 대한 분석적 연구」, 『한국연극학』 5호, 한국연극학회, 1993.

비참 상을 고발하는 것으로 나간 것이다.

안회남의 「남풍」[24]은 봄날, 미친 큰 애기를 보면서 삼봉의 회상형식으로 전개된다. 삼봉은 소작농 배가네의 데릴사위로 10년을 보냈다. 서른 살이 된 삼봉, 큰 애기는 열여덟, 그런데 삼봉이 혼숫감으로 키워오던 양 돼지를 도둑맞았다. 이를 빌미로 배가는 큰 애기를 윤주사의 첩실로 보냈다. 배가는 소작농에서 마름으로 출세했다. 그리고 3년 뒤, 큰 애기는 미쳐서 나타났고, 미친 상황에서도 삼봉이를 알아본다. 큰 애기의 뒤를 따르며, 삼봉은 "넌 내 거다", "넌 내 거여"[25] 속으로 외치며 작품은 끝난다.

최인준의 「호박」[26]에서 춘삼은 열 살 아래인 알뜰네의 남편이다. 알뜰네가 열두 살 때 데릴사위로 들어가 몇 년 일해주고 알뜰네를 아내로 맞았다. 알뜰네는 혼인하고 얼마 안 돼 양복장이 면사무소 급사, 다음엔 유부남 산림간수와 눈이 맞았다. 그리고 지금은 구장영감과 눈이 맞았다. 그런데 다시 무면허 치과의사 황수철이 마을로 들어오면서 쉰 줄에 들어선 구장영감과 20대의 황수철 사이에서 갈등이 일게 된다. 「호박」에서는 「봄·봄」의 관련 요소로 데릴사위에 대한 것 뿐, 오히려 김유정의 소설 「소낙비」, 「안해」와 역시 김유정의 수필 「들병이 철학」이 겹쳐 보인다.

안회남은 김유정의 절친이었기로 「남풍」 창작 시에 김유정을 의식했을 것이고, 최인준의 경우, 철원 출신으로 평양에서 학교를 나오고 다시 철원에서 생활했다[27]는 것으로 미루어 김유정의 작품을 전혀 읽지 않았다

---

24 안회남(1909~?), 1931년 『조선일보』 신춘문예에 단편소설 「발(髮)」이 입선되어 문단에 등단했다. 「남풍」은 1937년 『여성』 5월호에 발표. 본고에서는 『안회남단편집』 학예사 발행본을 영인한 『한국단편소설대계』 12(태학사, 1988) 편을 참고했다.

25 위의 책, 33쪽.

26 최인준(1911 또는 1912~?), 1928년 『조선일보』 신춘문예에 「춘보」로 가작 입선, 1934년 『동아일보』에 「황소」로 신춘문예 당선, 「호박」은 1938년 1월, 『농업조선』 1집에 발표되었다.

고 할 수는 없다.

김유정 안회남 최인준이 살던 1930년대적인 삶이 이들에게 비슷한 소재로 작품을 쓰게 했을 수도 있다. 그런데 「봄·봄」에서 장인영감이 노동력 확보를 위해 혼례를 지연시킨다는 것을 제외하면 점순과 사위는 낙천적이고 서로를 신뢰하며 물질적 욕망은 보이지 않는다. 반면, 안회남의 「남풍」과 남궁만의 〈데릴사위〉에서 장인들은 한쪽에서는 혼수감으로 키운 사위의 양돼지를 훔치고 다른 쪽에서는 소를 팔아치우며, 색시감들은 모두 물질적 욕망 때문에 첩이 되거나 인육시장으로 진출한다.

희곡작품 〈데릴사위〉는 파국으로 끝난 인간관계와 농촌사회의 피폐상을 고발한다. 그러나 「봄·봄」, 「남풍」, 「호박」에서는 데릴사위제도와 남녀의 애정전선, 행복한 결말이라는 공통점을 갖는다. 특히 「남풍」의 경우는 「봄·봄」의 제1호 아바타로 보인다. 소재 및 남주인공의 성격, 또 서사전개가 현실 → 회상 → 현실로 돌아오는 형식에서 유사성을 보이는 것이다.

4. 「봄·봄」의 아바타들

스토리텔링의 활용범위는 책, 영화, 드라마, 애니메이션, 게임 등 무궁하다. 원 소스 「봄·봄」은 장르교체와 매체교체 패러디를 통해서 다양한 아바타로 나타났다. 이들을 장르별로 추적해 본다.

---

27 조남현, 「김유정소설과 동시대 소설」, 김유정학회 편, 앞의 책, 26쪽.

1) 장르교체─희곡 〈봄봄〉

「봄·봄」의 각색, 연극화는 신명순에서 비롯된다.[28] 신명순 〈봄봄〉의 중앙에서의 최초 공연일정은 미상이나, 춘천에서는 1975년 극단 혼성[29]이, 2008년 4월 11일에는 극단 굴레가 공연하였다. 2008년 극단 굴레의 공연 내용은 신명순 각색의 각본에 충실한 것이었다. 한편 2011년 11월 2일~13일까지는 김원석 각색 연출의 〈봄봄〉이 국립극장 별오름 극장에서 공연되었다.[30]

신명순 각색 〈봄봄〉은 1930년대, 춘천 실레마을이 배경이다. 서사전개는 가을에서 시작하여 이듬해 봄까지 이어진다. 데릴사위 삼돌(23세), 봉필영감 둘째 딸의 데릴사위로 들어와 다섯 번째의 봄을 맞으면서 갈등은 극에 달하게 된다. 삼돌은 점순(19세)의 키가 크면 봄에 성례를 올려준다는 약속으로 봉필영감댁에 데릴사위로 들어왔다.

박봉필(김봉필)영감은 사기꾼 기질이 농후하고 장모의 욕심과 심술은 놀부마누라를 능가한다. 문태(뭉태)는 삼돌과 절친하며 그가 들은 봉필영감 관련 정보를 삼돌에게 전해준다. 이 작품에는 점순의 동생 점례, 점순의 친구 순자와 영태의 순애보가 첨가된다. 오라비를 징용 보내고 빚더미에 올라앉은 가족을 위해 기생집에 몸을 팔 생각을 하는 순자, 장래 며느릿감 집안을 위해 아들이 아끼는 암소를 팔기로 작정한 영태의 홀어머니, 정혼녀와 암소 앞에서 갈등하다가 정혼녀를 선택하는 영태를 보면서 점

---

28 「봄·봄」에 대한 신명순의 각색 연도는 잘 알 수 없으나 그의 희곡창작이 양산되던 1965~1973년 사이로 추정된다.
29 한명희, 앞의 글, 466쪽.
30 이 작품에 대한 자료를 얻지 못했다.

순은 삼돌에게 사경을 받아서 둘이 도망이라도 가자[31]고 한다. 점순에게 고무된 삼돌은 봉필영감에게 사경을 요구하다가 육탄전을 벌이게 되고, 위기에 빠진 아비를 위해 삼돌에게 돌변한 점순 앞에서 맥을 놓는 삼돌, 점순과 점순모 봉필영감이 합세해서 삼돌을 구타하고 삼돌은 관객을 향해서 '점순이가 좋은 걸 어떡해유' 절규할 때 막이 내린다.

일반적으로 소설과 비교했을 때 희곡이 시공간과 등장인물 인원수의 제약을 받는 현재진행형의 서사전개라는 통념과 달리, 신명순 각색의 〈봄봄〉에서는 원 소스의 시간이 가을에서 봄까지 확장되고, 원 소스의 등장인물 6명 외에 점례, 순자, 영태, 영태의 홀어머니가 첨가된다. 이야기의 내용도 사위와 점순의 사랑이야기에 순자와 영태의 순애보가 첨가된다. 순자 오빠의 징용 이야기에는 시대적 아픔이 반영되었다. 박봉필 부부의 놀부 부부를 능가하는 행태는 순자와 영태의 지순한 사랑을 돋보이도록 하기 위한 장치로 보인다. 연극 〈봄봄〉의 공연시간은 52분 안팎이었다. 원 소스 「봄·봄」의 원고량이 200자 원고지 61매 정도의 소품이기에 여기에 각색가의 창의성이 작용한 것으로 보인다.

2) 매체교체—영화·TV문학관·오페라·판소리

원 소스 「봄·봄」이 영상매체 또는 음악매체를 통해 새로이 태어났다. 이들을 매체별로 추적해 보기로 한다.

---

31 신명순 각색, 〈봄봄〉, (사)한국예술문화단체 총연합회 춘천지부 편, 『김유정 희곡집』, (사)한국예술문화단체총연합회(춘천지부), 2002, 46쪽.

(1) 영화 – 김수영 감독 〈봄봄〉

영화 〈봄봄〉은 1969년 태창흥업이 제작했고, 신영균 남정임 허장강 김동원 이낙훈 등이 출연, 상영시간 65분짜리로 제5회 프랑크푸르트 영화제 출품작이었다.

시간적 배경은 봄, 춘삼은 밤낮으로 점순과 혼인하는 꿈을 꾼다. 봉필영감은 홀아비로 두 딸을 키웠지만 큰 딸은 동네 건달 범표와 눈이 맞아 줄행랑을 쳤다. 이제 장인은 점순이를 미끼로 부족한 노동력을 춘삼에게서 충당한다. 구장님은 사리분별이 확실하고 몽태(뭉태)는 점순을 짝사랑, 이른바 춘삼과 몽태는 연적관계이다. 봉필영감은 사위 범표가 끌고온 트럭을 보고 쌀 20가마를 내누었다가 범표에게 사기 당했다는 사실을 알게 되고 점순을 미끼로 몽태에게 뒷감당을 맡긴다. 점순은 이 같은 내막을 춘삼에게 알리자 춘삼은 장인과 육탄전을 벌여 혼인 허락을 얻어내고 마침내 혼례식을 치루게 된다.

영화는 영상에 음향을 포함 시켜 관객의 시청각에 서사적 내용을 알리는 형식이다. 영화 〈봄봄〉은 화면 전체에 클로즈업된 돼지의 몸체 위에 제목과 원작자와 감독의 이름이 나오면서 시작된다. 자막 장면 직후 카메라는 롱숏으로 신행 가는 일행을 잡고 이때 주인공은 신행 가는 신랑과 자신을 동일시하다가 돼지 새끼를 놓치고 허우적댄다. 이후에도 돼지우리 속에서 사위에게 폭행당하는 장인의 돼지꿈, 영화의 말미에서 바구니 속의 돼지새끼들이 바깥으로 쏟아지자 점순이 돼지새끼를 잡으려고 뛰어다니는 장면들이 나온다. 구비문학에 근접한 소재와 형식의 「봄·봄」, 여기에 돼지꿈과 돼지 이야기가 가미되어 이 작품은 전체적으로 명랑한 분위기 속에서 전개된다.

(2) KBS TV문학관 , HDTV문학관

① KBS TV문학관 〈봄봄〉

KBS TV문학관 〈봄봄〉은 최경식 극본, 김충길 연출로 1983년 5월7일에 방영되었다.[32] 이 작품에서는 정신대와 징용문제가 대두되는 만큼 그 시대적 배경은 1930년 말부터 1940년대 초까지, 계절은 봄이다.

고만복(23세)은 화전민 출신으로 3년 전, 시장구경을 나왔다가 봉필영감 셋째 딸의 데릴사위가 되었다. 봉필영감이 고만복에게 내건 성례조건은 '점순의 키가 크면'이다. 봉필 영감은 마름 출신의 자작농이고 장모는 말없이 사위를 지켜준다.

성례 문제로 만복과 장인의 갈등이 반복되고 구장은 장인 편이며, 뭉태 역할이 생략된 대신, 동리 친구들이 이를 대신한다. 한편 처형들은 친정의 재산 상속을 노려 서로 경쟁적이다. 만복은 점순의 격려로 장인과 거친 몸싸움을 벌이지만 결국 점순을 포기하고 떠나려 할 때 정신대며 징용에 관한 소식이 떠돌자 장인은 서둘러 만복과 점순의 혼례를 허락한다.

이 작품에서는 봉필영감의 재산상속을 노리는 시집 간 두 딸의 이야기가 삽입되고, 만복과 점순의 혼사 장애 소멸은 그들의 노력이 아닌 시대적인 문제-정신대와 징병제의 도입으로 자동해결 되는 것으로 나온다.

② HDTV문학관 〈봄, 봄봄〉

〈봄, 봄봄〉은 KBS 창사특집 작품으로 2008년 3월3일 방영, 극본은 박지숙, 조나단, 이수민의 공동작이고 이건준이 연출했다.[33]

---

32 출연진은 데릴사위 고만복 역에 김진태, 점순 역에 박준금, 봉필영감 역에 이신재, 장모 역에 전원주등이었다. (상영시간 1:47:28)
33 출연진 : 박근형, 윤희석, 이경진, 이윤지, 정은표, 서도영 (상영시간 1:58:09)

〈봄, 봄봄〉에서 시대 배경은 2008년대, 공간배경은 제주도의 광활한 초원지대, 등장인물들은 농민이 아닌 목축인과 해외유학파로 대대적인 변화를 주었다.

〈봄, 봄봄〉에서 덕배는 사고로 사망한 친구의 아들 병수를 걷어 들인다. 병수는 덕배의 둘째 딸 혜은과 혈육처럼 지내는데 대학을 졸업한 혜은은 어학 연수차 외국에 갔다가 외국에서 사귄 국제법 전공자 진경호와 함께 귀국한다.

한편 덕배는 19년 전 병수가 받은 유산 3천만 원을 병수에게 차용한 적이 있고, 병수 20세 때부터 무보수로 목장 일을 해주면 혜은을 아내감으로 주겠다는 각서를 써주었었다. 혜은의 귀국과 함께 병수(31세 정도)는 혜은(26세)과 결혼하려는데 진경호가 나타나자 갈등, 병수는 혜은을 위해 떠나려 하고 뒤늦게 병수의 순정을 알게 된 혜은은 경호의 청혼을 거절한다. 다시 유학생활을 계속하기 위해 혜은은 출국하고, 어느 날 체류 2년 연장이라는 소식을 전해온다. 실망한 병수, 병수를 놀리며 덕배가 초원으로 내닫자 덕배를 따르는 병수, 두 사람의 엎치락뒤치락 하며 멀어지고, 멀리서 에코 음으로 '이 망할 놈이, 장인 입에서 할아버지 소리가 나오게 해!' 하면서 작품 끝난다.

〈봄, 봄봄〉에서는 주인공 설정에서 「동백꽃」의 점순과 총각을 〈봄, 봄봄〉의 혜은 부모로 배치한다. 「동백꽃」의 점순이 지닌 적극성이 「봄, 봄봄」 점순을 여장부로, 덕배를 공처가로 설정한다. 혜은은 사실상 「봄·봄」 점순의 아바타이다. 그녀가 국제법률 전공자 진경호의 프로포즈를 거절한 것은 한 남자의 '내조자'의 역할보다는 혜은 자신의 자아 성취가 더 소중하기 때문이다.

원 소스가 강원도 산골 실레마을을 배경으로 한데 비해 HDTV의 카메라는 원경으로 광활한 제주바다와 초원지대를 원근으로 종횡무진, 시청자의 눈을 시원하게 한다. 한편 이 작품에는 혜은과 진경호의 사랑이야기, 여성의 자아성취 욕구, 처자식을 카나다에 보낸 큰 사위 영태의 기러기아빠 이야기가 삽입되어 현대적 삶의 모습을 구체화한다.

(3) 오페라 – 〈봄봄〉

오페라 〈봄봄〉은 2001년 이건용이 직접 극본을 쓰고 작곡, 2001년 3월 국립극장에서 초연,[34] 같은 해 일본 도쿄 신주쿠 신국립극장에서 공연 이후 양양, 광주, 밀양, 춘천, 대구 등에서 장소를 바꾸어가며 10여년 이상 지속적으로 공연되어 왔다.[35]

오페라 〈봄봄〉은 2부로 나누어 1부에는 주요 등장인물들의 봄노래 모음편, 제2부부터가 원 소스를 각색한 내용으로 2부만의 실제 공연 시간은 52분 정도이다.

이 작품의 시간대는 원 소스와 같은 1930년대, 공간도 농촌을 배경으로 하고 있다. 그러나 소설을 오페라로 교체한 것인 만큼 그 전개 방법이 특이하다. 소설의 화자 대신 주요 등장인물들이 나와서 노래를 통해서 자신을 소개하고 그간의 관계를 밝혀나간다. 뿐만 아니라 등장인물들 사이의 대화도 노래에 가깝게 한다. 그러다보니 본래 산문형태의 원 소스 서사가

---

34 제3회 서울국제소극장 오페라 축제 프로그램에 참가했던 작품이다. 초연당시 이 작품의 제목은 〈봄봄봄〉이었으나 관객이 오페라를 보면서 소설을 떠올릴 것이라는 생각에 작가가 현재의 제목인 〈봄봄〉으로 바꾸었다. (여지영, 「이건용 창작오페라 〈봄봄〉 연구 – 음악분석을 중심으로」, 이화여대 석사논문, 2012, 21쪽)
35 한명희, 앞의 글, 468쪽.

운문형태로 관객들에게 제시된다. 서사전개를 위해서 이건용은 '대본의 문학적 향취를 희생하는 대신 희극적 실랑이를 더 강조'[36] 하기 위해서 새 인물의 투입, 기존 인물을 제외(장모 안성댁 삽입, 뭉태와 구장은 생략) 했다.

오페라 〈봄봄〉에서 길보는 데릴사위로 온지 5년, 오영감(봉필영감)은 딸만 셋을 둔 꼼수백단, 큰 딸을 시집보내고 점순을 미끼로 길보의 노동력을 착취중이다. 점순은 길보의 편에 서서 아버지에게 당당히 맞서고 안성댁은 오영감의 아내로 체격 크고 발언권도 센 여장부, 오영감도 안성댁 앞에서는 설설 긴다.

오페라 〈봄봄〉의 첫장면에 장인 오영감이 나와서 〈나에겐 딸이 셋 있지요〉를 독창하며 데릴사위 들인 지 5년 된 길보가 머리는 모자라나 일은 잘한다. 그런데 요즘 들어 부쩍 혼례를 졸라 걱정이라고 한다. 곧 길보가 등장해 신세한탄을 하며 〈나는 길보〉를 독창, 이때 점순이 등장하자 길보는 점순을 기둥 옆에 세워놓고 키를 재어보며 장인과 갈등을 일으킨다. 이후 내용은 원 소스와 같고, 우람한 체격의 안성댁이 등장, 노래를 통해 남편과 점순, 길보를 흥보다가 퇴장하면, 다시 점순 부녀와 길보가 점순의 키를 놓고 갈등을 벌이다가 장인과 사위 사이에 육탄전이 벌어진다. 장인은 〈혼인은 안돼, 사경은 더 안돼〉를 사위는 〈키만 컸나 몸도 컸지〉를 부른다. 그리고 결말은 청사초롱 든 처녀들 나오며 길보와 장인장모, 화동을 앞세운 족도리 낭자한 점순 나와서 다 함께 합창 〈봄봄봄봄〉을 노래하며 막이 내린다.

---

36 여지영, 앞의 글, 21쪽에서 재인용.

(4) 판소리 〈봄·봄〉

판소리 〈봄·봄〉은 사설에 성석제, 각색에 신동흔, 판소리 각색에 채수정, 작창에 박송희, 소리에 박송희와 그의 문하생들, 2008년 10월 4일 한림대 국제회의관에서 초연되었다.[37] 판소리는 본래 1창자 1고수의 무대이지만, 판소리 〈봄·봄〉은 극적 효과를 주기 위해 남녀 배역을 맡은 인물들이 사설을 주고받고 여기에 창과 병창들이 함께 어우러져 이야기를 끌고 간다. 작품 전반을 보았을 때 그 내용은 원 소스에 비교적 가깝다.

판소리 〈봄·봄〉의 서두는 흥겨운 방아타령을 전주곡으로 판소리 명창 박송희의 도창으로 시작된다. 이어 봄노래와 꽃타령이 나오고 총각이 등장해서 신세한탄, 눈물을 흘리면 동네 아지매들이 그 사연을 묻고 총각은 봉필네 집에 들어가 3, 4년 황소처럼 일해주다 쫓겨난 신세한탄을 한다. 아지매는 그를 위로하여 흥겨운 아리랑 타령을 들려주고, 여기에 고무된 총각은 소설원작에서 나온 대로의 이야기를 풀어놓는다.

이야기를 하는 동안 약방의 감초처럼 아지매들이 끼어들어 총각을 추어주고 야단치며 흥을 돋운다. 이야기를 마친 총각이 떠나려하자 아지매들은 방아나 찧어주고 가라고 붙잡는다. 아지매들과 총각은 함께 방아타령을 흥겹게 부르고, 마침내 총각이 떠난다.

뒤이어 '바가지만한 엉덩이를 뒤뚱뒤뚱 흔들면서 쬐끄만 처녀가 달려온다'.[38] 처녀는 총각의 행방을 묻고 아지매들이 가르쳐주는 방향으로 처녀는 쫓아간다. 아지매는 청중을 향해서, 이후 소식은 모른다며 다음과 같은 사설을 풀어놓는다.

---

37 판소리 〈봄·봄〉의 전체 공연시간은 30분이다.
38 신동흔 각색, 창작판소리 〈봄·봄〉, 김유정문학촌 편, 앞의 책, 271쪽.

아 세상에 그 사연 아는 이는 김유정이라는 이름을 쓰는 이 한 분밖에 없는 디 (…중략…) 글쎄 이 양반이 시치미 뚝 떼고 뒷이야기를 몽창 잘라버리고는 서른 살 꽃다운 나이로 이 세상을 하직하셨으니, 저 처녀 총각의 뒷이야기를 알 사람이 이 세상에 아무도 없더구나.[39]

특이사항은 아지매들이 서로 나누는 어투가 전라도 사투리라는 것이다. 이에 따라 총각과 점순의 어투도 전라도 사투리에 가까운 어조로 진행된다.

3) 패러디─박정규 「봄·봄·봄」[40]

소설 「봄·봄·봄」은 2010년대, 계절은 봄철이고 이야기는 도시 근교 가구공장을 중심으로 전개된다.

주인공인 사위는 방글라데시 출신 노동자, 한국에 산업연수생으로 들어왔다가 가구공장에 취직한지 반 년 만에 사장 봉필영감의 데릴사위가 되었다. 신장 185cm, 선천성 음치에 알코올 알레르기, 술을 마시면 온몸에 두드러기가 돋고 특히 항문에 가려움증이 심하다.

봉필영감은 작은 키에 노래라면 천둥산 박달재가 유일한 레퍼토리, 꽃가루 알레르기, 점순이를 미끼로 외국인노동자를 데릴사위 삼아 노동력을 착취한다. 점순은 145cm 정도의 작은 키, 장래 남편감에게 큰 덩치로 장인영감을 제압해보라고 충고한다. 뭉태 역시 외국인노동자로 봉필영감

---

39 위의 글, 272쪽.
40 박정규, 「봄·봄·봄」, 김유정학회 편, 앞의 책, 287~302쪽.

데릴사위로 2년을 살다가 출국했으며 목공 김씨의 이야기를 통해서 그 존재가 알려질 뿐이다.

「봄·봄·봄」의 주인공은 데릴사위가 된 다음부터 월급을 받지 못한 다. 직원이 아니라 가족이기 때문이다. 점순과의 혼례의 조건은 각서로 작성된다.

각서. 아래의 사항이 이행되면 두 사람의 혼례를 즉시 올려준다. 아래. 음정 박자 맞춰서 노래 두 곡 부르기와 소주 석잔 마시기. 이상.

어느 봄날 봉필영감은 사위에게 자기 집 조상묘 벌초를 시키고, 연이어 공장 일을 하라고 폭력을 휘두르고 저녁까지 굶긴다. 이에 약이 오른 사 위는 야생화를 꺾어다가 장인 앞에 흔들어댄다. 꽃가루 알레르기로 곤경 에 빠진 장인, 장인을 구하러 뛰어든 점순 모녀, 점순의 돌변한 태도에 의 기소침해진 사위, 기회를 포착한 장인은 억지로 사위의 입안에 소주를 흘 려 넣어 혼절시킨다. 그리고 다음 날, 온몸에 두드러기가 돋고 항문이 가 려워 고생하는 사위에게 장인은 약을 사다주고 꿀물을 타 먹이며 주문받 은 장롱을 만들라고, 올 가을에 혼례 올려주겠다며 달랜다.

이 작품에서 혼례의 조건은 '점순의 키'가 아니라 '음정 박자 맞게 노래 부 르기와 소주 마시기'로 대체되고, 데릴사윗감들은 외국인노동자로 대체된 다. 사위는 장인의 꽃가루 알레르기를, 장인은 사위의 알코올 알레르기를 이용하여 서로를 골탕 먹이는 것을 제외하면, 전체적인 서사 구조는 원작과 거의 비슷하다. 그러나 이 작품에서는 외국인노동자와 이들의 약점을 이용 하는 악덕사주들의 문제, 노래방 문화의 일단이 부각됨을 보게 된다.

5. 「봄·봄」의 아바타들 사이의 변이양상

원 소스 「봄·봄」과 동시대 동일 소재의 작품 〈데릴사위〉, 「남풍」, 「호박」을 보면 작품에 나타난 시공간적 배경은 1930년대 농촌이고, 혼사지연의 이유는 가난에 있다. 이들 작품에서 남자 주인공들은 시종일관 여성인물들에게 순정을 보이나 〈데릴사위〉, 「남풍」, 「호박」의 여자들은 변심한다. 「호박」이 데릴사위 몇 년에 성례를 올린 것과 달리 〈데릴사위〉는 파국으로 끝난다. 「봄·봄」과 「남풍」, 「호박」에서는 데릴사위제도, 남녀의 애정전선, 행복한 결말이라는 공통점을 볼 수 있다. 특히 「남풍」은 동일소재, 남성주인공의 성격, 또 오늘·여기라는 시점에서 회상을 통해 다시 오늘 여기로 돌아오는 서사전개 등으로 보았을 때 「봄·봄」의 제1호 아바타로 보인다.

다음은 김유정 사후, 1967년 이후부터 나온 「봄·봄」의 아바타들을 추적하여 그들의 변이양상과 의미를 살펴보기로 한다.

1) 제목의 변천과정

편의상 「봄·봄」의 아바타가 지닌 제목을 출현 순서에 따라 배치하면 다음과 같다.

「봄·봄」(원 소스) → 〈봄봄〉(희곡, 영화, KBS TV문학관, 오페라) → 〈봄, 봄봄〉(HDTV문학관) → 〈봄·봄〉(판소리) → 「봄·봄·봄」(패러디 소설)

제목의 변화는 '·'의 유무, 한글문자 '봄'을 하나 더 첨가하면서 문장부호 ', ' 또는 '·'의 삽입여부로 미세한 차이를 보여줄 뿐이다.

2) 「봄·봄」 아바타에 나타난 서사 요건의 변이

아바타들 사이에 나타난 시공간 및 성례의 조건, 반영된 시대 상황들을 비교해보기로 한다. 이에 앞서 원 소스 「봄·봄」 및 관련 아바타들을 그 출현 순서에 따라 배치하면 아래의 〈표 1〉과 같다.

〈표 1〉에서 2008년에 오페라, 판소리, HDTV문학관 등 「봄·봄」의 아바타가 동시에 나온 것은 2008년이 김유정탄생 100주년을 기념하는 해였기 때문이다.

이들 아바타 사이에서 시대배경에서는 2000년대를 다룬 것은 HDTV문학관 〈봄, 봄봄〉과 패러디 소설 「봄·봄·봄」 뿐이고 여타의 아바타는 대개 1930년대 중반 또는 후반이다. 작품에서 계절배경은 희곡 〈봄봄〉만이 가을에서 봄을 거치는 것을 제외하고는 모두 봄을 배경으로 하고 있었다. 공간배경에서 HDTV문학관 〈봄, 봄봄〉 은 제주도 초원지대로, 패러디 소설

〈표 1〉 원 소스 「봄·봄」 및 「봄·봄」 관련 아바타

제 목	장 르	발표연도	제 목	장 르	발표연도
「봄·봄」	원본소설	1935	〈봄봄〉	오페라	2008
〈봄봄〉	희곡	1969~1973?	〈봄, 봄봄〉	HDTV문학관	2008
〈봄봄〉	영화	1969	〈봄·봄〉	판소리	2008
〈봄·봄·봄〉	TV문학관	1983	〈봄·봄·봄〉	패러디 소설	2011

에서 「봄·봄·봄」은 도시근교를 배경으로 하고 나머지 작품은 모두 농촌 마을이다. 판소리에서는 '춘천 실레마을'이라고 단정적으로 표시한다.

한편 원 소스 및 여타의 작품 중에서 성례의 조건은 '점순의 키'가 자라야 하는 것이다. 그런데 HDTV문학관 〈봄, 봄봄〉은 19년 전의 차용금에 대한 각서의 실행에 있고, 패러디 소설 「봄·봄·봄」에서는 '음정 박자 맞추어서 노래를 부르고 소주를 마실 수 있어야 한다'는 것으로 전체 상황을 코믹하게 만들고 있다. 그런데 여기에서 8개 작품 가운데 6개 작품에서 성례의 조건이 '점순의 키가 크면'에 있다는 것은 그만큼 인물의 신체적 조건이 독자들에게 지배적 인상을 준 것으로 보인다.

작품에 나타난 시대 상황 반영은 희곡 〈봄봄〉과 TV문학관 〈봄봄〉에서 징병제 혹은 정신대 문제가 보인다. 이것은 이 작품의 각색, 또는 영화한 시대가 1969~1973년대임에 착안, 작가가 군사정부 시대를 식민지 암흑 시대와 동일시하고 있었던 것을 우회적으로 표현한 것으로 본다. 그런가 하면 HDTV문학관 〈봄, 봄봄〉에서는 여성의 자아성취와 조기 해외유학 붐에 의한 기러기아빠 문제를 부각시키고 있고 패러디 소설 「봄·봄·봄」에서는 해외노동자와 그들을 착취하는 악덕 사주에 대한 문제를 반영하고 있음을 볼 수 있다.

3) 「봄·봄」 아바타에 나타난 주요 등장인물들 및 이야기의 변이

「봄·봄」에서 표면에 등장한 주요 인물은 데릴사위와 점순, 장인, 구장님, 뭉태, 장모였다. 이들은 작품 속에서 어떻게 출몰하고 이들 사이의 이

〈표 2〉「봄·봄」아바타에 나타난 주요 등장인물들의 변이 양상

	주요등장인물	성격 또는 직업	삽입삽화	장인과 사위갈등	결말처리
「봄·봄」원본	데릴사위(26세)	일편단심 점순		쌍방 간 급소공격	원점회귀
	점순(16세)	조숙 당돌			
	김봉필	마름, 탐욕스럽고 심술			
	장모				
	구장님	기회주의자			
	뭉태	이기적, 약삭빠름			
〈봄봄〉희곡	삼돌(23세)	일편단심 점순	순자와 영달의 사랑이야기 / 영달의 소를 헐값에 사는 봉필	장인이 사위의 급소를 걸어참.	원점회귀
	점순(19세)	다감하며 적극적			
	박봉필(김봉필)	사기꾼 기질			
	마누라	놀부마누라 성격			
	점례				
	영달과 순자(과수댁)	순수하고 의협적			
	문태(뭉태)	합리적성격			
	구장	이기주의자			
〈봄봄〉영화	춘삼	일편단심 점순	점순을 넘보는 뭉태 / 점례와 범표의 연애와 사기행각	장인의 급소공격	혼인잔치
	점순				
	장인	홀아비, 몽태를 사위삼으려고 함			
	점례와 범표				
	구장	춘삼에게 장인의 비밀을 알려줌			
	몽태(뭉태)	점순을 맘에 둠			
〈봄봄〉TV문학관	고만복(23세)	일편단심 점순	부친의 유산을 넘보는 처형들	물속에서 사위의 급소공격	혼인승락
	점순(17세)	셋째 딸, 다감하고 적극적			
	장인	자작농			
	장모				
	처형부부들				
	구장				
〈봄봄〉오페라	길보	일편단심 점순	안성댁의 입담	쌍방 급소공격	혼인잔치
	점순	다정 적극적			
	오영감	꼼수백단			
	안성댁	여장부			
〈봄, 봄봄〉HDTV문학관	이병수(31세)	일편단심 혜은, 목장관리인	병수의 입양기 / 혜은과 경호/ 기러기 아빠 영태 / 병수와 덕배의 채권채무	쌍방 급소공격 (에코처리)	원점회귀
	혜은(26세)	진취적 유학생			
	덕배	목장주. 다감함			
	점순	여장부			
	진경호	국제법전공자			
	영태	기러기 아빠			
〈봄·봄〉판소리	총각(데릴사위)	우직 곰탱	전라도 아지매에게 신세한탄	쌍방 급소공격	총각을 찾아가는 점순
	점순	조숙, 적극적			
	아낙네	총각의 얘기를 들어주고 위로			
「봄·봄·봄」패러디 소설	총각(방글라데시인)	선천성 음치/ 알코올 알레르기 환자	외국인노동자의 이야기 / 노래방 문화	꽃가루와 소주로 격돌	원점회귀
	봉필영감	가구공장사장, 꽃가루 알레르기 환자			
	점순	조숙, 다감			
	장모	뭉태와 봉필영감의			
	목공 김씨	비밀을 알려줌			

야기에는 어떤 변화가 있었으며, 작품 말미에서 장인과 사위의 과격한 갈등표출 양상, 그로 인한 결말의 처리들을 보기로 한다.

(1)「봄·봄」아바타에 나타난 주요 등장인물들의 변이 양상

앞 쪽의 〈표 2〉를 보면, 등장인물과 그들이 만드는 서사전개에 변화가 나타남을 볼 수 있다. 먼저 등장인물들의 이름, 나이, 직업들을 추적해 보기로 한다.

먼저 등장인물의 이름에서, 원 소스로서「봄·봄」의 데릴사위는 이름이 나오지 않았다. 그러나 추후 작품에서는 서서히 이름이 붙여지기 시작하고 나이도 밝혀진다. 데릴사위의 이름은 실명씨에서 삼돌, 춘삼, 고만복, 길보, 이병수 등이다. 그러나 나이를 밝힌 곳은 희곡 〈봄봄〉, TV문학관 〈봄봄〉, HDTV문학관 〈봄, 봄봄〉뿐이다. 주목할 것은 그 내용상 대개 데릴사위의 나이들이 20대 초반에서 중반임에 비해 HDTV문학관 〈봄, 봄봄〉에서 이병수는 31세로 나온다. 그 상대역 혜은은 26세다. 이는 2000년대 이후 결혼 적령기가 만혼 시대로 들어섰음을 반영한 것으로 보인다.

점순의 이름은 HDTV문학관 〈봄, 봄봄〉에서 해외 유학생 '혜은'으로 나온 것이 유일하고 나머지 작품에서는 원 소스의 이름을 그대로 차용한다. 이에 비해 원 소스의 김봉필(욕필)영감의 이름은 박봉필, 오영감, 그리고 〈봄, 봄봄〉에서 덕배로 그 외는 원작의 이름 그대로다. 덕배는 대목장의 목장주이다. 원 소스에서 생산된 아바타에서 모든 장인들은 성미 급하고 모두 입이 걸쭉하다.

장모의 경우는 희곡 〈봄봄〉에서는 '마누라'로 놀부마누라를 능가하며, 오페라 〈봄봄〉에서는 안성댁, 여장부로 나오고 HDTV문학관 〈봄, 봄봄〉

의 장모 이름은 점순으로 「동백꽃」의 여주인공 캐릭터를 그대로 차용, 남성들을 제압하고 지휘하는 실질적인 가장으로 나온다. 이 또한 2000년대 이후 여성의 사회적 경제적 능력의 신장과 그 지위가 높아지고 있는 현실이 은연중에 반영된 것으로 보인다.

구장의 역할은 영화 〈봄봄〉에서는 사려분별이 있고 사위에게 장인의 비밀지략을 귀뜸하여 사위가 장인의 성례승락을 받아내는 데 일등 공신이 된다. 그 외에는 원작에서의 그것과 대동소이하다. 그러나 오페라 〈봄봄〉과 HDTV문학관 〈봄, 봄봄〉, 패러디 소설 「봄·봄·봄」에서는 그 역할이 생략되며 뭉태의 경우는 문태, 몽태로, 때로는 생략된다. 영화 〈봄봄〉에서 몽태는 점순을 사이에 두고 춘삼과 삼각관계를 형성한다.

한편 이들의 직업은 HDTV문학관 〈봄, 봄봄〉, 패러디 소설 「봄·봄·봄」을 제외하고 모두 농민이다. 전자의 경우 병수는 목축인이고 혜은은 해외유학생, 후자의 경우 사위는 해외노동자로 가구공장 기술자이다.

(2) 「봄·봄」 아바타에 나타난 이야기의 변이양상

이야기에서 삽입 삽화의 역할은 원 소스를 바탕으로 스토리텔러의 창의성이 과감하게 반영된 것을 증명한다. 먼저 원 소스에 새로운 이야기를 삽입한 것들을 보기로 한다.

원 소스에서 장모는 마지막 장면에서 위기에 빠진 봉필을 돕기 위해 잠시 나타난데 비해 희곡 〈봄봄〉에서 장모는 봉필영감보다 더 욕심 많고 심술궂고 모사꾼이다. 또한 이 작품에는 원 소스와 달리 새로운 사랑이야기가 삽입된다. 순자와 영달의 순애보가 그것이다. 오라비가 징용간 이후 빚더미 앉은 부모를 위해 순자는 술집에 몸을 팔려고 하는데 이는 현대판

심청의 모습이고 이때 영달은 구원투수로서 등장한다.

영화 〈봄봄〉에서는 미련한 춘삼 대신 몽태를 사위로 삼으려는 홀아비 장인의 흉계, 점순을 사이에 두고 춘삼과 몽태의 대결, 장인의 큰딸 점례와 범표 사랑의 도피행각과 이후 사기행각, 젊은 시절의 장인이 그의 장인에게 계략으로 점순 모(母)를 얻게 되는 과정 등이 삽입된다. 구장이 알려준 장인의 성례의 계략대로 성례승낙을 얻어내는 이야기 등은 원작을 충실히 반영하면서 새로운 이야기를 만들어낸다.

TV문학관 〈봄봄〉에서는 시장판에서의 씨름꾼들의 경쟁, 부친의 유산 상속을 노리는 장인의 출가한 두 딸이 벌이는 선물공세, 정신대와 징용제도에 따라 성혼을 서두르는 당시 사람들의 삶의 이야기가 삽입된다. 판소리 〈봄·봄〉에서는 전라도 아지매의 등장과 장인집에서 쫓겨난 사위, 그 사위를 찾아나서는 점순의 이야기가 삽입된다.

HDTV문학관 〈봄, 봄봄〉, 패러디 소설 「봄·봄·봄」에서는 모든 이야기가 새로운 판으로 형성된다. 〈봄, 봄봄〉에서는 병수의 입양기, 혜은과 진호의 사랑과 작별, 기러기 아빠 영태의 이야기가 그것이다. 「봄·봄·봄」에서는 외국인노동자의 본국에 있었을 때인 어린 시절의 생활 이후 한국에 오기까지의 과정과 악덕 사주, 노래방 문화가 삽입된다.

한편 장인과 사위의 과격한 몸싸움은 「봄·봄·봄」에서 꽃가루 알레르기 환자와 알코올 알레르기 환자가 서로 상대의 약점을 노려 꽃다발과 소주를 이용해서 고통을 주는 것이 삽입된다.

다음은 이야기의 결말처리 부분을 보자. 영화 〈봄봄〉과 오페라 〈봄봄〉에서는 혼인잔치 부분으로 끝나고 TV문학관 〈봄봄〉에서는 결혼승락으로 완결된다. 판소리 〈봄·봄〉에서는 떠나간 총각을 점순이가 찾아나서는 처리된다. 이들은 새로운 사건의 삽입인 것이다.

앞에서는 원 소스에 삽입된 부분들을 보았다. 삽입 못지않게 원 소스가 지닌 특징이 생략된 것들도 많다. 가장 중요한 것은 원 소스의 언어적 특징이었던 강원도 춘천 사투리가 영상문화 시대로 오면서 실종되었다는 것이다. 영화나 TV 드라마에서 사용되고 있는 사투리는 정체불명의 것이고, 2000년대로 오면 그대로 표준어가 사용된다. 한편 구비서사의 특징 가운데 하나인 삼 세 번의 반복 사건 또한 사라졌다. 작품에 따라서는 등장인물이 생략된 경우도 있지만 이들은 앞에서 이미 언급했기에 여기에서는 생략한다.

한편 지속적인 요소로 남아 있는 것은 데릴사위제도, 청춘남녀의 애정 전선, 사위와 장인의 육탄전 등이 보인다.

6. 나가는 글

본고에서는 OSMU(One Source Multi Use)로서의 「봄·봄」이 보여준 효용가치에 주목, 「봄·봄」을 토대로 생산된 아바타들을 추적하고 이들 사이의 변이의 양상을 살펴보려고 했다. 먼저 문화콘텐츠에 대한 간략한 소개를 하고 「봄·봄」이 스토리텔러의 관심을 끌게 된 이유, 다음에 「봄·봄」의 동시대 및 이후 시대에 나타난 「봄·봄」의 아바타들을 찾아보고 이들 사이의 변이 양상과 그 의미들을 추적해보려고 했다.

1935년 「봄·봄」이 발표된 이래 작가가 의식하지 않았다고 해도 「봄·봄」의 제1호 아바타는 안회남의 「남풍」으로 보인다.

「봄·봄」의 아바타들은 희곡, 영화, TV문학관, 오페라, 판소리, 패러디 소설 등 다양했다.

이들 아바타들 사이의 변이양상을 보기위해 먼저 원 소스「봄·봄」의 제목의 변이를 보았다. 제목은 작품 내용과 밀접한 관계를 갖고 있기 때문이다. 제목「봄·봄」은 가운데 점(·)의 유무, 음절의 첨가 등을 통해 변화를 시도하고 있으나 사실상 큰 변화는 없었다. 이것은 곧 이야기의 핵심 내용에도 그리 큰 변화는 없을 것이라는 것을 암시하는 것이다.

다음에는 아바타들 속에 반영된 시공간 배경을 살펴 대부분 봄이 배경인 작품과 달리 희곡 〈봄봄〉이 가을에서 봄에 이르는 것임을 보았고 작품 속 시대배경에서 대부분 1930년대이고 다만 HDTV문학관 〈봄, 봄봄〉과 패러디 소설「봄·봄·봄」이 2000년대임을, 공간배경에서도 이 두 작품만이 전자에서는 제주도의 초원지대가, 후자에서는 도시근교임을 보여주었다. 성례조건에서도 이 두 작품 중 전자는 차용증서와 각서에, 후자는 노래 부르고 술 마시기에 있음을 보았다.

8종류의 아바타 가운데 희곡 〈봄봄〉과 KBS TV문학관 〈봄봄〉에는 징병제 및 정신대 문제가 언급되고 있었는데 전자의 경우 1960년대 후반에서 1973년에 희곡으로 각색된 것으로 추정하고, 후자의 경우 1983년 작인 것으로 미루어 유신시대로의 도입, 1980년 전두환 정권시절의 암울함이 식민지시대를 연상시킴을 은유적으로 표현한 듯하다.

한편 아바타에 나타난 주요인물들 및 이야기의 변이양상을 보았다. 여기에서는 등장인물들의 이름과 역할, 신분 등을 보았고 여타의 아바타들이 원 소스의 것을 고수하고 있는데 반해 HDTV문학관 〈봄, 봄봄〉에서는 고등교육을 받은 남자와 해외유학파 여주인공이 나오고,「봄·봄·봄」에서 남자주인공은 외국인노동자다. 「봄·봄」의 아바타에서 여성들이 대체로 순종적인데 반해 2000년대로 오면 자기주장이 강해지고 여성의 자아를 실현하는 모습이 보인다. 희곡 〈봄봄〉, 오페라 〈봄봄〉, HDTV문학관 〈봄, 봄봄〉에서의 장모는 여장부들이며 특히 〈봄, 봄봄〉의 여주인공 혜은은 자아성취를 위해 해외유학을 한다. 이야기의 변이 양상에서는 새로운 이야기의 삽입에 주목했는데 여기에는 희곡 〈봄봄〉, 영화 〈봄봄〉, KBS TV문학관 〈봄봄〉, HDTV문학관 〈봄, 봄봄〉, 패러디 소설 「봄·봄·봄」에서 월등했다.

원 소스에 삽입된 이야기와 반대로 원 소스가 지닌 특징 가운데 생략된 것들도 많았다. 곧 강원도 춘천 사투리가 실종되고, 구비서사의 특징의 하나인 삼 세 번의 서사가 실종되었다.

물론 시대를 떠나 지속적인 요소도 있다. 아바타 모두를 관통하고 있는 데릴사위제도, 청춘남녀의 애정전선, 장인과 사위 사이에 급소를 공격하는 육탄전, 조금 어리숙하지만 순정적인 남주인공들, 야무진 여성주인공이 그들이다.

변화하지 않는 것은 퇴보한다고 한다. 「봄·봄」이 다양한 아바타로 태어나면서도 변화하지 않는 요소들은 그들이 독자들에게 지배적 인상으로 고착되었기 때문이다. 그러나 이제 좀 더 성숙한 사랑과 시대적인 고민으로 시선을 돌릴 수는 없을까. 왜냐하면 독자들은 옛것에 향수를 느끼면서도 늘 새로운 세계를 접하고자 하는 때문이다.

(『현대소설연구』 50호, 한국현대소설학회, 2012.8)

●● 참고문헌

김기덕·신광철, 「문화·콘텐츠, 인문학」, 인문콘텐츠 학회『문화콘텐츠 입문』, 북
　　코리아, 2006.
김수업, 「봄·봄의 기법」,『배달말』제9집, 배달말학회, 1984.
김요한, 「문화콘텐츠로서의 이야기의 확대 재생산」,『세계문학비교연구』30, 세계
　　문학비교학회, 2010.
김용구, 「김유정소설의 구조」,『관악어문연구』제5집, 1980.
남궁만, 〈데릴사위〉,『조선중앙일보』, 1936. 1. 1~28.
박정규, 「봄·봄·봄」, 김유정학회 편,『김유정의 귀환』, 소명출판, 2012.
＿＿＿, 「김유정 소설의 시간구조」, 한양대 박사논문, 1991.
박태상, 「김유정문학의 실재성과 허구성」,『현대문학』, 1987.6
송효섭, 「스토리텔링의 서사학」,『시학과 언어학』제18호, 시학과언어학회, 2010.
신동흔 각색, 신동흔 창작판소리 「봄·봄」, 김유정문학촌 편,『김유정 문학의 재조
　　명』, 소명출판, 2008.
신명순 각색, 〈봄봄〉, (사)한국예술문화단체 총연합회 춘천지부 편,『김유정 희곡
　　집』, (사)한국예술문화단체총연합회(춘천지부), 2002.
여지영, 「이건용 창작오페라 〈봄봄〉 연구-음악분석을 중심으로」, 이화여대 석사
　　논문, 2012.
오세정, 「이야기와 문화콘텐츠」,『시학과 언어학』제11호, 시학과언어학회, 2006
유인순, 「김유정소설의 구조분석」, 이화여대 석사논문, 1980.
＿＿＿, 「김유정문학연구사」, 전신재 편,『김유정문학의 전통성과 근대성』, 한림대
　　아시아문화연구소, 1997.
유종영, 「김유정의 소설 연구-반어 양상과 기능을 중심으로」, 동국대 석사논문,
　　1982.

이상진, 「문화 콘텐츠 '김유정', 다시 이야기하기」, 김유정학회 편, 『김유정의 귀환』, 소명출판, 2012.

이수현, 「「메밀꽃 필 무렵」의 스토리텔링 양상연구」, 『현대문학의 연구』 35, 한국문학연구학회, 2008.

이재명, 「남궁만 희곡작품에 대한 분석적 연구」, 『한국연극학』 5호, 한국연극학회 1993.

장경탁, 「한국근대소설의 순환구조고─이효석의 「산협」과 김유정의 「봄·봄」을 중심으로」, 『성대문학』 제25집, 1987.

전신재, 「김유정소설의 설화적 성격」, 김유정학회 편, 『김유정의 귀환』, 소명출판, 2012.

정한숙, 「해학의 변이」, 『현대한국 작가론』, 고려대 출판부, 1976.

조남현, 「김유정소설과 동시대 소설」, 김유정학회 편, 『김유정의 귀환』, 소명출판, 2012.

조희문, 「김유정의 소설과 영화」, 김유정문학촌 편, 『김유정 문학의 재조명』, 소명출판, 2008.

최혜실, 「문학, 문학산업, 문학교육의 연결고리로서의 스토리텔링」, 『문학교육학』 29권, 한국문학교육학회, 2009.

한만수, 「한국서사문학의 바보인물연구─바보민담, 판소리계 소설, 김유정 소설을 중심으로」, 동국대 박사논문, 1991.

한명희, 「김유정문학의 OSMU와 스토리텔링」, 『한국문예비평연구』 27, 한국문예비평연구회, 2008.

한혜원, 「디지털 스토리텔링의 현황 및 활용방안 연구」, 『한국언어문화』 32집, 한국언어문학회, 2007.

김유정, 유인순 편, 『동백꽃』, 문학과지성사, 2005.

안회남, 『한국단편소설대계』 12(『안회남단편집』 영인본), 태학사, 1988.

최인준, 『최인준 작품집』, 지만지, 2010.

김수용 감독, 영화 〈봄봄〉(1696), 태창흥업·한국영화데이터베이스. (http://www.kmdb.or.kr/)

박지숙·조나단·이수민 공동극본, 이건준 연출, HDTV문학관 〈봄, 봄봄〉, KBS창사

특집, 2008년 3월 3일 방영. (http://www.kbs.co.kr/end_program/drama/ h
dtv/ bombom/view/1509435_25466.html)

신동흔 각색, 판소리 각색 채수정·작창 박송희, 판소리 〈봄·봄〉, 2008년 10월 4일
한림대 국제회의관, 초연 공연실황 녹음 CD.

이건준 극본·작곡, 이연화 음악총감독, 오페라 〈봄봄〉, 2008년 10월 4일 춘천문화
예술회관 공연실황 녹화 CD.

최경식 극본, 김충길 연출, TV문학관 〈봄봄〉, 1983년 5월 7일 방영 자료 CD.

소설 속 춘천의 문학지리

1. 들어가는 글

춘천이 소설의 공간으로 등장하기 시작한 것은 이인직의 「귀의 성」[1] 에서부터이다. 그러나 이 무렵 소설 속 춘천은 많은 배경 가운데 거쳐야 할 한 장소였을 뿐이다. 본격적으로 소설 속에 춘천이 자리 잡은 것은 김유정의 소설작품에서이다. 이후 한국 소설에서는 춘천을 공간으로 하는 작품들이 드물지 않게 나오기 시작했다. 춘천의 무엇이 작가들로 하여금 그들 작품 속에 주요 공간으로 자리 잡게 하였을까. 작가들은 춘천에서 어떤 영

---

[1] 1906년 10월 14일부터 1907년 6월 초까지『만세보』에 연재. 이 작품은 주인공인 강동지 일가가 살고 있는 춘천의 송현(현재 송암동) 마을에서 시작된다. 현재 송암동은 춘천의 레저 스포츠타운으로 개발되고 있다. 이해조의 「소양정」(1911년 9월 30일부터 12월 16일까지『매일신보』에 연재)에서도 작품의 후반부에 소양강과 소양정이 나온다.

감을 받아 탄탄한 상상의 공간을 창조하게 되었을까.

춘천(春川)은 북한강과 소양강의 합류 지점에 위치하고 있다. 따라서 이 지역에서는 신석기·청동기·철기 시대의 유적 유물이 적지 않게 분포되어 있다.[2] '춘천'은 조선조 고종 33년 7월(1896)에 원주에 있던 감영이 춘천으로 옮겨오면서 강원도의 수부(首府)가 된 이래,[3] 현재 강원도의 도청 소재지로 자리 잡고 있다.

춘천은 지형학적으로 사방이 산으로 둘러싸인 내륙 산간분지라 여름에는 대단히 무덥고 겨울에는 대단히 춥다. 춘천에 춘천댐, 소양강댐, 의암댐의 순서로 댐이 건설되면서 서너 개의 강섬(위도, 중도, 붕어섬)이 생겼고, 이후 춘천은 호반의 도시, 안개의 도시로 불리게 되었다.

'춘천에 산다는 것은 마침내 안개가 되는 것이다'[4]라고 어느 시인은 춘천의 안개를 노래했다. 한편 춘천 출신의 소설가 한수산은 '우리에게 모든 것을 포기하게 하고 은거하게 하던 그 안개의 덫',[5] 춘천의 안개는 재앙을 불러올지도 모를 다분히 공포스럽고, 자본주의적 상품으로 전락할지도 모를 혐오스런 대상으로 그린 바 있다.

그러나 사람들이 점차 안개에 익숙해지면서, 이후 작가들에게 춘천의 안개와 호수는 상상력의 도약대로 작용한다. 같은 무렵에 이외수는 안개

---

2 춘천지역은 현존하는 유물과 사서에 나타난 사실들을 참고 하건대 한강 유역에 대한 패권의식이 치열했던 삼국시대에, 백제·고구려·신라가 교차지배를 했었던 곳이다. 『삼국사기』에는 신라 선덕왕 6년(637)에 우수주에 군주를 파견한다는 기록이 나온다. '우수주'는 춘천의 옛이름이다. (김부식, 신호열 역, 『삼국사기』 II, 동서문화사, 1978, 595쪽)

3 '춘천'이란 지명은 통일 신라시절 우수주(牛首州), 수약주(首若州)로, 삭주(朔州), 광해주(光海州)로, 그리고 고려 시절에는 광해주가 춘주(春州)로 고쳐지고, 조선조 태종 13년에 춘주는 다시 춘천(春川)으로 고쳐져 오늘에 이른다. (춘성군, 『春州誌』, 春川市·春城郡, 1984, 71~72쪽)

4 박제영, 「춘천」, 『뜻밖에』, 애지, 2008, 28쪽.

5 한수산, 「안개 시정거리」, 『문학사상』, 1978.10, 474쪽.

가 춘천을 '몽환의 도시'로 만들고 또 살아오면서 경험했던 모든 어두운 기억들을 가려주는 것[6]이라고 했다.

본고에서는 춘천지역을 공간배경으로 하고 있는 소설작품들을 대상으로 그들 작품에서 그려지고 있는 춘천지역, 작품 속에서 공간의 역할과 의미들을 작품 주제와 관련하여 주목해 보려고 한다.

2. 춘천의 문학지리

1) 생존과 저항의 몸짓 — 실레마을

'실레마을'이란 이름은 현재 행정 구역상에서는 찾을 수 없다. 실레마을은 김유정이 그의 수필에 기록함으로써 우리에게 전해 진 토박이 마을 이름이다. 실레마을에 대해 김유정은 '앞뒤 좌우에 굵직굵직한 산들이 빽 둘러섰고 그 속에 묻힌 옴폭한 떡시루 같다 하야 동명을 실레라 부른다[7] 라고 설명했다.

실레마을은 1914년, 증리(甑里)라는 이름으로 신남면에 편성, 이후 1939년 행정구역 개편에 따라 신동면에 편성되어졌다. 현재 실레마을은 도심과 연접된 농촌으로, 해발 652m의 금병산(혹은 진병산)이 있고, 작가 김유정을 기리기 위한 '김유정문학촌', 그리고 한국 최초로 소설가의 이름을 딴

---

6 이외수, 「훈장」, 『자객열전』, 나남, 1983, 85쪽.
7 김유정, 「오월의 산골작이」, 『원본 김유정 전집』, 423쪽. (현대어표기 ― 필자)

'김유정역'이 자리 잡고 있다.

김유정이 남긴 소설 30편 중, 춘천의 실레마을을 공간으로 한 작품은 12편이다. 그 가운데 「총각과 맹꽁이」, 「봄·봄」, 「안해」에서 그려지고 있는 실레마을을 보자.

①호미는 튕겨지며 쨍 소리를 때때로 낸다. 곳곳이 박인 돌이다. 예서부터면 한번 찍어 넘길 걸 세네 번 안 하면 흙이 일지 않는다. 콧등에서 턱에서 땀은 물 흐르듯 떨어지며 호미자루를 적시고 흙에 스민다.

그들은 묵묵하였다. 조 밭고랑에 쭉 늘어박혀서 머리를 숙이고 기어갈 뿐이다. 마치 땅을 파는 두더지처럼– 입을 벌리면 땀 한 방울이 더 흐를 것을 염려함이다.[8]

②그 전날 왜 내가 새고개 맞은 봉우리 화전밭을 혼자 갈고 있지 않았느냐. 밭 가생이로 돌 적마다 야릇한 꽃내가 물컥물컥 코를 찌르고 머리 위에서 벌들은 가끔 붕, 붕 소리를 친다. 바위틈에서 샘물 소리밖에 안 들리는 산골짜기니까 맑은 하늘의 봄볕은 이불 속같이 따스하고 꼭 꿈꾸는 것 같다.[9]

③며칠 후에는 년이 시체 창가 하나를 배가주왔다. (…중략…) 그랬더니 나중 알고 보니까 년이 어느 틈에 야학에 가서 배우질 않았겠니. 야학이란 요 산 뒤에 있는 조고만 움인데 농군 아이에게 한겨울 동안 국문을 가르친다. 창가를 할 때쯤 해서 년이 추운 줄 모르고 거길 찾아간다. 아이를 업고 문밖에 서서 귀를 기울이고 엿듣다가 저도 가만가만히 흉내를 내보고내보고 하는 것이다.[10]

---

8   김유정, 「총각과 맹꽁이」, 『동백꽃』, 29쪽.
9   김유정, 「봄·봄」, 위의 책, 203쪽.

김유정은 실레마을만이 가지고 있는 자연경관의 세부적인 묘사를 하지 않는다. 당장의 생존을 위해 전력투구하는, 허기진 그러나 꿈을 잃지 않는 삶을 그린다. 특이한 것은 그들의 삶의 과정이 실레마을 사람들만이 쓰던 언어로 표기된다는 것이다. ①의 「총각과 맹꽁이」에서, 본래 농지가 아니었던 돌각다리 밭을 경작해야 하는 소작인의 고된 삶이란 땅 파는 두더지의 그것과 다를 것이 없다. ②의 「봄·봄」에서 봄날 건강한 청춘남녀가 느끼는 욕망의 표현은 그 어떤 상황 앞에서도 아름답다. ③의 「안해」에서 들병이가 되면 쌀밥에 고깃국을 먹을 수 있다는 생각에 밤마다 아내에게 소리공부를 시키는 남편과, 눈 쌓인 야학당 바깥에서 신식 노래를 귀동냥 하는 아내의 모습에서 바보스러움이나 엉뚱함 보다는, 난관을 극복하려는 강인한 생의 의지를 보게 된다.

「총각과 맹꽁이」, 「봄·봄」, 「안해」에서 추구하는 것은 궁핍한 시대에 결코 기죽지 않는 민초들의 삶이다. 작품 속의 실레마을 사람들은 생존의 문제가 보장되지 않은 곳에서 교양과 체면, 도덕과 윤리를 따지는 것이 얼마나 우스꽝스러운 것인가를, 온몸으로 만들어가는 삶이 얼마나 절실하면서도 위대한 것인가를 보여준다. 그리하여 1930년대 실레마을은 생의 욕망 앞에 솔직하고 당당한 민초들이 적극적으로 살아가는 삶의 현장이며 동시에 식민제도의 부당함을 우회적으로 고발하는 저항의 장소로 형상화 된다.

---

10 김유정, 「안해」, 위의 책, 224쪽.

2) 자폐의 껍질 깨트리기—봉의산

봉의산(鳳儀山, 301.5m)은 춘천의 진산으로, 춘천시의 북쪽에 위치하고 있으며 그 정상에 오르면 춘천 시내 전체를 조망할 수 있다. 봉의산을 중심으로 남쪽 바로 아래에 강원도청, 동남쪽에 한림대학, 북쪽으로 소양강이 흐르고 산기슭에 봉의산 순의비(鳳儀山殉義碑)가 있는 공원, 등산로를 따라 조금 오르다보면 서남향 쪽에 약수터가 있다.[11]

봉의산을 배경으로 한 작품에는 한수산의 「대설부」가 있다. 「대설부」에서 주인공인 1인칭 화자는 남자 대학생이다. 남자는 지난여름 건축기사인 형님을 사고로 잃었다. 겨울방학이 되자 남자는 외가가 있는, '열차에 올라 주간지 한 권을 펜팔 난만 빼고 다 읽고 나면 가 닿는 도시'로 왔다. 흐린 겨울날의 오후, 남자는 서울에서 찾아온 형님의 연인이었던 여자와 산기슭의 공원을 찾아가고 다시 산 아래쪽의 약수터로 가서 약수를 마시고 얘기를 나눈다.

우리는 가까운 바위 위에 나란히 앉았다. 떨어진 나뭇잎이 바람에 구르는 소리가 사르릉 거리며 들려 왔다. 계곡은 조용했다. 서로 아무 말이 없었다.

캄캄한 어둠 저편에서 비행기의 빨간 불빛이 작은 점이 되어 깜박이더니 사라져 갔다.[12]

---

11 「대설부」가 발표된 70년대 중반, 봉의산 기슭의 공원에는 어린이 헌장비가 있었다. 그러나 이번에 현장을 답사해보니 어린이 헌장비는 철거되고, 그 자리에 봉의산 순의비가 건립되어 있었다. 약수터의 위치도 본래의 장소로부터 수원(水源)을 따라 상층부로 이전, 주변을 돌로 쌓아 정비해 놓고 있었다.

12 한수산, 「대설부」, 『사월의 끝』, 민음사, 1987, 79쪽.

「대설부」에서 두 사람이 찾아간 곳은 봉의산이다. 산기슭의 공원에 오른 남녀가 처음 나누는 이야기는 산문적이다. 그러나 약수터를 찾아가는 길에 여자의 손을 잡아주면서 남자는 죽은 연인을 잊지 못해하는 여자에 대해 연민을 느끼고, 그 여자가 겪었을 고통을 이해하게 되며, '살아 있으면서도 참혹하게 마멸되어 가는 우리들 시간의 안팎을 이제는 더욱 뜨겁게 껴안으리라'고 다짐한다. 어둠 속에서 보는 빨간 불빛은 미군부대(캠프 페이지)의 비행장[13]에서 떠오른 비행기의 불빛이다.

여기서 봉의산과 약수터는 사람 사이에 벽을 쌓고 살아오던 남자에게 먼저 타인에게 손 내밀어 잡아주게 하고, 상처 입은 사람의 마음을 헤아리게 하는 계기를 만들어준다. 이와 같은 마음의 따뜻한 물결이 장소를 바꾸면서 남자의 닫혔던 마음을 열게 하는 것이다.

3) 유한영역에서 무한영역으로—후평 1동

후평 1동은 봉의산과 소양강이 접한 곳으로 춘천시 시가지의 동쪽 외곽지역에 위치, 예전에는 춘천읍내의 뒤쪽 들이 되는 관계로 뒤뚜르(뒷들, 뒤뜰)라고 불리던 곳이다. 봉의산 기슭을 타고 내려온 후평 1동과 2동 사이 주택가에는 퇴락한 목조 고가(古家)가 있다. 오정희의 「옛우물」의 많은 부분이 목조 고가가 있는 이 지역을 배경으로 하고 있다. 오래된 낡은 기와집은 헐리고, 숲은 주택가로 변했으며, 비교적 후대에 지어졌을 목조

---

[13] 한국전쟁 정전 이후 2005년까지 근화동 일대에는 미군부대 캠프페이지가 자리 잡고 있었다. 캠프페이지는 2005년에 이전했다.

고가와 작은 연못만 남아 있다.

「옛우물」에서 여자는 현재 살고 있는 아파트에서 예성 아파트로 가려면 연당집을 지나야한다. 예성 아파트는 고층 아파트로 가기 전에 임시 살던 열한 평짜리 서민아파트였다. 아직 팔리지 않은 예성 아파트에서 여자는 혼자 보내는 시간과 그곳에서 연당집을 내려다보는 것을 좋아한다.

> 창을 열면 눈 아래에 연당집이 빤히 내려다보였다. 이 동네 사람들은 이백 년도 넘었으리라는 커다랗고 낡은 기와집을 진사집 혹은 바보네 집, 연당집이라고 부른다. 앞마당의, 여름이 되면 수련이 장관을 이룬다는 연못 때문에 그렇게 부르는 것이리라.[14]

「옛우물」에 나오는 여자가 현재 살고 있는 고층 아파트는 엘리트 아파트이다. 여자가 찾아간 예성 아파트는 엘리트 아파트 가까이 있는 5층짜리 '봉의아파트'이다. 한편 연당집에 주목할 필요가 있다. 연당집은 실제로 역사적 인물과 관련된 집이다. 소설에서 나온 고가(古家)와 주변 숲의 주인은 구한말 박영효의 측근이었던 이규완(李圭完, 1862~1946)옹이었다. 그는 강원도 관찰사, 강원도 초대 도장관과 함경도 도장관을 지냈다.[15] 작품 속의 연당집은 이규완옹의 장남 이각일 씨 소유의 고가(古家)였다.[16]

---

14 오정희, 「옛우물」, 『하나코는 없다』(1994년도 제18회 이상문학상 수상작품집), 문학사상사, 1994, 380쪽.

15 도장관 시절의 이규완 옹은 아들들과 함께 손수 지게를 지고 집 주변에 나무를 심고 양잠실을 지어 가족들에게 직접 양잠과 농사일을 하게 했다. 이규완 옹은 아들 넷을 두었는데 장남 각일(覺一) 씨는 부친의 뜻에 따라 농장을 운영하고, 2남 선길(鮮吉 1893~1971)은 1932년 제3회, 전 일본 유도선수권대회 일반 장년부에서 우승, 1938, 1939년에 개최된 제7, 8회 대회에서도 연승하여 일본 천황 앞에서 유도 시범을 보인 유도계의 전설적인 인물이다.

16 오래된 기와집은 헐렸고, 현재 남아 있는 목조에 기와를 얹은 집은 노후 되어 빈 집으로 비워두

「옛우물」에서 예성아파트와 연당집은 중산층 중년부인의 '봄 지나기'에서 매우 중요한 역할을 한다. 그녀에겐 가족도 소중하지만 이제는 죽은 옛 남자에 대한 기억도 소중하다. 그 남자의 사망 이후 여자는 곳곳에서 그의 흔적과 목소리를 발견하고는 한다. 여자가 연당집 주변의 풍광에 이끌리는 것은, 숲 속에 서면 그녀 스스로 현자가 된 듯한 넉넉함을 누릴 수 있었던 까닭이다. 이백 년 세월을 품었던 연당집은 그녀가 예성 아파트의 한쪽 구석에서 죽은 남자의 회상에 잠겨 있는 동안 완전히 해체되어 버린다. 여자는 습관적으로 죽은 남자의 집 전화번호를 눌러대고, 그 번호가 다른 이에게 넘겨졌다는 사실을 확인하는 순간 그제야 남자의 죽음을 인정한다.

여자는 연당집 숲의 나무에 귀를 대어보고, '나무의 말'을 듣지는 못하지만 나무에서 따듯함을 느끼자 불현듯 나무 위로 기어오르기 시작한다. 그녀가 품고 있는 옛 우물과 소양강, 소양호, 연당집의 연못이 갖고 있는 수평적이고 하강적인 공간과 연결된 과거기억으로부터 벗어나기 위해서는 역동적인 변화가 필요하다. 그것이 바로 수직 상승하는 나무 위로 기어오르는 행위이다. 나무에 올라 거친 줄기를 부둥켜안고 있는 동안 여자는 '억눌린 비명'과 함께, '산산이 해체' 되는 희열을 느낀다. 순간, 인생보다 '오랠 산과 나무, 별들'의 존재를 인식하고 그 동안 오해하고 있었던 금빛 잉어의 전설을 정확하게 기억한다. 그동안 여자의 삶은 남자의 죽음에서 비롯된 과도한 감상에 빠져 있었던 것이다.

봄날의 밤에, 오동나무 보라 빛 꽃 속에서 여자는 유한한 영역에서 무

고 있다. 연당은 규모는 작지만 물을 충충히 채우고 있다. 이 연못은 이규완용 시절에 조성한 것이라 한다. 현재 목조의 고가는 이각일 씨의 외증손녀딸인 화가 이승춘 씨가 관리하고 있다. (2008.11.17, 14:40~15:30까지, 이승춘 씨 댁에서 이야기를 나눔)

한의 영역으로, 과거의 미련에서 오동나무 꽃 같은 미래의 영역으로 들어선다. 여자가 스스로 만든 비련의 망상에서 깨어나게 되는 공간이 바로 후평 1동에 있는 연당집과 그 주변의 숲과 나무들이 있는 곳이다.

4) '처음'의 감동 찾기―공지천, 공지교, 중앙로

'공지천'은 대룡산의 북쪽 기슭에서 시작하여 학곡천, 신촌천, 애막골천, 퇴계천을 모아 서북쪽으로 흘러 춘천시가를 관통하고 근화동에 이르러 의암호에 유입되는 작은 강이다. 이 작품이 발표되던 시기가 1995년임을 감안하면, 당시 공지교는 서울 쪽에서 춘천시내로 진입하던 입구였다. 그러나 의암터널의 개통과 함께 공지교의 모습과 역할은 바뀌었다. 현재의 공지교는 2000년대 초에 4차선으로 확장되었고 주변은 공지천 유원지로 바뀌었다.[17]

'중앙로'는 공지교로부터 중앙로 로터리까지 이르는, 춘천시의 중심부에 자리 잡고 있고, 춘천시 교외지역이 아파트 군락으로 발전하기 전까지는 명실상부한 지역 상경제 및 문화생활의 중심 지대였다.

박상우의 「집시의 시간」에서 춘천은 무영시(霧泳市)라는 이름으로 나온다. 이 작품에서 무영시 출신의 작가는 10년 만에 다시 무영시로 돌아온다. 새벽, 안개 시정거리 제로 상태에서 작가의 눈에 비친 다리와 무영시는 다음과 같이 묘사된다.

---

17 현재의 공지교는 2001.2.1 ∼ 2002.12.31까지 새로운 설계로 변신했다. 다리 길이는 129m, 교각의 폭은 좁은 곳이 26m, 넓은 곳이 39m으로 설계되어 있다. 시공은 동부건설이 담당했다.

다리가 시작되는 곳, 도시로 진입하는 쪽과 반대되는 방향이었다. 새벽 다섯 시, 오월인데도 체감 온도는 겨울 못지않았다. 걸음을 재촉하며 춥고 졸린 몸을 달랬지만 안개 때문에 '무궁화 호텔'은 미미한 불빛도 보이지 않았다. 교각이 끝나는 지점에서 우측으로 방향을 바꿨다. 약 십여 미터 쯤 앞의 농무 앞에서 이윽고 빛의 기운이 어른거리기 시작했다.[18]

「집시의 시간」에서, 주인공인 작가가 안개 속에서 본 다리는 공지천을 가로지르는 공지교이고 그가 찾아들어간 '무궁화 호텔'의 실제 이름은 '삼천리 호텔'[19]이다. 무영시 출신의 작가가 취중에 무영시를 찾아온 것은 그동안 자신의 문학세계가 실은 무영시에서의 삶의 변주였음을 알고 있는 까닭이다. 작가생활이 10년이 지나면서 작가는 창작의 위기를, 소설과 소설 속의 인물들이 자신을 거부하고 있음을 느낀다. 작가가 무영시로 돌아온 것은 본능적인 근원으로의 회귀였다. 작가는 기억 속의 '무궁화 호텔'이 '호텔, 1974'로 이름이 바뀐 사실에 당혹하며 호텔 프런트 담당자인 은발 노인의 충고에 따라 안개 속의 무영시로, '길 없는 곳에서 또 다른 길을 발견'하기 위해 떠난다. '중앙로 로터리'로의 진출이 그것이다.

'중앙로 로터리'에서 작가는 안개 속에서 카페 '모자이크, 1994'로 들어가고 그곳에서 그동안 자신이 작품 속에 재현시켰던 작중인물들의 실제 모델을 만난다. 그들이 작가를 둘러싸고 위협적으로 다가서자 작가는 혼미에 빠졌다가 깨어난다. 순간, '모자이크, 1994'는 사라지고 안개의 군무

---

18 박상우, 「집시의 시간」, 『올해의 문제소설』, 신원문화사, 1996, 183쪽.

19 삼천동에 위치한 삼천리 호텔 건물은 백색 5층 시멘트 건물로 교통과 전망이 좋은 곳에 있다. 그러나 이 호텔은 여러 번 경영주가 바뀌고 건물도 낡아 삼천리모텔로, 지금은 '삼천리 예식장 뷔페'로 간판이 바뀌었다.

가 윤무로 변하면서 작가를 적시자 작가는 사랑의 기억이 온몸을 휩싸고 '따뜻한 기운이' 번져 나가는 것을 느낀다. 다시 '호텔, 1974'로 돌아 왔을 때 은발의 노인은 '인생의 모든 순간은 처음이고, 처음이 없는 인생은 곧 죽음이니까요' 하고 말한다.

새벽, 첫 기차를 타고 무영시를 출발하며 작가는 은발노인이 들려준 말들을 되뇐다. 그리고 기차가 건너편 야산 밑에 자리 잡은 호텔 건물 앞을 지나는 순간 '호텔, 1974'는 거짓말처럼 스러지고 그 자리에는 예전 그대로 '무궁화 호텔'이 서 있음을 확인한다.

이 작품에서 작가에게 무영시는 삶의 매 순간마다가 '처음'의 감동과 신선함으로 각인된 곳이었다. 그러나 오랜 동안 무영시를 잊고 있었던 작가에게 찾아온 창작의 위기감은 무영시를 찾아와 기억 속의 거리와 안개 속에 자신을 접속시키는 순간 과거의 기억과 사랑을 되살려낸다. 무영시 ─ 안개 속을 유영하는 문학공간으로 되살아난 춘천, 이 작품 속에서 춘천의 거리와 삼천리 호텔과 안개는 세상으로부터 거부당하고 있다고 생각하는 이들에게 초심으로 돌아가도록 도와주고 위안과 힘을 나누어 주는 곳으로 그려진다.

5) 빛과 어둠의 화해─남춘천역

현재 남춘천역은 코레일 수도권 북부지사에 소속, 춘천역과 김유정역 사이에 있는 경춘선 열차의 기차역으로 춘천시 퇴계동에 위치하고 있다.[20] 한수산의 「대설부」 초반부와 후반부, 이외수의 「훈장」에서 후반부에 남춘천역이 등장한다.

「대설부」의 초반부, 형의 연인이었던 여자를 맞기 위해 찾아온 낮의 남춘천 역은 '역사 옆의 저탄장과 꺼멓게 탄가루를 뒤집어 쓴 채 늘어선 판자집들', '판자집 문마다 술 이름이 적힌 천 조각이 너풀'거리고, 손님을 기다리는 여자들이 만든 정경은 '적막하다'[21]란 어휘로 요약된다. 그러나 형님의 연인이었던 여자를 배웅하기 위해 다시 찾은 밤의 남춘천역 역사의 풍경은 낮의 그것과는 또 다르다.

열려진 커어튼 사이로 우리들이 만나서 걸었던 길이 내려다보였다. 찌그러진 판자집도, 날아오르는 탄가루도, 군인들의 휘파람 소리도, 펄럭이는 술집 휘장 앞에 나와 앉은 여자들의 때 묻은 속치마도 거기에는 없었다. 어둠을 타고 내려온 굵은 눈발이 불빛 속에서 그 모습을 나타내므로 역에서 뻗어나간 길에는 가로등을 정점으로 하는 원뿔이 하얗게 줄지어 빛나고 있을 뿐, 빛과 어둠은 분말 속에서 서로 얽히며 은밀히 화해하고 있었다.[22]

세상 사람들과 마음의 벽을 쌓고 살아왔던 대학생은 이제 그 벽을 헐어내고 모두를 사랑할 수 있으리라는 예감 속에 축복처럼 쏟아져 내리는 눈을 본다. 낮 동안 더럽고 추하게 보였던 세상살이와 사물들도 가로등 불빛과 쏟아져 내리는 눈발 속에서 모두 화해한다.

---

20 남춘천역은 1939년 7월부터 영업을 시작, 1940년부터 남춘천역이라는 역명으로 사용되었다고 한다. 1950년대~1980년대 중반까지 남춘천역 주변은 군부대와 기지촌, 판자촌들이 형성되어 있었다. 그러나 현재는 아파트 지역이 형성되고, 고층건물들이 들어선 신시가지로 발전된 모습을 보여준다.
21 한수산, 앞의 글, 1987, 66쪽.
22 위의 글, 81쪽.

이외수의 「훈장」은 이른바 예술가 소설의 유형에 속하는 작품이다. 상이군인 출신 아버지의 광기가 불러온 가정폭력이라는 환경 속에서 성장한 아들, 아들은 자신에게도 유전되어진 광기를 한 폭의 완성된 그림으로 승화하는 과정을 그려나간 것이 「훈장」이다. 이 작품에서 남춘천역 일대는 '제2장 가을 회담집'에 나온다.

그 때 내가 살던 퇴폐의 마을 남춘천에는 밤 열한 시 사십 분에 마지막 열차가 들어왔습니다. 주황색 불을 줄지어 밝히고 열차는 아주 천천히 들어옵니다. 두어 번 기적이 울면 나는 반드시 창을 열고 내다보았습니다. (…중략…) 사람들은 몽환에 가득 찬 표정으로 주황색 불빛에 젖어 있었고 그들은 아주 낯선 땅, 멀고 먼 여행에서 돌아오는 것처럼 보였습니다.[23]

「훈장」에서 남춘천역 부근은 화가를 꿈꾸는 젊은이에게 몽환적인 미지의 세상과 서러운 사랑을 꿈꾸게 한다. 철로연변의 집 창밖으로 스쳐지나가는 마지막 열차를 탄 사람들의 모습은 미지의 세상에서 돌아오는 사람들이고, 차에 탄 슬프게 생긴 젊은 여자를 보게 되면 그는 잠깐 동안의 사랑에 빠져보고는 한다. 남춘천은 비록 퇴폐의 마을이었지만 그곳을 거치는 젊은이들에게 남춘천역 부근에서의 삶은 신비롭고도 서럽고 그래서 그리운 추억의 장소, 동시에 미래에 대한 상상의 세계를 펼치는 장소가 된다.

---

23 이외수, 앞의 글, 89쪽.

6) 전설의 경고—연엽산

연엽산(850m)[24]은 예로부터 한국의 백 대 명산 가운데 하나로 꼽히는데, 사방으로 능선이 길게 뻗혀있고 동·서쪽으로는 계곡이 형성되어 있다.

전상국의 「플라나리아」는 복제인간 문제를 정면으로 소설로, 여기에서 작가는 생명본질과 인간 본질 대한 문제를 깊이 있게 파고든다. 「플라나리아」에서 주인공이 여자를 처음 만난 곳, 그리고 여자의 유체(머리칼, 손톱, 체모)와 유품을 먹인 플라나리아를 방생하는 곳은 여자를 만났던 처음의 그 장소 — 연엽산 계곡의 폭포다.

연엽산 폭포는 말이 폭포지 계곡 막바지에 있는 그리 높지 않은 벼랑 바위 위로 넘쳐흐르는 작은 물줄기였다. 아이들은 폭포가 멀리 보이는 지점에서 플라나리아를 잡느라고 여념이 없었다. 나는 아이들의 해맑은 웃음소리를 뒤로 하고 폭포를 향해 걸음을 옮기고 있었다. 산기슭은 뭉실뭉실 만개한 산벚꽃으로 한껏 농염했다. 새들은 짝짓기를 하느라 자지러지는 소리를 내고 있었다. 불현듯 눈에 들어온, 폭포 밑 너럭바위 모서리에 널브러져 있는 그네 역시 하나의 봄풍경이었다. 섬뜩하니 몸에 전율이 온 것은 그네 가까이 다가갔을 때였다. 그네는 게거품을 물고 있었다.[25]

인용문에서 아이들이 잡고 있는 플라나리아는 1급수 지표 생물이다. 이

---

24 연엽산은 춘천시 동산면과 홍천군 북방면의 경계를 이루고 있다.
25 전상국, 「플라나리아」, 『바다와 나비』(2003년도 제27회 이상문학상 수상작품집), 문학사상사, 2003, 298쪽.

는 달리 연엽산 계곡이 최고의 청정지역임을 증명하는 것이다. 뿐만 아니라 한 인간이 임종의 자리로 찾은 곳이라는 말은 가장 아름답고도 평화로운 곳임을 의미한다. 폭포 아래 너럭바위에서의 남녀의 만남은 나무꾼과 선녀의 만남만큼이나 이질적인 존재를 하나로 묶어주는 신비한 장소가 된다. 그러나 나무꾼이 사슴의 말을 지키지 않았기로 선녀를 잃듯, 남자는 여자와의 약속을 지키지 않았기로 여자를 잃게 되리라는 비극적 전설의 예고가 동시에 내려진 공간이기도 하다. 여자와의 만남 3년 뒤, 여자를 잃은 남자는 사라진 여자를 잊지 못해 그 여자의 유체와 유품을 먹인 플라나리아를 가지고 나와 계곡에 방생한다.

그로부터 한 계절이 지나기도 전에 남자는 팔호광장 로터리에서, 뉴스 속의 자료 화면에서, 1호선 전철 속에서 복제된 여자를 보게 된다. 복제된 여자는 과거를 전혀 기억하지 못하는 현재진행형의 여자일 뿐이다.

이와 같은 측면에서 보았을 때 소설 속에 나타난 연엽산 계곡은 청정지역, 가장 아름답고도 평화로운 곳이며 새로운 인연을 맺게 하는 장소이고 동시에 사라진 인간의 흔적과 기억이 또 다른 생명으로 태어나게 만드는 전설적이고도 생명력이 충만한 장소로 그려진다.

7) 강산의 여정, 인생의 여정─소양강, 삼악산, 모진강, 곡운구곡

'소양강'의 발원지는 북으로는 인북천(麟北川)과 남으로는 홍천군 내면 명개리 만월봉(滿月峰) 남쪽 계곡으로 이들은 인제읍 합강에서 합류, 소양호를 이룬 뒤 춘천시 우두동에서 북한강으로 흘러들어간다. 소양강은 예

로부터 수로(水路)로서의 역할을 해왔다.[26] '삼악산'은 춘천시내로부터 남서방향 10km 떨어진 의암댐의 서쪽에 있다.[27]

소양강과 그 주변을 공간으로 설정한 작품으로는 소양강 다릿목 부근에 초점을 맞추고 있는 오정희의 「옛우물」, 소양1교에서 강변도로를 거쳐 삼천동의 산장지대, 삼악산, 그리고 북한강을 따라 내려가는 최수철의 「머릿속의 불」과, 이와는 반대로 북한강을 거슬러 강촌, 소양강 나루, 모진강, 곡운구곡, 다시 소양강 나루로 전개되는 김도연의 「춘천 가는 배」가 있다.

「옛우물」에서 다릿목의 상설 야채 시장은 소양로 1가 뒷골목에 새벽이면 잠시 열리는 일명 번개시장이다. 이 작품에서 여자는 다릿목의 야채시장에서 야채를 사고 언젠가 그 남자와 함께 들어갔었던 다방으로 들어간다. 여자는 지금은 지상에 없는 그 남자의 눈이 되어 창밖에 펼쳐진 강변 풍경과 강물을 내다보고, 그 남자에게서 비롯된 죽음에 관련된 기억들을 떠올린다. 소양강 다릿목 부근은 새벽 장을 여는 인근 농가의 부지런한 농사꾼들, 한 집안의 충실한 주부면서 동시에 죽은 연인을 가슴에 품고 사는 여자, 미친 여자, 간질환자가 품고 있는 생의 부조리함이 함께 존재하는 축소된 인간시장으로 그려진다.

최수철의 「머릿속의 불」은 강의 여로와 인생의 여로를, 현실과 과거를 교체시켜가면서 한 인간 존재에 대한 집요한 성찰과 이후 선택의 문제까

---

26 현재 소양강에는 1933년에 세워진 소양1교를 비롯, 2001년에 준공된 소양 6교까지 6개의 다리가 있다. 예전 소양강 나루터는 소양2교 부근에 있었으나 현재는 춘천대첩기념 평화공원 아래쪽으로 옮겨졌고 중도와 상중도 사이를 운행한다.
27 삼악산 정상의 높이는 654m에 이른다. 용화봉, 청운봉, 등선봉의 세 봉우리로 구성된 삼악산은 바위산으로 그 규모는 크지 않으나 오밀조밀한 동시에 준엄하고도 웅장한 기상을 갖고 있다.

지를 보여준다. 「머릿속의 불」에서 작가가 그리고 있는 춘천과 소양강 삼악산에 대한 묘사는 거의 사실에 가깝다.

　나는 마주치며 흐르는 두 줄기의 제법 큰 강과 커다란 호수를 가진 도시에서 자라났다. (…중략…) 그러다가 훗날 오랫동안 고향을 떠나 있다가 되돌아와 어린 시절의 많은 추억을 휘감으며 내 기억 속에서 흐르는 강의 존재를 의식하게 되었을 때, 그리고 돌아와 다시 그 앞에 섰을 때, 그때 이미 그 강은 오염되어 있었다. (…중략…) 이미 강이 썩어 버렸다는 사실을 그때 그렇듯 목도하면서 나는 그 강과 함께 내 속에 들어 있던 과거의 추억과 내가 강과 다시 어우러지게 될 미래의 삶이 함께 썩어 버린 것임을 알 수 있었다.[28]

　「머릿속의 불」은 전체 21장으로 구성되었고 그 가운데 1장은 번개시장 골목에서 소양1교로 나가는 길, 2장은 소양1교와 그 앞에서 바라본 중도와 서면 쪽의 장엄한 풍경을 묘사한다.

　이 작품에서 삼인칭 시점에 의한 이야기 전개는 모두 주인공의 과거행적에 대한 냉혹할 정도로 비판적인 응시로 다루어진다. 3장은 가래침 때문에 해프닝으로 끝나고 만 소양1교에서의 자살미수에 대한 기억이고, 4장과 8장은 소양1교에서 택시 편으로 강변도로를 달려 교외지역으로 이동한다. 8장에서 숲 속에서 퍼져 나오는 불꽃의 붉은빛이 도깨비불처럼 나타나는 곳은 삼천동에 있는 '나의 산장' 부근이고 9장에서 여장을 푼 산장이 있는 곳은 삼악산이다. 11장에서 주인공이 산장에서 만난 사진사와

---

28 최수철, 「머릿속의 불」, 『숨은 꽃』(1992년도 제16회 이상문학상 수상작품집), 문학사상사, 1992, 377쪽.

뒷산을 등반, 그곳에서 내려다본 강과 섬은 삼악산 산장쯤에서 내려다 본 붕어섬이다.

경춘선 구도로가 건너다보이는 삼악산 산장에서의 생활은 친구가 서울에서 찾아온 15장에서 끝난다. 그는 산장을 떠나 북한강을 따라 차로 달려가며 자신의 삶의 강을 돌아본다.

엉뚱하다 못해 파행적이기까지 했던 치기어린 삶, 세상에 대한 오만방자, 인간관계에 대한 불신, 이기적 발상에서 나온 비열한 행위 …… 등등, 그런 사실들을 확인하는 순간마다 '머릿속의 불'은 두통과 함께 찾아왔었다.

여기에서 그가 타락의 도시를 탈출하여 고향의 강을 찾아온 이유가 밝혀진다. 그는 고향의 강이 차츰 맑아져가고 있다는 사실을 알게 된다. 타락한 자신에게 '머릿속의 불'이 되어 불시에 찾아오는 무서운 고통으로부터 탈출하기 위한 모색의 과정이 바로 정화되기 시작한 고향의 강을 찾게 된 것이다. 주인공은 다시금 강을 따라 타락의 도시로 되돌아가면서, '머릿속의 불'은 '벌을 받는 혹은 스스로 벌을 주는 행위'이고 '종교'[29]일수도 있다는 것을 깨닫는다.

강과의 여정이 끝나고 도시로 들어서는 마지막 지점에서 그는 순수의 강을 놓쳐 버릴 것 같은 두려움 속에 힘껏 가속기를 밟고 마지막 순간 '자신의 몸이 산산이 흩어져 버리는 것'[30]을 느낀다.

이 작품에서 춘천지역의 소양강과, 삼악산은 인생의 여정을 순수로 이끄는 정화된 세계, 순진한 영혼에 덮씌워진 타락의 허물을 찢어내고 순수의 세계로 나오게 하는 치열한 정화의 도장이 된다.

---

29 위의 글, 389쪽.
30 위의 글, 392쪽.

김도연의 「춘천 가는 배」에서는 1820년대 다산과 문산,[31] 1900년대 초의 취생과 몽생, 2000년대 초의 동송과 백파들, 이들 서로 다른 시간대의 사람들이 같은 공간에서 자신들이 소속된 시대상황에 따른 생각과 처신을 하고 때로 시간의 벽을 뛰어넘어 같이 어울린다.

「춘천 가는 배」의 다산 일행은 양수리에서 출발하여 현등협,[32] 삼악산 자락, 모진강[33]과 소양강의 합수지점을 거쳐 소양강 나루터로 접근한다. 소양강 나루가 보이는 곳에서 춘천은 어떤 곳이냐는 질문에 61세의 다산은 '자궁'과 같은 곳이라고 대답한다. 자궁은 생명의 발원지이고 그 생명이 세상으로 나아가는 출발지이다.

취생 일행은 노량진에서 출발하여 가평의 정족탄, 강촌을 거쳐 소양강 나루터로 이동한다. 몽생은 급변하는 세상에서 불변하는 것을 찾기 위해 여로에 올랐다고 말한다. 백파는 화첩의 표지에 넣을 '곡운구곡도'라는 동송의 글씨 한 점을 받기 위해 소양강 선착장[34]의 횟집에서 동송선생의 비위를 맞춘다.

소양강 객주집에서 하루를 보낸 취생 일행은 객주집의 소양강 처녀와

---

31 정약용(丁若鏞, 1762~1836), 조선후기의 실학자. 한국의 역사·지리 등에 깊은 관심을 갖고 주체적 사관을 제시했다. 정약용은 두 번 춘천을 다녀갔는데, 1차 방문은 순조 20년(1820) 3월 24일 맏형 정약현을 모시고 작은 목선으로 북한강을 거슬러 춘천에 왔다. 이때 춘천의 풍물과 자연환경, 역사, 청평사 방문들에 대한 기록을 『천우기행권』에 남겼다. 2차방문은 순조 23년 (1823) 4월 25일에 이루어지며 동행자는 이재의(李載毅, 1772~1839), 호는 문산(文山) 으로 노론계의 선비이다. 이재의가 다산과 교분을 맺은 것은 다산이 강진에서 유배생활을 할 무렵부터이고 이후 두 사람은 돈독한 우정을 나누었다. 다산의 2차 방문시의 기록은 『산행일기』에 있다. (심경호, 『다산과 춘천』, 강원대 출판부, 1995, 83·137·147 참조)

32 현등협은 의암교에서 강촌까지의 협곡으로 현재 이 구간은 경춘간 국도에서 고가도로로 연결되어 있다.

33 모진강은 춘천과 화천의 경계 지점부터 시작하여 지금의 삼천동 배 터까지 이르는 강이다.

34 이 작품 속의 선착장은 현재 소양강 레져 유람선 선착장으로 바뀌고 중도, 상중도로 가는 선착장은 춘천대첩기념 평화공원 아래에 있다. 금산리나 신뢰리는 육로로 연결되어 현재 배편은 없는 실정이다.

함께 인람리 뱃터[35]로 이동한다. 인람리에서 몽생의 눈에는 백파 일행과 말을 탄 다산 일행이 보인다. 백운담 바위 위에서 이들은 원래의 곡운구곡[36]에 대한 다산의 이견에 대해 격론을 벌인다.[37] 다시 소양강나루터로 돌아오는 소금배에 이들 모두가 승선하지만 끝까지 남게 되는 것은 취생과 몽생뿐이다.

이 소설에서 다산일행과 백파일행의 행적을 모두 지켜볼 수 있는 이는 몽생 뿐이다. 곡운구곡을 두고 대를 이어가던 무익한 이념의 갈등과, 고인의 업적을 상품화하려는 얄팍한 욕망에 분노하는 몽생이었지만, 몽생은 자신의 다음의 행로를 결정짓지 못하고 꿈타령을 한다. 주자의 울타리를 벗어나지 못한 다산, 장자와 나비의 꿈에서 벗어나지 못한 몽생. 소양강 처녀의 '그림이 꾸는 꿈이 아닐까요'라는 암시에서 소양강은 '꿈꾸는 소양강'이 된다.

소양강이 발생시키는 꿈은 과거로부터 유전된 진부한 이념의 세계에서 탈피하여 상상력의 힘으로 새로운 세계를 만드는 소설가의 꿈이다. 그런 의미에 춘천은 소설속의 다산이 말했듯이 새로운 생명을 배태하는 자궁과 같은 곳이다.

---

35 인람리는 춘천시내에서 16km 정도 떨어진 사북면에 있는 마을(里)로 예전에는 이곳에 역이 있었고 인람나루터가 있었으나 지금은 수몰지구가 되었다.

36 곡운 구곡은 화천군 사내면 삼일리에 김수증(金壽增, 1624~1701)이 화음동 정사를 세우고 후학을 양성하면서 그 지역의 경치가 뛰어난 9군데의 계곡을 화가 조세걸(曺世杰, 1635~1705)로 하여금 그림으로 그리게 한 곳이다.

37 「춘천 가는 길」에서는 다산이 춘천을 1차 방문했을 때 김수증 일가의 곡운구곡에 이견을 표시하는 「곡운구곡시」를 쓰고 2차 방문 시에는 그것이 자신의 실수였다고 반성한다. 그러나 실제로 다산이 곡운구곡을 방문하고 「곡운구곡시」를 쓴 것은 2차 방문 때인 1823년 봄의 일이었다. (심경호, 앞의 책, 207쪽)

8) 반성과 모색의 수행처―소양강댐, 청평산, 청평사

소양강댐과 청평산, 청평사는 모두 한 구역 안에 서로가 서로를 품고 있다. '소양강댐'은 춘천시내 중심지로부터 북동쪽으로 13km 떨어진 곳인 동면 월곡리와 신북읍 천전리 사이에 소양강 물길을 막아 세운 다목적 댐으로, 한국수자원 개발공사가 1967년 4월에 착공, 1973년 10월에 준공했다. '청평산(오봉산)'[38]은 소양강댐의 소양호 건너 청평사[39]를 안고 있는 산이다.

소양강댐과 청평사, 청평산 지역을 공간배경으로 한 작품에는, 오정희의 「옛우물」, 윤대녕의 「소는 여관으로 들어온다 가끔」 그리고 정찬의 「죽음의 질문」이 있다.

오정희의 「옛우물」에서 소양댐과 청평사는 아들이 젖먹이였던 아득한 회상 속에서 나온다. 여자는 한낮의 절 마당에 만개한 영산홍을 보고 영산홍 붉은 빛이 지옥까지 가닿는다는 남자의 말을 들으며 남자와 함께 지옥까지 동행할 생각을 한다. 그러나 저녁 무렵, 짙어오는 노을과 소양호의 더러운 강물을 보는 순간 여자는 자신들이 갖고 있는 욕망의 본질과 허위를 꿰뚫어본다. 「옛우물」에서 소양댐은 가족을 버리고 연인을 따르려던 여자로 하여금 욕망의 본질을, 그리고 현상의 허위를 발가벗겨 보게 한다.

---

38 청평산은 춘천시 북산면과 화천군 간동면에 사이에 위치하고 있다.

39 '청평사'는 973년(광종 24년) 당나라 승려 영현(永玄)이 세운 백암선원의 옛터에 세워진 고려시절의 절이다. 중창기에 의하면 1068년 (문종 22년) 이기(李顗)가 춘주도 감창사로 부임해 백암선원을 중건하여 보현암이라 불렀고 1089년(선종6년) 이기의 장남인 이 자현(李資玄)이 다시 이를 중건하여 문수원이라 불렀다. 이자현은 이곳에서 37년 동안 살았는데 그가 살기 시작하면서 도적과 맹수가 그 자취를 감추게 되었다고 한다.

청평사라는 이름은 1550년 보우(普雨)가 대불사를 일으킨 이후부터이다. 그러나 6·25 한국전쟁시에 모두 소실되고 회전문만 남았다. 현재는 옛모습에 가까운 사찰로 복원되어 있다. (강원도 편, 『국역 관동지』상, 강원도사, 2007, 649쪽)

정찬의 「죽음의 질문」에서 청평산(오봉산), 청평사, 이자현에 대한 소개는 다분히 백과 사전식 지식의 모습을 갖는다. 장편소설을 완성시켜 출판사에 넘기고 춘천의 청평산으로 여정을 잡은 소설가 K, 누군가 밀착해서 자신을 주시하고 있다고 느끼기 시작한 것은 경춘선 열차가 청평역을 지나면서부터이다. 그가 청평사를 돌아보고 등반로를 따라 산을 오를 때, 해발 779m의 정상에서 베토벤의 장엄미사를 들으며 잠시 눈을 붙이고 있을 때, 청평사 인근의 통나무 민박집에서 밤을 맞을 때 그는 미지의 존재가 그를 주시하고 있음을 느낀다.

　　청평산에서 그가 각별히 생각하는 인물은 이자현과 베토벤이다. 이자현은 권력을 버리고 은둔자의 삶을 선택, 두 번이나 문수보살을 친견했고 그가 지은 시문은 훗날 강호가도의 원류로 불리게 되었다. K는 베토벤의 장엄미사를 들으며 베토벤의 일기장에 나왔던 대목을 작가적 입장에서 재해석한다. 모름지기 작가란, 한편의 완벽한 작품을 쓰기 위해서 수많은 작품들을 읽고 그것을 소화해서 제 것으로 표현해야 한다는 것이다. 그러나 K 자신은 그러하지 못했음을 자책한다.

　　소설가 K는 한 밤중에 이상한 청년의 방문을 받는다. 청년은 K에게 작가의 역할과 책임의식에 대해 추궁한다. '작가란 영원을 응시하는 존재'[40]이고 대가(代價)를 생각하지 않는 무상성의 극치로 얻은 작품이야 말로 영원성을 획득하게 된다고 청년은 말한다. 여기서 말하는 무상성은 무의미성, 순수성과 일맥상통하는 것이다. 청년은 25년 전 소설가 K가 쓴 「죽음의 질문」이란 소설 속의 등장인물이었다. 청년은 「죽음의 질문」 이후에 K가 창조한 불구자 기형아로 재현된 등장인물들에 대해 말한다. 그리고

40　정찬, 「죽음의 질문」, 『베니스에서 죽다』, 문학과지성사, 2003, 162쪽.

순수성을 잃어 영원을 응시하지 못하는 작가는 더 이상 작가일 수 없다고 단언한다.

청평산에서 이자현이 문수보살을 친견한 것은 이자현의 염원이 불러온 환상이었다고 K는 생각했다. 베토벤은 작곡을 통해 영원히 살게 될 것을 확신했다. 그렇다면 소설가 K의 여로 곳곳에서 K를 밀착 동행하고, K를 한밤중에 찾아와 작가의 사명과 역할에 대해 추궁해온 청년은 누구인가. 순수성을 상실한 작가로서 K가 느껴온 가책과 부끄러움이 불러온 환상, 그것이 바로 청년이었던 것이다. 청년은 순수한 영혼의 기억이 훼손된 K의 영혼을 죽음으로 단죄하고 만다.

이 작품에서 이자현의 전설이 전해오는 청평산과 청평사는 훼손된 영혼을 단죄하는, 반성을 통해 순수의 세계로 돌아가기를 바라는 반성과 모색의 공간으로 그려진다.

윤대녕의 「소는 여관으로 들어온다 가끔」에서는 소양강댐을 배경으로 세 층위의 사랑이야기가 전생과 현생, 현생과 후생이라는 윤회 속에서 얽혀든다.

첫 번째 층위는, 젊은 시절 소설가 지망생이었던 금영의 부친이 청평사 가는 길에 있는 청평리에서 한 처녀를 만나 금영을 낳게 된다. 금영의 부친은 소양강댐 공사가 시작되던 해에 두 살배기 금영을 불임이었던 본처에게 데리고 가며, 소양강댐이 준공되던 해에 금영의 생모는 원천강(소양강)에 투신자살한다. 두 번째 층위는 금영과 남자의 그것이다. 생모의 자살 사실을 알고 있는 금영은 소양댐을 자주 찾고, 생모에 대한 연민으로 비구니가 되지만 곧 환속, 돌아오는 금요일에 춘천 청평사를 방문할 것이라는 전화를 남자에게 걸어온다.

세 번째 층위는 금영을 찾으러 청평사로 가는 길에 만난 밀짚모자 여자와 남자의 이야기다. 밀짚모자 여자가 듣고 있던 라즈니쉬의 명상음악은 금영이 언젠가 남자에게 들려주던 곡이었다. 소양댐 선착장에서 막배를 놓친 두 남녀가 다시 만나게 되었을 때, 여자는 청평사 관련 전설을 이야기하고 남자는 전설을 현재형으로, 그리고 자신을 전설 속의 남자로 대체한다. 두 사람은 안개 속에서 뿔피리소리를 들으며 그들의 만남이 전생의 인연이었음에 공명하며 서로를 깊이 품어 안는다.

이 작품에서 청평사는 심우도의 해설로 요약된다. 청평사는 소를 찾는 사람들에게 그 길을 암시해주는 곳이고 소가 있는 곳이다. 소는 사람의 진면목이고, 사람의 마음이다. 첫 번째 층위의 이야기에서 청평사 가는 길가에 있는 청평리는 소를 많이 키우는 곳이고, 안개 속에서 듣는 소 울음소리는 장엄했었다고 금영부친은 말했다. 두 번째 층위에서 금영은 남자에게 청평사의 심우도를 설명해주고 그녀의 어머니가 안개 속에서 '소를 타고 청평사로 올라오고 있고' 그 뒤를 소들이 따르고 있다고 했다. 세 번째 층위에서 남자는 소양호 위에서 '밀빛 안개'를, 늦은 밤 소양댐 아래 마을에서는 '핏빛 안개'를 보고, 새벽에는 '푸른 안개' 속에서 뿔피리 소리와 짐승들의 발자국 소리를, 소 울음소리를 들으며 밀짚모자 여자가 사라지는 것을 지켜본다.

작품의 말미 '언젠가 소를 탄 나그네가 되어 여기 오리라'는 말에서 '소를 탄 나그네'는 남자 자신일 수도 있고 또는 금영이나 밀짚모자의 여자일 수도 있다. 그들은 모두 마음속에 법당 하나와 소 한 마리씩을 갖고 있는 때문이다. 여기에서 소양호와 그 주변부는, 마음에 따라 그 빛깔을 달리해가는 안개가 구름처럼 내리는 곳이고, 현생 속에서 전생과 후생을 모두 볼 수 있는 곳이며 마음의 귀를 열면 소 울음소리를 들을 수 있는, 마침내 '소를 탄 나그네가 되어' 돌아와 열반적정(涅槃寂靜)에 이를 수 있는 마음의 수행처가 된다.

3. 나가는 글

춘천지역을 공간배경으로 하고 있는 작품들을 찾아 작품에서 그려지고 있는 춘천지역의 모습, 그 역할들을 살펴보려고 했다.

춘천의 실레마을을 공간배경으로 한 김유정의 소설은 궁핍한 시대에 온몸으로 살아가는 민초들의 모습을 보여준다. 이들이 좌충우돌 일으키는 웃음은 실은 잘못된 식민제도에 대한 고발이다. 생존의 기본적인 문제가 해결되지 않는 곳에서 실레마을 사람들은 체면과 윤리를 거부하고 생존을 위한 방안을 모색한다. 여기에서 1930년대의 실레마을은 생의 욕망 앞에 솔직하고 당당한 민초들이 적극적으로 살아가는 삶의 현장이며 동시에 식민제도의 부당함을 우회적으로 고발하는 저항의 장소가 된다.

봉의산은 산이 지닌 웅장함과 상승적인 힘, 멀리까지 전망할 수 힘을 심어줌으로써 자폐적 성격의 남자에게 타인에게 배려하는 따뜻한 갖게 하고(「대설부」), 후평 1동의 연당집과 그 부근의 숲은 죽은 연인의 기억에서 벗어나지 못한 중년 여자로 하여금 병적 감상에서 벗어나 인간의 생명보다 오랠 존재들을 인식하게 하여 미래지향적인 현자(賢者)의 영역으로 들어서게 한다(「옛우물」).

춘천의 안개와 삼천리 호텔, 중앙로 로터리는 춘천 출신의 작가에게 고갈된 창작의 원동력을 충전시켜 주고(「집시의 시간」), 1970년대 중반, 당시의 함박눈 내리던 밤의 남춘천역은 자폐적 성격의 남자에게 타인에 대한 사랑의 가능성을 열어주며(「대설부」), 양아치처럼 살아온 청년에게 미지의 세계에 대한 동경과 슬픈 사랑을 꿈꾸게 한다(「훈장」).

연엽산 계곡의 청정함과 충만한 생명력은 만남의 인연을 만들지만, 그 인연이 작별로 끝났을 때 떠나간 여자를 닮은 다수의 복제인간을 키워낼 만큼 강한 마력을 지닌 자궁의 역할을 한다(「플라나리아」).

소양강과 삼악산은 추억을 불러오거나(「옛우물」), 지나온 삶을 돌아보고 인생의 여정을 순수로 이끌어주고(「머릿속의 불」), 모진강과 곡운구곡으로의 여행은 당대와 현실에서 벌어지는 생각의 차이를 객관적 위치에서 헤아리고, 과거와 현재를 동시에 포착하는 꿈을 꾸게 해준다(「춘천 가는 길」).

소양강댐과 청평산, 청평사는 미망에서 벗어나 자아를 확인하는 장소이고 단죄의 장소이며 동시에 전설을 생성하는 장소로 그려진다. 남편과 연인사이에서 방황하던 여자는 욕망의 본질과 허위를 꿰뚫어보며(「옛우물」), 순수의 동경으로 소설에 접근했던 작가는 자신의 영혼이 훼손되어 영원을 응시할 수 없음을 인정하는 순간 자신을 죽음으로 처단한다(「죽음의 질문」). 소양호에 수몰된 마을에서의 삶은 전설이 되고, 그 전설은 현실에 뿌리내리며, 이들 생성된 전설과 생성중인 전설은 소망의 실체화가 된다(「소는 여관으로 들어온다 가끔」). 이렇게 보면 소양댐과 청평사와 청평산은 현생의 삶을 다스리고 미래지향의 삶으로 들어서는 곳, 인간의 삶은 우주적 섭리에 따라 운행되고 있다는 것을 깨닫게 해주는 사색의 공간이 된다. 그리고 소양호 주변을 에워싸는 안개는 이들 사색의 공간에 깊이와 윤기를 더해주는 역할을 한다.

　한국 소설 속에 그려진 춘천 — 강과 산과 호수와 안개의 도시인 춘천은 이곳에 거주하거나 방문해온 사람들에게 어떻든 이 땅에 뿌리내리고 살거나, 잠시 번잡한 현실에서 떠나 우주적 사고 속에 자신을 돌아보고 좀더 큰 삶의 길을 찾아보라고 충고한다. 그리하여 춘천은 오염된 우리의 삶을 정화시켜주고, 생의 의지와 '처음'의 감동과 사랑의 힘을 재생시켜 우리로 하여금 세상 속에 용감하게 뛰어들게 해준다.

(『한중인문학연구』 제28집, 한중인문학회, 2009.12)

●● 참고문헌

박상우, 「집시의 시간」, 『올해의 문제소설』, 신원문화사, 1996.

박제영, 「춘천」, 『뜻밖에』, 애지, 2008.

오정희, 「옛우물」, 『하나코는 없다』(1994년도 제18회 이상문학상 수상작품집), 1994.

이외수, 「훈장」, 『자객열전』, 나남, 1983.

전상국, 「플라나리아」, 『바다와 나비』(2003년도 제27회 이상문학상 수상작품집), 문
학사상사, 2003.

정 찬, 「죽음의 질문」, 『베니스에서 죽다』, 문학과지성사, 2003.

최수철, 「머릿속의 불」, 『숨은 꽃』(1992년도 제16회 이상문학상 수상작품집), 문학
사상사, 1992.

한수산, 「안개 시정거리」, 『문학사상』, 1978.10.

_____, 「대설부」, 『사월의 끝』, 민음사, 1987.

강원도 편, 『국역 관동지』 상, 강원도, 2007.

김부식, 신호열 역, 『삼국사기』 II, 동서문화사, 1978.

김유정, 유인순 편, 『동백꽃』, 문학과지성사, 2005.

_____, 전신재 편, 『원본 김유정 전집』(개정판), 도서출판강, 2007.

심경호, 『다산과 춘천』, 강원대 출판부, 1995.

춘성군, 『春州誌』, 春川市·春城郡, 1984.

|부록|

: 김유정 작가연보 :

1908년(1세) ‥‥‥‥‥ 2월 12일 수요일(음력 1월 11일) 강원도 춘천시 신동
    면 증리 실레마을에서 아버지 김춘식(金春植, 1873~1917), 어머니 청송
    심씨(靑松 沈氏) 사이에서 차남(次男)으로 태어나다(2남 6녀 중 일곱 번째).
    일설에는 서울 진골(현 종로구 운니동) 출생설도 있으나 확실치 않다.
    '먹설이'로 불렸고, 횟배를 앓기도 하다.

1914년(6세) ‥‥‥‥‥ 11월 26일 도사(都事)벼슬을 했던 김유정의 조부 김
    익찬(金益贊)사망. 이때부터 아버지 김춘식(金春植)을 참봉으로 호칭.
    이해 겨울에 한양(漢陽-서울)의 종로구 운니동(당시 진골)에 저택을 마련
    하고 30여 명의 식솔들을 이끌고 서울로 이사하다.

1915년(7세) ‥‥‥‥‥ 3월 18일 어머니 청송 심씨 사망하다.

1917년(9세) ‥‥‥‥‥ 5월 23일 아버지 김춘식 사망. 운니동(雲泥洞)에서 관
    철동(貫鐵洞)으로 이사하다. 한학과 붓글씨를 익히다.

1920년(12세) ‥‥‥‥ 재동공립보통학교(齋洞公立普通學校)에 입학. 1921년

13세 3학년으로 월반.

1923년(15세) ……… 재동공립보통학교 4년 (제16회)졸업하다. 4월 9일 휘
문고등보통학교(徽文高等 普通學校)를 검정(檢定)으로 입학하다. 숭인동
(崇仁洞) 80번지로 이사. 훗날 소설가가 된 안회남(安懷南)과 같은 반이
되다. 이름을 나이(羅伊)로 고쳐 집에서 부르다.

1926년(18세) ……… 휘문고보 4학년으로 진급하지 못하고 낙제함. 1927
에 휘문고보 4학년에 복학하다.

1928년(20세) ……… 형 유근 가족은 춘천 실레로 이사하고, 유정은 봉익
동 삼촌집에 얹혀 지내다가 사직동 둘째 누님 유형(裕瀅)의 셋집으로
거처를 옮김(누님은 이혼 후 양복공장 근무). 가을날의 오후 1시 경 수은동
의 목욕탕에서 나오던 박녹주를 처음 보게 되고 이후 구애의 편지를
보내기 시작하다.

1929년(21세) ……… 휘문고보 5년 졸업(제21회 95명중 84등). 휘문고보 5년
학적부상 신장 172cm(5.67자), 체중 54.7kg(14.6관), 가슴둘레
96.3cm(3.18자), 시력은 양 눈 모두 1.5, 체격은 갑(甲)에 해당. 5학년 학
급주임은 이치규(李治奎).
유형과의 생활은 「따라지」, 「생의 반려」에서 묘사됨. 이 무렵 치질 수
술을 받은 듯하다.

1930년(22세) ……… 연희전문학교(延禧專門學校) 문과에 입학(4월 6일)하였
으나 6월 24일 학칙 제26조에 의거, 제명처분 당한 것으로 보아 사실
상 연전에서 수업을 받은 적은 없는 듯하다. 연희전문 학적부상 김유
정의 보증인은 형인 김유근(주거지는 춘성군 신남면 증리)과 누나인 김유
형(주거지는 경성부 사직동 227-1). 김유정의 본적은 경성부 숭인동 80, 김

유정의 주거지는 김유형의 주거지와 동일.

박녹주와의 짝사랑을 정리하고 춘천 실레마을로 가서 방랑생활, 들병이와 친해짐. 늑막염 진단 받다. 안회남의 권고로 소설습작을 시작.

1931년(23세) ········ 4월 20일 보성전문학교(普成專門學校) 상과에 다시 입학. 그 후 자퇴함(퇴학 자 명단에만 있을 뿐 상세한 기록은 없다). 실레마을에 야학당(夜學堂)을 열다. 농우회, 노인회, 부인회 등을 조직하고 농우가(農友歌) 지어 부르게 하다.

1932년(24세) ········ 야학당 건물을 지어 금병의숙(金屛義熟)이라 부르고 간이학교로 인가받다. 6월 15일 처녀작 단편「심청」을 탈고하다.

1933년(25세) ······· 서울에 올라와 사직동에서 둘째 누님과 함께 기거. 악화된 늑막염은 폐결핵으로 진행되어 병원(서울시청 위생진단)에서 폐결핵 진단을 받다. 1월 13일「산골 나그네」탈고, 안회남의 주선으로 이 작품은『제1선』3월호에 발표. 8월 6일「총각과 맹꽁이」를 탈고하여,『신여성』9월호에 발표하다.

1934년(26세) ········ 유형 누님이 사직동 집을 처분. 혜화동 개천가에 셋방을 얻어 밥장사를 시작하다. 8월 16일「정분」탈고. 9월 10일「만무방」탈고. 12월 10일「애기」탈고.「노다지」,「소낙비」12월에 탈고(「소낙비」는 1933년에「따라지의 목숨」으로 탈고, 후에「흙을 등지고」로 개작되어,『조선일보』신춘문예에 투고했다.『조선일보』에서는 이것을 다시「소낙비」로 고쳐서 당선작으로 발표했다).

1935년(27세) ········『조선일보』신춘문예에「소낙비」1등 당선.『조선중앙일보』신춘문예에「노다지」가작 입선. 1월 20일 '아서원'에서 신춘문예현상 1등 당선 축하회. 6월 3일 '백합원'에서 '조선문단사'가 주최한 문예좌담회에 참석하다.

단편 「금따는 콩밧」 『개벽』 3월호에 발표, 「금」 1월 10일 탈고, 『영화시대』 3월호에 발표, 「떡」 『중앙』, 「만무방」 『조선일보』 7월 17일~30일, 「산골」 『조선 문단』 7월호, 「솟」 『매일신보』 9월 3일~14일, 「봄·봄」 『조광』 12월호에 발표하다. 같은 해 5월, 이상(李 箱)과 만나 친교를 맺다. 1935년 10월 아동잡지인 『신아동(新兒童)』 제2호에 「홍길동전」, 『사해공론』 12월호에 「안해」를 발표하다.

1936년(28세) ……… 7월 이후 정릉에 있는 절로 정양을 들어간다. 그러나 정양 중 계곡의 너럭바위 에 등을 대고 누워 있었던 것이 결핵성 치루로 발전, 악화되어 정릉을 떠나 형수 댁으로 들어가게 된다.

단편 「심청」 『중앙』 1월호, 「봄과 따라지」 『신인문학』 1월호, 「가을」 『사해 공론』 1월호, 「두꺼비」 『시와 소설』 3월호, 「봄밤」 『여성』 4월호, 「이런 음악 회」 『중앙』 4월호, 「동백꽃」 『조광』 5월호, 「야앵」 『조광』 7월호, 「옥토끼」 『여성』 7월호에 발표하고 미완 장편소설 「생의 반려」 『중앙』 8, 9월호에 연재된다. 「정조」를 『조광』 10월호에, 「슬픈 이야기」를 『여성』 12월호에 발표하다.

시인 박용철의 누이 박봉자에게 구애의 편지를 보냈으나 회신을 받지 못하고 평론가 김문집이 병고작가 구조운동을 벌이다.

1937년(29세) ……… 2월 11일 수필 「네가 봄이련가」를 집필, 이것은 『여성』 4월호에 발표된다. 2월 하순 조카 진수에 의지하여 경기도 광주군 중부면 신상곡리 100번지의 매형 유 세준의 집으로 옮겨와 요양 치료에 들어가다. 3월 18일에는 안회남에게 보내는 편지 「필승전」을 쓰다. 이 해에 발표된 작품은 「따라지」가 『조광』 2월호에, 「땡볕」이 『여성』 2

월호에, 「연기」가 『창공』 3월호에 각각 발표되다.

3월 29일 (음력 2월 17일 월요일) 오전 6시 30분, 경기도 광주군 중부면 산상곡리 100번지 매형 유세준의 집에서 사망하다(1937년 3월 31일자 조선일보 기사에서는 사망시간을 오전 8시로 발표). 유해는 서대문 밖(홍제동 화장터)에서 화장되어 한강에 뿌려지다.

유정 사후 발표작으로 「정분」이 『조광』 5월호에, 번역동화 「귀여운 소녀」가 『매일신보』 4월 16일~21일에 연재되고 번역 탐정소설 「잃어진 보석」이 『조광』 6월~11월호에 발표된다.

1939년 .... 미완의 동화 「두포전」이 유정의 문학적 제자 현덕에 의해 완성되어 『소년』 1월~5월호에 발표되고, 자전소설 「형」이 『광업조선』 11월호에, 「애기」가 『문장』 12월호에 발표되다.

1968년 5월 29일 ... 춘천 의암호 변에 '김유정문인비' 건립되다.

1968년 9월 1일 ..... 『김유정전집』을 편찬, 9월 1일 현대문학사에서 발간.

1969년 3월 29일 ... 유정 32주기 추모식이 거행됨. 2013년 현재까지 매년 추모행사가 치러지다.

1994년 3월 9일 ..... 3월의 문화인물로 '김유정' 선정(문체부(現 문광부))

2002년 8월 6일 ... 김유정문학촌 개관(초대 촌장 전상국, 생가 복원, 기념관 건립)

2004년 12월 1일 ... 경춘선 '신남역 →'김유정역 명칭 변경 기념 축하 행사

2008년 1월~12월 ... 김유정 탄생 100주년 기념행사

2013년 8월 1일 ..... '김유정우체국' 명명(구 신동우체국의 명칭 변경)

: 김유정 관계 참고문헌 목록 :

강경구, 「심종문·김유정 소설의 비교연구」, 『중국어문학』, 영남중국어문학회, 1999.

강노향, 「유정과 나」, 『조광』, 조선일보사, 1937.5.

강심호, 「김유정문학의 위반의식 연구」, 서울대 석사논문, 2001.

강진호, 「소설로 피어난 비운의 생애─김유정」, 『문화예술』 201, 1996.4.

강태근, 「한국현대문학연구의 문제점─한국풍자소설을 중심으로」, 『호서문학』 제
　　　15집, 호서문학회, 1989.11.

고광률, 「김유정소설연구─매춘 모티프를 중심으로」, 『대전어문학』 12, 대전대 국
　　　어국문학회, 1995.2.

곽상순, 「알레아적 놀이 구조의 서사화─김유정의 소설세계」, 『시학과 언어학』, 시
　　　학과언어학회, 2005.

곽신혜, 「현진건과 김유정 소설의 인물묘사 대비 연구」, 청주대 석사논문, 1995.2.

곽효환, 「김유정, 문화콘텐츠로의 확장」, 김유정문학촌 편, 『김유정 문학의 재조명』,
　　　소명출판, 2008.

구인환, 「김유정 소설의 미학─피에로의 曲藝」, 『무애 양주동박사고희기념논문집』,
　　　무애양주동박사회고기념논문집간행위원회, 1973.

────, 「30년대 한국소설연구─이효석, 이상, 김유정을 중심으로」, 문화교육부 연

구보고서, 1973.

구자희, 「김유정 소설에 나타난 에코페미니즘」(김유정학회 제3회 학술발표대회 발표 요지), 2013.4.20.

권세영, 「김유정이 지닌 문학에 대한 인식－「우리의 정조」·「병상의 생각」을 중심으로」(김유정학회 제3회 학술연구발표대회 발표 요지), 2013.4.20.

권영철, 「김유정소설연구」, 성균관대 석사논문, 1989.

권유화, 「김유정작품연구」, 효성여대 석사논문, 1986.

권지예, 「피가 되고 살이 된 김유정 소설」, 김유정문학촌 편, 『김유정 문학의 재조명』, 소명출판, 2008.

권채린, 「김유정문학의 향토성 재고(再考)－30년대 향토 담론과의 비교를 중심으로」, 『현대문학연구』 제41집, 한국문학연구학회, 2010.

_____, 「한국 근대문학의 자연 표상 연구－이상과 김유정의 문학을 중심으로」, 경희대 박사논문, 2010.

_____, 「김유정 소설의 도시 체험과 환등상(幻燈像)적 양상」, 『현대소설연구』 47, 한국현대소설학회, 2011.8.

_____, 「김유정의 「잃어진 보석(寶石)」과 반 다인 소설 번역의 맥락」, 『어문론총』, 한국문학언어학회, 2011.

김경순, 「김유정 단편소설 인물의 도덕성 변화분석」, 부산대 석사논문, 1989.

김경애, 「「만무방」의 소설구조 연구」, 『비평문학』 31호, 한국비평문학회, 2009.

김근수, 「실레마을, 그 문제점」, 『문학사상』, 문학사상사, 1976.4.

김근호, 「김유정의 인식지평과 존재의 언어」, 『현대소설연구』 제50호, 한국현대소설학회, 2012.8.

김근태, 「김유정 소설의 서술방식과 그 변모－서술자를 중심으로」, 숭실대 석사논문, 1987.

_____, 「김유정 소설의 서술방식과 그 변모－서술자의 활용문제와 관련하여」, 『숭실어문』 제4집, 숭실대 국어국문학회, 1987.

김남주, 「김유정론」, 『국어국문학연구』 제4집, 이화여대 국어국문학회, 1962.

김덕기, 「김유정론」, 연세대 석사논문, 1979.

김덕자, 「김유정문학의 반어」, 연세대 석사논문, 1975.

김동석, 「김유정소설의 구조원리」, 고려대 석사논문, 2000.

김동인, 「選後感(신춘문예당선작 「노다지」 외)」, 『조선중앙일보』, 1935.1.8.

김동환, 「교과서 속의 이야기꾼, 김유정」, 김유정학회 편, 『김유정의 귀환』, 소명출판, 2012.

김명숙, 「김유정 소설의 인물연구」, 연세대 석사논문, 1991.

김문집, 「病苦作家 救助運動의 辯 ─ 김유정군의 관한」, 『조선문학』, 1937(김유정, 『비평문학』(김문집평론집), 靑色紙社, 1938.11 재수록).

_____, 「김유정의 秘戀을 공개 비판함」, 『여성』, 조선일보사, 1940.

_____, 「故 김유정의 예술과 그의 인간 비밀」, 『조광』, 조선일보사, 1937.5(『김유정전집』, 현대 문학사, 1968 재수록).

김미경, 「김유정작품연구」, 전남대 석사논문, 1991.

김미선, 「한국 근대소설의 아이러니 연구」, 부산대 석사논문, 1987.

김미현, 「김유정 소설의 카니발적 구조 연구」, 이화여대 석사논문, 1990.

_____, 「숭고의 탈 경계성 ─ 김유정 소설의 아내팔기 모티브를 중심으로」, 『한국현대문예비평』, 한국문예비평연구학회, 2012.

김병익, 「땅을 잃어버린 시대의 言語 ─ 김유정의 문학사적 위치」, 『문학사상』, 1974.7 (김열규 외편, 『국문학논문선』 11, 민중서관, 1977 / 임형택 외편, 『한국근대문학사론』, 한길사, 1982 재수록).

김상일, 「김유정론」, 『월간문학』, 1969.6.

김상태, 「김유정의 문학적 특성」, 인문사회과학 편, 『전북대 논문집』 16집, 전북대학교, 1974.

_____, 「생동의 미학」, 『현대한국작가연구』, 민음사, 1976.

_____, 「김유정의 「동백꽃」 ─ 동백꽃의 아이러니」, 이재선 외편, 『한국현대소설작품론』, 문장, 1981.

_____, 「김유정의 문체」, 『문체의 이론과 해석』, 새문사, 1982.

_____, 「김유정과 해학의 미학」, 전광용 외편, 『한국현대소설사연구』, 민음사, 1984.

김성수, 「김유정 소설에 나타난 가족의식」, 『진단학보』 82, 진단학회, 1996.12.

김세령, 「1950년대 김유정론 연구」, 『한국문학이론연구』 49권, 한국문학이론학회, 2012.

김수남, 「김유정문학에 대한 소설사회학적 시고」, 『인문과학연구』, 조선대인문과
학연구원, 1980.

김수업, 「봄·봄의 기법」, 『배달말』 제9집, 배달말학회, 1984.

김순남, 「김유정의 문학적 표정」, 『한양』 57, 한양사, 1966.

김순명, 「김유정 소고」, 고려대 석사논문, 1980.

김승종, 「김유정 소설의 '처음', '중간', '끝'」(김유정학회 제3회 학술연구발표회 요
지), 2013.4.20.

김승환 a, 「김유정문학연구」, 청주대 석사논문, 1986.

김승환 b, 「김유정의 「만무방」에 나타난 공격성」, 김유정학회 편, 『김유정과의 만
남』, 소명출판, 2013.

김애란, 「김유정소설연구」, 연세대 석사논문, 1987.

김양선, 「1930년대 소설과 식민지 무의식의 한 양상」, 『한국근대문학연구』 10, 한
국근대문학회, 2004.10.

김영기, 「김유정론」, 『현대문학』, 현대문학사, 1967.9.

_____, 「김유정문학의 특성」, 『강원일보』, 강원일보사, 1967.11.3.

_____, 「「동백꽃」의 김유정」, 『새강원』, 강원도, 1968.6.

_____, 「김유정문학의 본질」, 김유정기념사업회 편, 『김유정전집』, 현대문학사,
1968.

_____, 「김유정론 (1)해학정신의 확장 / 김유정론 (2)농민문학과 리얼리즘」, 『한국
문학과 전통』, 현대문학사, 1973.10.

_____, 「농민문학론—김유정의 경우」, 『현대문학』, 1973.10(신경림 편 『농민문학
론』, 온누리, 1983 재수록).

_____, 「농민과 고향의 발견」, 『한국문학전집』 13—이상·김유정, 삼성출판사, 1978.

_____, 「김유정의 동백꽃」, 『태백의 藝脈』, 강원일보사, 1986.

_____, 「김유정의 인간과 문학」, 『문학정신』, 1988.5.5.

_____, 「김유정의 생애와 사상」, 『문협 제33회 문학심포지움 "김유정문학으로 모
색 해보는 한국문학의 세계화" 주제 발표집』, 한국문인협회, 1994.3.29

_____, 「고향실제인물 지명 작품등장」, 『월간 태백』, 강원일보사, 1994.3.

_____, 「뿌리뽑힌 만무방의 세계」, 『동백꽃·소낙비 외』, 하서출판사, 1994.

_____, 「김유정의 「동백꽃」의 미학」, 『월간문학』, 월간문학사, 1994.4.

_____, 「여성주의 수필론」, 『수필문학』 4, 한국수필학회, 1997.

_____, 「김유정의 가문」, 전신재 편, 『김유정문학의 전통성과 근대성』, 한림대 아시아문화연구소, 1997.9.

_____, 「김유정소설과 브나로드 운동」, 『문예운동』 72, 문예운동사, 2001.12(『민족문학의 공간』, 지문사, 2005.6 재수록).

김영수, 「김유정의 생애」, 김유정기념사업회 편, 『김유정전집』, 현대문학사, 1968.

김영아, 「즐거운 상대성의 시학－김유정」, 『한국근대서설의 카니발리즘』, 푸른사상, 2005.11.

김영택, 「궁핍화 현실과 해학적 위장－「소낙비」의 작품세계」, 『목원국어국문학』 1, 목원대 국어국문학과, 1990.12.

_____, 「김유정 소설이 근대적 특성」, 『비교한국학』, 국제비교한국학회, 2008.

_____ · 최종순, 「김유정소설의 근대적 특성」, 『비교한국학』 16-2호, 국제비교한국학회, 2008.

김영화, 「김유정의 소설연구」, 『어문론집』 제16집, 고려대 국어국문학연구회, 1975.

_____, 「소설사의 확대와 충격－김유정론」, 『제주문학』 4호, 한국문인협회, 1975.

_____, 「김유정론」, 『현대문학』, 현대문학사, 1976.7.

김용구, 「김유정소설의 구조」, 『관악어문연구』 제5집, 서울대 국어국문학과, 1980.

_____, 「회기와 순환의 현실의 대립」, 『한국소설의 유형학적 연구』, 국학자료원, 1995.10(전신재 편, 『김유정문학의 전통성과 근대성』, 한림대 아시아문화연구소, 1997.9 재수록).

김용직, 「反散文的 경향과 토속성－김유정의 소설문체」, 『문학사상』, 문학사상사, 1974.7.

김용진 · 박수현, 「운명 극복 방식으로서의 글쓰기」, 『논문집』 21, 연성대학교, 1999.2.

김우종, 「토속의 리리씨즘(유정)」, 『한국현대소설사』, 선명문화사, 1968.

김원희, 「김유정 단편에 투영된 탈식민주의－소수자와 아이러니의 형상화를 중심으로」, 『현대문학이론연구』, 현대문학이론학회, 2006.

_____, 「다성적 경향과 서정성의 조율－김유정 소설 문체의 역동성」, 『한국현대소설연구』, 한국현대소설학회, 2007.

김유진, 「이상과 김유정의 작품에 나타난 Ego의 연구」, 충남대 석사논문, 1984.

김윤식, 「소나기」, 『한국근대문학의 이해』, 일지사, 1973.

_____, 「들병이 사상과 알몸의 시학—김유정문학의 문학사적인 한 고찰」(한림대 아시아문화연구소 제9회 학술연구발표회 발표 요지, 1994.3.25), 김유정문학촌 편, 『김유정 문학의 재조명』, 소명출판, 2008.

김윤정, 「김유정 소설연구」, 서울대 석사논문, 1996.2.

김윤호, 「김유정소설연구」, 관동대 석사논문, 1990.

김은정, 「해학과 아이러니의 미학—김유정론」, 상허학회 편, 『새로 쓰는 한국작가론』, 백년글사랑, 2002.9.

_____·장도준, 「김유정의 『동백꽃』의 갈등과 소통의 문제」, 『인문과학연구』, 대구 가톨릭대 인문과학연구소, 2011.

김인화, 「김유정 소설의 여성인물 연구」, 숙명여대 석사논문, 1993.2.

김인환, 「김유정소설연구」, 계명대 석사논문, 1986.

김점석, 「프랑스의 사례를 통해 본 문학관 운영 모델 개발과 에코뮈제로의 발전가능성—김유정문학촌과 이효석 문학관을 중심으로」(2005년 춘계학술발표회 발표요지), 한국프랑스학회, 2005.4.

김정동, 「김유정의 따라지—하층민들의 하루 살아가기」, 『문학 속 우리 도시 기행』, 옛오늘, 2005.3.

김정자, 「技法으로 본 문체—시간착오의 기법을 중심으로」, 『蘭臺 이응백박사 회갑기념 논문집』, 보진재, 1983.

_____, 「김유정소설의 문체」, 『한국근대소설의 문체론적 연구』, 삼지원, 1985.

_____, 「소설에 나타난 아이러니와 문체」, 『인문논총』 20, 부산대학교, 1981.12

김정진, 「김유정 소설에 나타난 성의 의미」, 『한국어문학연구』 16, 한국외대 한국어문학연구회, 2002.9.

김정훈, 「광대의 미학」, 『동국어문학』 8, 동국대 국어교육과, 1996.12.

김종건, 「1930년대 소설의 광간설정과 작가의식의 상관성연구—김유정과 이무영을 중심으로」, 『대구어문논총』 15, 우리말글학회, 1997.9.

_____, 「김유정 소설의 공간설정과 작가의식」, 『구인회 소설의 공간설정과 작가의식』, 새미, 2004.4.

김종호, 「1930년대 농촌소설의 농민의식 반영양상-김유정론」, 『비평문학』 24, 한
국비평문학회, 2006.12.

김종호, 「전이를 통한 소설인물의 변모양상-김유정론」, 『비평문학』 25, 한국비평
문학회, 2007.4.

김주리, 「매저키즘의 관점에서 본 김유정 소설의 의미」, 『한국현대문학연구』 20,
한국현대문학회, 2006.12.

김종곤, 「김유정연구」, 단국대 석사논문, 1979.

_____, 「전통적 맥락에서 본 해학-김유정을 중심으로」, 한국어교육학회, 1982.

김종구, 「한국소설의 서술시점 연구-김유정과 이상」, 서강대 석사논문, 1975.

_____, 「김유정(金裕貞) 소설의 여주인공 연구」, 『한국언어문화』, 한국언어문학
회, 1995.

김종우·윤학로, 「김유정문학촌과 이효석문학관의 운영현황과 전망」, 『비교문학』,
한국비교문학회, 2007.

김종호, 「김유정 소설에 나타난 "들병이"에 대한 일 고찰」, 『한민족어문학』, 한민족
어문학회, 2003.

_____, 「김유정의 고백소설 연구」, 『인문과학연구』, 경희대 인문학연구원, 2010.

김종환, 「김유정연구」, 『논문집』 제28집, 육군제3사관학교, 1989.

김주리, 「김유정 소설에 나타난 파괴적 신체 고찰」, 『한국문예비평연구』, 한국현대
문예비평학회, 2006.

_____, 「김유정 소설의 육체-괴물」, 『근대소설의 육체』, 한국학술정보, 2009.

김주연, 「유우머와 超越」, 『문학비평론』, 열화당, 1974.

김준현, 「김유정 단편의 "반半소유" 모티프와 1930년대 식민수탈 구조의 형상화」,
『현대소설연구』, 한국현대소설학회, 2005.

김지원, 「한국적 해학과 풍자의 맥락 조망」, 『해학과 풍자 문학』, 도서출판문장, 1983.

김지혜, 「김유정문학교육연구」(김유정학회 제3회 김유정학술세미나 발표 요지), 2012.
9.15.

김진석, 「「만무방」의 논고」, 『어문론집』 제23집, 고려대 국어국문학연구회, 1982.

김진악, 「김유정의 작품연구」, 고려대 석사논문, 1977.

_____, 「김유정소설의 골계 구조」, 『국어교육』 51-2(합병호), 한국국어교육연구회,

1985.

김진옥, 「김유정 작품연구」, 고려대 석사논문, 1977.

김진호, 「문학작품의 텍스트 분석-김유정의 「안해」를 중심으로」, 『한국어학』, 한
국어학회, 1998.

김창집, 「김유정의 소설연구」, 제주대 석사논문, 1981.

김 철, 「꿈·황금·현실-김유정의 소설에 나타난 物神의 모습」, 『문학과 비평』1-4,
탑출판사, 1987.

김춘용, 「김유정 소설의 아이러니 연구」, 부산대 석사논문, 1985.

김학심, 「김유정 연구」, 연세대 석사논문, 1980.

김한식, 「절망적 현실과 화해로운 삶의 꿈-구인회와 김유정」, 『상허학보』3, 상허
학회, 1996.9(상허문학회 편, 『근대문학과 구인회』, 깊은샘, 1996.9에 재수록).

김화경, 「말더듬이 김유정의 문학적 상상력」, 『현대소설연구』 제32호, 한국현대소
설학회, 2006.

_____, 「모더니티가 구성한 농촌과 고향」, 『현대소설연구』 제39호, 한국현대소설
학회, 2008.

_____, 「김유정문학의 모더니티 재현 양상과 수사전략」, 국민대 박사논문, 2008.

_____, 「김유정문학의 근대자본주의 경험과 재현」, 김유정학회 편, 『김유정의 귀
환』, 소명출판, 2012.

김향기, 「김유정 작품의 일고찰-현실인식과 수용자세를 중심으로」, 『수련어문논
집』, 수련어문학회, 1990.

김 현, 「김유정 혹은 농촌의 궁핍화 현상」, 김윤식·김현, 『한국현대문학사』, 민음
사, 1973.

김현숙, 「김유정 작품의 민족적 논리성」, 이화여대 석사논문, 1974.11.

김현실, 「김유정 작품의 전통성-고전문학과의 비교를 통해서」, 『이화어문론집』
제6집, 이화여대 한국어문학연구소, 1983.

_____, 「「안해」의 해학성에 관한 연구」, 『국어국문학』115, 국어국문학회, 1995.

김형민, 「김유정 소설의 서술 주체와 서술 객체-「소낙비」, 「봄 봄」, 「가을」을 대
상으로」, 『어문교육논집』 제11집, 부산대학교, 1991.

_____, 「김유정 소설의 욕망구조로 본 바보형 인물의 유형」, 『홍익어문』, 홍익대

홍익어문연구회, 1992.

_____, 「김유정소설의 서술상황론적 연구―바보형 인물을 대상으로」, 홍익대 박
사논문, 1993.

_____, 「바보형 인물의 유형연구―김유정 소설을 대상으로」, 『어문학교육논집』
13~14호, 부산교대 한국어문교육학회, 1994.

김혜영, 「김유정 소설에 나타난 욕망의 의미」, 『현대소설연구』 제17호, 한국현대소
설학회, 2002.

김혜자, 「김유정문학의 반어」, 연세대 석사논문, 1976.

나병철, 「단편소설연구―김유정 소설을 중심으로」, 『현대문학의 연구』, 도서출판
바른글방, 1989.

_____, 「김유정 소설의 해학성과 현실인식」, 『비평문학』 8, 한국비평문학회, 1994.9.

_____, 「김유정의 해학소설연구」, 『전환기의 한국문학』, 두레시대, 1995.10.

나용학, 「「동백꽃」의 구조분석」, 충남대 석사논문, 1986.

나은주, 「김유정론―문체적 특징을 중심으로」, 국민대 석사논문, 1996.

나수호, 「어둠 속에서 찾는 웃음―김유정과 어스킨 콜드웰의 단편 비교」, 김유정탄
생100주년기념사업추진위원회 편, 『한국의 웃음 문화』, 소명출판, 2008.

남상규, 「나와 우주의 관계―김유정의 「안해」를 이해하기 위하여」, 『낙산어문』 제
2집, 서울대 국어국문학회, 1970.11.

노귀남, 「김유정문학세계의 이해」, 『새국어교육』, 한국국어교육학회, 1993.

노지승, 「성과 농촌, 근대적 가부장제의 외부―김유정 소설에서의 매춘과 짝짓기」,
김유정학회 편, 『김유정과의 만남』, 소명출판, 2013.

노지승, 「김유정 소설에 드러난 자기 인식과 현시의 메커니즘 그리고 하층민 타자」
(한국현대소설학회 43회학술연구발표대회 발표 요지), 2013.5.25.

노화남, 「김유정연구」, 『석우』 5집, 춘천교육대학교, 1969.2.

노 훈, 「김유정연구」, 청주대 석사논문, 1989.

류종렬, 「일제강점기 금 모티프 소설연구」, 『외대어문논집』 13, 부산외대 어학연구
소, 1998.

명형대, 「식민지 시대 소설에 나타난 빈궁과 정조」, 『加羅文化』 5집, 경남대 가라
문화연구소, 1987.

모윤숙, 「가신 김유정씨」, 『조광』, 조선일보사, 1937.5.

문재룡, 「김유정 소설의 구조와 문체」, 성균관대 석사논문, 1983.

문창기, 「김유정연구」, 성균관대 석사논문, 1984.

문희봉, 「김유정소설의 실상에 관한 연구―자전적 소설을 중심으로」, 공주대 석사
　　　논문, 1986.

문학사상자료조사실, 「김유정의 여인―박봉자 여사에의 失戀記」, 『문학사상』, 1974.7.

　　　　　　　　, 「동화체 소설의 귀중한 문헌」, 『문학사상』, 1976.9.

박길숙, 「김유정 소설의 여성상 연구」, 수원대 석사논문, 1997.

박세현(박남철), 「김유정 소설에 나타난 현실가 욕망의 양상」, 『동아시아문화연구』,
　　　한양대 동아시아문화연구소, 1989.

　　　　　　, 「김유정의 자전소설연구」, 『관동어문학』 6, 관동어문학회, 1989.12.

　　　　　　, 「김유정소설연구」, 한양대 박사논문, 1990(『김유정소설연구』, 인문
　　　당, 1990에 재수록).

　　　　　　, 「매춘소설의 한 양상」, 『한국학논집』 23, 한양대 한국학연구소, 1993.8.

　　　　　　, 「김유정 전기의 양상」, 『역사사회연구』 4, 상지전문대, 1996.12.

　　　　　　, 「김유정 산문읽기」, 『지역사회연구』 5, 상지전문대, 1997.12.

　　　　　　, 「김유정 소설의 인물 유형」, 『동아시아문화연구』, 한양대 동아시아
　　　문화연구소, 1998.

　　　　　　, 「김유정소설의 배경」, 『논문집』 18, 상지전문대, 1999.

　　　　　　, 「김유정의 전기적 편린―『風林』과 『조광』의 설문을 중심으로」, 『새
　　　국어교육』, 한국국어교육학회, 2007.

　　　　　　, 「김유정 전기의 몇 가지 표정」, 김유정문학촌 편, 『김유정 문학의 재
　　　조명』, 소명출판, 2008.

박녹주, 「녹주 나 너를 사랑한다」, 『문학사상』, 1973.4.

　　　, 「나의 이력서」, 『한국일보』, 1974.1.5~2.28.

　　　, 「여보 도련님 날 데려가오」, 『뿌리 깊은 나무』, 뿌리깊은나무, 1976.6.

박문주, 「김유정소설연구―판소리계 소설과의 관련성 고찰」, 연세대 석사논문, 1986.

박배식, 「김유정소설의 아이러니 분석」, 『세종어문연구』 8, 세종어문학회, 1995.12.

박선부, 「김유정 소설의 문학적 지평」, 『한국학 논집』 제3집, 한양대 한국학연구소,

1983.

박성희, 「김유정 소설의 어휘 연구—농촌 배경 작품을 중심으로」, 『경남어문』 27호, 1994.

박순만, 「김유정문학의 해학성 고찰」, 조선대 석사논문, 1982.

박승인, 「김유정연구」, 단국대 석사논문, 1963.

박양호, 「김유정의 작품세계—문체의 특성을 중심으로」, 『문협 제33회 문학심포지움 "김유정문학으로 모색해보는 한국문학의 세계화"주제 발표집』, 한국문인협회, 1994.3.29.

박우극, 「김유정연구」, 연세대 석사논문, 1971.

박우현, 「김유정소설 연구」, 경북대 석사논문, 1986.

박응만, 「김유정 소설의 등장인물 연구」, 인하대 석사논문, 1984.

박인숙, 「매춘 모티브를 통해 본 김유정 소설연구」, 『한성어문학』 10집, 한성어문학회, 1991.

_____, 「김유정 소설연구—1930년대 농촌 사회의 형상화 방식을 중심으로」, 연세대 석사논문, 1996.

박정규, 「김유정소설의 재조명」, 고려대 석사논문, 1983.

_____, 「농민소설에 나타난 유토피아 추구의식—1930년대 단편소설을 중심으로」, 『한양어문연구』 제5집, 한양대 한양어문연구회, 1987.

_____, 「이효석과 김유정 소설에 대한 비교연구」, 연세대 석사논문, 1987.

_____, 「아이러니와 變異된 喪失感의 미학—김유정의 작품세계」, 『호서문학』 제13집, 호서문학회, 1987.

_____, 「김유정소설의 시간구조 연구」, 한양대 박사논문, 1991.6.

_____, 「역사적 상황의 소설적 표출 양상—김유정의 단편소설 「형」의 경우」, 『어문론집』 제30집, 고려대 국어국문학연구회, 1991.

_____, 「한국문학에 투영된 작가의식」—김유정 소설에 나타난 상실의식」, 『한민족 문화연구』, 한민족문화학회, 1999.

박정백, 「김유정연구」, 단국대 석사논문, 1977.

박정숙, 「김유정연구—해학성을 중심으로」, 『문리대논집』 제5집, 효성여대 문리대학생회, 1985.

박정애, 「21세기 따라지」(김유정의 스토리텔링 작품, 김유정학회 제3회 학술연구 발표회 발표 요지), 2013.4.20.

박종철, 「김유정의 언어적 특징」, 『강원문화연구』 창간호, 강원대 강원문화연구소, 1981.

박진수, 「「변강쇠가」와 「안해」의 대비연구」, 이화여대 석사논문, 1983.

박철석, 「한국 리얼리즘 소설연구」, 『동아대학교 논문집』 16집, 동아대학교, 1991.

박태상, 「김유정문학의 실재성과 허구성」, 『현대문학』, 현대문학사, 1987.6.

박태원, 「유정과 나」, 『조광』, 조선일보사, 1937.5.

_____, 「故김유정군과 葉書」, 『백광』, 1937.5.

박헌도, 「김유정소설연구」, 계명대 석사논문, 1990.

박현선, 「김유정의 인식지평과 존재의 언어」, 김유정학회 편, 『김유정과의 만남』, 소명출판, 2013.

박혜경, 「김유정 소설 속 여성 인물의 성」(김유정학회 제3회 학술발표회 발표 요지), 2013.4.20.

박훈하, 「비동시대성의 동시성과 김유정 소설미학」, 『한국문학논총』 제34집, 2003.

방의겸, 「김유정론」, 『문과대학보』 19호, 중앙대학교, 1965.

방인태, 「김유정 소설의 인물유형」, 『鳳竹軒 박봉배 박사 회갑기념논문집』, 배영사, 1986.

배홍득, 「김유정작품연구―시대고를 통해본 인물 유형」, 동아대 석사논문, 1982.

백광편집국, 「김유정씨의 長逝를 삼가 弔喪한다」, 『백광』, 1937.5.

백　철, 「김유정씨의 「이런 음악회」(사월창삭생)」, 『조선문학』, 1936.6.

_____, 「苦難속에 빚은 웃음의 像―김유정의 人間片貌와 그 작품성」, 『문학춘추』, 1965.

_____, 「현대문학의 분위기―인생파의 문학」, 『국문학전사』, 신구문화사, 1976.

변신원, 「문학 속에 드러난 민족문화의 자취와 외국인에 대한 문학 교육―김유정 소설의 해학적 웃음을 중심으로」, 『외국어로서의 한국어교육』, 연세대 언어연구교육원한국어학당, 2001.

서영애, 「김유정 소설연구―1930년대의 세태 풍자소설론의 재검토를 위하여」, 『어문학교육』 제8집, 부산교대 한국어문교육학회, 1985.

서정록, 「한국적 전통에서 본 김유정의 문학」, 『동대논총』 제1집, 동덕여자대학교, 1969.

_____, 「「불」, 「뽕」, 「떡」에서의 한국적 리얼리티」, 『동대논총』 제4집, 동덕여자대학교, 1974.

_____, 「작품에 투영된 작가의 심층의식—김유정의 Female Complex를 중심으로」, 『동대논총』 제6집, 동덕여자대학교, 1976.

서종택, 「궁핍화시대의 현실과 작품변용—최서해 김유정의 현실수용의 문제」, 『어문론집』 제17집, 고려대 국어국문학연구회, 1976.

_____, 「최서해 김유정의 세계인식」, 『식민지 시대의 문학연구』, 깊은샘, 1980.

_____, 「궁핍화 현실과 자기방어—김유정의 경우」, 『한국근대소설의 구조』, 시문학사, 1982.

_____, 「김유정 소설의 현실인식」, 전신재 편, 『김유정문학의 전통성과 근대성』, 한림대 아시아문화연구소, 1997.9.

서준섭, 「몰락 농민—유랑인의 삶의 애환과 통념을 넘어선 생존전략 이야기—김유정 소설에 나타난 작가의 시선」, 『김유정과 동시대 문학연구』, 소명출판, 2013.

석형락, 「김유정 소설에 나타난 신체와 그 의미」(김유정학회 제3회 학술연구발표회 발표 요지), 2013.4.20.

성석제, 「김유정, 비참한 풍속에서 피어난 염화미소」, 김유정문학촌 편, 『김유정 문학의 재조명』, 소명출판, 2008.

石山人, 「「동백꽃」 독후감」(신간평), 『비판』 107호, 1939.3.

손광식, 「김유정의 소설에서 '유랑'과 '정착'의 관계를 해석하는 문제」, 『국제어문』 16, 국제어문학회, 1995.

_____, 「유랑과 정착의 관계형성과 현실인식의 문제—김유정론」, 『반교어문학회지』 6, 반교어문학회, 1995.

손선옥, 「김유정연구」, 성신여대 석사논문, 1979.2.

손영성, 「김유정문학의 문체연구」, 인하대 석사논문, 1988.8.

손윤권, 「김유정 소설 속 농촌노총각 문제 연구—김유정 소설에서의 매춘과 짝짓기」, 김유정학회 편, 『김유정과의 만남』, 소명출판, 2013.

손종업, 「김유정의 소설과 식민지 근대성」, 『어문연구』 107, 어문연구회, 1990.

송격석, 「수수께끼 구조로 본 김유정 소설 연구」, 한양대 석사논문, 2000.

송기섭, 「동백꽃과 봄·봄의 서사구조」, 『어문연구』 제20집, 어문연구회, 1990.

_____, 「김유정 소설과 만무방」, 『현대문학이론연구』, 현대문학이론학회, 2008.

송백헌, 「한국농민문학연구—일제하 문학을 중심을 중심으로」, 중앙대 석사논문, 1972.

송영희, 「1930년대 풍자소설 일고—채만식과 김유정의 단편소설을 중심으로 한 대비」, 부산여대 석사논문, 1986.

송준호, 「김유정 소설의 상징성」, 『국어문학』, 국어문학회, 2010.

송하섭, 「김유정 작 「동백꽃」의 抒情性論」, 『도솔어문』 제2집, 단국대 국어국문학과, 1986.

_____, 「김유정—현실의식 포용의 서정」, 『한국현대소설의 서정성연구』, 단국대 출판부, 1989.

송홍엽, 「김유정 소설의 매춘 연구」, 경남대 석사논문, 1996.

송희복, 「청감(聽感)의 시학, 생동하는 토착어의 힘—김유정과 이문구를 중심으로」, 『새 국어교육』, 한국국어교육학회, 2007.

신동규, 「모티브의 기능과 의미화—「소나기」를 대상으로 한 시론적 분석」, 서강대 석사논문, 1985.

신동숙, 「김유정론—문체적 특질을 중심으로」, 전남대 석사논문, 1990.

신동욱, 「김유정론」, 서정주·조연현 편, 『현대작가론』, 형설출판사, 1975.9(『우리시대 작가와 모순의 미학』, 개문사, 1982.11 재수록).

_____, 「김유정론」, 서정수·조연현 편, 『현대작가론』, 형설출판사, 1979.

_____, 「숭고미와 골계미의 양상」, 『창작과 비평』 통권 22호, 1971(『한국현대문학론』(개정증보판), 박영사, 1981(1972)에 재수록).

_____, 「김유정의 「만무방」」, 『개정증보 한국현대문학론』, 박영사, 1981.

_____, 「김유정론」, 『우리시대의 작가와 모순의 미학』, 개문사, 1982.

_____, 「김유정고—牧歌와 현실의 차이」, 『현대문학』, 1969.1(김시태 편, 『한국현대작가, 작품론』, 이우출판사, 1989에 재수록).

_____, 「김유정 소설연구」, 『1930년대 한국소설연구』, 한샘, 1994.

신동한, 「김유정소설연구」, 단국대학교, 1984.2.

신망래, 「김유정 소설의 주제 고찰」, 『인천어문학』 제2호, 인천대 국어국문학과, 1986.

신순철, 「김유정 소설연구」, 영남대 석사논문, 1983. 12.

_____, 「恨과 유정소설」, 『경주실전 논문집』, 1986. 3.

_____, 「김유정의 동백꽃」, 『한국 현대소설 문학의 이해와 감상』, 영남어문학회 편, 학문사, 1993.

신언철, 「김유정문학의 문체론적 연구」, 충남대 석사논문, 1972. 2.

_____, 「김유정의 초기 작품고」, 『금강문학』 7, 공주사대 국어국문학회, 1972. 12.

_____, 「김유정문학연구─문체를 중심으로」, 『논문집』 12, 대전공업전문학교, 1973. 11.

_____, 「김유정 소설의 기법에 관한 연구」, 『공주교대논총』 제22권 제2호, 공주교 육대학교, 1986.

신윤경, 「김유정과 이태준의 단편에 나타난 아이러니 비교 연구」, 고려대 석사논문, 1993.

신종숙, 「김유정론─문체론적 특질을 중심으로」, 전남대 석사논문, 1990.

신종한, 「김유정 소설연구」, 단국대 석사논문, 1984.

_____, 「김유정 소설의 미학구조 연구」, 『단국대 논문집』 25집, 단국대학교 1991.

_____, 「한국근대소설의 판소리 서술양식 수용─채만식·김유정의 소설을 중심으 로」, 『단국대 논문집』 27, 단국대학교, 1993.

신현보, 「김유정소설연구」, 한남대 석사논문, 1989.

심재욱, 「김유정 소설 연구─페미니즘적 관점으로」, 전북대 석사논문, 1997.

안경호, 「김유정 소설연구─현실인식을 중심으로」, 상지대 석사논문, 1996.

안교자, 「김유정론」, 『청파문학』 9집, 숙명여자대학교, 1970.

안미영, 「김유정 소설의 문명 비판 연구」, 『현대소설연구』, 한국현대소설학회, 1999.

_____, 「김유정과 소설에 나타난 봄의 수사학」(김유정학회 제3회 학술연구발표회 발표 요지), 2013. 4. 20.

안숙원, 「소설의 상징구조」, 『서강어문』 제5집, 서강어문학회, 1986.

_____, 「구인회와 바보의 시학」, 『서강어문』 제10집, 서강어문학회, 1994.

안재훈, 「한글예술과 김유정의 토속성」, 『문학』 3호, 서울대문리대문학학회, 1964.

안함광, 「「금따는 콩밧」─김유정씨작(최근창작평)」, 『조선문단』, 1935. 7.

안회남, 「작가 김유정론─그 일주기를 당하야」, 『조선일보』, 1938. 3. 29~31.

_____, 「겸허-김유정전」, 『문장』, 문장사, 1939.10.

양문규, 「1930년대 단편소설의 이러리즘적 성격-박태원·이태준·김유정을 중심으로」, 『인문학보』 17, 강릉대 인문과학연구소, 1994.

_____, 「한국 근대소설에 나타난 구어전통과 서구의 상호작용」, 『배달말』 38, 배달말학회, 2006.

_____, 「김유정 소설에 나타난 전통과 서구의 상호작용」, 김유정문학촌 편, 『김유정 문학의 재조명』, 소명출판, 2008.

양문모, 「1930년대 소설에 나타난 한국의 사회문제 연구-가족문제를 중심으로」, 『극동사회복지저널』, 극동대 사회복지연구소, 2010.

양창욱, 「김유정 소설의 해학미 구조분석-「동백꽃」을 중심으로」, 원광대 석사논문, 1987.

양희이, 「1930년대 소설에 나타난 풍자와 해학의 연구-채만식과 김유정 소설의 경우」, 성균관대 석사논문, 1984.

연남경, 「김유정소설의 추리서사적 기법」, 김유정학회 편, 『김유정의 귀환』, 소명출판, 2012.

오은엽, 「한국어 교사를 위한 문학교육 방안 연구-김유정 소설을 중심으로」(김유정학회 제3회 학술연구발표회 요지), 2013.4.20.

오일환, 「김유정론」, 경희대 석사논문, 1961.3.

오지선, 「김유정 연구-작가의 현실인식과 인물유형을 중심으로」, 숙명여대 석사논문, 1987.

오하근, 「혼돈과 극복의 문학정신」, 『국어국문학회지』 제12권, 원광대 국문학회, 1987.

오현아, 「「동백꽃」의 주제 전개 방식에 대한 고찰」, 『김유정과 동시대 문학연구』, 소명출판, 2013.

왕문용, 「김유정 소설의 언어」, 『강원문화연구』 제19집, 강원문화연구소, 2000.

우한용, 「소설이해의 구조론적 방법-「만무방」」, 『현대소설론』, 평민사, 1994.

_____, 「만무방의 기호론적 구조와 해석」, 『국어교육』 83·84 합집, 한국국어교육연구회, 1994.

_____, 「김유정 소설의 언어미학」, 김유정학회 편, 『김유정과의 만남』, 소명출판, 2013.

_____, 「김유정 소설의 언어미학적 특징」(김유정학회 제2회 학술연구발표회 발표 요지), 2012.4.21.

_____, 「찬밥 식은 밥」(김유정 스토리텔링 작품, 김유정학회 제3회 학술연구발표 회 발표 요지), 2013.4.20.

유명희, 「들병이와 아라리」, 김유정탄생100주년기념사업추진위원회 편, 『한국의 웃음문화』, 소명출판, 2008.

유순영, 「김유정과 이효석 소설의 비교연구」, 연세대 석사논문, 1984.

유인순, 「김유정소설의 구조분석」, 이화여대 석사논문, 1980.

_____, 「풍자문학론−채만식, 김유정을 중심으로」, 『인문학연구』 18집, 강원대학 교, 1983.

_____, 「김유정의 소설공간」, 이화여대 박사논문, 1985.

_____, 「「노다지」의 문체연구」, 『강원문화연구』 제7집, 강원대 강원문화연구소, 1987.

_____, 「김유정의 소설공간」, 김상태 편, 『한국현대소설론』, 학연사, 1993.

_____, 「소설의시간−「아내」」, 『현대소설론』, 현대소설연구회, 평민사, 1993.

_____, 「김유정−그 능청스런 이야기꾼」, 『강원문학』 제21호, 한국문인협회 강원 도지부, 1994.

_____, 「칼과 모순의 미학−「산골 나그네」, 「소낙비」를 중심으로」, 『월간 태백』, 강원일보사, 1994.3.

_____, 「상처와 열매−김유정문학의 비밀(발표 요지)」, 강원일보, 1994.3.9.

_____, 「유정의 그물−김유정문학의 심리비평적 연구」(『인문학연구』, 1994), 『구 인환 교수 정년퇴임 기념 논문집』, 1995.4.15.

_____, 「김유정−사랑의 사도, 문학의 순교자」, 이상·김유정, 『한국소설문학대계』 18, 동아출판사, 1995.

_____, 「김유정문학연구사」, 『강원문화연구』 제15집, 강원대 강원문화연구소, 1996.

_____, 「「봄·봄」과 함께하는 문학교실」, 『석우 박민일 교수 회갑기념 논문집』, 석 우박민일교수환갑기념논집발간위원회, 1997.6.

_____, 「「동백꽃」과 함께 하는 문학교실」, 『문학교육학』 창간호, 한국문학교육학 회, 1997.

_____, 「김유정과 해외문학」, 『비교문학』 23집, 한국비교문학회, 1998.

_____, 「고교 「문학」교재 소재 소설에 투영된 강원문화」, 『강원문화연구』 19집, 2000.

_____, 「루쉰과 김유정」, 『중한인문과학연구』 4집, 중한인문과학연구회, 2000.

_____, 「근대 韓中 소설에 나타난 여성의 정체성연구」, 『중한인문과학연구』 7집, 중한인문과학연구회, 2001.

_____, 「김유정 실명소설연구」, 『어문학보』 24집, 강원대 국어교육학과, 2002.

_____, 「김유정문학 속의 결핵」, 김상태 편, 『한국현대작가연구』, 푸른사상, 2002.

_____, 「김유정문학의 부싯깃−술·노래·여자를 중심으로」, 『강원문화연구』 22, 강원대 강원문화연구소, 2003.

_____, 「행복과 등진 열정−김유정의 생애와 문학」, 유인순 편, 『동백꽃』, 문학과지성사, 2005.

_____, 「김유정 소설의 우울증」, 『현대소설연구』 36호, 한국현대소설학회, 2007.

_____, 「김유정소설의 웃음 그리고 그 과녁」, 『현대소설연구』 38호, 한국현대소설학회, 2008.

_____, 「「봄·봄」의 아바타 연구」, 『현대소설연구』 제50호, 한국현대소설학회, 2012.

_____, 「김유정과 아리랑」, 『국제비교한국학』 20권 2호, 국제비교한국학회, 2012.

_____, 「들병이문학연구」, 『김유정과 동시대 문학연구』, 소명출판, 2013.

유종영, 「김유정의 소설연구−반어의 양상과 기능을 중심으로」, 동국대 석사논문, 1982.

유종호, 「현대문학 속의 자기 발견−김유정론」, 『한국단편문학대계』, 삼성출판사, 1969.

_____, 「흙에서 솟는 눈물과 웃음−김유정」, 『현대의 문학가 9인』, 신구문화사, 1976.

_____, 「김유정과 이미자의 동백」, 『현대문학』, 현대문학사, 1988.2.

유효경, 「김유정 소설연구」, 성균관대 석사논문, 1986.

윤병로, 「겸허의 인생파」, 『여원』 6권 10호, 여원사, 1960.10.

_____, 「김유정론」, 『현대문학』, 1960.3(『현대작가론』, 이우출판사, 1974에 재수록).

_____, 「김유정의 소설미학」, 『한국문학의 해석학적 연구』, 일지사, 1976.

_____, 「김유정의 해학성과 땡볕」, 『한국근대작가 작품연구』, 성균관대 출판부, 1988.

_____, 「1930년대 소설의 일연구」, 『대동문화연구』 23집, 성균관대 대동문화연구

원, 1989.

윤영성, 「김유정문학의 문체연구」, 인하대 석사논문, 1988.

윤지관, 「민중의 삶과 시적 리얼리즘-김유정론」, 『세계의 문학』 여름호, 민음사, 1988.

유진오, 「다정했던 30년」, 『문예춘추』 2-5, 문예춘추사, 1965.5.

유창진, 「試論「丈夫」和「驟雨」之主題比較」, 『中國人文科學』 25, 中國人文學會, 2002.12.

윤채형, 「김유정소설의 주제의식연구」, 숙명여대 석사논문, 1994.

윤홍노, 「한국현대소설의 미학-김유정 「동백꽃」과 선우 휘 「불꽃」을 중심으로」, 『국어국문학』 제68-9 합병호, 국어국문학회, 1975.

_____, 「김유정의 소설미학」, 『한국문학의 해석학적 연구』, 일지사, 1976.

윤현이, 「김유정 소설에서 여성인물이 겪는 수난의 양상과 그 의미」, 『김유정과 동시대 문학연구』, 소명출판, 2013.

이강언, 「1930년대 한국 리얼리즘 문학연구-주로 이효석, 김유정, 이기영의 현실 수용 방법을 중심으로」, 영남대 석사논문, 1973.

_____, 「현실과 이상의 갈등구조-김유정 소설의 구성법」, 『한민족어문학』 제7집, 한민족어문학회, 1980(『한국근대소설논고』, 형설출판사, 1983에 재수록).

이강현·박여범, 「김유정 소설의 여성상 연구」, 『인문사회과학논문집』 3, 중부대 인문사회과학연구소, 1999.7.

이 경, 「김유정소설의 역설성 연구」, 『국어국문학』 29, 부산대학교, 1992.

_____, 「김유정 소설의 서사적 거리 연구」, 『한국문학논총』 15, 1994.

_____, 「자본주의 보다 먼저 온 실패의 예후와 대안적 윤리」, 김유정학회 편, 『김유정과의 만남』, 소명출판, 2013.

이경분, 「김유정 소설 「봄·봄」과 이건용의 실내희극 오페라 〈봄봄봄〉」, 『낭만음악』 53, 낭만음악사, 2001.12.

이광진, 「김유정 단편 「만무방」의 약호화 과정 분석」, 『한겨레 어문연구』 1, 한겨레어문학회, 2001.12.

_____, 「김유정 소설 문체의 구술적 성격 고찰」, 『어문연구』 125, 한국어문교육연구회, 2005.3.

_____, 「김유정 소설의 서사담론연구」, 강원대 박사논문, 2005.8.

이경희 a, 「김유정론」, 전남대 석사논문, 1969.

이경희 b, 「김유정과 채만식의 작품 비교연구」, 연세대 석사논문, 1984.

이계보, 「김유정 소설의 등장인물에 대한 고찰」, 『상지대 논문집』 3호, 상지대학교, 1982.

이규정, 「이상과 김유정의 문체연구」, 동아대 석사논문, 1970.

_____, 「「날개」와 「봄 봄」의 문체론적 비교연구」, 『수련어문논집』 제6호, 수련어문학회, 1979.

이란순, 「김유정의 작품에 나타난 사회의식」, 명지대 석사논문, 1983.

이대규, 「김유정의 금따는 콩밭의 분석 및 해석」, 『어문교육논집』 제11집, 부산대학교, 1991.

이덕화, 「김유정문학의 타자 윤리학과 서사구조」(김유정학회 제3회 학술연구발표회 발표 요지), 2013.4.20.

이동재, 「김유정 문학의 재조명」, 『목멱어문』 제1집, 동국대 국어교육회, 1987.

이동주, 「「김유정」(실명소설)」, 『월간문학』, 월간문학사, 1974.1.

이동희, 「김유정의 언어미학」, 『국어교육논지』 7호, 대구교육대학교, 1979.

이만식, 「김유정소설의 작중인물연구」, 건국대 석사논문, 1988.

이명렬, 「김유정문학의 전통성연구」, 강원대 석사논문, 1987.

이명복, 「김유정 소설의 문체론적 연구」, 서울대 석사논문, 1974.

이명숙, 「김유정 소설연구―작품을 통해서 본 그의 현실 인식」(상명여대 석사논문, 1989), 『자하어문론집』 제6·7집, 상명여대 국어교육과, 1990.

이명일, 「김유정 소설에 나타난 자연」, 성균관대 석사논문, 1984.

이명자, 「새 조사에 의한 김유정 작품 목록」, 『문학사상』, 문학사상사, 1974.7.

이민희, 「김유정 개작 「홍길동전」(1935) 연구」, 『김유정과 동시대 문학연구』, 소명출판, 2013.

이병각, 「김유정론」, 『風林』 제5집, 풍림사, 1937.5.

이봉구, 「살려고 애쓰던 김유정」, 『현대문학』, 현대문학사, 1963.1.

이 상, 「김유정―소설로 쓴 김유정론」, 『청색지』 5호, 발행처, 1939.5.

이상금, 「이야기꾼 김유정의 서사 기법」, 『김유정과 동시대 문학연구』, 소명출판, 2013.

이상옥, 「김유정연구―빈곤문제를 중심으로」, 이선영 편, 『1930년대 민족문학의 인식』, 한길사, 1990.

_____, 「산수유와 생강나무」, 『세계의 문학』, 1990. 봄호.

_____, 「김유정 연구─빈곤문제를 중심으로」, 『해강 이선영 선생 회갑기념논총』, 한길사, 1990.

이상진, 「인생 그 서글픈 해학─김유정」, 『한국 근대작가 12인의 초상』, 옛오늘, 2004. 2.

_____, 「문화콘텐츠 '김유정', 다시 이야기하기─캐릭터성과 스토리텔링을 중심으로」, 김유정학회 편, 『김유정의 귀환』, 소명출판, 2012.

이석훈, 「유정과 나」, 『조광』, 조선일보사, 1937. 5.

_____, 「유정의 靈前에 바치는 최후의 고백」, 『백광』, 백광사, 1937. 5.

_____, 「유정의 面貌片片」, 『조광』, 조선일보사, 1939. 12.

이선영, 「김유정 34주기─그의 문학세계」, 『조선일보』, 1972. 3. 28.

_____, 「유정의 문학세계」, 『중앙일보』, 1973. 3. 28.

_____, 「따라지의 비애와 해학─김유정의 작품세계」, 『소나기 외』, 정음사, 1975 (『상황의 문학』, 민음사, 1976에 재수록).

_____, 「문학으로 불사른 단명한 생애(작품 및 생애 해설)」, 『문예총서』 8, 지학사, 1985.

_____, 「김일근박사 화갑기념호(華甲紀念號)─현대문학(김유정의 체험과 문학세계)」, 『겨레어문학』, 겨레어문학회, 1985.

_____, 「김유정연구」, 『예술논문집』 제24집, 예술원, 1985(국학자료간행위원회 편, 『국문학자료논문집』 속편 제2집, 대제각, 1990에 재수록).

_____, 「김유정 소설의 민중적 성격」, 『구인환 교수 정년퇴임기념 논문집』, 1995.

_____ 편, 『김유정─학구의 대표명작』, 지학사, 1985. 8.

_____ 편, 『동백꽃─김유정 다년선』, 창작과비평사, 1995. 10.

이선희, 「김유정과 나」, 『조광』, 조선일보사, 1937. 5.

이성미, 「새 자료로 본 김유정의 생애」, 『문학사상』, 1974. 7.

이 순a, 「김유정문학의 서론적 고찰」, 『어문론총』 제3집, 청주대 국문과, 1984.

이 순b, 「김유정소설의 구성원리와 그 유형」, 이화여대 석사논문, 1986.

이승훈, 「김유정─빈 들속에 잠든 한의 실타래」, 『문학사상』, 문학사상사, 1978. 11.

이어령, 「해학의 미적 범주」, 『사상계』 6-11, 사사계사, 1958. 11.

이영성,「김유정문학 일고찰」,『국민어문연구』제1집, 국민대 국어국문학연구회, 1988.

이영화,「김유정 농민소설연구」, 고려대 석사논문, 1993.

이용욱,「서사상황으로서의 아이러니 발새의 두 가지 유형연구」,『한국언어문학』36, 한국언어문학회, 1996.5.

이익성,「김유정 소설의 회화적 서정성」,『한국현대서정소설론』, 태학사, 1995.

이인우,「김유정단편소설연구-작중인물을 중심으로」, 영남대 석사논문, 1986.

이재복,「김유정「소낙비」의 담론고찰」,「한양어문연구」11, 1993.12.

이재선,「회화적 감각과 바보열전-김유정의 작품세계의 二面性」,『문학사상』, 1974.7 (『한국단편소설연구』, 일조각, 1975에 재수록).

_____,「김유정의 해학세계와 농촌」,『한국현대소설사』, 홍성사, 1979.

_____,「바보예찬론과 평형적 해소의 작가-김유정론」,『문학사상』, 문학사상사, 1986.12.

_____,「바보의 미학과 정치학-김유정소설의 희극적 인간상」, 김유정탄생100주년기념사업추진위원회 편,『한국의 웃음문화』, 소명출판, 2008.

이재인,「창조적인 작가 김유정」,『시민인문』, 경기대 인문과학연구소, 2001.

이정숙,「1930년대 소설과 김유정」,『김유정과 동시대 문학연구』, 소명출판, 2013.

이종표,「김유정론」,『건대학보』12, 건국대학교, 1962.4.

이주성,「한국 농민소설연구-1920~30년대 농민소설을 중심으로」,『세종어문연구』2, 세종대학교, 1987.

이주일,「김유정연구」, 중앙대 석사논문, 1974.12.

_____,「김유정소설의 무대와 구성」,『상지』제1집, 상지대학교, 1977.

_____,「김유정 소설의 문장고찰」,『논문집』제1집, 상지대학교, 1980.

_____,「유정문학의 향토성과 해학성」,『국어국문학』제83호, 국어국문학회, 1980.

_____,「김유정 소설의 등장인물에 대한 고찰」,『논문집』제3집, 상지대학교, 1982.

_____,「향토적 해학과 풍자의 세계-김유정론」, 김용성 편,『한국근대작가연구』, 삼지원, 1985.

_____,「김유정소설연구」, 명지대 박사논문, 1991.12.

이주형,「「소낙비」와「감자」의 거리-식민지시대 작가의 현실인식의 두 유형」,『국어교육연구』제8집, 경북대 국어교육연구회, 1976(김열규 외편,『현대소설연구」(『국문학론선』 10, 민중서관1977), 정음문화사, 1986에 재수록).

이중재, 「김유정 문학의 재조명」, 『동국어문학』 제1집, 동국어문학회, 1987.

이춘희, 「김유정 소설의 성과 윤리의식연구」, 한국외대 석사논문, 1997.2.

이태건, 「바보형 인물에 대한 소고」, 고려대 석사논문, 1984.

이현주, 「김유정 소설에 나타난 고향의 의미 고찰」(김유정학회 제2회 학술연구발 표회 발표 요지), 2012.4.21.

이혜순, 「김유정소설연구」, 세종대 석사논문, 1990.

이호림, 「유정의 소설에 나타난 여성상연구」, 성균관대 석사논문, 2000.

_____, 「유정소설의 영화적 독해는 가능한가」, 『문학과 문화』, 문학과문화, 2003 봄.

_____, 「시각적 측면에서 본 30년대 유정소설의 여성상연구」, 『비평문학』 17호, 한국비평문학회, 2003.7.

이홍재, 「김유정문학의 전통성연구」, 『한성어문학』 제1집, 한성어문학회, 1982.

이화진, 「김유정소설연구」, 성균관대 석사논문, 1991.

임계묵, 「김유정소설의 인물유형연구」, 충남대 석사논문, 1991.

임영선, 「해학에서 본 유정문학」, 『목원어문학』 제1집, 목원대학교, 1979.

임영환, 「1930년대 한국농촌사회소설연구」, 서울대 박사논문, 1986.

임영환, 「김유정소설연구」, 『연거재 신동익 박사정년기념논총』, 경인문화사, 1995.5.

임종국, 「잘못 인식된 비극성-김유정 「솥」」, 『한국문학』, 한국문학사, 1976.9.

_____, 「「솥」의 모델」, 『한국문학의 민중사』, 실천문학사, 1986.

임종수, 「유정문학의 문체론적 연구」, 『어문론집』 14집, 중앙대학교, 1979.

임중빈, 「닫친 사회의 캐리커츄어-김유정연구(秒)」, 『동아일보』, 1965.1.5~12(4회 연재))(『부정의 문학』, 한얼문고, 1972에 재수록).

임헌영, 「김유정론」, 『창조』, 1972.4(김열규 외편, 『국문학논문선』 10, 민중서관, 1977에 재수록).

임헌영, 「전통적인 골계와 해학」, 『우리시대의 한국문학』 2, 계몽사, 1991.

장경탁, 「한국근대소설의 순환구조-이효석의 「산협」과 김유정의 「봄 봄」을 중심 으로」, 『성대문학』 제25집, 성균관대 성균어문학회, 1987.

장무익, 「웃음 속에 감추어진 눈물의 의미-김유정의 소설세계」, 『공군사관학교논 문집』 제23집, 공군사관학교, 1987.

장석주, 「김유정」, 『20세기 한구군학의 탐험』 2, 시공사, 2000.10.

_____, 「한국소설의 기린아」, 김종년 편, 『김유정전집』 1, 가람기획, 2003.10.

장소진, 「김유정의 소설 「소낙비」와 「안해」 연구」, 『한국문학이론과 비평』 11, 한국문학이론과비평학회, 2001.6.

장백일, 「유정의 작품과 생애」, 『중앙일보』, 1972.3.28.

장병호, 「식민지 시대 매춘체제 소설의 고찰－가난과 윤리 문제를 중심으로」, 『청람어문학』 제3집, 청람어문학회, 1990.

장양수, 「소설경향의 몇 가지 흐름」, 『현대문학』, 현대문학사, 1988.8.

장영우, 「반어적 인물의 사회의식 연구」, 『동악어문론집』 23, 동악어문학회, 1988.

장일구, 「소설 텍스트의 연행 해석학 시론－김유정소설과 최명희 「혼불」의해석을 중심으로」, 서강대학교, 1993.

장일구, 「「동백꽃」의 갈등인자와 서술상황」, 『서강어문』 12, 서강어문학회, 1996.12.

장현숙, 「김유정문학의 특질고－작중 인물의 도덕의식과 작가의 현실 인식을 중심으로」, 『가천길대논문집』 18, 가천대학교, 1996.2.

전규태, 「김유정론」, 『한국문학의 통시적 연구』, 지문사, 1981.

전봉관, 「김유정의 금광체험과 금광소설」, 김유정학회 편, 『김유정의 귀환』, 소명출판, 2012.

전상국, 「김유정연구」, 경희대 석사논문, 1985.2.

_____, 「김유정 소설의 언어와 문체」(한림대아시아문화연구소주최 제9회 학술연구발표회 발표 요지, 1994.3.25), 김유정문학촌 편, 『김유정 문학의 재조명』, 소명출판, 2008.

전신재, 「김유정 소설의 판소리 수용」, 『강원문화연구』 제4집, 강원대 강원문화연구소, 1984.

_____, 「김유정 소설의 구비문학 수용」, 『아시아문화』 제2호, 한림대 아시아문화연구소, 1987.

_____, 「「봄·봄」의 자연표상」, 『춘천문학』 1호, 한국문인협회 춘천지부, 1991.

_____, 「「유정의 사랑」에 나타난 사랑의 인식」(한국문인협회 강원도지회 주최 "김유정 추모 문학의 밤" 강연 자료), 1993.11.27.

_____, 「김유정소설의 정서」(한림대 아시아문화연구소주최 제9회 학술연구발표

회 발표 요지, 1994.3.25), 김유정문학촌 편, 『김유정 문학의 재조명』, 소명출판, 2008.

_____, 「김유정 소설 속의 여성들」, 『월간태백』, 강원일보사, 1994.3.

_____, 「농민의 몰락과 천진성의 발견」, 『김유정문학의 전통성과 근대성』, 한림대 아시아문화연구소, 1997.9.

_____, 「김유정문학제대로 제대로 읽기」, 『당대비평』 3, 생각의 나무, 1998.3.

_____, 「김유정 소설과 언어의 기능」, 『한말연구』 제6호, 한말연구학회, 2000.6.

_____, 「김유정의 우리말 사랑」, 『한글사랑』, 한글사, 2000 여름.

_____, 「김유정 소설과 여성의 삶」, 『춘주문화』 17, 춘천문화원, 2002.

_____, 「판소리와 김유정 소설의 언어와 정서」, 김유정문학촌 편, 『김유정 문학의 재조명』, 소명출판, 2008.

_____, 「김유정 소설의 설화적 성격」, 김유정학회 편, 『김유정의 귀환』, 소명출판, 2002.

_____, 「속이고 속는 이야기의 두 유형」, 김유정탄생100주년기념사업추진위원회 편, 『한국의 웃음문화』, 소명출판, 2008.

_____, 「부권 상실에 대응하는 두 가지 방법—김유정과 현덕」, 서준섭·송현호· 유인순·오현아·왕문용, 『김유정과 동시대 문학연구』, 소명출판, 2013.

_____ 편, 『김유정의 전통성과 근대성』, 한림대 출판부, 1997.

전영태, 「김유정의 「산골」—소설속의 토속미와 서정성의 一例」, 이재선 외편, 『한국현대소설작품론』, 문장, 1981.

전혜자, 「한국현대소설의 배경연구—도시와 농촌의 대비」, 숙명여대 박사논문, 1985.

전홍남, 「김유정과 성석제의 거리—소설에 나타난 해학성을 중심으로」, 『한국언어문학』 47, 한국언어문학회, 2001.12.

정귀선, 「김유정 소설연구」, 건국대 석사논문, 1994.8.

정금영, 「담론 분석을 통한 김유정 소설 연구—농촌소재 작품을 중심으로」, 경북대 석사논문, 1997.

정명효, 「김유정 소설에 나타난 현실인식의 해학적 변용 연구」, 국민대 석사논문, 1997.

정영자, 「한국현대소설의 자연관연구—현진건, 김유정, 이효석을 중심으로」, 『수연어문론집』 제10집, 수련어문학회, 1982.

정영호, 「김유정소설의 아이러니 연구」, 경남대 석사논문, 1991.6.

정인택, 「회! 유정 김군」, 『매일신보』, 1937.4.3 · 4.6.

정인환, 「김유정소설연구」, 계명대 석사논문, 1986.6.

정주현, 「김유정의 문학적 특성—작가의식을 중심으로」, 중앙대 석사논문, 1989.

정창범, 「김유정론」, 『사상계』, 사상계사, 1955.11.

_____, 「열등인간의 초상—김유정론」, 『문학춘추』, 문학춘추사, 1964.12.

정치수, 「김유정문학연구」, 인하대 석사논문, 1988.

정태규, 「이효석과 김유정의 소설의 공간인식에 대한 연구」, 부산대 석사논문, 1989.

정태용, 「김유정론—니힐리즘과 문학」, 『예술집단』, 1955.12(『현대문학』, 현대문
    학사, 1958.8에 재수록).

_____, 「계용묵 김유정 이상의 문학」, 『신한국문학전집』 6, 어문각, 1976.

정한숙, 「해학의 변이—김유정문학의 본질」, 『인문논총』 제17집, 고려대학교, 1972
    (『현대한국작가론』, 고려대 출판부, 1976에 재수록).

_____, 「한국소설기교의 전개」, 『현대한국소설론』, 고려대 출판부, 1977.

_____, 「현대소설의 확립」, 『현대한국문학사』, 고려대 출판부, 1982.

정현기, 「1930년대 한국소설이 감당한 궁핍문제 고찰—염상섭 박영준 김유정 채만
    식」, 『현상과 인식』, 1982 겨울(『한국근대소설의 인물유형』, 인문당, 1983에
    재수록).

_____, 「인간이라는 욕망의 늪—김유정의 「노다지」」, 『문학사상』, 문학사상사, 1978.6
    (『한국근대소설의 인물유형』, 인문당, 1983에 재수록).

정현기, 「김유정소설의 해학적 특성」, 『김유정』, 문학사상사, 1987.

_____, 「김유정 소설의 웃김 이야기법—골계 또는 해학소설의 참 속살에 대한 보
    살핌」, 김유정탄생100주년기념사업추진위원회 편, 『한국의 웃음문화』, 소명
    출판, 2008.

정현숙, 「고전 다시 쓰기의 의미—김유정·박태원의 「홍길동전」을 중심으로」, 『김
    유정과 동시대 문학연구』, 소명출판, 2013.

_____, 「김유정과 서울스토리」(김유정학회 제3회 학술발표회 요지), 2013.4.20.

조건상, 「한국현대골계소설의 전개과정과 그 양상」, 『성균관대학교 논문집』 제23호,
    성균관대학교, 1983.

_____, 「김유정과 채만식 소설의 특질—해학과 풍자의 거리」, 『도남학보』 제3집, 도남학회, 1980(『한국현대 골계소설연구』, 문학예술사, 1985에 재수록).

조경덕, 「김유정의 소설 쓰기와 자기 인식」, 김유정학회 편, 『김유정과의 만남』, 소명출판, 2013.

조남철, 「김유정의 농민소설 연구—춘원의 농민소설과 비교하여」, 『한국방송통신대 논문집』 21, 한국방송통신대학교, 1996.2.

조남현, 「김유정의 작품 세계」, 『김유정—동백꽃』(한국대표작 어문특선 소재 해설), 어문각, 1993.

_____, 「김유정소설과 동시대 소설」(김유정학회 제1회 학술연구발표대회 발표 요지), 2011.4.16.

조래희, 「김유정소설의 시점과 인물」, 『국제어문』 제5집, 국제어문학회, 1984.

조동일, 「어두운 시대의 상황과 소설—만만치 않은 세상형편」, 『한국문학통사』 제5권, 지식산업사, 1988.

조두섭, 「김유정 농민 소설의 타자의 존재 방식과 주체 구성의 전략」, 『문예미학』, 문예미학회, 2002.

조석현, 「김유정소설의 해학성 연구」, 성균관대 석사논문, 1987.

조선일보사 편, 「소설 1등 당선 김유정씨 약력」, 『조선일보』, 1935.1.3.

조성규, 「김유정소설연구—사회의식을 중심으로」, 성균관대 석사논문, 1989.

조영숙, 「김유정 소설과 민담의 연계성—'Duper' / 'Duped' motif 중심으로」, 서강대 석사논문, 1995.

조영학, 「김유정문학의 전통성 연구」, 인하대 석사논문, 1981.8.

조용만, 「30년대의 문화계—작가 김유정」, 『중앙일보』, 1985.2.8.

_____, 「이상과 김유정의 문학과 우정」, 『신동아』, 1987.5

_____, 「토속적 미학의 완벽」, 『우리시대의 한국문학』 2, 계몽사, 1991.

조운제, 「암시와 상징의 유우머—김유정의 문학과 한국인의 웃음」, 『문학사상』, 문학사상사, 1974.7.

조진기, 「김유정작품논고—30년대 현실인식과 수용자세」, 『한민족어문학』 제2집, 한민족어문학회, 1975.

_____, 「김유정 소설과 현실수용」, 『한국현대소설연구』, 학문사, 1984.3.

조춘용, 「김유정론」, 홍익대 석사논문, 1987.

조희문, 「김유정의 소설과 영화」, 김유정문학촌 편, 『김유정문학의재조명』, 소명출판, 2008.

조희문, 「김유정의 소설과 영화제작에 관한 연구」, 『영화교육연구』, 한국영화교육학회, 2008.

주경순, 「김유정연구」, 연세대 석사논문, 1984.2.

주동진, 「김유정소설연구-인물유형을 중심으로」, 중앙대 석사논문, 1991.8.

지미숙, 「채만식과 김유정문학의 풍자성연구」, 강원대 석사논문, 1989.2.

차명원, 「김유정문학에 나타난 사회의식 고찰」, 조선대 석사논문, 1985.2.

차은로, 「김유정연구」, 연세대 석사논문, 1984.2.

채규판, 「혼돈과 극복의 문학정신」, 『국어국문학연구』 12, 원광대 국문과, 1987.

채만식, 「밥이 사람을 먹다-유정의 굳김을 놓고」, 『백광』, 1937.5.

_____, 「유정과 나」, 『조광』, 조선일보사, 1937.5.

채종열, 「김유정 소설의 미의식 연구」, 경희대 석사논문, 1982.2.

최관용, 「김유정 작품속에 나타난 춘천지방의 토속어」, 『강원일보』, 1987.4.1.

최규익, 「채만식과 김유정 소설의 풍자성 연구」, 『우산어문학』 제1집, 상지대학교, 1991.8.

최명순, 「김유정소설에 나타난 가족관계 연구」, 계명대 석사논문, 1988.

최미경, 「보편의 수용」, 김유정문학촌 편, 『김유정 문학의 재조명』, 소명출판, 2008.

최민희, 「김유정소설연구-현실인식의 태도를 중심으로」, 단국대 석사논문, 1989.

최범섭, 「김유정 작품에 나타난 방언연구」, 『강원어문』 창간호, 강원대 국어국문학과, 1973.

최병우, 「「만무방」의 서술구조」, 『蘭臺 이응백박사 정년퇴임기념 논문집』, 서울대 국어교육과, 1988.

_____, 「김유정소설의 다중적 시점에 관한 연구」, 김유정문학촌 편, 『김유정 문학의 재조명』, 소명출판, 2008.

_____, 「스토리텔링 연구의 성과와 반성-김유정소설의 스토리텔링 연구와 관련하여」(김유정학회 제3회 학술연구발표대회 발표 요지), 2013.4.20.

최성실, 「수수께끼 풀기와 그 욕망의 중층 구조-김유정 단편소설의 구조 분석을 위한 시론」, 『서강어문』 10, 서강어문학회, 1994.12.

최성윤, 「김유정 소설의 여성 인물과 정조」, 김유정학회 편, 『김유정의 귀환』, 소명출
판, 2012.

＿＿＿, 「고교 교과서의 김유정 소설 수용 양상 검토－2011년 개정 16종 검정 국어
교과서를 중심으로」, 『김유정과 동시대 문학연구』, 소명출판, 2013.

최수례, 「김유정소설의 구조적 고찰」, 세종대 석사논문, 1978.2.

＿＿＿, 「김유정소설의 반성」, 『현대문학』 279, 현대문학사, 1978.3.

최수정, 「김유정 소설의 발화방식 연구」, 한양대 석사논문, 1991.12.

최원식, 「모더니즘 시대의 이야기꾼－김유정의 재발견을 위하여」, 『민족문학사연
구』, 민족문학사학회 민족문학사연구소, 2010.

최재서, 「빈곤과 문학」, 『문학과 지성』, 인문사, 1938.

최재창, 「김유정 소설의 현실 수용 양상」, 한국교원대 석사논문, 1993.8.

최창헌, 「소설 속 여자 주인공에 나타난 성性 의식의 세 가지 지층－이효석·김유정
·이태준 소설을 중심으로」, 『김유정과 동시대 문학연구』, 소명출판, 2013.

최현숙, 「김유정소설연구」, 경북대 석사논문, 1992.

최희자, 「김유정작품연구－식민지시대 삶의 양상을 중심으로」, 숙명여대 석사논문,
1989.

표정옥, 「김유정문학연구－놀이적 양상으로 다시 읽기」, 서강대 석사논문, 1996.

＿＿＿, 「김유정소설에 나타난 사회적 엔트로피와 놀이성」, 『현대소설연구』 제21
호, 2004.

＿＿＿, 「근대(近代) 문학(文學)에 나타난 신화적(神話的) 상상력(想像力) 연구(研究)
－이효석, 이상, 김유정 다시읽기」, 『시학과 언어』, 시학과언어학회, 2007.

＿＿＿, 「〈비보이를 사랑한 발레리나〉와 김유정문학의 축제적 상상력 연구－놀이
적 상상력과 축제적 상상력의 상호 연관을 통해」, 『인문과학연구』, 대구가톨
릭대 인문과학연구소, 2008.

＿＿＿, 「현대 놀이문화와 소통하는 김유정 문학의 상상력－문학의 문화 콘덴츠화의
연계 가능성을 기대하며」, 김유정학회 편, 『김유정의 귀환』, 소명출판, 2012.

＿＿＿, 「김유정문학의 스토리텔링 원천으로써 양성성의 신화와 아름다움의 기호
학」(김유정학회 제3회 학술연구발표회 요지), 2013.4.20.

하태진, 「김유정 소설의 화자와 발화양식」(김유정학회 제3회 학술연구발표회 요지), 2013.4.20.

하창환, 「김유정소설연구—서술구조를 중심으로」, 영남대 석사논문, 1985.

하태석, 「G.켈러의 작품에 나타난 유머와 김유정 해학의 기능 비교—「심술장이 판 크라츠」와 「따라지」를 중심으로」, 서울대 석사논문, 1991.2.

한계전 외, 「1930년대 한국문학의 비교문학적 연구」, 『비교문학』 14집, 한국비교 문학회, 1989.12.

한만수, 「김유정소설의 아이러니 분석」(동국대 석사논문, 1986.2), 『동악어문론집』 제21집, 동악어문학회, 1986.

_____, 「한국서사문학의 바보인물연구—바보민담, 판소리계 소설, 김유정 소설을 중심으로」, 동국대 박사논문, 1991.

한명희, 「현대문학사의 복원-문학사 밖의 문인들—김유정문학의 OSMU와 스토리 텔링」, 『한국문예비평연구』, 한국현대문예비평학회, 2008.

한민주, 「근대 댄디들의 사랑과 성 문제—이상과 김유정을 중심으로」, 『국제어문』, 국제어문학회, 2001.

한상무, 「반어적 방법과 반어적 비젼—김유정연구」, 『강원대학교 연구논문집』 제9 집, 강원대학교, 1975.

_____, 「소설의 미적 거리와 예술적 형상화—이효석, 김유정의 작품을 대상으로」, 「국어교육」 30, 한국국어교육연구회, 1977.2.

_____, 「김유정론」, 김봉군 외, 『한국현대작가론』, 민지사, 1984.

_____, 「김유정 소설의 성—가족윤리」, 『어문학보』 제21집, 강원대 국어교육학과, 1998.

_____, 「김유정소설에 나타난 강원도 여성성」, 『강원문화연구』 24, 강원대 강원문 화연구소, 2005.

_____, 「김유정소설에 나타난 부부윤리」, 김유정학회 편, 『김유정의 귀환』, 소명출 판, 2012.

_____, 「고상한 여성상 타락한 여성상」, 『김유정과 동시대 문학연구』, 소명출판, 2013.

한상훈, 「김유정론 재고」, 『어문론집』 13호, 중앙어문학회, 1978.

한승옥, 「야곱의 데릴사위 모티프와 김유정의 「봄·봄」」(김유정학회 제3회 학술연구발표회 요지), 2013.4.20.

한용환,「김유정론의 반성」,『현대문학』, 현대문학사, 1978.3.

_____,「김유정 소설에서의 해학과 골계」, 서종택·정덕준 편,『한국현대소설연구』, 새문사, 1990.5.

한주경,「김유정 소설연구-역사적인 방법을 주로」, 강원대 석사논문, 1996.2.

한찬수,「유정문학론-작품「봄·봄」을 중심으로」,『서라벌 문학』5호, 서라벌예술대 문예창작학회, 1969.

한태석,「유정의 문학과 인생」,『동백꽃』, 을유문화사, 1970.

한형구,「소설로 평전쓰기-배반된 실험에의 의욕」,『소설과 사상』, 고려원, 1993 겨울.

한 효,「김유정론-신진작가론」,『風林』제2호, 1937.1.

허연진,「김유정 소설연구-대립구조와 문체를 중심으로」, 중앙대 석사논문, 1996.

허인일,「김유정론」,『先淸語文』제6집, 서울대학교, 1976.

홍경란,「1930년대 농민소설연구-'흙' '고향' '만무방' '제일과 제일장'을 중심으로」, 연세대 석사논문, 1994.3.

홍기삼,「김유정문학을 통해 본 토속문학의 세계화-좁은 문학과 넓은 문학」, 문인협회 제33회 문학심포지움,『'김유정문학으로 모색해 보는 한국문학의 세계화' 주제발표집』, 한국문인협회, 1994.3.29.

홍병철,「김유정연구」,『학해』, 경동고, 1967.

홍선의,「김유정연구」, 충남대 석사논문, 1982.2.

홍순재,「김유정 소설의 공간구조 연구」, 배재대 석사논문, 1991.2.

홍정선,「김유정 소설의 구조-"김유정 문학의 재조명"(제9회 학술연구발표회 발표 요지 중 별지), 한림대 아시아문화연구소, 1994.3.25.

홍현숙,「이상과 김유정의 문체 비교연구」, 전남대 석사논문, 1985.2.

홍혜원,「김유정 소설에 나타난 욕망과 사랑」, 김유정학회 편,『김유정의 귀환』, 소명출판, 2012.

황기성,「김유정문학연구」, 원광대 석사논문, 1993.

황영미,「김유정 소설의 영화화에서 시점 연구」(김유정학회 제3회 학술연구발표회 발표 요지), 2013.4.20.

황인봉, 「김유정 소설의 인물 연구」, 한남대 석사논문, 1994.2.

황태묵, 「김유정 소설에 나타난 돈, 김유정 소설에서의 매춘과 짝짓기」, 김유정학
　　　회 편, 『김유정과의 만남』, 소명출판, 2013.

강진호, 『한국문학, 그 현장을 찾아서』, 계몽사, 1997.

김영기, 『김유정─그 문학과 생애』, 지문사, 1992.

김용성·김유정, 『한국현대문학사탐방』, 현암사, 1984.

김유정, 김유정기념사업회 편, 『김유정전집』, 현대문학사, 1968.

＿＿＿, 전신재 편, 『원본김유정전집』, 한림대 출판부, 1987.

＿＿＿, 김유정기념사업회 편, 『김유정전집』 상·하, 강원일보 출판국, 1994.

＿＿＿, 유인순 편, 『동백꽃』, 문학과지성사, 2005.

＿＿＿, 전신재 편, 『원본 김유정 전집』, 도서출판강, 2007(1997).

＿＿＿, 김유정문학촌 편, 『김유정 문학의 재조명』, 소명출판, 2008.

＿＿＿, 김유정학회 편, 『김유정의 귀환』, 소명출판, 2012

＿＿＿, 김유정학회 편, 『김유정과의 만남』, 소명출판, 2013.

김유정탄생100주년기념사업추진위원회 편, 『한국의 웃음문화』, 소명출판, 2008.

김윤식·김현, 『한국문학사』, 민음사, 1973.

김종년 편, 『김유정전집』 1·2, 가람기획, 2003.10.

박세현(박남철), 『김유정의 소설세계』, 국학자료원, 1998.

박정규, 『김유정소설과 시간』, 깊은샘, 1992.

박태상, 『선동부새시내의 문학』, 국희자료원, 1993.

서준섭·송현호·유인순·오현아·왕문용, 『김유정과 동시대 문학연구』, 소명출판, 2013.

신동욱, 『김유정작품집』, 형설출판사, 1977.

유인순, 『김유정문학연구』, 강원대 출판부, 1988.

＿＿＿, 『김유정을 찾아가는 길 』, 솔과학, 2003.

이　경, 『한국근대소설의 근대성 수용양식』, 태학사, 1999.

이어령 편, 『한국작가전기연구』 上, 동화출판사, 1975.

이주일 편, 『산골나그네』, 범우, 2004.11.

임무출, 『김유정 어휘사전』, 도서출판박이정, 2001.

전상국, 『유정의 사랑』, 고려원, 1993.
_____, 『김유정―시대를 초월한 문학성』, 건국대 출판부, 1995.
조연현, 『한국현대소설의 이해』, 일지사, 1972.

: 김유정 작품목록 :

작품명	퇴고일	발표지	발표일	비고
심청	1932.06.15	중앙	1936.01	
산골나그네	1933.01.13	제1선	1933.03	1936.01.사해공론
총각과 맹꽁이	1933.08.06	신여성	1933.09	1936.07조선문단
소낙비	1933	조선일보	1935.01.29~02.04	신춘문예 당선작 「따라지목숨」→「흙을 등지고」→「소낙비」로 제목 바뀜
솥(정분)	1934.08.16	매일신보	1935.09.03~14	1937.05 조광 발표
만무방	1934.09.10	조선일보	1935.07.17~30	
애기	1934.12.10	문장	1939.12	
노다지		조선중앙일보	1935.03.02~03.09	신춘문예가작입상
금	1935.01.10	영화시대	1935.03	
금 따는 콩밭		개벽	1935.03	
떡	1935.04.25	중앙	1935.06	
산골	1935.06.15	조선문단	1935.07	
홍길동전		신아동 2호	1935.10	동화(홍길동전 패러디)
봄·봄		조광	1935.12	
안해	1935.10.15	사해공론	1935.12	
봄과 따라지	1935.11.01	신인문학	1936.01	
따라지	1935.11.03	조광	1937.02	
가을	1935.11.08	사해공론	1936.01	
두꺼비		시와 소설	1936.03	
이런 음악회		중앙	1936.04	
봄밤	1936.02.10	여성	1936.04	
동백꽃	1936.03.24	조광	1936.04	
야앵	1936.04.08	조광	1936.07	
옥토끼	1936.05.15	여성	1936.07	
생의 반려		중앙	1936.08~09	미완장편소설
정조	1936.05.20	조광	1936.10	
슬픈 이야기		여성	1936.12	
땡볕		여성	1937.02	
연기		창공	1937.03	
두포전		소년	1939.01~05	동화(전체 10장 중 전반부는 김유정, 후반부는 현덕이 완성)
형	1932~1933 (추정)	광업조선	1939.11	
귀여운 소녀		매일신보	1937.04.16~21	번역(6회 연재) 원작자 미상
잃어진 보석		조광	1937.06~11	번역(6회 연재) 원작자 반 다인